btb

Buch

Nach dem Tod ihrer dominanten Mutter wird Amy immer noch von deren herrischer Stimme verfolgt. Mit einer Therapie versucht sie, ihre Depressionen zu bekämpfen. Da meldet sich eine alte Freundin ihrer Mutter mit einem Brief voller Andeutungen. Danach war ihre Mutter als junge Frau für den Tod eines Kindes verantwortlich. Doch nun soll dieses Kind noch leben. Während Amy den mysteriösen Behauptungen nachgeht, gerät ihre eigene Welt aus den Fugen. Aber je näher sie der Vergangenheit kommt, desto besser gelingt es ihr, die Dämonen ihrer eigenen Kindheit zu bannen und sich der Gegenwart zu stellen. Je mehr sie über ihre Mutter erfährt, desto freier wird sie in ihrem eigenen Leben …

Autorin

Mary McCarthy ist eine der erfolgreichsten Autorinnen Irlands. All ihre Romane fanden den Weg in die Bestsellerlisten. *»Sie weiß, wie man Geschichten erzählt, und vor allem beherrscht sie die Kunst, ihren Figuren Leben einzuhauchen.«* THE EXAMINER

Mary McCarthy bei btb

Und die Vögel verstummten. Roman (72591)
Der finstere Garten. Roman (72740)
Dass Wahrheit schweigen muss. Roman (72845)

Mary McCarthy

Wie Wind im trockenen Gras

Roman

Aus dem Englischen von Berthold Radke

btb

Die irische Originalausgabe erschien 2001unter dem Titel
»Shame The Devil« bei Poolbeg Press, Dublin

Für Niall, meinen verstorbenen Bruder.
Ich vermisse ihn.

Umwelthinweis:
Alle bedruckten Materialien dieses Taschenbuches
sind chlorfrei und umweltschonend.

btb Taschenbücher erscheinen im Goldmann Verlag,
einem Unternehmen der Verlagsgruppe Random House

1. Auflage
Deutsche Erstveröffentlichung Dezember 2002

Umschlaggestaltung: Design Team München
Umschlagfoto: Wolf Huber
Satz: IBV Satz- und Datentechnik GmbH, Berlin
RK · Herstellung: Augustin Wiesbeck
Made in Germany
ISBN 3-442-72992-0
www.btb-verlag.de

»Wo man nicht helfen kann,
soll man auch jammern nicht.«

SHAKESPEARE:
Das Wintermärchen

1

Die Stimme ist beharrlich. Sie ist weder angenehm noch willkommen. Seit Tagen, Wochen und Monaten hat Amy Kennedy versucht, die Stimme zu verscheuchen, doch das Haus hat sie in verschwörerischer Absicht hereingelassen. Sie dringt durch die Decken und Wände oder unter dem Parkett hervor. Sie ist einfach überall, ein beherrschender, heimtückischer Einfluss. Diese Stimme ist ihr Feind: ein Dieb, der heimlich in sie hineinkriecht, um ihre Lebensgeister zu stehlen.

Ihr Ehemann Maurice liebt dieses Haus. Er ist hier aufgewachsen, in dem eleganten Küstenvorort von Blackrock, im Bezirk Dublin. Früher war das Haus ein prächtiger Familiensitz, doch mit den Jahren ist es ziemlich heruntergekommen. Seine einst imposante Fassade, die nun ganz verschämt wirkt, leidet sichtlich unter ihrer Vernachlässigung. Die alten Tore sind verrostet, die Farbe blättert erbärmlich ab, und die Spurrillen in der beinah kieslosen Auffahrt sind mittlerweile völlig verschlammt. Wucherndes Unkraut erstickt die Sträucher unter dem großen Fenster zur Bucht, dessen ergrauende Nylon-Vorhänge das Licht abhalten, so dass es drinnen düster und trostlos wirkt.

Die geräumige Diele ist schäbig, ihr dunkelbrauner Teppich ganz verschossen und nahe der Eingangstür bereits ausgefranst. Hochmütig steht der altmodische Hutständer in der

Ecke und wirkt neben dem Bücherschrank mit seinem kaputten Fuß völlig fehl am Platz. Das Mahagoni-Treppengeländer schreit geradezu nach einem Anstrich.

Am Ende der Diele, zwei Stufen tiefer, befindet sich die Küche, deren großer, grüner Herd nun nutzlos in der Mitte steht – ein weiteres trauriges Beispiel für den Verfall. Töpfe und ungewaschene Pfannen bedecken die Spüle. Unter zahlreichen Spinnweben lagert Staub und Schmutz in den Ritzen zwischen den Schränken und der Spüle und leistet seinen Beitrag zum Gesamteindruck des Niedergangs: ein Beweis für die Nachlässigkeit, ständiger Vorwurf an Amy.

Rechts von der Diele führt eine dunkelbraune Tür in das Wohnzimmer mit der hohen Decke, das unverändert geblieben ist, seit Maurice es vor all den Jahren geerbt hat. Ein verblichenes, staubiges, rotes Sofa nebst zwei Armsesseln, die nie benutzt werden, warten vergeblich auf Besucher.

Es ist vier Uhr nachmittags. Eine Treppe höher, im vorderen Schlafzimmer, liegt Amy Kennedy leicht bekleidet auf einer zerknitterten Daunendecke. Ihre Augen sind halb geöffnet und beobachten geistesabwesend die flimmernden Bilder auf dem tragbaren Fernseher, der zu diesem Zweck auf einem Tisch am Fußende des Bettes steht.

Sie starrt mit verschwommenem Blick vor sich hin und sieht rein gar nichts. Sie fühlt einen vagen Schmerz – einen dumpfen, pochenden Schmerz, den sie nicht identifizieren kann und der sie doch zu verzehren droht. Er hat in ihrem Kopf begonnen, denkt sie, aber mittlerweile hat er sich in ihrem ganzen Körper ausgebreitet und beizt ihre Poren, ihre Muskeln, sämtliche Knochen.

Knochen, andere Knochen, zersetzen sich in kalter Erde. Das faltige Fleisch muss sich mittlerweile von den Knochen gelöst haben. In welchem Zustand der Körper wohl jetzt ist? Haben die Würmer schon ganze Arbeit geleistet? Fressen sich die Maden noch eifrig hindurch? In den verborgenen Winkeln ihres Verstandes scharren und schaben diese unheilvollen Gedanken. Obwohl sie sich darum bemüht, kann Amy sie nicht vertreiben.

Sie streckt die Hand aus und tastet zwischen den leeren Keksschachteln und den fallen gelassenen Bonbonpapieren auf dem schmutzigen Boden herum. Panik steigt in ihrer Brust auf, ihr Herz rast. Sie braucht eine Zigarette. Mit klopfendem Herzen und zitternden Händen greift sie gierig nach der Packung. Nur nicht wieder diese Stimme. Sie könnte es nicht ertragen, sie jetzt zu hören.

Nicht schon wieder.

2

Der April ist der grausamste Monat, sagte der Dichter, und vielleicht stimmte das ja auch. Fünf Tage waren vergangen ohne ein einziges Wort von Dawn, aber das war ja nichts Neues, sondern bloß ihre Art, ihren Missmut zu zeigen und ihrer Mutter eine Lektion zu erteilen. Liebesentzug – war das nicht eine typisch weibliche Eigenschaft? Als Kind hatte Dawn versucht, sie zu kränken, indem sie nichts aß. Nun war es das Schweigen. Dieselbe Behandlung, nur eine andere Methode. Egal, Amy würde sie zu Hause anrufen und sich entschuldigen. Mal wieder.

Der Strudel drehte sich immer schneller weiter und weiter und zog sie immer tiefer hinab.

Was hast du jetzt schon wieder angestellt?, würde ihre Mutter mit ihrer schrillen Stimme fragen. Sie würde dastehen, ihre Hände in die Hüften stemmen und verächtlich den Kopf schütteln. Ihre Mutter hatte sie schon immer abgelehnt.

10. April. Der erste Jahrestag.

Am Morgen war Amy auf den Friedhof gegangen, hatte pflichtgetreu ihr farbenfrohes Bukett auf das Grab gelegt, die kleinen, weißen Kiesel gesäubert und das Unkraut gejätet. Sie hatte lange dagestanden und hatte den schwarzen Marmorgrabstein angestarrt …

Möge die Seele von Elaine Shiels, unserer geliebten Ehefrau und Mutter, von gütigem Licht zur ewigen Ruhe geleitet werden.

Geliebten Ehefrau?

Nicht gerade die Inschrift, die Amy ausgesucht hätte, aber Claire hatte sie vorgeschlagen, und Claire bekam immer, was sie wollte. Amys Vater hatte sich nicht weiter eingemischt. Das hatte er noch nie getan. Er war stets zufrieden, wenn andere die Dinge in die Hand nahmen.

Eine Welle von Traurigkeit schwappte über Amy hinweg, als sie an ihren Vater dachte. Während sie auf das Grab starrte, sprach sie im Stillen mit ihrer Mutter. Ungehörte Worte in einer einseitigen Unterhaltung – war das schon immer so gewesen?

Dad gefällt es im Pflegeheim, Mutter. Sagt er jedenfalls. Sie bringen ihm täglich die Zeitung, und er löst noch immer das kryptische Kreuzworträtsel und kaut im Aufenthaltsraum auf seinen Karamellbonbons herum. In den Schlafzimmern darf man weder rauchen noch essen. Keine Besucher nach sieben Uhr abends.

Wieso hast du das getan, Amy? Deinen Vater in ein Heim gesteckt? Hast du denn gar kein Schamgefühl? Kein Gefühl für Anstand? Oder Ehre?

Amy zuckte zusammen. Darauf musste sie nicht antworten. Sie brauchte sich nicht länger zu rechtfertigen. Sie konnte einfach weiterreden.

Das Haus hat einen tollen Preis erzielt – 400 000 Pfund. Beste Lage. Der Grundstücks-Boom in Dublin. Dad hat darauf bestanden, dass Claire und ich jeweils 100 000 Pfund nehmen. Er hat uns davon überzeugt, dass seine Pension zusammen mit seiner Versicherungspolice und seinem Anteil am Erlös des Hauses seine Kosten decken würden.

Du hast natürlich ganz schnell eingewilligt. Das ist ja eine schöne Geschichte. Jetzt muss dein Vater für seine Betreuung auch noch selber aufkommen.

So einfach ist das nicht, Mutter.

Für mich schon. Warum erzählst du mir das, Amy? Wieso bist du überhaupt hierher gekommen? Um deine Pflicht zu tun? Um dein Gewissen zu beruhigen?

Ich dachte nur, du würdest vielleicht gerne die Einzelheiten erfahren, Mutter. Mit Details warst du doch immer so pedantisch.

Geh nach Hause, Amy. Geh nach Hause zu deinem Mann.

Amy hatte im strömenden Regen, auf den Tag genau ein Jahr nach dem Ableben ihrer Mutter, an dem Grab gestanden. Dort hatte sie ernsthaft versucht, für den Frieden dieser gequälten Seele zu beten; sie hatte versucht, all die Jahre des Elends fortzuwischen, die ständige Kritik, die abfälligen Bemerkungen. Die Bitterkeit. In ihrem Herzen wollte sie ihrer Mutter vergeben, doch die Worte kamen einfach nicht.

Vor dem Schlafzimmerfenster heulte der Sturm. Ein schauriger Wind peitschte um die Ecke des Hauses, heulte wie eine irische Todesfee, während der Regen erbarmungslos gegen die Fensterscheiben schlug und sie verhöhnte. Amy zog sich das weiße Baumwolllaken fest über die Schultern, drehte sich auf die Seite und langte zu dem Mahagoni-Nachttisch hinüber, zu ihrer goldenen Armbanduhr, die sie zum letzten Hochzeitstag von ihrem Mann bekommen hatte. Eine ungewöhnliche Verschwendung für seine Verhältnisse.

Sie blinzelte die Ziffern an. Neun Uhr. Er würde jeden Moment nach Hause kommen, da Maurice unter der Woche abends nie lange fortblieb, aber mit etwas Glück würde sie bereits schlafen, bis er die Treppe hinaufkäme. Nach seinem langen Arbeitstag trank er gerne noch einen Brandy am Küchentisch, warf einen Blick in die Zeitung und hielt in den seltenen Fällen, in denen sie noch nicht im Bett lag, ein Schwätzchen mit ihr. Sie achtete darauf, dass sie immer seltener noch wach war.

Jawohl, würde sich ihre Mutter diebisch freuen, *ich habe doch immer gewusst, dass es dazu kommen würde.*

Und wozu war es gekommen? Sie durchsuchte ihr Hirn nach dem richtigen Begriff. Unglück? Zu stark. Für ein derartig anspruchsvolles Gefühl fehlte ihr jegliche Energie. Um wirklich traurig zu sein, musste man sich irgendwie fühlen – bewegt, aufgeregt, motiviert – *irgendwie.*

Seit Dawn ausgezogen war, um aufs College zu gehen, war das Haus ganz verwaist. Amy vermisste ihre Tochter. Sie vermisste weibliche Gesellschaft: das Gelächter, die laute Musik, das Klingeln des Telefons, die Schulgeschichten, die Besuche der Freundinnen. Amy kam es so vor, als ob sie ihr ganzes Leben lang latent unzufrieden gewesen wäre, aber keineswegs unglücklich. Das richtige Wort schwebte in den Winkeln ihres Verstandes, doch es wollte ihr einfach nicht einfallen.

Ihr Kopf dröhnte vor Schmerz. Sie wollte hinuntergehen, sich eine Tasse Tee machen und eins der Scones essen, die sie vorhin gebacken hatte – das Sinnbild ihres Tages – ein paar lausige Hefebrötchen.

Doch dann würde er hereinkommen, und sie müsste bleiben und mit ihm plaudern. Schwatzen, schwatzen, schwatzen: er würde ihr minutiös jeden Fall im Detail schildern, jede Injektion oder Augenuntersuchung oder Zahnsteinentfernung, Zahnfleischentzündung oder Wurmkur oder sonst etwas Blödes, doch am schlimmsten war es, wenn er ein Tier hatte einschläfern müssen.

»Ich habe es so human wie möglich gemacht«, würde er traurig vor sich hin murmeln, »aber trotzdem …«

Trotzdem würde sich ihr Ehemann schuldig fühlen – einen Patienten zu verlieren bedeutete zu versagen, selbst wenn es sich nur um ein dummes Viech handelte. Manchmal glaubte sie sogar, er empfand für seine geliebten Tiere mehr als für sie. Der beste Tierarzt im Umkreis von Meilen – seine Reputation war unantastbar.

Sie würde dasitzen und ihn beobachten und nicken und zustimmen, und er würde nicht mal merken, ob sie lächelte oder finster dreinblickte oder Schaum vorm Mund hatte. Er hörte ihr nie zu, und wenn sie doch mal etwas sagte, ignorierte er ihren Kommentar oder wies ihn von sich. Nein, das war nicht ganz fair – sie trug zu keinerlei Gespräch sehr viel bei – das war wohl kaum sein Fehler.

Sie hatte nicht das Bedürfnis, sich zu unterhalten, wenn Maurice in der Nähe war. Er konnte einem gleichzeitig Löcher in den Bauch quatschen, essen und dabei seinen Drink leeren. Manchmal staunte sie darüber, wie viele Wörter in nur wenigen Minuten aus seinem Mund purzelten. Hunderte, Aberhunderte von Wörtern: Substantive, Adjektive, Verben, Adverbien sprudelten nur so heraus, und seine Ausrufe vermittelten zusätzlich Spannung oder Entsetzen oder Überraschung – je nachdem, was die Situation gerade erforderte. Sie saß nur da und sagte an den passenden Stellen »ja« oder »nein« oder »vielleicht hast du ja Recht«.

Bei mitternächtlichen Gesprächen war er in Höchstform, zur Geisterstunde lebte er richtig auf, ging nacheinander die Ereignisse des Tages durch und legte sie anschließend in seinem wohlgeordneten Gedächtnis ab. Ordnung, Methode und Regelmäßigkeit in seinem Haus, in seiner Praxis und in seinem Privatleben. Akribisch in allem, was er tat – ihre schludrige Art musste ihn geradezu auf die Palme bringen, doch für Kritik war er zu höflich. Er mochte auch keinen Streit, unser Maurice: »Alles, was ich will, ist ein friedliches Leben, Amy.«

Keine großen Erwartungen.

Geistesabwesend würde er sich nach ihren Neuigkeiten erkundigen. Dann würde die wirkliche Panik einsetzen. Was er wohl dächte, wenn er erführe, dass sie den halben Tag im Bett verbracht hatte und sich heute nur ein einziges Mal bemüht hatte, um diese zwölf armseligen Scones zu backen? Sie würde wohl lediglich vor sich hin murmeln, dass es keine Neuigkeiten gab.

Keine Neuigkeiten sind gute Neuigkeiten.

Sei still, Mutter, halt den Mund.

Amy würde ihren Mann bloß anstarren und krampfhaft nach etwas suchen, das sie ihm erzählen konnte, etwas belanglosen Klatsch und Tratsch aus der Nachbarschaft … irgendetwas. Aber was aus ihrem erbärmlichen Leben könnte ihn wohl interessieren? Wohin ging sie denn schon, um Neuigkeiten zu erfahren? Was tat oder *dachte* sie denn groß, um seine Neugier zu wecken?

Ich denke, also bin ich.

Deprimiert. Niedergeschlagen. Völlig von der Rolle. Es entgleitet mir. Sie haben Recht, es gleitet mir aus der Hand. Was soll's? Ist es nicht unkomplizierter, einfach so weiter zu machen, ohne mich zu beschweren, meine Pflicht zu erfüllen und mein Los zu akzeptieren? Außerdem sieht er doch gar nicht, wie ich bin, wie ich wirklich bin. Er könnte es auch gar nicht verstehen, weil ich mir da selber nicht ganz sicher bin. Und was soll das Ganze überhaupt?

Warum sollte es ihn interessieren, Amy, wenn es dir selber egal ist?

Sie seufzte und schaltete das Licht aus, kniff ganz fest die Augen zusammen und betete um erlösenden Schlaf. Nicht so fest, Amy, nicht so fest zukneifen. Entspann dich doch. Wenn sie es schaffte, sich zu entspannen, würden die gelben, lila und roten Punkte unter ihren Augenlidern zauberhaft umherhuschen. Das liebte sie: diese wechselnden Formen, die zusammen tanzten, herumrannten, sich trennten und zu anderen Mustern und weit kunstvolleren Formen wieder vereinten.

Von unten tickte die Großvateruhr lauter und lauter, bis sie Trommellautstärke erreichte. Zu müde, um aufzustehen und die Schlafzimmertür zu schließen. Es gefiel ihm ohnehin nicht, wenn sie ihre Tür schloss, das wusste sie – dann fühlte er sich abgewiesen, ausgeschlossen. Er fühlte sich ausgeschlossen, sie fühlte sich eingeschlossen.

Schlaf. Schlaf. Schlaf doch ein.

Tick, tick, tick, tick, tick.

Sie durfte sich von dieser Mattigkeit nicht unterkriegen lassen. Sie müsste anfangen, das Haus zu putzen; es war unfair, alles Dawn am Wochenende zu überlassen. Sie würde den morgigen Tag planen: am Vormittag einkaufen, wenn sie die Energie dazu aufbrächte – ein Besuch bei Nancy in der Buchhandlung. Genau, die Buchhandlung.

Schon vor Ewigkeiten hatte sie der alten Dame versprochen, mal vorbeizukommen und ihr beim Aufräumen und Auszeichnen der Bücher im Lagerraum zu helfen. Einige der Bücher waren äußerst wertvolle Erstausgaben. Nancy wurde auch nicht jünger, und gelegentlich war ihr Erinnerungsvermögen nicht mehr das Beste – Amy fragte sich, wie viele Kunden das wohl ausnutzten. Der Laden war schon alt und muffig, aber Amy liebte den besonderen Geruch von alten Büchern – nichts auf der Welt roch vergleichbar. In ihrer Brontë-geprägten Vorstellung war das der Duft von eleganten englischen Salons mit weißbeschürzten Dienstmägden, die glänzend polierte silberne Teekannen auf Silbertabletts hereintrugen, der Duft von warmen gebutterten Muffins und einem flackernden Feuer. Nancy, mit ihrem kultivierten Akzent, den vornehmen Manieren und den altmodischen, blitzsauberen Spitzenblusen, war wunderlich. Gebildet. Die Buchhandlung war eine Oase der Ruhe und zuvorkommenden Höflichkeit und passte gar nicht recht in die Umgebung dieses Vorstadt-Labyrinths aus Fast-Food-Lokalen, Computerläden, plärrenden Musikshops und antiseptischen Supermärkten. Jedes Mal, wenn Amy die Buchhandlung betrat, schritt sie in eine anmutige, altertümliche Welt.

Morgen Abend würde sie vielleicht auch ihre Schwester Claire besuchen.

Claire, die immer Neuigkeiten zu berichten hatte und darauf bestand, sie dem erstbesten zur Verfügung stehenden Paar Ohren aufzudrängen, wäre wohl wie üblich bester Laune und würde endlos über ihren Tag im Juweliergeschäft plappern: wer hereingekommen war, wer ein Armband zum Geburtstag seiner Frau gekauft hatte, wer mit wem ausging, über den Fleischer nebenan, den Zeitungshändler gegenüber, die Frau aus dem Blumenladen ... ohne Unterlass. Claire hätte Maurice heiraten sollen. Die beiden hätten bis zum Sankt Nimmerleinstag miteinander quasseln können.

Claire war ein paar Monate lang mit Maurice ausgegangen, bevor sie ihn in die Theatergruppe mitgebracht hatte. Als Amy ihm an diesem verhängnisvollen Abend der Kostümprobe begegnet war, hatte sie gedacht, er wäre nett. Nett – ein entsetzlich hohles Wort –, aber das war ihr erster Eindruck gewesen. Nach ein paar Wochen lud er sie auf einen Drink ein. Claire hatte nichts dagegen gehabt, da sie sich zu diesem Zeitpunkt bereits mit jemand anderem traf. Wie konnte sie jetzt, nach zweiundzwanzig Jahren, ihrer Schwester erklären, wie sie sich fühlte?

Sei dankbar für das, was du hast, Amy, würde sie wohl sagen. Du hast doch alles – eine hübsche, hervorragende Tochter auf dem College, ein schönes Zuhause und einen anständigen Ehemann. Du bist nicht die Einzige mit Problemen. Ich bin ganz alleine. Ich muss meinen Lebensunterhalt bestreiten, und ständig ist irgendwas zu reparieren – letztes Jahr mussten neue Leitungen verlegt werden, und ist dir der Zustand der Fenster aufgefallen? Ich muss noch ein weiteres Darlehen aufnehmen. Also erzähl mir nicht, dass du niedergeschlagen bist. Hör auf, den Kopf hängen zu lassen und dich zu beschweren. Nach einem gründlichen Hausputz und mit einem neuen Anstrich sähe dein Haus ganz toll aus. Wieso suchst du dir nicht einen Teilzeitjob? Du warst immer viel besser gelaunt, als du noch in der Tierklinik gearbeitet hast. Wenn du nicht wieder mit Maurice zusammen arbeiten willst, gibt es da draußen doch haufenweise andere Jobs. Schwing dich zu einem Ritt auf den keltischen Tiger, Amy. Was ist mit deinen 100 000 Pfund? Meine Hypothek hat schon alles aufgefressen. Investier dein Geld in irgendwas, das dir Spaß macht: fahr in Urlaub, renovier das Haus, eröffne ein Geschäft. Mach etwas Konstruktives. Du bist doch eine intelligente Frau. Krieg mal deinen Arsch hoch, geh nach draußen und fang wieder an zu leben.

Nein, ein Besuch bei Claire wäre wohl wenig hilfreich. Nach ihrem Plädoyer für die Berufstätigkeit würde Claire wohl versuchen, ihr ein Hobby anzudrehen. Die Theatergruppe. Ein Hobby – laut Claire das Patentrezept für alle Probleme. Das Elixier.

Das Letzte, was sie brauchte, waren Claires langweilige Ansichten und abgedroschene Ratschläge. Ihrer eigenen Schwester vermochte sie ihre tiefsten Gefühle nicht zu offenbaren; das hatte sie noch nie gekonnt.

Es gibt ja wohl kaum etwas, über das du dich beschweren könntest, Amy.

Ich weiß, Mutter, ich weiß. Er ist kein schlechter Mann: ein treusorgender Vater, der sich seiner Karriere widmet – aber nicht gerade sehr spendabel, wohlgemerkt. Warum war er so dagegen, dass sie dieses Haus herrichtete? Es war in einem miserablen Zustand. Wenn er es doch so sehr liebte, warum vernachlässigte er es dann?

Sie bat ihn nicht länger um eine Reise nach Paris. Er vertröstete sie ständig, trotz ihres Angebots, alles zu bezahlen – er verbrachte seine Urlaube lieber daheim, meinte er. Wollte keine aufwändigen Flugreisen auf sich nehmen. Ihren letzten richtigen Urlaub hatten sie in England gemacht, und das war schon Jahre her. Maurice hatte es nicht gefallen. Inzwischen war seine Ausrede, er könne die Praxis nicht verlassen.

Wütend griff sie unter das Kissen und riss eine weitere Tüte Chips auf. Ein Trostpflaster.

Heirate niemals einen geizigen Mann, Amy.

Geizig? Es machte ihm nichts aus, sich für Dawns weitere Ausbildung spendabel zu zeigen; er steckte dem Mädchen ein Vermögen an Taschengeld zu und beschwerte sich nie über die Miete für ihre Wohngemeinschaft in Stillorgan oder die Preise ihrer Bücher. Er fraß Dawn aus der Hand.

Bei seiner Frau dagegen war er vorsichtig. Besonnen. Es machte sie rasend, aber wieso sollte sie sich gerade jetzt darüber beschweren? War das nicht einer der Gründe gewesen, weshalb sie ihn überhaupt geheiratet hatte – weil er kein Risiko einging? Sie hatte es doch die ganze Zeit über gewusst. Man erwartete doch nicht, dass sich ein Mann nach der Hochzeit änderte. Wer das dennoch tat, war ein Narr.

Du hast dich sehenden Auges da hinein verrannt, Amy.

Ja, danke, Mutter.

Was hast du eigentlich erwartet?

Erwartet? Sie hatte gar nichts erwartet. Maurice war in ihr Leben getreten, ohne großen Wind zu machen. Sie gingen zusammen aus und genossen die Gesellschaft des anderen. Sie war jung und hübsch. Gescheit, aber nicht zu gescheit, um das Ego eines Mannes aus dem Gleichgewicht zu bringen. Genauer gesagt war Amy anpassungsfähig – eine Fähigkeit, die ein Mann wie Maurice zu schätzen wusste. Er sagte ihr, dass er sie liebe. War es das, worauf sie gehofft hatte? Hatte es nicht etwas köstlich Unwiderstehliches, wenn ein Mann einer Frau sagte, dass er sie liebte? Lieben wir automatisch dort, wo wir geliebt werden? Amy glaubte, es könne so sein. In jenen Tagen hatte Maurice durchaus seine Vorzüge gehabt. Sie hatte ihn für seine Intelligenz und seinen Ehrgeiz bewundert. Er war freundlich, er war gut zu ihr gewesen – damals. Ihre Freundinnen heirateten alle. Mit Mitte zwanzig machte man das so – man heiratete. Die beiden beschlossen, die Bande zu knüpfen. Es war ganz einfach. Unvermeidlich.

Und du hast geglaubt, so eine Ehe würde funktionieren?

Ja, Mutter, weil du genau das Gleiche hattest und es, oberflächlich betrachtet, für dich funktioniert hat. Ich kann mich zwar nicht an besonders viel Leidenschaft zwischen dir und Dad erinnern. Ihr wart mehr wie höfliche Bekannte statt wie Mann und Frau, beide eingetaucht in eure eigene kleine Welt, doch du hast dich nie beschwert, weil du wusstest und auch ich weiß, dass es nach jahrelangem Zusammenleben nur noch eines gibt – gegenseitige Toleranz ... wenn man Glück hat.

Genug davon! Das reicht jetzt, Amy.

Und dann fiel es ihr plötzlich ein – das Wort, nach dem sie gesucht hatte. Erdrückt. Ihr Leben hatte sie erdrückt. Eines Tages war sie aufgewacht und hatte mit erschreckender Gewissheit verspürt, dass sie verloren war. Verloren in dieser riesigen Baracke von einem Haus, das sie mittlerweile verachtete.

Ich habe dich gewarnt, Amy, aber du wolltest ja nicht hören. Du hörst ja nie.

Lieber Gott, mach, dass dieses Miststück mich in Ruhe lässt.

3

Maurice Kennedy warf noch einen letzten raschen Blick auf den grauen Siamkater: noch immer ohne Bewusstsein, aber mittlerweile atmete er gleichmäßiger. Puls normal. Hoffentlich würde die Platte in seiner Hüfte dem armen, kleinen Kerl helfen. Persönlich hätte er sich dazu durchgerungen, den Kater von seinen Leiden zu erlösen, aber davon wollte Mrs Managan nichts wissen. Schon seit Jahren war dieses Tier ihre einzige Gesellschaft.

Er sah nach den übrigen Tieren, ließ ein schwaches Licht brennen und schloss das Behandlungszimmer ab. Er knöpfte sich den Kragen seines Crombie-Mantels zu und ging zu seinem schwarzen Merc, der weiter oben an der Straße parkte. Es störte ihn, dass jeder Harry, Dick und Tom vor seiner Praxis parkte, um dadurch schneller in den benachbarten Supermarkt zu kommen.

Die Aprilluft war schneidend kalt, und es hatte begonnen zu nieseln. Er hasste diese Jahreszeit: frühmorgens begab er sich im Halbdunkel zur Arbeit und kam im Dunkeln wieder nach Hause, ohne das Tageslicht gesehen zu haben. Gut hatten es Leute, die die nun wieder länger werdenden Abende ausnutzen konnten, doch bei seinen Arbeitszeiten war ihm das noch gar nicht aufgefallen. Wie kamen die Menschen in den skandinavischen Ländern bloß damit klar?

Er setzte sich hinters Lenkrad, drehte den Schlüssel im Zündschloss herum und schaltete das Licht ein. Die Wagenuhr zeigte zwanzig nach neun. Später als er vorgehabt hatte, aber immer noch genügend Zeit für ein schnelles Bier im Delaney's. Amy wäre wohl bereits im Bett. Welchen Sinn hatte es, sich nach Hause zu beeilen, in ein düsteres, abweisendes Haus?

Die Depression seiner Frau war ansteckend, der Versuch, sie einfach zu ignorieren, unmöglich. Er war geduldig mit ihr gewesen, weiß Gott, er hatte Geduld mit ihr gehabt, aber wie lange konnte er es noch ertragen? Er hatte sie gedrängt, ein weiteres Mal den Arzt aufzusuchen, doch es war zwecklos gewesen.

Sie hatte den Tod ihrer Mutter nur schwer verkraftet, und die Einweisung ihres Vaters ins Altersheim war sehr plötzlich gekommen und hatte sie ebenfalls aufgewühlt. Seit Dawn ausgezogen war, um aufs College zu gehen, war seine Frau sogar noch nervöser. Das Verhältnis zu ihrer gemeinsamen Tochter hatte sich im letzten Jahr verschlechtert, und er hatte angenommen, dass sich die Spannung im Hause lösen würde, nachdem Dawn ausgezogen war, doch sie hatte sich deutlich verschlechtert. Wenn das Mädchen an den Wochenenden nach Hause kam, gab es nur noch Reibereien.

Seine Frau benötigte einen Zeitvertreib, ein kreatives Betätigungsfeld, um ihren Geist zu beschäftigen. Jeder sollte irgendwelche Interessen außerhalb seiner eigenen vier Wände haben, hatte er zumindest immer geglaubt. Wenn er nicht sein wöchentliches Squash-Match und gelegentlich einen Abend im Yacht-Club hätte, wäre er völlig gestresst.

Warum hatte sie unbedingt aufhören wollen, mit ihm in der Praxis zu arbeiten? Sie war ein Genie bei den Abrechnungen gewesen, und er hatte sich schwarz geärgert, eine Sekretärin sowie eine Empfangsdame einstellen zu müssen, vor allem jetzt, wo er auch noch einen zusätzlichen Tierarzt beschäftigte. Mehr Löhne, mehr Druck. Er zahlte nicht gerne Gehälter, die seiner Frau hätten zufließen können. Zum Glück konnte Dawn in einigen Jahren dazustoßen.

Der Parkplatz der Kneipe war praktisch voll, was für einen Mittwochabend eher ungewöhnlich war. In der Nähe der Ausfahrt fand er jedoch eine schmale Lücke zwischen einem Starlet und einem Saab, in die er gekonnt einparkte. Er musste grinsen, als ihm einfiel, wie Amy ihn kurz nach der Hochzeit gedrängt hatte, ihr Fahrstunden zu geben. Auf dem Parkplatz des *Golden Strand* hatte sie einen nagelneuen Corsa gerammt – den einzigen Wagen, der dort geparkt war, und sie hatte es geschafft, ihn anzufahren. Er hatte vermutet, dass sie danach alle Versuche, das Fahren zu lernen, aufgeben würde, doch mit unglaublichem Dusel hatte sie ihre Prüfung bereits beim ersten Versuch bestanden. Seitdem hatte sie ihren eigenen Wagen haben wollen, aber das war bis jetzt nicht in Frage gekommen – jetzt, wo sie ihre Erbschaft in Händen hielt. Hunderttausend Pfund – sobald sie sich dessen erst richtig bewusst wäre, würde sie zweifelsohne Pläne schmieden, das Haus zu renovieren, in Urlaub zu fahren – weiß Gott was alles. Unterbrechungen, er hasste Unterbrechungen. Wenn sie jedoch genauso weiter machte wie im Moment …

»Hallo, Doc. Ein Guinness, stimmt's?« Vinnie Parkinson machte etwas Platz für ihn an der Bar.

»Stimmt genau, danke. Ich bin nur schnell auf eins vorbei gekommen.« Maurice winkte dem Barkeeper. »Ein Pint, bitte, wenn Sie Zeit haben, und einen Stumpen.«

»Hör mal, Doc«, flüsterte Vinnie, »tausend Dank dafür, was du mit Molly gemacht hast. Seit der Geburt geht es ständig aufwärts mit ihr, und das liegt nur an dir.« Er zog ein schmutziges Taschentuch aus seiner Hose und putzte sich lautstark die Nase. »Du besitzt wirklich ein Paar tolle Hände, Gott segne sie!« Er wandte sich seinem bärtigen Saufkumpan zu, der an der Bar lehnte. »Dreizehn Stiche hat Molly gekriegt und dabei gejault und gestöhnt und hat noch versucht, unsern guten Doc hier zu beißen.«

Maurice fand solche Schmeicheleien hochgradig peinlich und überflüssig; Lobgesänge von einem Einheimischen, der ganz offensichtlich schon einen über den Durst getrunken hatte.

»Ich mach bloß meinen Job, Vinnie. Bloß meinen Job.«

»Ach, hör doch auf, wenn du nicht die ganze Nacht bei Molly geblieben wärst, hätte ich doch niemals vier gesunde Hündinnen zur Welt gebracht. O nein, Sir. Drei davon hab ich auch schon für ein ordentliches Sümmchen verkauft, und die Kleine behalt ich selbst – ich kenn mich da aus – 'ne feine, stramme Collie-Hündin, wie ich sie seit über zwanzig Jahren nicht mehr gesehen habe.« Er stellte den Rest seines Pints ab, bedeutete dem Barmann, ihm ein Neues zu servieren und stieß Maurice in die Rippen. »Wie geht's denn deinem Frauchen?«

»Gut.« Maurice rutschte auf seinem Hocker herum. »Ihr geht's gut.«

»Ist sie denn nicht mitgekommen?«

In letzter Zeit kam sie nie mehr mit hierher.

»Ich hab deine Frau immer gemocht. Vornehme Frau. Elegant. Sie hat die schönsten schwarzen Haare, die ich je gesehen habe. Hat sich immer toll zurechtgemacht. Wenn ich an einem nasskalten Abend im Winter mal in die Praxis gekommen bin, dann war sie da, hat gelächelt und ein Schwätzchen mit mir gehalten. Hat mich immer herzlich empfangen, in der Tat. Ich vermisse sie da jetzt.« Er blickte zu Boden und nickte. »Hast lange gearbeitet, was, Doc?«

»Stimmt.«

»Ist ein Fluch, oder? Meine Arbeitszeiten sind auch ganz schön grausam.«

Vinnie Parkinson arbeitete auf einem Bauernhof kurz hinter Bray, der auf Milchwirtschaft spezialisiert war. So wie er über die Kühe redete, hätte man schwören können, dass es sich um seinen eigenen Betrieb handelte, doch an diesem Abend war Maurice das Geschwätz des kleinen Mannes egal, er begrüßte es sogar. Vinnies Gerede hatte eine beruhigende Wirkung und erforderte nur wenig Konzentration.

Er sah, wie seine Schwägerin durch die Hintertür eintrat. Sie trug einen dunkelgrünen Hosenanzug, den er noch nie zuvor gesehen hatte. Schick. Modern. Außerdem bemerkte er, dass sie sich ihre langen, schwarzen Locken aus dem Gesicht gekämmt hatte. Sie war eine ausgesprochen hübsche Frau, nach der sich alle Männer umdrehten, als sie an ihnen vorbei ging. Er winkte ihr zu, und sie bahnte sich einen Weg durch die Menge bis zu ihm an die Bar.

Ein Küsschen auf die Wange. Ein breites Lächeln. »Maurice, was für eine angenehme Überraschung.«

Er erwiderte ihr Lächeln, erhob sich und gab ihr seinen Hocker. »Wohl kaum eine Überraschung, Claire. Du weißt doch, dass ich mittwochabends oft noch auf einen kurzen Drink hier vorbeischaue.«

Sie bestellte sich einen Scotch mit Soda, zu dem er sie unbedingt einladen wollte. Vinnie war durch das unerwartete Eintreffen dieses bezaubernden Eindringlings sichtlich aus der Fassung geraten. »Ich lass euch mal alleine, Doc.« Er lupfte verstohlen seine Schottenkappe in Richtung Claire und schlängelte sich davon.

»Dieser Gestank!« Claire schüttelte sich. »Waschen sich diese Leute denn nie?«

Maurice lachte. »Er hat den ganzen Tag mit Kuhscheiße gearbeitet. Was erwartest du denn?«

»Dass er eben duscht, bevor er abends ausgeht.«

Maurice hielt ihr eine Hand unter die Nase. »Ich rieche nach Desinfektionsmittel. Riecht das vielleicht besser?«

»Nein«, pflichtete sie bei und schob seine Hand weg, »aber wenigstens ist es hygienisch. Irgendetwas Aufregendes?«

»Eigentlich nicht. Aber ich hatte trotzdem einen interessanten Nachmittag. Ein zahmer Feldhase – mein erster.«

»Ein Feldhase? Ich hab noch nie gehört, dass sich jemand einen Feldhasen als Haustier hält.«

»Ich auch nicht, bis jetzt. Offenbar von einem Ehepaar in Meath erstanden, die welche züchten. Domestizierte Eltern. Guter Stammbaum.«

»Und was fehlte dem Hasen mit der vornehmen Verwandtschaft?« Sie zog ihre Jacke aus und hängte sie über die Lehne des Hockers.

»Er wurde von einem Garagentor eingeklemmt. War zwar nicht ernsthaft verletzt, hat sich aber eine Sehne im Hinterlauf gezerrt, als er sich befreien wollte.«

»Wie behandelt man denn so was?«

»Einfach mit Schmerzmitteln. Der Besitzer bringt ihn morgen noch mal zum Röntgen vorbei.«

»Keinen Moment Langeweile, Maurice.«

War sie sarkastisch? Bei Claire wusste man das nie. »Es gibt keine zwei gleichen Tage, das ist mal sicher. Da gibt's einen Typ mit einem riesigen Garten in Monkstown, so eine Art Wildhüter. Ich glaube, ich hab dir schon mal von ihm erzählt. Er ist ein engagierter Umweltschützer, der tolle Arbeit leistet. Heute Abend kam er mit drei jungen Igeln vorbei.«

»Igeln? Wie niedlich, aber sind die nicht voller Flöhe?«

»Die stinken auch, wenn sie Durchfall haben.«

»Ekelhaft!«

»Er hat sie mit Graubrot gefüttert, das er in Milch eingeweicht hatte. Sie haben die Kuhmilch nicht vertragen und davon Dünnschiss bekommen.«

»Willst du mir jetzt weismachen, dass du ihnen Immodium gegeben hast?«

»Nein«, lachte er. »Ich hab ihm geraten, stattdessen Schafmilch zu nehmen.«

Claire unterhielt sich gerne über Maurices Veterinär-Erfahrungen. Sie wusste, dass er gern darüber sprach und inzwischen kaum mit ihrer Schwester dazu kam. Man musste einen Mann über seine Arbeit sprechen lassen. »Ist das der Mann, der letzte Woche den Specht vorbeigebracht hat?«

»Genau der. Eine Katze hatte ihn erwischt, nicht ernsthaft verletzt, aber er stand unter Schock.« Maurice zündete sich seine Zigarre an; seit er die Zigaretten aufgegeben hatte, gestattete er sich eine pro Tag. »Es freut mich, sagen zu können, dass er sich wieder erholt hat. Also hab ich ihn auf die Felder hinausgebracht und wieder fliegen lassen. War ein bisschen riskant. Nach dem Schreck einer solchen Erfahrung hätte er genauso gut tot umfallen können.«

Darauf ließ sich nur schwer antworten. »Jetzt lade ich dich auf einen Drink ein. Noch ein Guinness?«

»Danke, Claire.«

»Wie geht es Amy? Heute Morgen hab ich angerufen und hatte bloß den verdammten Anrufbeantworter dran.«

»Sie war auf dem Friedhof.«

»Dachte ich mir schon. Ich wollte mitgehen, aber … was soll's. Ich war selber mittags dort und hab die Blumen gesehen. Sie hatte das Grab in Ordnung gebracht. Versucht wohl immer noch, Mam zu gefallen.«

»Das ist ihr doch schon zu Lebzeiten der alten Dame nicht gelungen, und ich habe keine Ahnung, warum sie sich noch immer bemüht.«

»Amy hat sich niemals abgenabelt – das ist ihr Problem. Ich habe geglaubt, sie würde nach der Beerdigung alles hinter sich lassen, aber offensichtlich kann sie das nicht.«

»Das war vor einem Jahr, Claire. Wie lange wird diese Stimmung denn noch anhalten? Weißt du, was sie mir letzte Woche erzählt hat? Dass sie eure Mutter reden hört. Das ist doch verrückt.«

»Ach ja? Mam hat ständig auf Amy eingeredet, rumgemeckert und alles Mögliche behauptet. Es überrascht mich kein bisschen, dass sie noch immer ihre verdammte Stimme hören kann. Es ist schwer, so was aus deiner Erinnerung zu streichen. Mam war furchtbar – das weißt du doch. Sie war unglaublich streng mit Amy, hat viel von ihr erwartet, weil sie doch die Ältere ist. Nicht, dass sie mir gegenüber besonders liebevoll gewesen wäre, aber mir ist es egal gewesen. Sie hatte seltsame Ansichten über Disziplin.«

Maurice hatte das alles schon tausendmal gehört.

»Ich habe ein äußerst verschwommenes Bild meines Vaters aus unserer Kindheit. Er ist stets für sich geblieben, kam jeden Abend nach Hause, nahm sein Abendbrot allein in der Küche zu sich und versteckte sich danach hinter der Zeitung. Mam hat viel zu viel Zeit und Energie in Amy und mich investiert, und ich bin der Meinung, dass Dad sich vernachlässigt fühlte.«

»Das stimmt doch auch, Claire. Das ist die Realität. Sie hat sich doch kaum für ihn interessiert – das entnehme ich jedenfalls Amys Äußerungen.«

»Mam hat ihn sich selbst überlassen, was Dad ganz gut zu passen schien. Aber was uns betraf, war sie ein Kontroll-Freak, und obendrein noch sadistisch. Ich habe gelernt, ihr aus dem Weg zu gehen.«

»Wir haben doch alle mal einen Klaps gekriegt, als wir klein waren.«

»Das war mehr als ein Klaps, Maurice. Mam war gemein.«

»Es wird Zeit, dass Amy darüber hinwegkommt. Sie ist dermaßen empfindlich und in letzter Zeit so mit sich selbst beschäftigt, dass sie die Probleme nicht sieht, die sie zu Hause verursacht. Man könnte die Luft bei uns mit einem Messer zerschneiden. Dawn hat sich krumm gelegt, um ihre Mutter zufrieden zu stellen, aber nichts, was sie tut, ist ihr gut genug.«

»Geschichte wiederholt sich nun mal.«

»Deswegen ist es ja so unbegreiflich. Man sollte doch annehmen, dass Amy die Lektion ihrer eigenen Kindheit gelernt hätte.«

»So einfach geht das nicht immer, Maurice. Man sagt, dass man die gleichen Fehler macht wie seine Eltern, wenn man selber Kinder hat. Aber Amy ist nicht im Entferntesten wie Mam. Das denkst du doch nicht wirklich, oder? Sie ist gütig und sanft, und sie liebt Dawn. Sie muss ihr sehr fehlen.«

»Ja. Amy scheint nicht loslassen zu können.«

Claire blickte nachdenklich drein. »Die Tyrannei der Mutterschaft. Ich bin froh, dass ich keine Kinder habe.«

»Dawn ist mein Ein und Alles, Claire. Wenn ich sie nicht hätte, wäre ich verloren.«

»Ich weiß, ich weiß.«

Maurice starrte verdrossen in sein Glas, aber Claire musste die Unterhaltung fortsetzen. »Ich bin heute Abend auf dem Weg hierher bei Amy vorbeigefahren, um sie zu besuchen – aber es hat wieder keiner aufgemacht. Das Schlafzimmerlicht brannte, und es war erst neun Uhr.«

»Sie verbringt die meiste Zeit im Bett und schaut TV5 oder liest diese furchtbar deprimierenden französischen Romane.« Er seufzte.

»Lesen ist eine Flucht, hat Amy immer gesagt, und sie hatte einen seltsamen Geschmack, was Bücher betraf, selbst als wir noch Teenager waren. Sie hat wohl fünf Mal *Madame Bovary* gelesen. Ich hab's mal mit der englischen Übersetzung probiert, aber nach ein paar Kapiteln hab ich es wieder weggelegt. Zu düster für mich. Vor einiger Zeit lief es im Fernsehen. Amy hat es aufgenommen, wie sie mir erzählt hat.«

»Ja, Flaubert übt eine starke Anziehungskraft aus«, meinte er ironisch. »Er verstärkt wohl etwas, das sie in sich zu spüren glaubt, vermute ich. Ich wünschte, ich könnte zu ihr durchdringen, Claire. Sie entgleitet mir, und das macht mir Angst.«

»Ich rede noch mal mit ihr. Heute war Sarah Goodman im

Geschäft und hat Manschettenknöpfe für Jack gekauft. Sie ist sehr gekränkt, weil Amy ihr aus dem Weg geht.«

»Ich verstehe auch, wieso. Sie und Amy sind seit der ersten Klasse befreundet. Solche Freundschaften sind rar und kostbar. Die beiden haben immer aufeinander Acht gegeben.«

»Ich mag Sarah nicht.« Claire warf sich den Pony aus dem Gesicht. »Sie nimmt sich immer so wichtig.«

»Sarah? Nein, das tut sie nicht. Sie liebt Amy wirklich und macht sich ihretwegen Sorgen. Jack weiß ebenfalls Bescheid. Ich konnte es nicht vor ihm verheimlichen. Du weißt doch, dass wir einmal in der Woche zusammen Squash spielen – er stellt natürlich Fragen, aber er würde nicht herumtratschen.«

»Er hat gelernt, den Mund zu halten«, sagte Claire unwirsch. »Vielleicht sollte ich noch mal versuchen, Amy zu einem Besuch beim Arzt zu überreden?«

»Sie wird sich weigern. Darüber will sie nicht mal reden. Sie kann einfach nicht zugeben, dass sie ein Problem hat. Clodagh Heffernan ist gestern Abend vorbeigekommen, aber Amy wollte nicht mal aus dem Bett steigen. Sie wird bald keine Freundinnen mehr haben.«

Claire bezahlte beim Barkeeper. »Die Leute haben irgendwann einfach genug. Das kann man ihnen nicht vorwerfen.«

»Nein«, stimmte er zu, »das kann man wohl nicht.«

»Wenn sie doch bloß irgendetwas unternähme, um sich selbst zu helfen – aber genau da liegt ja das Problem mit einer Depression: Sie macht einen völlig lasch. Vielleicht schaff ich es ja, sie wieder in die Theatergruppe zu kriegen. Dann wäre sie an zwei Abenden pro Woche aus dem Haus, und ich könnte ein Auge auf sie haben. Ganz diskret, natürlich. Es wäre schrecklich, wenn sie glauben würde, dass ich mich einmische, Maurice, weil ich schließlich nur ihr Bestes will.«

»Das weiß ich doch, und Dawn ist auch noch für sie da, aber sie hält jeden Kommentar für Kritik. Ich bezweifle, dass sie dir zuhören wird, Claire. Nichts für ungut! Sie hält dich immer noch für ihre kleine Schwester.«

»Du meinst, sie nimmt mich nicht ernst?«

»Schon möglich, aber insgeheim beneidet sie dich wohl um deine Vitalität.«

»Vitalität? Dass ich nicht lache. Ich verbringe meine Zeit damit herumzurennen, um meinen Kram zu erledigen. Ich habe mich geweigert, heute Abend noch mehr Überstunden zu machen, trotz der ganzen Späteinkäufer. Früher war es immer nur donnerstags, jetzt auch noch mittwochs und freitags. Ich hab Mrs Punton gesagt, dass sie ohne mich auskommen muss. Schließlich bin ich nur angestellt. Die nutzen einen doch maßlos aus.«

»So viel steht mal fest.«

»Amy ist nur schwer zu ergründen. Sie sieht ihre eigenen Stärken nicht. In unserer Familie war sie die Erfolgreiche: sie war es doch, die aufs College gegangen ist, einen guten Abschluss und einen Magister in Fremdsprachen geschafft hat. Sie hat keinen Grund, auf mich neidisch zu sein.«

Maurice drückte seine Zigarre aus.

»Und wie findest du die Idee mit dem Theater?«

»Versuch's noch mal, wenn du magst, Claire. Vielleicht, mit viel Glück und gutem Zureden funktioniert es ja. Früher hat es ihr Spaß gemacht – sie war keine schlechte Schauspielerin.«

»Als Pegeen Mike war sie klasse – natürlich war sie damals viel jünger. Jung und lebhaft.«

»Geradezu ein Energiebündel. Damals sind wir oft in den Wicklow Bergen gewandert; meilenweit und ich bin's gewesen, der sie um eine Pause angefleht hat. Außerdem war Amy eine tolle Schwimmerin. Weißt du noch, wie sie jeden Morgen ins Schwimmbad gegangen ist?«

»Absolut gewissenhaft. Ob im Winter oder Sommer, sie ist mit den Hühnern aufgestanden und war schon unterwegs.«

Maurice erinnerte sich an andere Dinge: Wie rührend sich seine Frau in den endlosen Wochen des Endstadiums ihrer Krankheit um seine Mutter gekümmert hatte; an die Nacht, in der sie ihre Schwangerschaft verkündete und sie beide das mit einer Flasche Champagner gefeiert hatten; wie sie das hintere Schlafzimmer zum Kinderzimmer umgestaltet hatte; an den Tag, an dem sie Dawn aus dem Krankenhaus nach Hause brachten; als ihre Tochter den ersten Zahn bekam, den ersten Schritt machte; all diese Erinnerungen vermischten sich miteinander ...

Er sah sie deutlich vor sich stehen – im Eingang ihrer neuen Praxisräume, die Haare mädchenhaft zu einem Pferdeschwanz zurückgebunden, mit leuchtenden dunklen Augen, ihr Strahlen und ihre Begeisterung an diesem glorreichen Tag, als sie endlich die eigene Praxis eröffneten. Es war ebenso ihre wie seine gewesen – zumindest damals. Sie war sein Fels, sein Anker – ohne sie hätte er es nicht geschafft. Und in jenen Tagen war sie glücklich gewesen, da war er sich ganz sicher.

»Maurice? Alles klar?«

»Entschuldige, Claire. Was hast du eben gesagt?«

»Amys Schwimmen. Sie könnte doch wieder damit anfangen.«

»Inzwischen treibt sie überhaupt keinen Sport mehr«, meinte er wehmütig, »und im Haus macht sie rein gar nichts.«

»Stattdessen nimmt sie ständig zu, was wohl zu ihrer Depression beitragen dürfte. Sie war immer so schlank. So elegant.«

»Wie ein Schwan, hat meine Mutter immer gesagt«, erinnerte sich Maurice laut. Das war sein erster Eindruck von Amy gewesen: groß und graziös. Sie schien mehr dahinzugleiten als zu gehen.

»Ich könnte ja mit ihr schwimmen gehen. Und dann, falls sie zustimmt, könnte sie wieder der Theatergruppe beitreten.«

»Die Theatergruppe«, überlegte er, »könnte vielleicht die Lösung sein. Zumindest ein Anfang. Sie würde rauskommen und neue Leute kennen lernen.«

»Reichlich wenig Neuzugänge, fürchte ich. Es ist die übliche Truppe. In diesem Jahr bringen wir *Tod eines Handlungsreisenden* auf die Bühne. Die Proben beginnen nächsten Montag.« Claire biss sich auf die Lippe. »Ich rede hier wirklich ins Blaue hinein. Das denkst du doch gerade, oder? Amy geht ja kaum vor die Tür – wie soll ich sie da zum Theaterspielen bewegen? Verrückt von mir zu denken, dass ich sie dazu überreden könnte.«

»Versuch's doch einfach mal, Claire. Mehr kannst du sowieso nicht tun.« Er stürzte den Rest seines Pints in einem Schluck hinunter.

4

Dawn Kennedy packte ihre Lehrbücher und die fotokopierten Seiten auf dem Tisch im Leseraum des Colleges zusammen. Sie war mit ihrem Arbeitspensum zufrieden und gleichzeitig erschöpft. Freitagabend. Sämtliche Kabinen waren belegt – viele Studenten paukten noch, um Samstag und Sonntag frei zu haben und sich angenehmeren Dingen widmen zu können. Die Prüfungstermine rückten rasch näher. Am Montag müsste sie nach der Physiologie-Vorlesung in die Bibliothek gehen und sich erkundigen, ob das Lehrbuch für Veterinär-Statistik, nach dem sie gefragt hatte, bereits zurückgegeben war; die Bibliothekarin war immer sehr hilfsbereit.

Sollte sie es sich anders überlegen und am Wochenende doch nach Hause fahren? Zwei Tage Trübsal und Schwermut. Konnte sie das ertragen? Ihre Mutter hatte es abgelehnt, eine Putzfrau zu beschäftigen, da ihr Vater keine *Fremde* im Haus haben wolle. Aber weshalb sollte *sie* ihre wertvolle Zeit opfern, um den beiden bei der Hausarbeit zu helfen? Doch ihr Vater hatte sich ihr gegenüber äußerst großzügig erwiesen, also war sie es ihm irgendwie schuldig. Der rechtfertigende Anruf ihrer Mutter am Mittwoch war jämmerlich gewesen.

Sie wünschte sich, dass ihre Mutter samt des verdammten Schlamassels einfach verschwinden und sich in Rauch auflösen würde, und schalt sich sofort für diesen Gedanken. Ihre Mutter machte eine schlimme Zeit durch, da war es nicht fair, sie zu verurteilen.

Sie würde ins *The Barge* gehen und nachsehen, ob Paul schon dort war. Die beiden hatten sich gegen acht Uhr verabredet, um ins Kino zu gehen, doch sie war nicht in Stimmung für einen Film. Ihr Gehirn war voll gestopft mit Chemie, Histologie und Biochemie. Ganz zu schweigen von der Anatomie; immer wieder hatte sie die Seiten über die Stammgefäße des Thorax gelesen und endlich auch behalten können: subclavia, axillaris, brachialis, median. *Millers Handbuch zur Sezierung des Hundes* war ihre Bibel geworden.

Sie wollte sich nur noch entspannen, in einen bequemen Sessel fläzen, ein paar Bierchen trinken und dabei ein wenig plaudern.

Nur nicht überanstrengen.

»Ein Heineken, Dawn?« Er schlang ihr auf seine unnachahmliche Weise, die sie inzwischen sehr lieb gewonnen hatte, den Arm um die Hüfte. Dadurch fühlte sie sich geschätzt und behütet.

Er bemerkte ihre dunklen Augenringe; sie waren ihm schon heute Morgen aufgefallen. Sie schlief nicht mehr genug, seit sie darauf bestand, bis spät in die Nacht zu lesen. Paul vermisste seine Studienzeit nicht im Geringsten. Zu viel Druck, zu viel Lernen, immer zu wenig Geld. Und für Dawn war es durch die ganzen Erwartungen ihres Vaters noch schlimmer: Studentin der Veterinärmedizin im ersten Jahr – einfach zermürbend. Nein, er bevorzugte die Arbeitswelt. Ihm gefiel seine Stelle im Ressort für öffentliche Wohlfahrt; geregelte Arbeitsstunden, vernünftiges Einkommen, gute Aufstiegschancen. »Du siehst ja ganz erledigt aus.«

»Was für ein Tag! Eine Stunde Embryologie gefolgt von einer Stunde Physiologie und anschließend Histologie. Heute hab ich drei Stunden lang durch ein Mikroskop auf Objektträger mit verschiedenem Gewebe geguckt – Haut, Leber, Hirn, Lunge. Danach noch zweieinhalb Stunden im Anatomielabor gefolgt von drei Stunden Lernen.«

»Lieber du als ich!«

»Wenigstens kann ich jetzt die unterschiedlichen Gewebe auseinander halten – das sieht am Anfang doch alles gleich aus! Hör mal, ich möchte meine Chemienotizen gern in den Computer eingeben und irgendwie ordnen. Hast du die Tonerpatrone für den Drucker besorgt?«

»Bin noch nicht dazu gekommen.« Er hatte es völlig vergessen. »Tut mir Leid.«

»Paul Tennyson, du hast es versprochen.«

»Ich weiß.« Er küsste sie auf die Wange. »Am Montag, ich schwöre es. Ich kann nach dem Mittagessen vorbeikommen.«

Er bezahlte beim Barkeeper zwei Pints und führte Dawn zu einem Platz in der Nähe des Fensters, von dem aus man den Grand Canal überblickte. »Okay. Welchen Film?«, fragte er und schlug das Kinoprogramm in der *Irish Times* auf.

Dawn kaute auf der Innenseite ihrer Lippe herum. »Ich verhungere, Paul. Ich habe nichts zu Mittag gegessen.«

»Na schön, dann gehen wir vor dem Film noch was essen.«

»Auch noch essen gehen? Du machst wohl Witze. Ich bin völlig abgebrannt.«

»Lass mal, ich lade dich ein.«

Er schlug die Sportseite auf, und sie nippte langsam an ihrem Glas. Der scharfe Geschmack war angenehm, belebend. In Wahrheit scheute sie den weiten Spaziergang zum Parnell Square. Stattdessen wollte sie hier lieber den ganzen Abend lang sitzen und sich betrinken, aber das war keine so gute Idee.

»Ich hab überlegt, morgen nach Hause zu fahren, Paul.«

»Was?« Er faltete die Zeitung zusammen und steckte sie in die Innenseite seines Jacketts. »Hast du letztes Wochenende schon vergessen? Um Himmels willen, das war ein Desaster. Du kamst völlig aufgewühlt zurück, weil du praktisch nichts gelernt hattest. Du musst nicht jeden Samstag nach Blackrock und zurück pilgern. Meine Eltern haben mich seit Februar nicht mehr gesehen.«

»Das ist auch was anderes; die erwarten doch gar nicht, dass du bis nach Cork fährst. Ich bin in der Nähe. Dad freut sich, mich zu sehen.«

»Dawn, du musst damit aufhören. Ich weiß, dass es Probleme bei euch gibt, aber es sind nicht deine Probleme. Die kannst du nicht lösen. Deine Mutter ist für ihr Leben selbst verantwortlich, *du* bist es ganz bestimmt nicht.«

»Du hast leicht reden, Paul. Du weißt ja nicht, wie gut Mum zu mir war. Sie hat ihre Arbeitsstunden in der Praxis nach meinen Bedürfnissen eingeteilt; sie war jeden Nachmittag da, wenn ich aus der Schule kam und hatte heiße Schokolade und Zeit für mich. Sie fuhr mich zu den Hockey-Spielen, mit meinen Freunden ins Kino oder, als wir älter wurden, in die Disco. Wir sind zusammen in die Stadt gefahren und haben Klamotten gekauft, und hinterher hat sie mich immer zum Essen eingeladen, obwohl sie nicht viel Geld hatte. Dad hat ihr ja kein Vermögen bezahlt. Verstehst du das, Paul? Sie hat so viel Zeit in mich investiert. Sie hat sich meine Probleme angehört, ohne sie einfach abzutun. Sie hat mich immer als intelligentes menschliches Wesen behandelt, selbst als ich noch klein war.«

Paul nahm ihre Hand.

»Sie ist ein wirklich lieber Mensch.«

»Ich weiß, dass du deiner Mutter nahe stehst.« Er streichelte ihre Hand.

»Ja, früher, und das macht mich ja so traurig. Ich muss etwas unternehmen.«

»Ja schon, vielleicht, aber –«

»Erst seit letztem Jahr, seit Grandma gestorben ist … ich weiß nicht, da hat sie sich verändert – sie hat keine Energie mehr. Sie tut mir so Leid, und ich wünschte, ich könnte ihr irgendwie helfen. Sie war immer für mich da. Ich kann sie nicht einfach im Stich lassen.«

Paul nickte, doch er stimmte ihr nicht zu.

»Und ich mache mir nicht nur Sorgen um Mum – es geht auch um Dad. Er muss die ganze Woche über alleine mit ihr klarkommen. Wenn ich am Wochenende da bin, kann er irgendwie mal abschalten.«

Paul kratzte nachdenklich seinen Schnurrbart. Welchen Zweck hatte es, mit ihr zu streiten? Er hatte das Ganze schon so oft mit ihr durchgekaut. Ihr angeborenes Pflichtgefühl war unerschütterlich. Resolut. Was das betraf, hatte er so jemanden noch nie kennen gelernt. Den meisten seiner Freunde waren ihre Eltern ziemlich egal; mit der Schule fertig zu sein bedeutete, von zu Hause auszuziehen, und das war's dann. Wenn die Mami natürlich Lust hatte zu bügeln oder die Wäsche zu waschen, wenn man sie zu Hause besuchte, war das toll.

»Ich fahr morgen hin«, stellte sie fest und wusste, dass er eingeschnappt war. »Der heutige Abend gehört uns. Okay?« Sie kuschelte sich an ihn. »Gehen Ben und Isobel heute aus?«

»Ja, zu einem einundzwanzigsten Geburtstag. Die kommen erst spät wieder zurück.«

»Sehr gut, warum nehmen wir uns nicht einfach was zu essen und eine Flasche Wein mit nach Hause und bleiben daheim?« Sie küsste ihn sanft auf die Lippen. »Es wäre schön, das Haus mal für uns alleine zu haben. Ins Kino können wir doch immer gehen.«

»Na schön«, willigte er ein. »Wir machen den Kamin an und hören Musik. Du brauchst ein wenig Entspannung.«

»Ich brauche dich«, säuselte sie ihm ins Ohr, und ihr kühler Atem kitzelte.

Dawn lag unschuldig in seiner Armbeuge, wie ein kleines Mädchen. Die sterbende Glut des Feuers schimmerte blau, rosa und lila. Er sah ihr beim Schlafen zu. Ihre Atmung war tief und gleichmäßig, ihr Gesicht ruhig, ohne jegliche sorgenvollen Zuckungen auf der Stirn. Ihre Haut glänzte. Er liebte ihren Geruch und wie sie sich anfasste. Er wollte sie beschützen. Dies waren die besonderen Momente. Er küsste behutsam ihre Haare, ohne sie aufzuwecken. Etwas später würde er sie in ihr Bett tragen, und sie würden sich lieben.

Das Telefon klingelte. Laut. Schrill. Sie stöhnte.

»Sch, sch, Dawn. Schlaf weiter.« Er zog seinen Arm unter ihr hervor und kroch auf den Flur hinaus, um ans Telefon zu gehen.

»Paul? Hallo. Hier ist Maurice Kennedy. Ist Dawn zu Hause?«

»Nein«, log er. »Sie ist noch aus.«

»Oh, verstehe. Ich hatte gehofft, sie zu erwischen.«

»Sie wird erst spät nach Hause kommen. Sie ist im College geblieben, um zu lernen. Sie hat bis über beide Ohren zu tun.«

»Könntest du ihr was ausrichten?«

»Klar.«

»Sie möchte mich bitte morgen früh anrufen. Ich muss am Nachmittag Squash spielen und weiß nicht, was sie vorhat. Ich hatte gehofft, sie würde nach Hause kommen. Ähm, ihrer Mutter … geht's nicht so gut.«

»Ich werd's ihr sagen, Mr Kennedy.«

»Danke, Paul. Alles klar bei euch?«

»Super.«

»Das ist gut.«

»Wiederhören.«

Paul legte abrupt den Hörer auf. Dawns Vater war doch wirklich die Höhe. Konnte er seiner Tochter denn nicht mal ein einziges freies Wochenende gönnen? Paul ging zurück ins Wohnzimmer. Dawn war jetzt wach und griff nach einem Glas Wein.

»Wer war denn dran?«, fragte sie verschlafen.

»Falsch verbunden.«

»Ooh.« Sie streckte sich. »Mein Rücken tut weh. Dieser verdammte Teppich.«

Er drehte sie auf den Bauch. »Ich massiere dich.«

Sie entspannte sich, als seine Hände ihren Rücken und ihre Schultern kneteten, rieben und drückten und die Verspannungen ausbügelten.

»Du machst mich ganz heiß.« Sie drehte den Kopf und lächelte zu ihm hoch. »Ich liebe dich, Paul.«

Er beugte sich hinunter und flüsterte: »Lass uns im Bett weitermachen.«

5

Dawn wrang den durchgeweichten Mopp in der Spüle aus und wusch ihn unter dem Wasserhahn aus. Obwohl sie es nicht geschafft hatte, sämtlichen Schmutz und Dreck zu entfernen, wirkte der Boden doch etwas ansehnlicher. Nun wollte sie sich die Spüle vornehmen. Sie wühlte zwischen verschiedenen Paketen, Dosen und Flaschen im Schrank herum und entdeckte eine Schachtel Scheuerpulver. Sie bereute kurz, ihre Gummihandschuhe vergessen zu haben, denn solche Putzaktionen waren ein Angriff auf ihre Hände. Sie streute das weiße, scharf riechende Pulver auf den Ablauf aus Emaille, als es an der Haustür klingelte.

Besuch? Vielleicht Claire, die gelegentlich samstags vorbeischaute, falls sie nicht gerade im Geschäft war. Dawn trocknete sich die Hände mit einem frisch gewaschenen Geschirrtuch ab und ging öffnen. Eine vertraute Gestalt stand vor der Tür. Blonde Strähnen. Mittvierzigerin. Gut gekleidet. Makellos gepflegt.

»Ja?«

Eine ausgestreckte Hand. »Dawn, wie geht's dir?«

Sarah Goodman. Die beste Freundin ihrer Mutter.

»Ist sie da?« Die Frau trat unaufgefordert in den Flur. »Wir haben uns ja schon länger nicht mehr gesehen. An deinem achtzehnten Geburtstag, glaube ich? Genau, deine Mum und dein Dad sind mit dir zum Essen nach Killiney gefahren. Mein Mann und ich sind dazugestoßen.«

Der Typ, der sich bemühte, trendy zu sein, und mit ihrem Vater Squash spielte. »Ich erinnere mich.«

»Ist deine Mutter da?«, wiederholte Sarah.

»Ja, aber sie schläft.«

»Das macht nichts.«

Dawn nahm an, dass die Frau wieder gehen würde, doch stattdessen begab sie sich forsch zur Treppe und war schon halb oben, bevor Dawn sie aufhalten konnte.

»Das vordere Schlafzimmer, wenn ich mich nicht irre?«

»Nein, o nein, warten Sie! Sie können da nicht raufgehen.«

Sarah wischte ihre Einwände beiseite. »Deine Mutter wird sich freuen, mich zu sehen. Wir haben uns seit Ewigkeiten nicht mehr gesehen.«

Sich freuen, sie zu sehen? Unzählige Anrufe, Nachrichten im Briefkasten, Klopfversuche zu jeder Tageszeit an der Haustür und nie eine Antwort. Wollte diese Frau die Botschaft nicht verstehen?

»Ich kenne den Weg in ihr Zimmer. Deine Mutter und ich müssen einiges nachholen. Sie wird sich bestimmt über Gesellschaft freuen.«

»Das glaub ich wirklich nicht. Es tut mir Leid, aber Sie sollten lieber wieder gehen. Sie möchte nicht gestört werden.«

»Unsinn, Dawn. Ich bin ihre Freundin.«

»Bitte Mrs Goodman –«

»Sarah, nenn mich Sarah, Liebes. Mach dir keine Sorgen.« Die Frau senkte ihre Stimme und beugte sich übers Geländer. »Ich weiß doch Bescheid.«

Dawn errötete.

»Wäre es dir lieber, ich würde sie nicht besuchen?«

»Nicht heute. Sie vergeuden nur Ihre Zeit. Meine Mutter ist ziemlich niedergeschlagen. Sie will in Ruhe gelassen werden – nicht mal ich darf zu ihr rein. Sie schläft den ganzen Tag über immer wieder ein. Heute Morgen hat sie sich wieder mit Dad gestritten. Niemand kann ihr gut zureden.« Dawn konnte nicht glauben, was sie soeben ausgeplaudert hatte. Wieso hatte sie ihrem Frust gerade jetzt Luft gemacht, wo sie ihn bisher doch so erfolgreich verbergen konnte?

Sarah kam wieder herunter, ging durch den Flur und nahm das Mädchen am Arm. »Warum trinken wir nicht einen Tee zusammen und reden darüber? Ich kann helfen, weißt du?«

Helfen? Wer konnte in dieser Situation *helfen?* Nach allem, was sie und ihr Vater versucht hatten? Monatelang hatten sie ihre Mutter gebeten, einen Arzt aufzusuchen, sich professionellen Rat zu holen. Alles Mögliche. Um sie wenigstens aus dem Bett zu kriegen. Jedes Wochenende kam Dawn hierher und flehte ihre Mutter an, sich von Fachleuten helfen zu lassen. Und jetzt kam diese … diese elegante Erscheinung hier hereingeplatzt und drängte sich auf. Glaubte diese Frau denn ernsthaft, dass sie hier so einfach antanzen, einen Zauberstab schwingen und mit einem »kleinen Gespräch« alle Probleme lösen konnte?

»Mrs Goodman, vielen Dank für Ihre Anteilnahme, aber falls es Ihnen nichts ausmacht, im Moment lieber nicht.«

»Na schön.« Sarah bemerkte den aufgebrachten Gesichtsausdruck. »Vielleicht ein andermal. Sag deiner Mutter, ich wäre hier gewesen. Und Dawn, ich bin nur *allzu* bereit zu helfen, wenn ihr mich braucht.« Sarah nahm eine kleine weiße Karte aus ihrer Handtasche: die Visitenkarte ihres Mannes. Sie nahm einen Stift und schrieb ihre Telefonnummer auf die Rückseite.

»Danke.« Dawn warf einen höflichen Blick auf die Karte.

»Es gibt Hilfe. Du musst nicht die ganze Last auf dich nehmen, weißt du? Du bist nicht alleine.«

Dawn lächelte schwach. »Könntest du mir einen Gefallen tun? Rufst du mich an und berichtest mir, wie es ihr geht? Und sagst du deiner Mutter, dass ich hier war?«

Dawn hätte alles versprochen, nur um diese Frau loszuwerden.

»Wer war das denn?«, lispelte eine verschlafene Stimme.

»Mrs Goodman«, seufzte Dawn. »Sie wollte hochkommen. Stell dir das mal vor! Ich hab sie abgewimmelt. Ich wusste, dass du niemanden sehen willst.«

Amy blinzelte. Sie konnte die Gesichtszüge ihrer Tochter nicht erkennen, doch sie erkannte am Ton ihrer Stimme, dass Dawn noch immer sauer war. Amy gähnte und streckte sich im Bett. »Wer, sagst du?«

»Sarah Goodman. Ich musste sie fast mit Gewalt festhalten, damit sie nicht in dein Schlafzimmer kam. Sie macht sich große Sorgen um dich. Das tun wir alle.«

Amy drehte sich im Bett um und wandte ihrer Tochter den Rücken zu.

»Stehst du heute auf, Mum? Es ist fast fünf Uhr.«

Ihre Mutter antwortete nicht.

»Soll ich Abendessen kochen?« Ein harscherer Ton.

»Wenn du willst«, murmelte Amy. Was kümmerte sie das Abendessen?

Sarah schob sich ein Pfefferminz in den Mund, ließ den Wagen an und stellte den Motor umgehend wieder ab. Sie starrte zum vorderen Schlafzimmerfenster hinauf. Hatte sich dort etwa der Vorhang bewegt? Ja, bei Gott, das hatte er. Sie wurde beobachtet. Gut, das reichte. Sie würde noch in dieser Minute wieder hineingehen. Sie musste Amy sehen. Wie sehr sich das Mädchen auch widersetzen würde, Sarah würde damit fertig werden.

Das Schlafzimmer war völlig unaufgeräumt, Zeitungen lagen auf dem Teppich herum, ein überquellender Aschenbecher stand auf dem Nachttisch, und die Vorhänge waren wieder zugezogen. Ein schwaches Licht über dem Bett erleuchtete die blassen Gesichtszüge von Amy Kennedy, die sie, mit einigen Kissen im Rücken, hilflos anglotzte.

»Ich möchte allein mit deiner Mutter reden, wenn ich darf.«

Dawn stand in der Tür und wurde lediglich durch ihre Bestürzung von einer Antwort zurückgehalten.

»Wenn du so freundlich wärst und noch etwas Tee machen könntest«, sagte Sarah nachdrücklich, »wäre das gut. Deine Mutter sieht so aus, als ob sie etwas Heißes vertragen könnte, stimmt doch, Amy? Oder hättest du lieber Kaffee? Du trinkst doch gerne Kaffee, obwohl ich glaube, dass er schlecht für dich ist. Was möchtest du? Wie wär's mit einer Suppe?«

»Mum, es tut mir Leid. Ich hab versucht, sie aufzuhalten –«

»Ist schon gut, Dawn. Tu, um was sie dich gebeten hat. Tee wäre schön.« Die Stimme war heiser und äußerst matt.

Das Mädchen blickte von einer Frau zur anderen, zuckte dann mit den Schultern und verließ das Zimmer.

Sarah stand da und hatte die Hände auf ihre Hüften gestützt, eine Haltung, die Amy sofort an ihre Mutter erinnerte. »Also schön, was, zum Teufel, ist hier los?«

Amy fummelte nach einer Zigarette.

»Sieh dich nur mal an«, ermahnte sie Sarah. »Das ist ja beängstigend, Amy. Was ist denn bloß mit dir los?«

»Sarah, es ist gut, dass du vorbeikommst – sehr aufmerksam –«

»Fang bloß nicht an zu quatschen. Wir haben keine Zeit für überflüssige Höflichkeiten. Irgendetwas läuft hier mächtig schief, und ich kann nicht einfach so daneben stehen und nichts tun. Amy, was machst du nur mit dir?«

Das kränkliche Gesicht im Bett verzog sich und wurde wütend. »Was ich mache? Was *ich* mache? Was du machst ist doch wohl die Frage. Für wen hältst du dich? Kümmer dich um deinen Kram. Wie kannst du es wagen, hier reinzuplatzen und mich herumzukommandieren?«

Sarah Goodman ließ sich durch diesen Ausbruch nicht im

Mindesten aus der Ruhe bringen – sie hatte ihn erwartet. »Ich sage dir, für wen ich mich halte. Ich bin seit vierzig Jahren deine Freundin, und das verschafft mir einige Rechte, Amy. Ich weiß, dass du mir aus dem Weg gegangen bist, aber jetzt muss ich mich einmischen, ob es dir passt oder nicht. Ich würde mir niemals verzeihen, wenn –«

»Wenn was?«, fragte Amy trotzig.

Darauf ließ Sarah sich gar nicht erst ein. »So, als Erstes will ich, dass du aus diesem Bett steigst und dich anziehst. Es ist später Nachmittag. Du kannst nicht den ganzen Tag lang im Bett rumgammeln.«

»Wieso nicht?« Die Stimme war gereizt und etwas kräftiger.

»Komm schon, Amy, raus aus dem Bett und ab unter die Dusche. Dawn wird uns jeden Moment Tee bringen und danach wirst du dich besser fühlen.«

»Sarah, Sarah, ich … kann nicht.« Ihre Augen wurden feucht, und sie begann zu zittern. »Ich will nicht.«

»Nein, keine Tränen, Amy. Komm, ich helfe dir.« Sarah, deren eigene Augen nun feucht wurden, trat ans Bett, legte ihr die Arme um die schweren Schultern und versuchte, den schlaffen Körper aufzurichten. »Hier. Lehn dich an mich.«

Amy bemühte sich hochzukommen, fing an zu zittern und sackte zurück in die Kissen. »Ich kann nicht.«

»Du kannst, Amy. Ich helfe dir. Bitte, mir zuliebe.«

Sarah verfolgte bestürzt, wie ihre Freundin mit zitternden Händen versuchte, die Teetasse festzuhalten. »Wann warst du das letzte Mal beim Arzt?«

Amy nahm einen Schluck und schwieg.

»Das kann so nicht weitergehen. Wir müssen dich wieder auf die Beine kriegen, Amy. Wann warst du bei deinem Arzt?«

»Vor ein paar Monaten.«

»Vor ein paar *Monaten?* Das ist doch lächerlich. Was sagt Maurice denn dazu? Hat er nicht darauf bestanden, dass du Hilfe bekommst?«

»Ich glaube, er hat mich aufgegeben.«

»Dich aufgegeben?«

»Maurice und ich kommen zur Zeit nicht so gut miteinander klar. Meine Schuld.«

»Wieso ist es deine Schuld? Dazu gehören für gewöhnlich zwei.«

»Nein, nein, es ist meine Schuld. Ich ziehe ihn runter – das sagt er jedenfalls.« Ihre Stimme war winzig, schwach. »Ziehe ihn runter.«

Sarah riss die Augen auf. »Typisch Mann, verdammt. Immer nur seine Seite sehen.«

»Er ist müde, er arbeitet sehr hart, weißt du, und dann kommt er nach Hause zu mir, seiner kränkelnden Frau, die herumstöhnt und ächzt und die Energie eines Waschlappens hat.« Amy lächelte traurig. »Das war einer der Lieblingsausdrücke meiner Mutter: Waschlappen.«

»Hör mal zu, Amy –«

»Ich mag nicht mehr zuhören. Nichts, was du sagen könntest, würde etwas ändern, Sarah. Ich habe schon jedes Wort zu diesem Thema gehört.«

»Vielleicht hörst du einfach nicht die richtigen Worte? Maurice lässt sich jedenfalls nicht auf das ein, was du sagst.«

»Ich sage nicht mehr viel in letzter Zeit. Warum sollte ich auch, wenn man sich doch immer nur im Kreis dreht? Die meiste Zeit reden wir aneinander vorbei.«

»Sicher, Jack ist ganz genauso. Aber ich zwinge ihn mir zuzuhören. Ich sorge dafür, dass er mich wenigstens einmal die Woche zum Essen ausführt. Wenn ich erst mit ihm am Tisch sitze, habe ich seine ungeteilte Aufmerksamkeit.«

Die arme Sarah, glaubte sie wirklich, dass ein wöchentliches Abendessen ihre Eheprobleme lösen würde? »Maurice tut sein Bestes, aber ich bin ein hoffnungsloser Fall.«

»Blödsinn.«

»Ach ja?«

»An solchen Dingen muss man arbeiten.«

»Ich bin so müde, Sarah.« Sie sah ihre Freundin flehentlich an. »Ich will doch nur in Ruhe gelassen werden.«

»Sei bloß nicht so verdammt melodramatisch.« Sarah verzog das Gesicht. »Du bist doch nicht Greta Garbo! Ich frage dich noch mal. Was hat Maurice zu all dem zu sagen?«

»Und ich sag's dir noch mal. Er hat die Schnauze voll, hat seine Geduld und sein Interesse verloren, und das kann ich ihm nicht mal vorwerfen. Er führt ein Leben für sich, das mich nicht mehr mit einschließt.«

»Da irrst du dich bestimmt.« Sarah war sich da keineswegs sicher. Erst vor wenigen Wochen hatte sie Maurice Kennedy mit seiner Schwägerin beim Abendessen gesehen, lachend und schwatzend und alles andere als besorgt. Ein andermal hatte sie die beiden zusammen im Yacht-Club gesehen. Wieder ein Herz und eine Seele.

»Amy, du musst dich aus dieser … dieser Apathie befreien.«

»Das verstehst du nicht, Sarah.«

»Nein, das tue ich auch nicht. Wie kann ich denn wissen, was in deinem Kopf vorgeht? Aber ich kann eines sehen – du hast Depressionen und das schon seit langem. Du gehst nicht aus, nicht mehr ans Telefon. Ich habe seit kurz vor Weihnachten nichts mehr von dir gehört, seit du die Einladung zu unserem Essen ausgeschlagen hast. Clodagh macht sich ebenfalls Sorgen um dich. Du hast dich in jeder Hinsicht zurückgezogen.«

»Ich mag einfach nicht rausgehen.«

»Es ist ungesund, Amy, sich so zu verstecken. Du brauchst dringend Hilfe. Es ist dir selbst gegenüber nicht fair, und ganz bestimmt nicht deinem Mann oder deiner Tochter gegenüber. Du siehst ja nicht einmal den Druck, der auf dem armen Mädchen lastet. Du bist kein grausamer Mensch, Amy. Sieh dich mal genau an. Du musst dich doch zu dem bekennen, was du tust.« Ein kleines ersticktes Stöhnen ließ Sarah ihre Härte bereuen. »Ich helfe dir, Amy. Ich bin hier, um dir zu helfen.«

»Ich gehe nicht wieder zu diesem Arzt. Nie wieder. Keine

Beruhigungsmittel mehr. Davon ging's mir nur noch schlechter.«

»Für Beruhigungsmittel hab ich auch nichts übrig«, stimmte Sarah zu, »aber es gibt auch andere Lösungen. Homöopathie zum Beispiel, ich schwöre auf homöopathische Mittel – die habe ich bei Kopfschmerzen probiert und mich gleich viel besser gefühlt –, aber vermutlich hat das in deinem jetzigen Zustand wenig Sinn. Du brauchst professionelle Beratung.«

Die plötzliche Offenheit ihrer Freundin war geradezu peinlich. »Ich bin ständig müde. Ich habe keinen Funken Energie. Du hast ja Recht, ich sollte aufstehen. Ich sollte hier im Haus etwas tun, aber ... Sarah, ich hasse es. Ich kann das Haus nicht mehr ausstehen. Es macht mich wirklich fertig.«

»Und er will immer noch nicht über einen Umzug nachdenken?«

»Er spielt nach wie vor auf Zeit. Seit Jahren wimmelt er mich schon ab. Er hat nicht die Absicht, es zu verkaufen. Bei Gott, ich wünschte, ich käme hier raus. Es wird jeden Tag schlimmer.«

Sarah ging zum Fenster und zog die langen Leinenvorhänge zurück. »Hier muss mal ein bisschen Licht rein. Tageslicht verschafft dir einen klaren Kopf.« Sie sah sich entsetzt um. »Dein Zimmer sieht ja schrecklich aus, Amy. Das Haus ist in einem furchtbaren Zustand. Hier würde jeder Depressionen kriegen.«

»Ich würde es am liebsten anzünden.«

Sarah öffnete ein Fenster. »Für so drastische Maßnahmen besteht gar kein Grund: Du kannst die Heinzelmännchen engagieren. Die kannst du dir doch jetzt leisten.«

»Nein, nein«, protestierte Amy. »Solche Störungen würde Maurice ablehnen.«

»Dann soll Maurice hier aufräumen und sauber machen. Ich rufe sie gleich an. Ich bestelle sie für – wann würde es dir passen? Ich weiß, dass du dich hier unwohl fühlst, Amy, aber es wäre doch wenigstens freundlicher, wenn es sauber wäre.«

»Ich sage dir doch, das würde Maurice nicht gefallen. Er duldet keine Fremden im Haus.«

»Ein starkes Stück.«

»Aber –«

»Kein aber, Amy. Das hat überhaupt nichts mit Maurice zu tun, okay? Du bezahlst doch. Es ist auch dein Zuhause. Du hast doch auch Rechte.«

»Wir werden sehen.«

»Na also. Danach machen wir uns über die Dekoration Gedanken. Neue Farben könnten das Haus verändern.«

»Dann kriegt Maurice einen Anfall.«

»Dann lass ihn doch. Ich ignoriere Jacks Anfälle ständig. Lass dich nie von einem Mann von irgendwas zurückhalten, Amy. Die übernehmen gerne die Kontrolle, und je mehr sie kriegen, desto mehr wollen sie haben, das liegt in ihrer Natur. Ja, dekorieren. Ich kann dir beim Organisieren helfen. Maurice braucht überhaupt nicht damit belästigt zu werden. Die Farben und die freudlosen Möbel hier im Haus würden ja wohl jeden runterziehen. Diese roten Monster unten, die eine Sitzgarnitur darstellen sollen, fliegen als Erstes raus.«

Wenn Maurice eine Fliege an der Wand wäre – wenn er doch bloß Sarahs große Pläne für die Möbel seiner Mutter mit anhören könnte. Amy musste lächeln.

»Gut, das ist schon viel besser. Und jetzt werde bitte nicht sauer, bevor ich ausgeredet habe: Ich finde, du solltest auf jeden Fall in Therapie gehen.«

»Der Meinung bin ich nicht, Sarah.«

»Moment mal. Normalerweise würde ich so etwas auch nie empfehlen, aber ich muss sagen, dass so was schon vielen Menschen geholfen hat, ihr Leben wieder in den Griff zu kriegen.«

»Menschen wie mir?«, fragte Amy skeptisch.

»Absolut«, bestätigte Sarah, »und Menschen, denen es noch schlimmer ging als dir. Viel schlimmer. Ich kann dir keine Einzelheiten nennen, aber mir ist ein Fall bekannt, wo eine Therapie im wahrsten Sinne des Wortes ein Leben gerettet hat. Ich hab da was aus erster Hand gehört – du weißt schon, was ich meine.«

»Therapie? Da müsste ich ja reden, meine Seele offenbaren, mich auskotzen.«

»Du bestimmst da das Tempo, Amy.«

»Ich könnte nicht so dasitzen und einem völlig Fremden mein Leben erzählen. Meine intimsten Gedanken und Gefühle preisgeben, um sie untersuchen zu lassen. Nein, ich will nicht, dass mich irgendjemand ausquetscht. Das könnte ich nicht ertragen.«

»Therapeuten sind überhaupt nicht so, das sind alles geschulte Zuhörer. Du holst das heraus, was du hineinsteckst. Keiner zwingt dich dazu, etwas zu sagen, was du nicht willst. Es hat natürlich keinen Zweck hinzugehen, wenn du nicht kooperierst.«

»Kooperieren? Das meine ich ja, ich müsste erzählen.«

»Ist das denn so schlimm?«

»Für mich schon.«

»Versuch's doch mal. Mach einen Termin aus, und wenn dir die Sitzung nicht gefällt, brauchst du nie wieder hinzugehen.« Sarah tätschelte ihrer Freundin liebevoll die Hand. »Nur einmal, Amy, bitte.«

»Aber brauche ich dazu nicht eine ärztliche Überweisung?«

»Nicht unbedingt. Ich kenne hier jemanden in Blackrock. Ich könnte mal anfragen.«

»Ich bin mir noch nicht sicher. Es wäre mir unangenehm –«

»Genau da irrst du dich. Diese Frau würde es dir angenehm *machen,* das ist ja ihr Job. Sie hat eine äußerst umgängliche Art, du wirst dich da völlig entspannen, ich versprech's dir.«

»Ich käme mir blöd vor.«

»Weil du Depressionen hast? Sei nicht verrückt ... ich meine, spinn doch nicht rum. Diese Leute hören ständig alle möglichen Geschichten. Du könntest ihr nichts erzählen, was sie nicht schon längst kennt. Rein gar nichts.«

»Ich werde darüber nachdenken.«

»Amy Kennedy, die Zeit des Nachdenkens ist vorbei. Ich rufe dort noch in dieser Minute an. Jetzt guck nicht so verzweifelt! Alles wird wieder gut. Wenn du's genau wissen willst, ich bin selber da hingegangen – sie war fantastisch.«

»*Du* bist in Therapie gegangen?«

»Ich war sehr deprimiert, nachdem mein Bruder gestorben war. Diese Frau hat mir darüber hinweg geholfen. Sie ist besonders gut, wenn es um Trauerfälle geht.« Sarah holte ein Notizbuch aus ihrer Handtasche. »So, hier ist die Nummer.« Sie nahm den Telefonhörer ab.

»Warte, Sarah ... ich kann nicht.«

»Du kannst, Amy. Wenn du willst, kannst du auch.«

»Ich habe Angst.« Amy verstummte. »Ich bin zu verunsichert.«

Widerwillig legte Sarah auf. Sie hob ein gebundenes Buch vom Boden auf. »Was liest du denn da?« Sie blickte auf den Umschlag. *À la recherche du temps perdu.* Proust. »Worum geht's?«

»Um den Verfall der Gesellschaft, unter anderem.«

Sarah schnalzte mit der Zunge. »Nancy, wie ich annehme?«

»Ja, und weißt du, was sie noch für mich besorgt hat? Eine Erstausgabe von *Les Plaisirs et les Jours*. Letzten Sommer hat sie jemanden aus einem Pariser Verlag kennen gelernt, der tolle Kontakte hat.«

Sarah zeigte sich wenig beeindruckt. »Auf dem Heimweg werde ich bei Eason's ein Buch für dich besorgen: *Die Kraft des negativen Denkens*.«

»Du meist des *positiven.*«

»Nein, ich meine des negativen – darum geht es ja gerade. Du wirst es verstehen, wenn du es liest. Es ist gut geschrieben und durchdacht, mit viel gesundem Menschenverstand und um einiges besser für dich als dieses –« sie warf noch einen verächtlichen Blick auf den französischen Roman, »dieses morbide Zeug hier. Es wird dir helfen. Es hat mir geholfen, als mir die Dinge über den Kopf wuchsen.«

Vor Sarah würde Amy Proust nicht verteidigen. »Wann sind dir denn die Dinge über den Kopf gewachsen?«

»Schon oft. Als ich zu Geralds Geburt nach Mount Carmel kam, war ich ein Nervenbündel. Mir ist schon klar, dass alle, die ein Baby bekommen, nervös sind, aber ich war geradezu panisch. Bei den anderen beiden ging es mir auch nicht viel besser, trotz der Epiduralanästhesie. Beim letzten Vorstellungsgespräch für die Bank war ich ein plappernder Idiot. Und als Anna damals vom Baum gefallen ist und mit zehn Stichen im Gesicht genäht werden musste, war ich keinen Pfifferling mehr wert, das schwöre ich bei Gott. Damals hat mir eine Krankenschwester in der Notaufnahme von den Bachblüten-Notfalltropfen erzählt. Die haben mich beruhigt.«

»Notfalltropfen?«

»Mhm, ein homöopathisches Mittel. Ich besorge es dir. Und Bewegung ist auch gut. Es hat kaum Sinn, eine Therapeutin aufzusuchen, wenn man sich selbst nicht bemüht.«

»Ich weiß«, meinte Amy ganz zerknirscht. »Wenn ich doch bloß die Energie aufbringen könnte. Je müder ich werde, desto deprimierter bin ich.«

»Das hängt eben alles zusammen, Amy. Da holen wir dich auch noch raus. Für jedes Problem *gibt* es eine Lösung. Du musst sie nur finden.«

»Du hast so eine positive Einstellung, Sarah.« Positiv, aber naiv bis zum Gehtnichtmehr.

»Amy, es wird dir besser gehen, das verspreche ich dir, aber du musst dich auch selbst bemühen.«

»Ich versuche es«, meinte sie ermattet.

»Und du machst diesen Termin aus?«

»Vielleicht.«

Sarah wusste, dass sie sich noch viel mehr anstrengen müsste. Es würde nicht einfach werden.

6

Sarah fuhr zum Haus von Clodagh Heffernan. Diese ständig weiter wuchernde Wohnsiedlung wäre sicher nichts für sie gewesen, doch man musste Clodagh zugestehen, dass sie sich wieder gut gefangen hatte, nachdem Gareth sich von ihr getrennt hatte. Nach fünf gemeinsamen Jahren hatte er einen Rückzieher gemacht, ihr mitgeteilt, dass die Beziehung nicht mehr funktioniere, war nach England abgedüst und hatte sie mit den Hypotheken sitzen lassen. Es war gut gewesen, dass die beiden nicht geheiratet hatten, da es auf diese Weise wenigstens keine weiteren finanziellen Verpflichtungen gab.

»Hi, Sarah. Komm doch rein. Ich hab dich heute gar nicht erwartet.« Clodagh schob sie in den kleinen Flur und öffnete die Tür auf der rechten Seite. »Entschuldige die Unordnung.« Auf dem ganzen Wohnzimmerboden lagen Stoffe verteilt. »Mit den Kostümen bin ich fast fertig. Aber für die Männerjacken brauche ich noch mehr Material. Ich weiß noch nicht genau, was ich für Biff ausprobieren soll. Sollte er mehr oder weniger dasselbe Kostüm tragen wie Happy? Was meinst du?«

»Da musst du wohl Niall fragen, er ist fürs Kostümdesign verantwortlich. Hör mal, ich komme eigentlich nicht wegen des Stücks vorbei.«

»Ach nein?«

»Nein, ich war gerade bei Amy. Sie ist in furchtbarer Verfassung.«

»Ich habe ein paar Mal bei ihr angerufen, aber sie will offenbar nicht mit mir reden. Ich habe auch Nachrichten auf ihrem Anrufbeantworter hinterlassen. Aber sie geht mir definitiv aus dem Weg.«

»Sie geht jedem aus dem Weg. Als ich sie heute gesehen habe, hat sie mir ehrlich gesagt einen Riesenschreck eingejagt. Sie sah furchtbar aus. Um fünf Uhr war sie immer noch im

Bett. Mir war gar nicht klar, wie schlecht es um sie steht. Sie hat mir erzählt, dass sie nachts nicht richtig schlafen kann. Sie wacht um fünf Uhr morgens auf und kann danach nicht wieder einschlafen. Dann ist sie den ganzen Tag lang völlig neben sich, und der Teufelskreis setzt sich fort.«

»Und warum nimmt sie keine Schlaftabletten?«

»Clodagh, sie braucht keine Schlaftabletten. Die lösen ihr Problem bestimmt nicht. Sie muss in Therapie.«

»Woher willst du das denn so genau wissen?«

Sarah biss sich auf die Zunge. »Sieh mal, es geht nicht nur um Schlaflosigkeit. Sie hat Depressionen.«

»Doch nicht schon wieder wegen ihrer Mutter? Warum kann sie das nicht einfach vergessen, es aus ihrem Kopf streichen und sich um ihr Leben kümmern? Sie ist ja besessen.«

»Darum geht es doch gerade.« Sarah sah rot. Hatte Clodagh denn gar kein Verständnis? »Du willst, dass sie da so einfach rauskommt – wenn sie das nur könnte. Sie hat sich doch nicht ausgesucht, krank zu sein, oder? Bei dir klingt es so, als würde sie nur nach Aufmerksamkeit suchen.«

»Vielleicht tut sie das ja auch. Ich weiß bloß, dass manche von uns ihren Lebensunterhalt bestreiten müssen. Ich könnte mir den Luxus nicht erlauben, den ganzen Tag im Bett zu liegen. Das ist egoistisch.«

Sarah seufzte. Clodagh war immer so wertend. »Ich finde, du könntest ruhig etwas mehr Mitgefühl zeigen. Amy macht eine schlimme Zeit durch. Ich habe sie noch nie so unglücklich gesehen, und das zerreißt mich fast.«

Clodagh ließ sich etwas erweichen. »War sie alleine, als du bei ihr warst?«

»Nein, ihre Tochter war da. Das Mädchen steht unter enormem Druck, und zwischen den beiden gibt es Differenzen – ich konnte es kaum fassen. Wenn ich bedenke, wie Amy das Mädchen vergöttert hat!«

»Du bist wirklich toll, Sarah. Ich hätte nicht den Mut, mich da einzumischen.«

»Ich mische mich nicht ein«, bemerkte Sarah steif, während sie darauf wartete, dass Clodagh ihr einen Stuhl frei räumte. »Jemand muss die Sache in die Hand nehmen. Amy ist völlig fertig, ganz unten. Wirklich beängstigend.«

»Was kannst *du* denn da tun? Du hast doch selbst gesagt, dass sie professionelle Hilfe benötigt.«

»Ganz genau. Ich kann sie hoffentlich dazu überreden. Aber wir können auch noch andere Dinge tun.« Sarah mochte es nicht, wie Clodagh sich immer um Schwierigkeiten herumdrückte. Solange alles glatt lief, war sie eine gute Freundin, doch sobald sich Ärger zusammenbraute, wollte sie lieber außen vor bleiben.

»Amy braucht sämtliche Unterstützung, die sie kriegen kann. Ich bin hier, um dich mit einzuspannen. Wenn wir sie dazu bringen könnten, mit uns auszugehen, wäre das ein Anfang. Wir hatten doch früher tolle Abende zusammen, weißt du noch?«

Clodagh schüttelte ihre kastanienfarbenen Locken. »Nicht die letzten paar Male – Amy hat immer zu viel getrunken. Für mich war's eine ziemliche Tortur. Ich mag solche Szenen nicht, wenn Amy trinkt und dann ganz weinerlich wird.«

»Das ist aber reichlich harsch.« Sarah war es leid, darauf zu warten, bis Clodagh aufgeräumt hatte, sie nahm eine Schachtel mit Nadeln und Garnen vom Sofa und setzte sich. »Für einige ihrer Probleme gebe ich Maurice die Schuld. Er ist ein hoffnungsloser Fall. Das gilt übrigens für die meisten Männer, wenn es um die Gefühle von Frauen geht. Er war schon immer ein bisschen steif, aber in letzter Zeit wird er meiner Meinung nach immer schlimmer.«

»In welcher Beziehung?«

»Noch unnahbarer. Weißt du, was Amy mir heute erzählt hat? Dass sie seit sechs Monaten getrennte Schlafzimmer haben. Das ist doch bei jedem Paar ein Rezept für Desaster.«

»Kann schon sein, aber manchmal gibt es auch gute Gründe. Amys Schlaflosigkeit, zum Beispiel. Vielleicht besuchen sie sich ja gegenseitig für leidenschaftliche Zwischenspiele.«

»Krieg dich wieder ein. Falls Maurice Kennedy sich romantischen Zwischenspielen hingibt, dann sicher nicht mit seiner Frau.«

Clodagh zog die Augenbrauen zusammen und setzte sich neben sie. »Wieso sagst du so was?«

»Ich glaube, er könnte sich mit einer anderen treffen – eine Affäre haben.«

»Eine andere Frau? Maurice Kennedy?«, höhnte Clodagh.

»Es sind schon seltsamere Dinge geschehen. Manche Frauen finden ihn vielleicht sogar attraktiv. Ich selbst mache mir zwar nichts aus diesem glatt rasierten Kleiner-Junge-Look, aber manche Frauen stehen darauf.«

»Er ist doch nicht der Typ für so was, oder?«

»Er könnte denken, dass er bei Amys jetzigem Zustand einen Grund dafür hat, und jeder Mann ist der Typ für so was, Clodagh. Das müsstest du doch von allen am besten wissen.«

»Ich bin offensichtlich nicht so zynisch wie du.«

»Das ist kein Zynismus, sondern Realismus. Jack wäre einem kleinen Flirt sicher auch nicht abgeneigt, wenn ich die Zügel nicht so straff hielte.«

Clodagh wusste genau, dass sich die Zügel von Jack-dem-Kumpel bereits weit genug gedehnt hatten, um ihm mehr als eine ausgewachsene Affäre zu gestatten, aber diese Beobachtung behielt sie für sich.

»Und noch eines kann ich an Maurice Kennedy nicht ausstehen: Er ist so verdammt geizig.« Sarahs Nase zuckte. »Es muss doch furchtbar sein, damit zu leben. Weißt du noch, als wir alle übers Wochenende nach Carlingford gefahren sind? Jedes Mal, wenn er eine Runde ausgegeben hat, was ja nicht so häufig vorkam, hat er sein Wechselgeld akribisch nachgezählt. Sogar Gareth hat mir gegenüber deshalb eine Bemerkung gemacht.«

»Es ist mir scheißegal, was diese Laus davon gehalten hat.«

Hier hatte Sarah sich etwas vergaloppiert. Man brachte Gareth Clodagh gegenüber besser nicht zur Sprache. »Hast du heute Abend Zeit? Jack hat heute was Geschäftliches vor, und die Kinder schlafen bei den Nachbarn. Ich dachte mir, wir könnten essen gehen. Natürlich hab ich Amy auch gefragt, aber sie wollte nicht mitkommen. Ich werde sie immer wieder bitten, mit uns auszugehen, egal wie oft sie Nein sagen wird.«

»Es hat doch keinen Sinn, sie zu quälen.«

»Ich betrachte es nicht als quälen. Selbst wenn sie die Einladungen ausschlägt, ist es wichtig für sie zu wissen, dass sich noch Menschen um sie kümmern.«

»Mmh.«

»Und, hast du Zeit, essen zu gehen?«

»Ja. Ich habe nichts anderes vor. Mein Sozialleben ist zur Zeit nicht gerade hektisch.«

»Das muss wohl das Schlimmste sein, wenn man alleine ist – die Samstagabende. Ich fühle mich immer übers Ohr gehauen, wenn ich samstagabends zu Hause bleiben muss.«

Hörte Sarah sich eigentlich je selber zu? Ihre Ehe verhinderte es ja auch nicht, dass *sie* heute Abend alleine war. »Wo möchtest du denn essen gehen?«

»Wie wär's mit dem Boulevard Café? Hat Amy das nicht damals entdeckt? Erinnerst du dich noch an dieses wunderbare Essen, das wir an ihrem Geburtstag vor zwei Jahren dort hatten? Gott, an dem Abend war sie in toller Form. Andere Zeiten.«

»Da war ich nicht dabei.«

»Nicht? Ach nein, das war ja mit Maurice und Jack. Wir waren zu viert dort. Maurice hat nur noch geschwärmt, und er ist ja wirklich nicht leicht zufrieden zu stellen. Ich rufe Sharon an und frage, ob sie für halb acht einen Tisch für uns hat.«

»Ich kann fahren. Ich trinke sowieso nichts, weil ich gerade faste.«

Amy starrte immer wieder auf den Namen in ihrem Adressbuch. Sylvia Gibson. Eine hiesige Nummer. Sarah hatte gesagt, ihre Praxis sei nur fünf Minuten entfernt – sie bräuchte sich nicht einmal den Wagen auszuleihen. Maurice brauchte nichts davon zu wissen. Aber weshalb sollte er es nicht erfahren? Das war doch genau, was er wollte. Wäre er nicht glücklich darüber? Und Dawn? Und Sarah? Sie steckte sich eine Zigarette an und inhalierte tief. Sie brauchte nur die Ziffern zu tippen. Dann käme alles ins Rollen. Wollte *sie* das denn? Sie hörte Maurice die Treppe hinaufkommen und schob das Adressbuch unter ihr Kopfkissen.

Im Boulevard war wie üblich allerhand los – einer der Gründe, warum Sarah sich für dieses Restaurant entschieden hatte. Es war angesagt, man unterhielt sich dort sehr angeregt, die Musik war lebhaft, ohne zu aufdringlich zu sein, und die Kellner waren gut gelaunt und freundlich – und obendrein war das Essen hervorragend.

Sharon, der das Restaurant gehörte, war nicht da. Ihre Mutter, Elizabeth, eine bezaubernd schöne Frau, begrüßte die beiden herzlich und führte sie zu einem Tisch mit brennenden Kerzen an einem Fenster, durch das man auf die Exchequer Street hinausblickte. Nachtschwärmer eilten im strömenden Regen vorbei und kämpften mit ihren Regenschirmen gegen die starken Windböen.

Gut, hier drinnen zu sein, wo es gemütlich und warm war.

Darragh, jener extravagante Kellner, der seine weiblichen Gäste »Blütenblatt« nannte, erläuterte Sarah die Vorzüge des kalifornischen Pinot Noir gegenüber dem spanischen Rioja, während Clodagh einen raschen Blick in die Runde warf. Plötzlich entdeckte sie ihn.

Maurice. Mit seiner Schwägerin. Sie saßen an einem kleinen Tisch bei der Treppe. Völlig ins Gespräch vertieft. Wie konnte sie verhindern, dass Sarah die beiden sah? Sie rückte ihren Stuhl ein wenig nach links, setzte sich so aufrecht wie möglich hin und versteckte ihren Kopf hinter der Speisekarte.

»Jetzt hab ich den Pinot Noir bestellt. Ich glaube, den hat Jack das letzte Mal genommen, als wir hier waren. Ich habe auch an dein Mineralwasser gedacht.«

»Danke.«

»Hast du dir eine Vorspeise ausgesucht? Die Suppe aus Meeresfrüchten ist köstlich. Die werde ich nehmen.«

»Ich glaube, ich nehme die Pilze in Knoblauch.« Clodagh senkte die Speisekarte und versuchte sich noch gerader hinzusetzen.

»Alles in Ordnung mit dir? Du siehst irgendwie angespannt aus.«

»Nein, nein, alles bestens.«

»Na schön, jetzt zum Hauptgang. Ich werde das Hühnchen ›Sunrise‹ nehmen. Ich liebe Brie.«

»Mit Tomaten- und Spinatfüllung«, las Clodagh laut vor.

»Das ist einfach klasse.«

»Ich habe Lust auf Nudeln. Welche sind denn gut?« Sie beschloss, sich der kulinarischen Weisheit ihrer Freundin zu beugen.

»Die Linguine Arrabiata mit Garnelen sind toll. Aber das wäre dann noch mehr Knoblauch für dich.«

»Macht nichts. Ich habe im Moment ja keinen Mann, den das stören könnte.«

Sarah blickte sie argwöhnisch an. »Hast du dich entschieden?«

»Ich nehme die Tagliatelle Carbonara.« Sie zwinkerte. »Ich halte mich mit dem Knoblauch wohl doch lieber etwas zurück – nur für den Fall.«

»Ziehst du mich etwa auf, Clodagh Heffernan?«

»Wer? Ich?«

»Manchmal verstehe ich dich nicht.«

Dito, dachte Clodagh.

»Möchtest du einen Nachtisch, Clodagh? Heiliger Jesus. Das glaub ich einfach nicht!«

»Was denn, was?«

»Er ist hier. Der verdammte Maurice Kennedy sitzt da drüben, in voller Lebensgröße und doppelt so hässlich. Ich fasse es nicht.«

»Jetzt klingst du genau wie Victor Meldrew!«

»Er ist mit ihr da. Hab ich's doch gewusst. Er ist garantiert mit ihr zusammen.«

»Mit wem? Mit wem ist er da?«, gab Clodagh sich unwissend.

»Amys Schwester. Dieser Claire. Claire Shiels. O mein Gott, was soll ich denn jetzt tun?«

»Gar nichts, Sarah, du wirst absolut gar nichts tun. Lass es einfach. Wir hatten ein schönes Essen. Jetzt mach hier nicht die Pferde scheu. Es geht dich doch nichts an.«

»Es geht mich sehr wohl etwas an. Damit lasse ich ihn nicht davonkommen.«

»Mit *was* davonkommen?«

»Zu denken, er könnte sich in Sicherheit wiegen. Kommt gar nicht in Frage. Ich werde dafür sorgen, dass dieser Saubermann sich windet.«

»Sch, sch, Sarah. Jeder wird es mitkriegen.«

»Ist mir ganz egal.«

»Bitte, Sarah, würdest du es bitte lassen –«

»Muss doch hallo sagen.« Sarah sprang von ihrem Stuhl auf, winkte und rief: »Maurice, Maurice. Hier drüben!«

Er flüsterte seiner Begleiterin etwas zu, erhob sich rasch von seinem Tisch und schritt mit breitem Lächeln herüber.

Clodagh starb tausend Tode.

»Guten Abend, Mädels. Schön, euch zu sehen.«

»Ebenso, Maurice, ebenso«, erwiderte Sarah überschwänglich.

»Ist Jack heute Abend im Club?«

»Er hat ein Geschäftsessen, danach geht er in den Club.«

Sie legte eine bedeutungsvolle Pause ein. »Er meinte, du wärst sicher auch da.«

»Nein, ich hab's nicht geschafft. Mir ist was dazwischen gekommen.«

Was dazwischen gekommen? Sarah konnte es sich lebhaft vorstellen. Und höchstwahrscheinlich würde es im Verlauf des Abends erneut dazwischen kommen. »Du kennst doch Clodagh, oder?«

Maurice nickte höflich. »Wie geht's dir?«

»Danke, gut.«

»Ist das nicht Amys Schwester dort bei dir?«, fragte Sarah ganz unschuldig. »Möchtet ihr euch zu uns setzen?«

»Nein, aber danke. Wir wollten gerade aufbrechen. Ich muss dir noch dafür danken, dass du bei Amy vorbeigeschaut hast.«

»Das war ja wohl das Mindeste. Ich mache mir große Sorgen um sie. Ich habe noch nie bei jemandem so eine Veränderung erlebt. Ich war furchtbar erschrocken, als ich sie gesehen habe. Amy war immer so stolz auf ihre Erscheinung, aber jetzt ... jetzt scheint sie ihr völlig egal zu sein. Heute sah sie schrecklich aus. Total erschöpft. Krank.« Sarah starrte ihn an. »Hattest du keine Bedenken, sie heute Abend allein zu lassen, Maurice?«

»Dummerweise zieht sie es vor, alleine zu sein. Ich dachte, dass sie das auch dir heute klar gemacht hat.« Er überraschte die beiden damit, dass er einen Stuhl heranzog und sich zwischen sie setzte. Er gab Claire ein Zeichen, dass es nur eine Minute dauern würde. »Es freut mich, dass du Interesse zeigst, Sarah. Amy braucht ihre Freundinnen. Ich hatte schon befürchtet, sie würde euch alle verlieren.«

»Auf gar keinen Fall, Maurice.« Sarah nippte an ihrem Wein. Wie konnte er es wagen, sich hierher zu setzen und so zu tun, als ob er sich Sorgen um seine Frau machte, während er mit ihrer Schwester zum Abendessen ging. Der Mann war wirklich unverfroren. »In meinen Augen hat sie ernsthafte Depressionen.«

»Die hat sie auch. Aber dein Besuch hat Wunder gewirkt, Sarah. Es freut mich, dir das sagen zu können.«

»Das bezweifle ich, Maurice. Wir hatten ein langes Gespräch, aber ich habe kaum Fortschritte gemacht.«

»Da irrst du dich«, strahlte er. »Heute Abend hat sie mir erzählt, sie würde die Therapeutin anrufen, die du ihr empfohlen hast.«

»Ach ja?« Erstaunt wandte sich Clodagh Sarah zu. »Gut gemacht!«

Sarah schüttelte den Kopf. »Ich möchte mir noch nicht gratulieren. Dazu ist es viel zu früh.«

Maurice nickte. »Aber es ist ein Schritt in die richtige Richtung.«

»Sie könnte es sich anders überlegen«, warnte Sarah. »Vielleicht hat sie dir das nur erzählt, um dich zu beschwichtigen. Mit Amy muss man behutsam umgehen. Ich habe vor, sie gut im Auge zu behalten.«

Daran zweifelte Maurice kein bisschen. Sarah nahm sich gern irgendwelcher Dinge an, und das hier war ein Fall, der ihre gesamte Aufmerksamkeit erforderte. Er war erleichtert. Vielleicht würde das etwas Druck von ihm nehmen. Amy hörte ihm schon länger nicht mehr zu. Vielleicht würde sie ihrer Freundin etwas mehr Beachtung schenken.

7

Joe Shiels saß da und las den neuesten John Grisham, den Claire ihm bei ihrem letzten Besuch mitgebracht hatte. War das nur Einbildung, oder hatte er diese Geschichte schon mal gelesen? Vielleicht gab es in seinem Alter ja keine neuen Handlungen mehr.

Er rückte den Armsessel vom Bett näher ans Fenster heran, wo das Licht besser war. Das Zimmer teilte er sich mit einem pensionierten britischen Hauptmann, der ihn regelmäßig mit

Anekdoten von seinen Heldentaten während des Krieges ergötzte. Im Moment schnarchte er jedoch glücklich in dem anderen Bett vor sich hin. Er war ein netter alter Kauz, wenngleich ein wenig langweilig. Joe hatte sich dafür entschieden, das Zimmer zu teilen, denn dadurch fühlte er sich nicht so isoliert.

Ein höfliches Klopfen an der Tür. Eine hübsche rothaarige Schwester trat ein.

»Mr Shiels, Besuch für Sie im Aufenthaltsraum. Ihre Tochter.«

»Claire?«

»Ihre andere Tochter, glaube ich.«

»Amy?« Überrascht erhob er sich schneller als beabsichtigt von seinem Sessel und schwankte ganz leicht. Er hielt sich an der Armlehne fest und biss die Zähne zusammen. Diese verfluchten Beine.

»Immer mit der Ruhe.« Die Schwester hakte ihn unter. »Ich begleite Sie nach unten, ja?«

Brüsk befreite er seinen Arm. Zum Teufel damit, warum wollte er es an ihr auslassen? Sie versuchte doch nur, ihm zu helfen. »Nein, es geht schon, Schwester, danke.«

»Na schön.«

»So pflegebedürftig bin ich noch nicht.« Diese spitze Bemerkung konnte er sich einfach nicht verkneifen.

Die Schwester lächelte tröstend und tat so, als striche sie die Vorhänge glatt. Er war ein stolzer alter Gentleman. Doch nach dem Herzinfarkt war sein Gleichgewichtssinn nicht mehr der beste, und seine Arthritis machte das Gehen auch nicht gerade einfacher. Sie würde ein paar Schritte hinter ihm bleiben und ihn auf der Treppe beobachten.

Amy blickte zu den sorgsam gepflegten Blumenbeeten hinaus und fragte sich, ob ihr Vater wohl sein eigenes Fleckchen Erde vermisste. Er hatte sich stets für die Gartenarbeit interessiert, musste jedoch in den letzten Jahren einen Jungen aus der Nachbarschaft engagieren, der ihm den Rasen mähte und das Unkraut jätete; die Anstrengung war ihm einfach zu groß geworden.

Sie freute sich nicht gerade auf diesen Besuch, war schon wochenlang nicht mehr hier gewesen: Es tat weh, ihren Vater vor ihren Augen verfallen zu sehen und auf die Freundlichkeit von Fremden zu vertrauen. Sie müsste wohl lernen, es zu akzeptieren – es war seine eigene Entscheidung gewesen, hierher zu ziehen. Aber welche Wahl hatte er gehabt? Claire war den ganzen Tag berufstätig, und ein Apartment wäre auch nicht das Richtige gewesen; dort konnte man vereinsamen. Er wäre auch niemals bei Claire eingezogen. Abgesehen davon, dass sie es ihm gar nicht angeboten hatte.

Dawn hatte den zaghaften Vorschlag gemacht, ihr Großvater könne doch bei ihnen zu Hause einziehen, da sie ausreichend Platz hätten, aber Maurice hatte nur abgewunken. Der alte Mann brauchte rund um die Uhr Betreuung. Selbst Amy hatte zugeben müssen, dass es zu viel für sie wäre. Sie hätte ihren Vater nicht zu sich bitten können – nicht so, wie die Dinge lagen.

Und dennoch …

»Amy, Amy.« Seine Augen wurden feucht, als er seine ältere Tochter umarmte. »Wie schön, dich zu sehen.«

»Komm und setz dich, Dad. Wie geht es dir?«

Er folgte ihr zu der Vierer-Sitzbank und ließ sich langsam darauf nieder. »Ach, zum Teufel damit.«

»Hier, für dich.« Sie überreichte ihm eine kleine braune Papiertüte.

Mit kindlicher Freude öffnete er das Geschenk. »Butterscotch – meine Lieblingskekse.« Er schien sich wirklich darüber zu freuen.

»Wie behandelt man dich hier, Dad?« Sie fürchtete sich vor der Antwort.

»Alle sind freundlich, Amy, sehr freundlich. Manchmal etwas pingelig, aber man kann nicht alles haben. Das Essen ist gut und nahrhaft; viel Fleisch und Gemüse – herrlich große, mehlige Kartoffeln, wie man sie früher bekommen hat. Eine der Schwestern hat da hinten einen kleinen Gemüsegarten. Es geht doch nichts über frisches Gemüse, das schmeckt viel besser als das Zeug aus dem Supermarkt.«

Ihr Vater hatte schon immer gerne gegessen.

»Wir bekommen auch viel Rhabarber, wenn gerade Saison ist, und die backen hier auch ihr eigenes Brot, genau wie deine Mutter früher.«

Amy drückte seine Hand.

»Schwer zu glauben, dass sie jetzt schon ein Jahr tot ist, oder?«, meinte er. »Wo die Zeit nur bleibt? Ich hab an ihrem Todestag eine Messe in der Kapelle für sie lesen lassen.«

»Ich bin auf dem Friedhof gewesen …« Sie hätte ihn mitnehmen sollen. Das wäre das Mindeste gewesen.

»Das war sicher nicht leicht für dich, Häschen.«

»Tut mir Leid, dass ich dich nicht abgeholt habe, Dad. Ich konnte nicht klar denken. Es ist mir gar nicht in den Sinn gekommen.«

»Das macht doch nichts, Amy. Ich konnte Friedhöfe noch nie ausstehen«, sagte er einfach. »All die Symbole von Vergänglichkeit und diese Dinge. Ich erinnere mich viel lieber an deine Mutter in ihrer kleinen Küche, wie sie braune Brotlaibe in den Ofen schiebt oder die vordere Veranda schrubbt. Weiß Gott, die Frau hat niemals Ruhe gegeben; ständig beschäftigt – stricken, stopfen, sauber machen, Schränke auswischen. Sie hat wirklich alles gebügelt – sogar meine Unterhosen. Was bringt es, Unterwäsche zu bügeln? Aber sie *musste* ja immer irgendetwas tun. Kannte die Bedeutung des Wortes entspannen nicht.«

»Nein«, pflichtete Amy bei.

»Sie fehlt mir mehr, als ich je gedacht hätte.«

»Wirklich, Dad?«

»Ja, tatsächlich. Weißt du noch, wie sie ständig über alles

Mögliche geredet hat und ich ihr, Gott vergib mir, überhaupt nicht zugehört habe – das hat sie immer so richtig auf die Palme gebracht.« Bei diesem Gedanken lächelte er. »Oh, sie konnte reden, deine Mutter, hatte immer irgendwas parat. Ich vermisse ihre kleinen Sprichwörter.«

Amy überhaupt nicht.

Der verdrossene Gesichtsausdruck seiner Tochter war beunruhigend. »Deine Mutter ist jetzt an einem besseren Ort.« Er kicherte. »Das will man uns jedenfalls glauben machen.«

»Und, glaubst du es?«

»Nö, und was mich betrifft, gibt es auch nur ein Leben. Der Kaplan hier würde die Hände überm Kopf zusammenschlagen, wenn er mich so reden hörte. Ich hatte schon ein paar nette kleine Wortgefechte mit ihm.«

»Mit dem Priester?«

»Ganz genau. Ich lege mir etwas zurecht, und er fällt jedes Mal darauf herein; ich stelle ihm alle möglichen klerikalen Fragen, die den Armen ganz verwirren – dann kommt er mit seinen Theorien, Definitionen und Philosophien daher und im nächsten Atemzug widerspricht er sich selbst – ich sage dir, das macht Spaß.«

»Dad, du bist ein furchtbarer Quälgeist.«

»Ein bisschen Spaß kann ja wohl nicht schaden.«

»Stimmt.«

»Wie lange ist es her, dass du welchen hattest, Amy?«

»Zu lange, Dad.«

»Na ja«, meinte er ausdrücklich, »wäre es nicht an der Zeit, dass du mal raus gingest, um dich zu amüsieren?«

»An was genau dachtest du denn?«

»Hör mal, Liebes, genieß die Zeit, so lange es geht – lass die Dinge nicht überhand nehmen.«

»Dinge?«

»Du weißt genau, was ich meine, Amy. Geh raus und guck dir das Leben an, bevor es zu spät ist. Du wirst auch nicht jünger.«

»Das ist mir schon klar.«

»Aber du bist nicht zu alt, um Spaß zu haben. Deswegen hab ich dir doch das Geld gegeben. Benutze es. Gib es aus, Mädchen. Geld soll man genießen und nicht horten, damit es auf der Bank verstaubt.«

»Das sagt Sarah auch immer.«

»Sie hat Recht.«

»Mmh, ich habe überlegt, ob ich das Haus renovieren soll.«

»Das Haus? Ach, komm. Was soll das denn bringen? Das Haus wird dich auch so noch lange überleben.«

»Ich dachte, es könnte mich aufheitern.«

»Deine Mutter hat es nie aufgeheitert, oder? Wenn sie nicht gestrichen hat, dann hat sie tapeziert, die Holzmöbel poliert, immer was an diesem verdammten Haus gemacht, wochenlang. War viel zu pedantisch.«

Wer hat das Glas Milch auf dem Küchentisch verschüttet? Warst du das, Amy? Raus mit der Wahrheit. Mach das sauber. Sofort. Schon wieder ein Glas zerbrochen – glaubst du, ich bin aus Geld gemacht? Du bist die ungeschickteste kleine Nervensäge, die jemals Schuhe tragen durfte. Beeil dich. Jetzt schau dir das an – du hast dir in die Hand geschnitten. Nein, ich habe kein Pflaster. Keine Tränen, bloß keine Tränen, oder ich gebe dir einen Grund zum Heulen. Wenn du den Boden fertig gewischt hast, geh in dein Zimmer und räum es ordentlich auf. Dieses Zimmer ist eine Schande. Eine Schande.

»Aber was bedeutet es schlussendlich? Es gibt wichtigere Dinge im Leben, Amy. Du solltest lieber einen schönen Urlaub machen und dich damit ablenken.«

»Wahrscheinlich hast du Recht, aber Maurice ist sehr beschäftigt und nur schwer vom Fleck zu bewegen.«

Ihr Vater nahm die Brille ab und putzte sie mit dem Rand seiner Strickjacke. »Wer hat denn was von Maurice gesagt?«

Sie war bestürzt. »Alleine? Ich soll alleine wegfahren?«

»Genau das brauchst du.«

»Das könnte ich nicht, Dad. Dawn steht kurz vor der Zwischenprüfung und –«

»Und was?«

»Ich könnte nicht so einfach abhauen und Maurice allein lassen. Das würde ihm überhaupt nicht gefallen. Er erwartet, dass ich da bin.«

»Dann erwartet er vielleicht zu viel. Du warst immer für ihn da, Amy, und auch für Dawn. Du hast deinen Teil erledigt, jetzt ist sie ein großes Mädchen und hat sich selbst ein Leben aufgebaut. In dieser Hinsicht gibt es keinerlei Grund zur Besorgnis.«

»Aber ich sorge mich, Dad.« Amys Augen füllten sich mit Tränen. »Ich bin eine Last für sie geworden.«

»Das will ja nun keiner von uns werden.« Er nahm die Packung Butterscotch-Kekse aus der Tüte und öffnete sie. Zuzusehen, wie er ein Stückchen abbrach, es sich in den Mund schob und anfing zu kauen, machte Amy traurig. Es versetzte sie zurück in die dampfige Küche, in der ihr Vater nach dem Abendessen saß, seine Süßigkeiten mit ihr teilte und ihr bei den Hausaufgaben half.

»Ich habe dich in den letzten Monaten beobachtet, Amy. Glaub ja nicht, ich hätte nichts bemerkt. Ich dachte nur, es wäre nicht an mir, dir zu sagen, wie du dein Leben leben sollst, aber seit ich hier bin, habe ich viel Zeit zum Nachdenken. Du bist sehr unglücklich, stimmt's?«

Amy wandte sich ab. Ihr Vater war alt, müde, er hatte sich etwas Ruhe verdient. Sie war heute hier, um ihn zu trösten, um ihm ihre Aufmerksamkeit zu schenken und nicht, um ihre Probleme auf ihn abzuwälzen.

»Amy, Liebes, das Leben ist sehr kurz.«

»Es hat keinen Sinn herumzujammern –«

»Ich höre dich gar nicht jammern, Amy. Ich habe nie gehört, dass du dich beschwert hättest. Vielleicht ist es jetzt an der Zeit dazu. Warum tust du nicht mal was für dich, Kind?«

Das hatte sie doch. Sie hatte einen Termin mit der Therapeutin vereinbart. Fünfzig Pfund pro Sitzung. Fünfzig Pfund, um mit einer Fremden da zu sitzen und alles über sich zu erzählen. Jämmerlich und nachgiebig gegen sich selbst. Es war das absolute Sichgehenlassen, oder etwa nicht? Langsam drehte sie sich wieder zu ihm um, und ihr leerer Gesichtsausdruck erschreckte ihn.

Er streichelte zärtlich ihre Hand. »Siehst du keinen Ausweg?«

»Ich weiß nicht, Dad. Ich kann nicht klar denken. Jedes Mal, wenn ich mich für etwas entscheide, verwerfe ich es genauso schnell wieder. Ich kann mich auf nichts konzentrieren. Was ich zum Abendessen mache, ist eine spontane Entscheidung geworden.«

»Das klingt aber gar nicht nach dir, Amy. Du warst immer so kompetent.«

»Früher.«

»Richte deinen Blick auf das, was du für dich selbst willst. Vergiss doch mal Maurice und Dawn und das blöde alte Haus. Frag dich, was *du* wirklich willst.«

»Das ist es ja gerade, ich weiß nicht, was ich will. Ich versuch es ja, jeden Tag versuche ich einen Neuanfang, Pläne zu schmieden, glücklich zu sein, optimistisch ... aber nichts funktioniert. Maurice kann nicht verstehen, wo ich herkomme, und Dawn hat ihr Studium. Sie hat sich toll verhalten, aber sie kann doch nicht meine Probleme lösen, oder? Es ist schwer zu erklären. Es fühlt sich so an, als ob ich mitten in einem Theaterstück aufgewacht wäre, in dem ich eine Fehlbesetzung bin.«

»Diese Vorstellung musst du aus deinem Kopf verbannen, Amy. Du kannst dein Leben verändern, wenn du es willst. Aber du musst es wollen.«

»Dad?« Sie zögerte. »Warst du glücklich mit Mam?«

»Wir haben uns wohl so durchgewurschtelt. Ich habe mir nicht allzu viel erhofft, weißt du. Darin liegt das Geheimnis der Zufriedenheit. In unserem Fall, Amy, war es deine Mutter, die unglücklich war. Nicht, dass sie je was gesagt hätte. Deine Mutter hat fest an ihre Pflichten geglaubt, das hat sie wohl, aber ich wusste, dass sie das meiste ganz mechanisch tat. Sie gehörte zu diesen Leuten, die das Richtige tun, jedoch auf ihre eigenen Kosten. Selbstaufopferung bleibt nicht ohne Folgen.«

»Ich hab mich ihr nie nahe gefühlt, Dad.«

»In vielerlei Hinsichten war sie eine harte Frau, am härtesten gegen sich selbst. Aber sie trug auch eine gewaltige Schuld mit sich herum.«

»Schuld?«

Er seufzte leise, und seine Augen nahmen jenen entrückten Ausdruck an, den sie schon früher bei ihm gesehen hatte. »Es gibt so viel, was du von ihr nicht weißt.«

»Ich würde es gern erfahren, Dad.«

»Lass uns einen kleinen Spaziergang durch den Garten machen. Das ist erlaubt, wenn wir Besuch haben. Ein bisschen Bewegung würde mir gut tun. Wir können durch diese Flügeltür hier verschwinden, sonst drückt mir Schwester Martha wieder diese Gehhilfe aufs Auge, und ich hasse das verfluchte Ding.«

Amy half ihrem Vater auf die Füße. Er war äußerst wackelig, viel schwächer, als sie gedacht hatte. »Wie wär's mit einem Mantel, Dad? Es ist kühl heute.«

»Würdest du in mein Zimmer rauflaufen? Der graue Mantel hängt im Kleiderschrank neben der Tür.«

»Natürlich. Setz dich auf den Klavierhocker, und ich bin in einer Sekunde zurück.«

»Gestern Abend saßen wir hier an diesem Klavier zusammen. Schwester Alphonsus spielt einen ordentlichen Scott Joplin.« Er lächelte. »Eine Gesangsrunde am Abend, genauso wie damals, als ich noch ein junger Bursche war. Da gab es noch kein Fernsehen, und dadurch waren wir viel besser dran. Wir haben unser eigenes Unterhaltungsprogramm gemacht.«

Amy stellte sich vor, wie sie in ihren Rollstühlen, auf dem

Sofa oder den Armsesseln saßen und halb vergessene Lieder aus einer vergangenen Ära sangen. Zusammen, aber letztlich doch allein.

Sie wollte ihn bitten, ihr die Sache mit ihrer Mutter zu erklären. Sie musste es wissen, doch der alte Mann schien erleichtert, das Thema wechseln zu können, und sie wollte ihn nicht drängen.

In dieser Nacht lag Joe lange wach. Amys heutiger Besuch hatte ihn sehr bewegt. Er hätte sich mehr um seine Kinder kümmern sollen. Er hatte sich aus deren Erziehung weitgehend herausgehalten und auf dem Rücksitz Platz genommen. War viel zu ängstlich gewesen, einzugreifen und seinen Teil der Verantwortung zu übernehmen. Was konnte er jetzt noch für seine Tochter tun? Was hatte er für sie getan, als sie noch ein Kind gewesen war? Wenn er ihr damals schon nicht helfen konnte, was konnte er dann jetzt noch tun? Er schloss die Augen, doch die Bilder wollten einfach nicht verschwinden …

Die Küchentür war verschlossen. Er hörte sie leise auf der Stufe dahinter weinen. Es goss in Strömen, und sie war klatschnass.

»Amy, Kleines, Amy! Was um alles in der Welt machst du denn da draußen im Dunkeln? Komm aus dem Regen raus. Du holst dir ja den Tod.«

Sie warf sich in seine Arme, ihre heißen Tränen benetzten sein Gesicht. »Es tut mir Leid, Dad. Es tut mir Leid. Ich werde es nie wieder tun.« Sie schluckte zwischen ihren Schluchzern. »Ich werde nicht wieder frech sein. Sag ihr, dass es mir Leid tut. Ich werde es nie wieder tun.«

Er umarmte sie noch fester. »Was denn tun, Liebling?«

»Ich hab nicht aufgeräumt, hab meine Spielsachen im Schlafzimmer liegen lassen, und das Baby ist gestolpert und hat sich den Kopf an meiner Blechtrommel aufgeschlagen.

Mam hat geschrien, ich hätte sie nicht am Boden liegen lassen sollen, und dass sie mir gesagt hat, ich soll aufräumen, aber ich hab's vergessen, Dad. Ich wollte Claire doch nicht wehtun.« Noch ein lautes Schlucken. »Mam hat mir ganz doll eine geknallt und mich in den Garten gesperrt. Sie hat gesagt, das soll mir eine Lehre sein.«

Wie lange war das Kind da draußen gewesen?

»Es tut mir Leid, Dad. Es tut mir so Leid.«

Er trug seine Tochter zum Feuer hinüber. »Ist schon gut, mein Küken. Ist schon gut.«

Er zog ihr das nasse Kleid über den Kopf. Zitternd stand sie in ihrem Unterhemd und Höschen da, der kleine Körper war vor Kälte ganz blau, ihre Zähne klapperten.

Er dachte, es würde ihm das Herz zerreißen. »Komm nach oben, Kleines, ich lass dir ein heißes Bad ein. Wir müssen dich doch wieder warm kriegen.«

»Dad, ich hab Angst, nach oben zu gehen. Mam ist da oben mit Claire. Sie ist wirklich böse.«

»Mach dir keine Sorgen, Liebes. Alles wird gut.« Er streichelte ihre nassen Locken. »Ich werde mit Mam darüber reden.«

Doch das hatte er nicht getan, oder? Weder damals noch zu irgendeinem anderen Zeitpunkt.

8

Das gestrige Gespräch mit ihrem Vater ging Amy nicht mehr aus dem Kopf. Was hatte er nur damit gemeint, dass ihre Mutter sich ihr ganzes Leben lang schuldig gefühlt hatte? Schuldig wegen was? Ihrem Versagen als Ehefrau? Der Erziehung ihrer Kinder? Der Unterdrückung zu Hause? Das alles schien plausibel, und doch kam es ihr so vor, als hätte ihr Vater von etwas anderem gesprochen. Amy wollte ihn bitten, weiter ins Detail zu gehen, die Lücken zu schließen, aber sie scheute sich, ihn zu drängen, etwas zu sagen, das er später bereuen könnte – sie hatte gespürt, dass er ihr schon viel mehr anvertraut hatte, als ihm eigentlich lieb war.

Jede alltägliche Verrichtung lag wie ein großer Berg vor ihr. Selbst sich zu waschen war eine schwierige Aufgabe. Gerade als Amy sich aus ihrem morgendlichen Bad gequält hatte, klingelte das Telefon. Sie wickelte sich in ein Handtuch und ging noch immer tropfnass ins Schlafzimmer.

»Mrs Kennedy?«

»Am Apparat.«

»Hier ist Helen Broe.«

Helen Broe. Die Frau, die ihr Elternhaus gekauft hatte; verheiratet mit einem Auktionator, drei erwachsene Kinder. Amy hatte nichts mehr von den Broes gehört, seit ihr Vater den Kaufvertrag unterzeichnet hatte, und hatte es auch nicht erwartet.

»Ja, Mrs Broe. Was kann ich für Sie tun?«, fragte sie zaghaft.

»Also, es ist etwas schwierig. Ich weiß nicht recht, wie ich anfangen soll.«

Bitte, nur nichts Unangenehmes, betete Amy.

»Heute Morgen ist etwas äußerst Seltsames passiert – hier ist ein Brief eingetroffen, der an Ihre Mutter adressiert ist. Ich wollte ihn schon an Sie weiterleiten, aber dann haben mein Mann und ich darüber geredet und waren der Meinung – wir dachten, es wäre besser, Sie erst mal anzurufen.«

Amy setzte sich aufs Bett. »Ein Brief an meine Mutter?«

»Es muss sehr bedrückend für Sie sein«, stammelte die Frau. »Ich wusste nicht recht, was ich tun sollte.«

»Sie haben ganz richtig gehandelt.« Amys Gedanken rasten. »Ich … es tut mir Leid, das kommt so überraschend.«

»Natürlich. Mein Mann könnte ihn auf dem Weg zur Arbeit bei Ihnen vorbeibringen, wenn Ihnen das hilft. So würden wir keine Zeit verlieren.«

»Ich möchte Ihnen keine Umstände machen.«

»Überhaupt nicht. Stellen Sie sich das vor – ein Brief nach all der Zeit. Es ist schon seltsam, wissen Sie, es kommt so völlig überraschend, wie Sie sagten – ganz offensichtlich von jemandem, der nicht weiß, dass Ihre Mutter verstorben ist. Deswegen habe ich auch gezögert, Sie anzurufen, aber vermutlich –«

»Mrs Broe«, unterbrach Amy, »könnten Sie mal den Poststempel ansehen?«

»Das habe ich schon. Er ist aus London.«

»London?«

Vage Kindheitserinnerungen kamen hoch: Geburtstagskarten, Weihnachtsgrüße, gelegentlich ein Päckchen.

»Also, Hugh wird in etwa einer Stunde bei Ihnen sein.«

»Ich muss allerdings aus dem Haus. Ich habe einen Termin, den ich dummerweise nicht absagen kann. Er kann ihn doch bestimmt durch den Briefschlitz in der Tür werfen.«

»Natürlich. Die Sache tut mir furchtbar Leid. Das Ganze ist bestimmt sehr unangenehm. Um ehrlich zu sein, ich wollte ihn schon wegwerfen, aber Hugh war der Meinung, es könne etwas Wichtiges sein.«

»Da haben Sie völlig richtig gehandelt.« Amy spürte, dass sie etwas sagen musste, um die peinliche Lage zu entschärfen. »Ist bei Ihnen denn alles in Ordnung?«

»O ja«, hellte sich die Stimme der Frau merklich auf. »Wir sind so gerne hier in Glenageary – wir haben uns in wenigen Wochen eingelebt. Die Nachbarn sind reizend, ausgesprochen hilfsbereit. Sie würden das Haus nicht wiedererkennen. Wir haben einen Wintergarten ans Esszimmer angebaut, und Hugh hat den Dachstuhl ausgebaut. Mein Jüngster, Danny, schläft da oben und genießt seine Privatsphäre. Es sieht dort eher aus wie in einem CD-Laden als wie in einem Schlafzimmer. Aber Sie wissen ja, wie Teenager sind.«

»In der Tat.«

»Na schön, ich werde Sie jetzt nicht länger aufhalten, Mrs

Kennedy. Es war schön, mal wieder mit Ihnen zu sprechen. Passen Sie gut auf sich auf.«

»Und Sie gut auf sich. Ich bin Ihnen sehr dankbar, Mrs Broe. Auf Wiederhören.«

Amy legte den Hörer auf. Ihre Hände zitterten, und sie schämte sich deswegen vor sich selbst. Es ist doch nur ein Brief, es ist doch nur ein Brief, wiederholte sie wie ein Mantra. Wie hieß diese Freundin ihrer Mutter doch gleich? Diejenige, die in Südengland lebte. Corr? Wie haben wir sie immer genannt? Tante Cathy? Tante Catherine? Genau, das war es. Amy hatte ein Bild in Erinnerung, wie sie gemeinsam in Howth auf einem Pier spazieren gingen und ihr Kleid vom Wind nach oben geweht wurde, woraufhin sich ihre Mutter zu ihr umdrehte und lachte. Das war ihr in Erinnerung geblieben – das Lachen ihrer Mutter.

Das Zimmer war hellgelb gestrichen. Eine fröhliche Farbe, und Amy vermutete, dass das beabsichtigt war. »Bitte, setzen Sie sich.« Sylvia Gibson lächelte ermutigend, als sie ihrer Patientin einen Stuhl zuwies. »Also, wie kann ich Ihnen helfen?«

»Ich, äh … eine Freundin hat Sie mir empfohlen«, stammelte Amy. »Sie meinte, wenn ich mit Ihnen reden würde … sie war der Meinung, Sie könnten mir helfen.«

»Das hoffe ich doch, Amy.« Sylvia Gibson beugte sich ein wenig vor. »Können Sie vielleicht damit beginnen, dass Sie mir sagen, wie Sie sich jetzt fühlen?«

»Ich fühle mich blöd, weil ich hier bin«, gab Amy zu. »Kann ich hier rauchen?«

»Wenn Sie sich dann wohler fühlen, sicher.« Sylvia nahm einen Aschenbecher aus ihrer Schreibtischschublade. Dann zog sie ihren eigenen Stuhl hinterm Schreibtisch hervor und rückte ihn näher an Amy heran. »So ist es besser.« Sie nahm einen großen Block vom Tisch. »Stört es Sie, wenn ich mir Notizen mache? Es hilft mir einfach, mich zu konzentrieren, und dann habe ich Aufzeichnungen, falls Sie sich entscheiden wiederzukommen; wir können dann nachvollziehen, was geschehen ist. Abgesehen davon habe ich ein Gedächtnis wie ein Sieb – ich muss mir alles aufschreiben«, gestand sie.

»Ich auch.« Amy steckte sich eine Zigarette an und balancierte den Aschenbecher auf ihrem Knie.

»Gut, also Sie sagten, Sie fühlen sich blöd, weil Sie hier sind. Wieso?«

»Mehr als blöd. Egoistisch. Ich halte es für ziemlich ichbezogen.«

Sylvia Gibson lächelte. »Dem stimme ich natürlich nicht zu. Sie sind es sich schuldig, sich um sich selbst zu kümmern. Wenn Sie körperlich krank wären, würden Sie doch bestimmt zum Arzt gehen, oder?«

»Ich bin also geistig krank. Wollen Sie das damit sagen?«

Sylvias Miene blieb unbewegt. Sie durfte keinerlei Emotionen zeigen, die diese Frau verschrecken konnten. Weise und langsam.

»Der wirkliche Grund, weshalb ich hier bin, ist, dass ich nicht schlafen kann. Ich wollte keine Pillen mehr nehmen.« Amy klopfte wütend die Asche ab. »Vielleicht sollte ich Massagen versuchen? Es ist so ... ach, ich kann es einfach nicht sagen.«

»Ist schon gut, Amy. Sie können absolut alles sagen, was Sie möchten.«

»Ich glaube wirklich nicht, dass ich hier sein sollte.«

Sylvia nickte. »Fahren Sie fort.«

»Ich sollte nicht hier sein müssen. Das ist totales Versagen. Ich finde es schrecklich, zu einer Fremden – Entschuldigung, das soll keine Beleidigung sein –, zu einer Fremden kommen zu müssen und ihr meine Probleme zu erzählen. Ich sollte in der Lage sein, sie selber zu lösen. Ich bin eine erwachsene Frau, aber ich fühle mich – außer Kontrolle. So lässt es sich wohl am besten beschreiben. Außerdem finde ich, dass ich in der Lage sein sollte, mit meiner Familie und meinen Freunden darüber zu reden, aber ich kann es nicht. Ich hab es getan, ich hab es versucht, aber es ... sie haben es nicht verstanden. Verstehen Sie mich nicht falsch – sie sind sehr gut, aber ...«

»Amy«, fragte Sylvia behutsam, »fühlen Sie sich geliebt?«

Die Handschrift *war* ihr vertraut. Amy setzte ihre Lesebrille auf, ließ sich neben dem Küchenfenster nieder und öffnete zitternd den Briefumschlag. Eine zusammengefaltete Seite. Amy blickte ans Ende, ihr erster Gedanke war, den Absender herauszufinden.

Catherine Cole.

Ja, genau, Cole. Wie konnte sie das vergessen? Das kleine, sommersprossige Gesicht zwischen dem riesigen Pelzkragen mit seiner blass-braunen Farbe. Cole, die Maulwurfsfrau – das war der Spitzname gewesen, den Amy ihr als Kind gegeben hatte.

Andere Erinnerungen kamen zurück. An einen roten Faltenrock mit weißem Gürtel. Sie konnte nicht älter als sechs oder sieben gewesen sein. Sie hatte ihn zerrissen, als sie über einen Zaun geklettert war. Amy erinnerte sich nicht mehr daran, wann sie den Rock bekommen hatte, doch sie erinnerte sich in lebhaften Einzelheiten an den schmerzenden Schlag ins Gesicht ...

»Du hast ihn ruiniert, völlig ruiniert. Schämst du dich gar nicht? Du bist die undankbarste kleine Hexe, die je herumgelaufen ist. Warte, bis ich das deiner Tante Catherine erzähle! Sie ist doch kein Goldesel, weißt du? Hast du eine Ahnung, wie teuer dieser Rock war, mein Kind?«

Amy erschauerte in ihrer Zimmerecke. Das Abendlicht wurde schwächer, und das wütend verzerrte Gesicht ihrer Mutter nahm einen gelblichen, bösartigen Farbton an.

»Einfach ihr hart verdientes Geld so wegzuwerfen.« Ihre Mutter warf den Rock aufs Bett. »Du bleibst hier oben und nähst ihn wieder zusammen«, kreischte sie. »Verstehst du mich? Was hast du dir bloß dabei gedacht? Nimmst du eigentlich nie Rücksicht? Warum bist du nur so unachtsam? Kannst du denn gar nichts richtig machen?«

Gar nichts richtig. Mrs Patterson hatte ihr am Tag zuvor in der Klasse eine Ohrfeige gegeben, weil sie Tinte auf ihr Schulbuch gekleckert hatte. »Bücher und Kopien wachsen nicht auf Bäumen, Mädchen«, hatte die Lehrerin geschimpft. »Ihr müsst vorsichtig damit umgehen. Verantwortungsbewusst. Verschwendung ist eine Sünde.«

Amy fing an zu wimmern, als ihre Mutter sie anschrie. »Komm her, du Nervensäge!«

Amy drückte sich gegen die Wand.

»Wage ja nicht, vor mir wegzulaufen.« Noch ein harter Schlag, diesmal aufs Bein. »Du wirst hier oben sitzen bleiben, bis du diesen Rock geflickt hast.« Ihre Mutter stürmte hinaus und war in Windeseile mit dem Nähkorb zurück. Sie schnitt etwas Faden ab. »Wehe, du überlappst den Stoff, und lass ja, ich wiederhole mich, lass ja die Stiche nicht von außen sichtbar sein. Mach sie eng und ordentlich. In zwanzig Minuten komme ich wieder. Ist das klar?«

Amy starrte auf den Teppich. Wenn sie nicht hochsah, würde ihre Mutter sie vielleicht nicht wieder schlagen.

»Ist das klar?«

»Ja.« Ihr Stimmchen zitterte.

»Ja, was?«

»Ja, Mam.«

Amy seufzte laut in der Küche. In ihrem Bauch schlugen Schmetterlinge Purzelbäume, und ihre Stirn fühlte sich feucht an. Mit pochendem Herzen begann sie zu lesen.

Meine liebe Elaine,
es tut mir Leid, dass es so lange gedauert hat, dir zu schreiben. Ich hoffe, dass dieser Brief dich bei guter Gesundheit erreicht.

Amy zündete sich eine Zigarette an und nahm einen langen Zug.

Ich bedaure unseren Streit zutiefst und hatte immer vor, dir zu schreiben und mich wieder mit dir zu versöhnen, doch die Zeit verging, und ich bin nie dazu gekommen. Wir waren beide sehr dumm; nichts ist es wert, dafür eine Freundschaft zu verlieren. Ich hoffe, dass du in deinem Herzen dazu bereit bist, mir zu verzeihen.

Ein Streit. Das erklärte, warum es keine Post und keine Besuche mehr gegeben hatte.

Ich schreibe dir, um dich wissen zu lassen, dass ich Ende des Monats in Dublin sein werde. Ab dem 27. werde ich im Shelbourne wohnen. Ich würde dich sehr gerne sehen. Bitte ruf im Hotel an, damit wir ein Treffen arrangieren können. Es gibt etwas sehr Dringendes, das ich dir mitteilen möchte, aber dazu muss ich dich persönlich treffen. Es hat mit JE zu tun, und ich möchte nicht weiter ins Detail gehen, bis ich dich sehe. Nur eines – nichts *war so, wie du gedacht hast.*

Entschuldige das Gekrakel, ich eile jetzt zur Post. Bitte melde dich bei mir, Elaine. Ich möchte dich wirklich gerne wiedersehen.

Alles Liebe, Catherine (Cole)

Amy saß lange Zeit da und hielt den Brief fest in ihren Händen, während ihre Gedanken durcheinander wirbelten.

Claire stand vor der Haustür, ihre Wangen waren vom Wind ganz gerötet. »Na und?«, raunzte sie und schob sich an Amy vorbei ins dunkle Wohnzimmer. »Wo ist der Brief? Was soll das ganze Theater?«

»Ich habe ihn verbrannt.«

»Du hast *was*?«

»Ich hab ihn verbrannt – es war schließlich nichts Wichtiges.«

Claire ließ sich in den alten roten Armsessel fallen. »Nichts

Wichtiges? Lass mich darüber entscheiden. Ist dir eigentlich klar, dass ich nach deinem Anruf wie eine Irre hierher gerast bin – und sogar mein Mittagessen habe sausen lassen?« Sie verschränkte die Arme. »Von wem war er denn?«

»Bloß eine Frau, die vor Jahren mit Mam in London gearbeitet hat. Es war eine Einladung zu einem Urlaub.«

»Das ist schon ein bisschen makaber. Warum hast du den Brief denn verbrannt? Du musst dieser Frau das mit Mutter erzählen, weißt du? Das ist ein reines Gebot der Höflichkeit.«

»Schon geschehen. Ich habe sie angerufen.« Amy war überrascht, wie leicht es ihr fiel zu lügen, nachdem sie einmal damit angefangen hatte. »Sie war von ihrem Tod ganz betrübt und hat uns allen ihr Beileid ausgesprochen.«

»Das war's dann also.«

»Ja.«

»Machst du mir einen Kaffee?« Sie zog die Nase hoch. »Und habe ich Chancen auf ein Sandwich?«

Amy ging in die Küche, um den Kessel zu füllen. Heute war der 25. In zwei Tagen würde sie im Shelbourne anrufen, um ein Treffen mit Catherine Cole zu vereinbaren. Es gab keinen Grund, Maurice oder Dawn oder Claire darüber zu informieren. Im Moment brauchte sie den Luxus einer Privatsphäre.

Der Besuch bei der Therapeutin war ihr erster Schritt gewesen – ein Riesenschritt. Sie war froh, dass es vorbei war, doch sie wusste, dass sie wieder hingehen würde.

Fühlte sie sich geliebt? Eine schmerzhafte Frage.

Sylvia Gibson war gut gewesen. Amy war nach der Sitzung gegangen und hatte sich keineswegs mehr blöd oder verlegen gefühlt. Die Frau hatte ihr klar gemacht, dass sie nicht verrückt wurde, sondern Zeit brauchte und sie sich beide so viel Zeit nehmen würden, wie sie wollte. Amy hatte ihr vom Tod ihrer Mutter erzählt und dass ihr Vater nun im Altersheim lebte. Sie hatte von ihren Gefühlen der Einsamkeit, Schuld und Verzagtheit erzählt – nichts von ihrer Wut, doch die Therapeutin hatte es wohl vermutet. Waren sie nicht darauf geschult, das Unausgesprochene zu hören? Gemeinsam waren sie die Ereignisse der jüngsten Zeit durchgegangen, obwohl Amy ihre Eheprobleme ausgelassen hatte – ihr war klar, dass es mehr als dieser einen Sitzung bedurfte. Sylvia hatte sich umfassende Notizen gemacht, doch das hatte Amy nicht gestört. Sie waren noch nicht auf ihre Kindheit zu sprechen gekommen, obwohl, laut Sylvia, all ihre Verhaltensmuster daher rührten. Deshalb wollte Amy nächste Woche wieder hingehen, um fortzufahren. Sie hatte keine Ahnung, was dabei herauskommen würde, aber wenigstens fürchtete sie sich nicht mehr davor.

Dann kam dieser völlig überraschende Brief. Seltsam und doch wieder nicht. Es war das Schicksal, das eingriff, dachte sie, und Amy glaubte fest an eine Vorsehung. Sie musste herausfinden, wer JE war. Offensichtlich hatte Catherine Cole auf schriftlichem Wege nicht zu viel preisgeben wollen. *Nichts*, und das war unterstrichen gewesen, *war so, wie du gedacht hast*. Was um alles in der Welt hatte das zu bedeuten?

»Amy!« Claire stand in der Küchentür. »Brauchst du Hilfe?«

»Nein, nein, alles in Ordnung. Ich schmiere gerade ein paar Brote. Sind Schinken und Käse okay?«

»Sehr gut«, erwiderte Claire, überrascht, dass Amy sich die Mühe machte. Ihre Schwester klang heute anders und sah auch anders aus. Irgendwie mehr bei der Sache. Jede Veränderung war eine Veränderung zum Besseren hin.

9

Silberner Reif überzog am frühen Morgen den Garten. Maurice starrte traurig auf die roten und pinkfarbenen Geranien in ihren Terrakotta-Töpfen. Er hatte Amy geraten, sie lieber noch einige Wochen länger im Haus zu behalten – man konnte dem irischen Wetter einfach nicht trauen. Letztes Jahr hatte es im April noch geschneit.

Zuvor hatte er ihr eine Tasse Tee nach oben gebracht, doch sie hatte ihre Augen nicht geöffnet. Er stieg in seinen Wagen und fuhr zu seinem anderen Leben, seinem unendlich viel besserem Leben in der Tierklinik.

Amy hörte die Wagentür zuschlagen. 7.30 Uhr. Jeden Morgen fuhr er früher zur Arbeit und kam später heim; er verbrachte zusehends mehr Zeit außer Hause. Sie streckte sich faul nach der Fernbedienung aus. *Sky News*. Amy nippte an dem kalten Tee und zündete sich ihre erste Zigarette des Tages an. Sie öffnete die Nachttischschublade und nahm ihr Adressbuch heraus, in dem sie gestern die Nummer vom Shelbourne notiert hatte. In einer Stunde wollte sie dort anrufen, vermutlich die günstigste Zeit, um Kontakt aufzunehmen, bevor Catherine Cole das Hotel verließ.

»Sam, Sam«, rief Catherine Cole ihren Mann aus dem angrenzenden Badezimmer zu sich.

»Hat da eben das Telefon geklingelt? Hoffentlich nicht das Restaurant? Die servieren doch noch Frühstück, oder? Es ist erst halb neun.«

»Nein, nein. Das errätst du nie. Es war Elaines Tochter. Amy.«

»Wieso ruft sie dich denn an? Stimmt was nicht?«

Catherine schluckte. »Elaine ist vor einem Jahr gestorben.«

»Gestorben?« Sam Cole tupfte sich mit einem Handtuch das Gesicht ab und wischte die letzten Reste des Rasierschaums weg. »Wie furchtbar! Und du hast nichts davon gewusst. Das tut mir aber Leid.« Er kam herüber und nahm sie in den Arm. »Das ist heftig, Cathy. Woran denn? Ein Herzinfarkt?«

»Ich habe völlig vergessen, danach zu fragen – mein Verstand hat wohl ausgesetzt.«

»Verständlich.« Er setzte sich aufs Bett und zog seine Socken an.

»Ich fühle mich wie betäubt«, gestand Catherine. »Ich habe oft an Elaine gedacht, vor allem im letzten Jahr – und die ganze Zeit über war sie schon tot. Es ist schrecklich, ich hätte mit ihr in Kontakt bleiben sollen.«

»Das gilt ja wohl für euch beide. Sie hat sich auch nicht bemüht, mit dir in Verbindung zu bleiben.« Er suchte unterm Bett nach seinen Schuhen. »Es ist nicht deine Schuld. Sie war einfach schwierig.«

»Schon über ein Jahr tot, ich kann es nicht fassen.« Catherine seufzte. »Ich konnte es kaum erwarten, ihr die Neuigkeiten zu erzählen. Jetzt wird sie es nie erfahren.«

»Es sollte eben nicht sein«, meinte Sam stoisch.

Catherine konnte diese Art an ihm nicht ausstehen – er schob alles auf das Schicksal.

»Vielleicht war es so ja am besten«, fuhr er fort. »Du weißt nicht, wie sie es aufgenommen hätte, Cathy. Ich war sowieso nicht ganz überzeugt davon, dass du das Richtige getan hast; du hättest in ein Wespennest stechen können. Auf diese Weise ist es eben aus und vorbei.«

»Nein, ist es nicht.« Sie biss sich nachdenklich auf die Lippe. »Amy, ihre Tochter, trifft mich hier um halb eins zum Mittagessen.«

Er sah seine Frau an und wartete auf eine Erklärung.

»Sie hat den Brief gelesen und möchte es unbedingt erfahren.« Catherine trat ans Fenster und ließ ihren Blick über die Bäume von Stephen's Green schweifen. Die krausen Federwolken vermischten sich mit dem grau-blauen Hintergrund. Während Catherine hinaussah, spürte sie eine Vorahnung in sich aufkeimen. »Sie wollte mich unbedingt sehen. Ich konnte es nicht ablehnen.«

»Du betrittst da gefährlichen Boden, Cathy. Wenn ich du wäre, würde ich ihr nichts sagen. Warum sollte ihre Tochter da mit reingezogen werden? Was kann *sie* denn schon tun?«

»Es betrifft ihre Mutter. Sie hat ein Recht, es zu erfahren, Sam.«

»Ach ja? Was soll schon Gutes dabei rauskommen? Warum schlafende Hunde wecken? Du kannst die Konsequenzen nicht vorhersehen. Halt dich da raus, Cathy. Du hast getan, was du konntest – Elaine ist tot, und ich finde, die Geschichte sollte mit ihr sterben.«

Catherine holte ihren Koffer aus dem Schrank und nahm ein Fotoalbum heraus. Sie blätterte es durch und blieb bei einem alten schwarz-weißen Schnappschuss hängen. »Sieh dir das an«, sagte sie und gab ihm das Album. »Das wollte ich Elaine geben, ein Bild aus glücklicheren Zeiten: Amy spielt im Garten mit dem Hula-Hoop-Reifen, den ich ihr geschenkt hatte. Sie war so aufgeregt und es gar nicht gewohnt, Geschenke zu kriegen.«

»Du warst wirklich nett zu ihr.«

»Ich hätte mehr tun sollen.«

»Nein, Cathy, das war nicht deine Sache. Du hättest die Art, wie sie ihre Kinder behandelt hat, nicht beeinflussen können. Keine Mutter lässt sich gern kritisieren.«

»Ich war verrückt nach Amy. Und am Telefon klang ihre Stimme jetzt – ich kann es gar nicht beschreiben – irgendwie schwach, zart. Sie war so ein sanftes Wesen.«

»Schüchtern, wenn ich mich recht erinnere«, warf ihr Mann ein.

»Genau, das war ein Teil des Problems.«

Depressionen waren nicht unbedingt etwas Schlechtes, hatte Sylvia Gibson ihr erklärt. Oft waren sie ein Weckruf, damit wir uns und unser Leben genauer unter die Lupe nahmen. Sie signalisierten oft die Notwendigkeit von Veränderungen. Sylvia hatte Amy geraten, die Veränderung damit zu beginnen, nett zu sich selbst zu sein. Jetzt war es neun Uhr morgens. Ausreichend Zeit, um sich die Haare schneiden zu lassen und sich eine Maniküre zu gönnen. Sie würde jeden Moment aufstehen, duschen, ihr neues marineblaues Kostüm anziehen, das sie sich gestern in einer hiesigen Boutique gekauft hatte, und mit dem Bus in die Stadt fahren. Es war schon so lange her, dass sie sich Gedanken um ihr Äußeres gemacht hatte. Sie hatte sich regelrecht dazu zwingen müssen, in das Geschäft zu gehen. Als sie das Kostüm anprobiert und sich im Spiegel der Umkleidekabine betrachtet hatte, hatte sie zum ersten Mal seit Monaten einen kritischen Blick auf sich geworfen. Sie war geschockt gewesen von dem aschfahlen Gesicht, das ihr entgegenblickte. Blass und verhärmt, stumpfer Blick. Kein Wunder, dass Sarah sich solche Sorgen machte. Amy hatte sich oder das, was aus ihr geworden war, gar nicht richtig erkannt.

Sie musste etwas Drastisches unternehmen und eine neue Frisur war das Beste. Sie würde die Dame in der Drogerie bitten, ihr bei der Wahl eines Make-ups zu helfen, das ihr ein wenig Farbe auf die Wangen zurückbrächte. Doch das waren alles nur Lückenfüller. Amy wusste, dass sie sich selbst bei der Hand nehmen musste und dass es nicht einfach werden würde. Was hatte Sylvia Gibson ihr gesagt? Sich immer nur auf eine Sache konzentrieren. Denn wenn sich alle Gedanken vermischten, wurde sie panisch.

Sie wollte sich auf diesen Morgen konzentrieren. Catherine Cole klang wie eine einfühlsame Frau. Sie war sehr aufgebracht gewesen, als Amy ihr von Elaines Tod erzählt hatte, doch sie hatte einem Treffen zum Mittagessen sofort zugestimmt.

Amy hörte den Briefkasten klappern und ging nach unten, um die Post zu holen. Es waren zwei Umschläge – einer von Eircom, der andere war an sie adressiert. Sie öffnete ihn: ihre neue Visa-Karte. Genial. Ihre erste Kreditkarte in ihrem Alter! Sie gab ihr ein starkes Gefühl der Unabhängigkeit. Damit konnte sie tun, was sie wollte, ohne irgendwelche ungebetenen *Ratschläge* ihres Mannes. Es war Sarahs Idee gewesen. Amy fragte sich, warum ihr das nicht schon viel früher eingefallen war.

Der schwarz-graue Cockerspaniel stand zitternd auf dem Tisch. Seine beunruhigte Besitzerin, eine große Frau mittleren Alters, schwankte ein wenig. »Was ist denn nur los, Doktor Kennedy? Seine Beine sind ganz schwach, er kommt nicht mehr auf die Stühle hoch, und heute Morgen hat er es nicht mal geschafft, aufs Bett zu springen. Normalerweise weckt er mich auf diese Weise, aber heute Morgen hat er bloß davor gesessen und gewinselt. Ich mache mir große Sorgen.«

Hunde sollten nicht auf Möbel dürfen, dachte Maurice. Dieser kleine Kerl hier war das typische Beispiel für einen dominanten Hund, der den ganzen Haushalt beherrschte, doch sowohl Tier als auch Frauchen waren schon viel zu lange beisammen, um sich jetzt noch zu ändern.

»Schade, dass sie uns nicht sagen können, was mit ihnen nicht stimmt, oder?«, grübelte die Frau. »Sie machen noch mehr Schwierigkeiten als Kinder.«

Er tastete den Bauch des Hundes ab. »Die Gastroenteritis ist wieder weg?«

»Ja, völlig. Bis zum Wochenende hatte er wieder gefressen. Ich habe ihm nur kleine Stückchen gekochtes Huhn und Reis gegeben, wie sie mir gesagt haben.«

Maurice schob dem Hund ein Thermometer in den Hintern. Der kleine Kerl wand sich, protestierte aber nicht weiter. Seine Besitzerin beruhigte ihn und tätschelte seinen Kopf.

»Die Temperatur ist normal, Mrs McCluskey. Ich glaube nicht, dass ihm ernsthaft etwas fehlt.« Er gab vierundzwanzig Penicillin-Tabletten in einen Plastikbehälter. »Je eine morgens und abends.«

»Aber was ist mit der Schwäche in seinen Beinen, Doktor?«

»Er hatte in letzter Zeit etwas Schwierigkeiten mit den Gedärmen, und das verursacht gelegentlich Magen- oder Bauchschmerzen. Er will nicht springen, weil es ihm wehtut. In ein paar Tagen ist er wieder auf dem Damm.«

»Es ist doch wohl keine Arthritis, oder?«

»Nein, die käme nicht so plötzlich, da bemerkt man vorher eine langsame Verschlechterung.«

»Natürlich.«

»Wenn es anhält, müssen wir ihn röntgen, um andere Ursachen auszuschließen – irgendetwas Neurologisches, aber dafür zeigt er keinerlei Anzeichen, und in seinem Alter sollten wir, wenn möglich, Betäubungen vermeiden.«

Mrs McCluskey nickte. »Ich möchte nur nicht, dass er leidet, das ist alles.«

»Er wird sich wieder erholen, aber wenn Sie in ein paar Tagen keine Besserung feststellen, rufen Sie hier in der Tierklinik an, und bringen Sie ihn auf jeden Fall nächste Woche noch mal zur Kontrolle vorbei.«

»Die Verkrustungen an seinen Augen sind wieder verschwunden. Soll ich trotzdem mit den Tropfen weitermachen?«

»Unbedingt, Cockerspaniel tendieren zu Augenkrankheiten. Ich kontrolliere noch mal seine Ohren, wenn er schon da ist.« Er hob die großen, lockigen Schlappohren an und schaute hinein. »Bestens.«

»Er ist stocktaub, Doktor. Ich muss brüllen, damit er mich hört. Er erschrickt, wenn jemand hinter ihm läuft.«

»Taubheit ist bei Hunden nicht so schlimm wie bei Ihnen oder mir, Mrs McCluskey. Sie kommen mit ihrem Geruchssinn durch.«

»Gott sei Dank, Doktor Kennedy.« Sie hob den Hund vom Tisch herunter. »Bedank dich beim Doktor, Jacko.«

Wie aufs Stichwort wedelte Jacko mit dem Schwanz, er war heilfroh, wieder sicher am Boden zu sein und spürte, dass sein Martyrium vorüber war. Hund und Besitzerin verließen den Untersuchungsraum, beide gleichermaßen erleichtert.

Marie, die hübsche blonde Arzthelferin, schob ihren Kopf durch die Tür. »Nur noch zwei Fälle vor dem Mittagessen: ein Kätzchen zur Impfung und die Bulldogge der Brewsters für ihre Wiederholungsimpfung und die Hustenspritzen.

»Danke, Marie. Könnten Sie bitte meine Frau anrufen? Sagen Sie ihr, dass es heute Abend später wird.«

»Selbstverständlich.«

Er ging zum Schrank, um das Intravac zu holen. »Marie, wenn ich so darüber nachdenke, lassen Sie es lieber bleiben.«

»Wie Sie wünschen.« Sie ging, um den nächsten Patienten zu holen.

Nach der abendlichen Sprechstunde wollte er in der neuen Veterinärklinik von Luke Yarker vorbeischauen. Luke hatte sie vor kurzem erstanden, renoviert, um ein großes Sprechzimmer erweitert und zusätzlich ausgebaut, um dort auch Katzen aufnehmen zu können. Er hatte Maurice zweifelsohne zu seiner offiziellen Einweihung eingeladen, um ihn zu beeindrucken. Trotzdem war es gut, ein paar alte Kumpel aus seiner Studienzeit wiederzutreffen.

Warum also Amy anrufen? Sie würde sowieso nicht bemerken, ob er früher oder später nach Hause kam. Es gab mal eine Zeit, in der solche Dinge eine Rolle gespielt hätten, aber die war schon lange vorbei, dachte er wehmütig.

Amy warf einen kritischen Blick auf ihr Spiegelbild im Friseursalon. Ihre dunklen Haare waren kürzer geschnitten, stufig, feine Strähnen umrahmten ihr Gesicht. Es verlieh ihr ein frecheres Aussehen.

»Sie sehen um Jahre jünger aus«, sagte die Friseurin und trat einen Schritt zurück, um ihr Werk zu bewundern. »So sollten Sie es immer tragen und alle sechs Wochen nachschneiden lassen.«

»Ja«, stimmte Amy zu.

Als sie die Rechnung bezahlte, kaufte sie noch einige Redken-Produkte, die ihr die Friseurin empfahl. Sie waren teuer und Amy musste die aufkommenden Schuldgefühle unterdrücken. Als ihr klar wurde, dass sie obendrein die Schuldgefühle wegen der Schuldgefühle bekämpfen musste, lächelte sie in sich hinein. Wer immer auch gesagt hatte, dass Veränderungen schmerzhaft waren, hatte damit nicht gescherzt! Die Konditionierung eines ganzen Lebens ließ sich nicht so einfach abschütteln.

Sie ging die Grafton Street entlang. Die Fußgängerzone war voller Menschen: emsige Einkäufer gingen in schicken Läden ein und aus, Straßenmusikanten sangen zu zweit oder dritt und weiter oben, in Richtung St. Stephen's Green, unterhielt ein Straßenkomiker eine Gruppe von Zuschauern. Er war von oben bis unten silbern angemalt – Gesicht, Hände, Kleidung, einfach alles vom Zylinder bis zu seinen dicken Stiefeln. Die Musik, der Sonnenschein und das Gelächter hoben Amys Stimmung.

Der Rezeptionist blickte geistesabwesend von seiner Gästeliste auf. »Kann ich Ihnen helfen?«

»Ich bin Amy Kennedy. Ich bin mit Mrs Catherine Cole verabredet.«

»Jawohl.« Er überflog seine Notizen. »Sie lässt ausrichten, dass sie in der Halle auf Sie wartet.« Er deutete auf die offene Tür zu seiner Rechten.

»Ich weiß nicht genau, wie sie aussieht.« Amy fühlte sich töricht.

Der Mann erhob sich und warf einen Blick um die Ecke. »Das da ist Mrs Cole, die Dame mit der Zeitung am Tisch in der Mitte.«

Nervös betrat Amy die Halle und nutzte die wenigen Sekunden, um sich die ältere Dame, die in ihre Lektüre vertieft war, etwas genauer anzusehen: klein, schlank, adrett gekleidet in einen beigefarbenen Zweiteiler, graue Haare und eine goldgerahmte Brille.

»Mrs Cole?«

Catherine Cole blickte auf und lächelte übers ganze Gesicht. »Amy!« Sie erhob sich aus ihrem Sessel und warf die Arme um ihre Besucherin. »Setz dich, meine Liebe. Setz dich. Wie schön, dich nach all den Jahren wiederzusehen.«

Als Amy sich in dem Sessel neben ihr niederließ, studierte Catherine sie eingehend: hübsche Frisur, teures Kleid, leichtes Übergewicht, überhaupt keine Ähnlichkeit mit ihrer Mutter. Nervös.

Catherine wusste nicht recht, wie sie anfangen sollte. »Möchtest du vor dem Essen etwas trinken?«

»Vielleicht einen Sherry?«, schlug Amy vor. Damit würde das Eis gebrochen. Während Catherine mit dem Kellner sprach, überschlugen sich Amys Gedanken. Was würden sie wohl zueinander sagen? Wie konnte sie das Thema Vergangenheit ihrer Mutter anschneiden? Durfte sie sich nach dem Streit erkundigen? Dieses Treffen war für beide gleichermaßen schwierig, doch irgendetwas in Catherines Verhalten, eine Sanftheit in ihrer Stimme, überzeugte Amy davon, dass alles, was gesagt werden musste, auch gesagt werden würde.

10

Vorsichtig trat Catherine vom Bürgersteig auf die befahrene Straße vor dem Hotel. »Ich habe das Gefühl, hier mein Leben aufs Spiel zu setzen.« Amy wich einem heranrasenden Taxi aus. In Gedanken war sie meilenweit entfernt. Wann würde Catherine wohl endlich zur Sache kommen? Jedes Mal, wenn Amy versuchte, die Unterhaltung zu lenken, wich Catherine aus. Beim Essen hatte sie über Maurice und Dawn und Joe im Altersheim geredet. Wann würde Catherine mit dem wahren Grund für dieses Treffen herausrücken? Für Amy war es unerträglich, aber sie wollte keinesfalls unhöflich sein.

Sie spazierten Richtung Grafton Street und betraten den Park gegenüber vom Stephen's Green Shopping Centre. Sie überquerten die leicht bogenförmige Brücke und fanden eine freie Bank in der Nähe des Teichs.

»Ich bin schon jahrelang nicht mehr hier gewesen.« Catherine ließ ihren Blick über die bunten Blumenbeete schweifen.

»Ist das nicht herrlich gepflegt? Es ist noch genau so, wie ich es in Erinnerung habe – nicht wie der Rest der Stadt. Meine Güte! Dublin hat sich ziemlich verändert – ich erkenne es kaum wieder. So viele neue Gebäude und restaurierte Häuser. Ich muss irgendwann mal nach Temple Bar gehen, jemand hat mir erzählt, es wäre dort wie auf der Left Bank mit all den Restaurants.« Catherine rückte auf der Bank etwas näher. »Na schön, du hast mir viel von dir erzählt, und ich möchte dir für deine Offenheit danken.«

»Es fällt einem nicht schwer, sich Ihnen anzuvertrauen.«

»Ich weiß, dass du es nicht leicht gehabt hast«, zögerte Catherine, »und es steht mir bestimmt nicht zu, dir Ratschläge zu geben –«

Nicht, wenn sie dafür fünfzig Pfund pro Stunde bezahlte!

»Die Menschen sorgen sich um dich, Amy. Nach dem zu schließen, was du mir erzählt hast, macht sich deine Tochter ernsthaft Gedanken.«

»Es ist nicht leicht für sie, seit ich … seit ich krank geworden bin. Ich frustriere sie. Bis vor kurzem sind wir wirklich gut miteinander ausgekommen, ich habe alles getan, um ihr eine glückliche Kindheit zu bereiten.«

»Da bin ich ganz sicher.«

»Es ist wichtig, was man als Kind sieht und hört, oder nicht? Dawn war ein tolles Kind, voller Leben – gut in Sport und Musik, dazu intellektuell brillant. Sie hat großes Selbstvertrauen.«

»Das hat sie von dir, Amy.«

»Und von ihrem Vater. Er hat sie abgöttisch geliebt – und tut es noch immer. Die beiden sind sich sehr ähnlich: Draufgänger, optimistisch, ehrgeizig.«

»Nicht so wie du?«, vermutete Catherine.

»Nein, nicht so wie ich. Es ist schon komisch: Man kann durchaus anderen Menschen Sicherheit verleihen, ohne selbst unbedingt sicher zu sein.« Sylvias Worte.

»Selbstachtung«, stimmte Catherine zu, »darüber wird

heutzutage ja viel geredet – ich fand immer, dass sie sich in den verschiedenen Stadien des Lebens verändert.«

»Aber die Grundlage dazu wird doch wohl in der Jugend gelegt, oder?«

»Bestimmt.«

»Von außen wirkte meine Mutter immer recht kontrolliert. Sie hatte bestimmte Vorstellungen, aber je älter ich werde, desto klarer wird mir, dass sie ihre eigenen Unzulänglichkeiten hatte, mit denen sie umgehen musste. Sie hat Claire und mich hart rangenommen, war ausgesprochen kritisch. Sie war so negativ. Es war schrecklich, in diesem Haus aufzuwachsen. Es bedrückt mich, so etwas jetzt nach ihrem Tod zu sagen.«

Catherine rückte noch näher an Amy heran. »Ich weiß, was du mit deiner Mutter durchgemacht hast«, meinte sie. »Das hat ja auch den Streit zwischen uns beiden ausgelöst.«

Endlich kam sie auf den Brief zu sprechen.

»Als sie eines Tages zu streng mit dir war, habe ich mich eingemischt. Ich habe ihr gesagt, sie solle sich mäßigen und ihr Temperament zügeln.«

»Sie war schrecklich jähzornig«, platzte Amy heraus und tadelte sich im Stillen dafür, dass sie Catherine in diesem entscheidenden Moment unterbrochen hatte, doch sie konnte ihren aufkeimenden Zorn nicht im Zaum halten. »Ich wusste nie, wann sie aufbrausen würde. Das machte es ja so beängstigend. Sie konnte jeden Moment hochgehen und völlig durchdrehen wegen nichts. Ich fürchtete mich vor ihr, aber Claire war da anders. Sie machte ihr eigenes Ding – provozierte sie und gab sogar Widerworte.« Mit zitternden Händen nahm Amy die weiße Zigarettenschachtel heraus und steckte sich eine Silk Cut Ultra an. »Dazu hatte ich nie den Mut. Catherine, ich habe kaum gute Erinnerungen an meine Kindheit. Ich will hier kein Mitleid heischen oder so was, aber vielleicht leide ich immer noch unter den Folgen.« Hatte Sylvia nicht so etwas angedeutet? »Maurice sagt mir ständig, ich müsse loslassen und es endlich vergessen – ich wünschte, ich könnte das, aber es nagt ständig an mir. Ich höre ihre Stimme immer noch schimpfen, kritisieren oder mich für irgendetwas schelten.«

»Deine Mutter hatte zweifelsohne ihre eigenen Probleme, Amy, und die hat sie offensichtlich an dir ausgelassen, aber jetzt bist du erwachsen. Was sie getan hat, ist geschehen und vorbei und kann nicht mehr geändert werden, aber wie du damit *umgehst,* kann geändert werden. Jetzt hör dir bloß an, wie ich hier rede! Ein paar Jahre hab ich auf der psychiatrischen Station gearbeitet und erteile immer noch Ratschläge. Sam sagt mir immer, ich solle aufhören, alles zu analysieren, aber alte Gewohnheiten sind schwer abzulegen, fürchte ich.«

»Wenn ich es doch nur verstehen könnte, wenn ich es mir erklären könnte. Als sie an Krebs erkrankte, hab ich mein Bestes versucht, um ihr zu helfen. Ich habe meinen Job in der Tierklinik aufgegeben, was kein großes Opfer war, und bin jeden Tag nach Glenagcary gefahren, um mich um sie zu kümmern.« Amy verstummte kurz. »Ich glaube, sie hat es mir übel genommen. Sie konnte es nicht ertragen, dass ich ihr half, dass sie von mir abhängig war oder mir danken musste – dabei war ich gar nicht auf Dank aus. Ich war der Meinung, ihre Krankheit würde uns näher zusammenbringen, aber dem war nicht so. Jeden Tag hab ich Stunden mit ihr verbracht und versucht, sie zum Reden zu bringen, aber sie wollte einfach nicht.«

»Elaine konnte Mitleid nicht ausstehen.«

»In ihrer Todesnacht – und sie wusste genau, dass sie sterben würde, davon bin ich überzeugt – hat sie mich weggeschickt. Sie wollte mich am Ende nicht bei sich haben.« Amy zog fest an ihrer Zigarette. »Das hat wirklich wehgetan.«

»Keiner von uns weiß, was ihr durch den Kopf gegangen ist. Ich würde sagen, sie wollte es dir wohl ersparen.« Catherine wusste, dass ihre Worte hohl klangen. »Wir sollten nun über den Grund unseres Treffens reden – den Brief. Was ich zu sagen habe, könnte vielleicht helfen. Wie viel hat dein Vater dir erzählt?«

»Seit ihrem Tod scheint er sich nur noch an die guten Zeiten zu erinnern. Er hat ihr Verhalten beschönigt, ihr Andenken heilig gesprochen. Wenn er über sie spricht, ist das nicht die Frau, an die ich mich erinnere.«

»Joe war ein guter Mann, freundlich und sanft, obwohl er vielleicht unwissentlich zu Elaines Verhalten beigetragen hat. Er hätte sich mehr engagieren sollen.«

Das hatte Amy als Kind immer gehofft – dass ihr Vater alles in Ordnung bringen würde.

»Na gut, jetzt zur Sache. Du weißt, dass ich nach dem Krieg zusammen mit deiner Mutter in London gearbeitet habe?«

»Ja, in einer Klinik. Sie hat mir erzählt, dass sie Schwesternhelferin gewesen ist. Sie war die Jüngste in einer sehr großen Familie – ich habe noch nicht mal die Hälfte von ihnen kennen gelernt, weil die alle ausgewandert sind. Mit vierzehn die Schule zu verlassen, bedeutete, dass sie keinen Abschluss besaß. Dad hat erzählt, sie hätte in einer Keksfabrik in Drumcondra gearbeitet, aber das hätte sie so gehasst, dass sie sich nach England aufmachte. Es war wie eine Trennung auf Zeit, wie er es nannte. Er war sehr enttäuscht, als sie wegging.«

»Von da an kann ich die Geschichte weiter erzählen.« Catherine zog ihre Handschuhe an, da es kühl wurde. »Ich muss erst mal meine Gedanken sammeln – ich möchte die Fakten richtig ordnen. Es war im Sommer 1951, was ich deswegen noch weiß, weil ich da bereits Sam kennen gelernt hatte. Ich war angehende Krankenschwester in dieser Klinik, und deine Mutter war, wie du weißt, eine Schwesternhelferin. Diese Arbeit gefiel ihr übrigens auch nicht – sie nannte sich selbst eine bessere Dienstmagd. Ich glaube, sie hatte wegen ihrer unzureichenden Bildung einen Minderwertigkeitskomplex, was höchstwahrscheinlich auch der Grund dafür gewesen ist, weshalb sie dich und deine Schwester so getriezt hat. Bildung bedeutete ihr alles. Sie muss entzückt gewesen sein, als du einen Tierarzt geheiratet hast.«

»Sie hat sich nie groß über irgendwas gefreut, was ich gemacht habe«, sagte Amy nüchtern. »Doch ich glaube, sie hat sich heimlich gefreut, als ich meinen Abschluss gemacht habe. Der Tag der Zeugnisverleihung«, schwelgte Amy in Erinnerungen, »war ein herrlicher Sommertag. Wir posierten auf dem Unigelände für Fotos. Ich kann immer noch ihr Gesicht vor mir sehen, diesen selbstzufriedenen Ausdruck. Aber sie hat kein Wort gesagt. Keine Gratulation, gar nichts. Dad hat mich in die Arme genommen und mir gesagt, es wäre der schönste Tag seines Lebens. Es hätte sie doch nicht umgebracht, mir irgendetwas Ermutigendes zu sagen, oder?«

»Es lag nicht in ihrer Natur – Elaine hat sich schwer damit getan, jemanden zu loben.«

»Ich habe schlussendlich gelernt, das zu akzeptieren. Aber entschuldigen Sie, ich unterbreche Ihre Geschichte.«

»Wo war ich gerade?«

»Sie hasste ihre Arbeit im Krankenhaus«, kam Amy ihr zu Hilfe.

»Genau. Zu jener Zeit war dort ein junger Arzt, ein Geburtshelfer, ein hervorragender Mann, der ein Auge auf sie geworfen hatte.«

»Ein Auge auf sie geworfen hatte?«, wiederholte Amy ungläubig.

»Nicht so, wie du denkst«, fügte Catherine hastig hinzu. »Er mochte sie, hielt sie für hart arbeitend, effizient und wohlerzogen. Sie hatte einen leichten irischen Akzent, der ihn amüsierte. Jedenfalls, um es kurz zu machen, bot er ihr an, für seine Frau als Haushälterin zu arbeiten. Die Frau war sehr schwächlich, hatte eine Reihe von Fehlgeburten gehabt. Sie war etwa im fünften Monat ihrer dritten oder vierten Schwangerschaft, als Elaine einwilligte, für sie zu arbeiten.«

»Das klingt ja wie einer dieser Familienromane – verarmtes Arbeitermädchen trifft reichen Wohltäter. Davon wusste ich gar nichts.«

»Kein Wunder. Elaine hat nie wieder darüber gesprochen, nachdem sie nach Irland zurückgekommen war.«

»Was ist geschehen? Weshalb ist sie zurückgekommen? Wegen meines Vaters?«

»Das hat sie allen anderen erzählt, außer mir. Zurück zur Geschichte: Elaine ging am Ende jenes Sommers nach Surrey, um ihre Stelle anzutreten. Anfangs verstand sie sich sehr gut mit dem Doktor und seiner Frau. Er hatte ein riesiges Haus in Esher gekauft – seine Frau stammte aus einer reichen Familie.« Catherine lächelte. »Die reichen Leute aus deinem typischen Familienroman, wie du sagst. Jedenfalls hatte Elaine jedes zweite Wochenende frei und kam zu mir in meine Wohnung in der Nähe der Tottenham Court Road. Wir machten des Beste aus unseren Wochenenden: zwei junge Frauen erkunden zusammen London – das kannst du dir bestimmt vorstellen. Nach einer Weile rissen die Besuche jedoch jäh ab.

Elaine schrieb mir in einem Brief, dass Mrs Edwards sehr krank sei und nicht alleine gelassen werden könne; dass sie nicht mehr nach London kommen würde, bis sich die Lage gebessert hatte. Oh, damals war das Baby schon geboren, ein Junge. Elaine war voll für ihn verantwortlich.«

»Dann war sie Kindermädchen geworden?«

»Ja, und sie kümmerte sich auch weiterhin um Mrs Edwards. Sie hatte sehr viel zu tun und behauptete, glücklich zu sein, aber zwischen den Zeilen ihres Briefes spürte ich, dass irgendwas nicht stimmte. Unterdessen war Doktor Edwards im Krankenhaus ein neuer Mann geworden – unglaublich sanft. Er war von seinem Sohn entzückt, stolz wie ein Schneekönig. Er trug immer ein Foto des kleinen Kerls bei sich und zeigte es allen und jedem.« Catherine blickte versonnen drein. »Wenn man so lange auf ein Kind gewartet hat, ist das ja auch verständlich.«

»Ja«, pflichtete Amy bei und spürte Catherines Trauer. Sie selbst hatte keine Kinder bekommen können, wie sie ihr beim Mittagessen gestanden hatte.

»Ich habe deine Mutter daraufhin lange nicht gesehen, und ihren Briefen nach lief alles bestens, aber ich hatte trotzdem meine Zweifel. Dann rief sie mich eines Abends im Krankenhaus an. Diesen Anruf werde ich nie vergessen – sie war in Tränen aufgelöst. Die Edwards gaben ihr eine Woche frei – sie war am Ende ihrer Kräfte.«

»Sich um ein Kleinkind und eine Invalidin zu kümmern, kann nicht einfach gewesen sein«, mutmaßte Amy.

»Bestimmt nicht. Ich überredete sie dazu, die Woche mit mir zu verbringen.« Catherine schüttelte traurig den Kopf. »Amy, als ich sie gesehen habe, war ich über ihren Zustand entsetzt – sie war völlig erschöpft. Ich habe sie zwei Tage lang ins Bett gesteckt und keinen Finger krumm machen lassen. Sie war völlig am Ende.«

»Überarbeitet?«

»Absolut. Ich ließ alles Mögliche vom Stapel, von wegen Ausbeutung, dass die Edwards ihre Arbeit für selbstverständlich hielten, und bat sie inständig, die Stelle aufzugeben.«

»Also ist sie deshalb zurückgekehrt.«

»Nein, etwa am fünften Tag ihres Besuchs bei mir passierte die Tragödie. Das Kind starb.«

»O mein Gott«, keuchte Amy.

»Plötzlicher Kindstod. Der Junge war damals etwa acht Monate alt. Der Doktor und seine Frau waren außer sich. Sie gaben Elaine die Schuld.«

»Die Schuld für seinen Tod?«

»Ja«, fuhr Catherine fort, »ich schätze, sie mussten irgendjemand die Schuld dafür geben. Geschieht nicht genau das in Tragödien, wenn Menschen nicht akzeptieren können, was geschehen ist? Sie müssen ihre Wut umlenken.«

»Aber sie war ja nicht mal da. Wie konnten sie ihr denn die Schuld geben? Und ein plötzlicher Kindstod ...«

»Mrs Edwards beschuldigte Elaine der Vernachlässigung und ... anderer Dinge.«

»Was für anderer Dinge?« Amys Stimme war jetzt lauter.

»Mit dem Kind grob umgegangen zu sein, es geschüttelt zu haben.« Catherine wandte den Blick ab.

Amy war von Angst erfüllt.

»Damals hab ich mich geweigert, es zu glauben«, sagte Catherine ganz leise.

Das Baby geschüttelt zu haben. Grob mit ihm umgegangen zu sein. Amy kämpfte gegen den aufkommenden Brechreiz und Ekel an.

»Doktor Edwards brachte Elaines Koffer in meine Wohnung. Er war ein gebrochener Mann. Er meinte, Elaine sei nicht fähig, sich um Kinder zu kümmern, und dass seine Frau schon vorher das Schlimmste befürchtet hätte.«

»Warum haben die beiden sie dann weiter beschäftigt? Wenn sie unzufrieden waren mit ihrer Art, das Baby zu behandeln, warum haben die Edwards sie dann nicht entlassen?«

»Deswegen haben sie sich wohl auch schuldig gefühlt: weil sie nicht schon eher gehandelt hatten. Sie bezahlten ihr die Rückreise nach Irland – verschifften sie ohne jegliche Referenzen und gestatteten ihr nicht einmal, an der Beerdigung teilzunehmen. Ich versuchte, mich einzuschalten, und wurde zu meinem Leidwesen von der Pädiatrie auf Station versetzt. Danach hatte ich kaum noch Kontakt zu ihm.«

»Aber er arbeitete weiterhin dort?«

»Ja, er steckte seine gesamte Energie in die Arbeit. Er war ein hervorragender Arzt, wie ich schon sagte. Männer können im Gegensatz zu Frauen ihre Gefühle oft besser verarbeiten. Ich vermute, dass er in seiner Arbeit Trost und Kraft gefunden hat.«

»Und meine Mutter war am Boden zerstört. Wie schrecklich.«

»Elaine verließ England und sprach nie wieder darüber – oder jedenfalls nicht mit mir. Dein Vater heiratete sie ein paar Monate später. Nach deiner Geburt blieben wir noch einige Jahre in Verbindung. Dann heirateten Sam und ich und kauften unser Haus in Suffolk – ein umgebautes Schulhaus, du musst uns dort mal besuchen.«

»Das würde ich liebend gern.«

»Ich war überzeugt davon, dass die Edwards Elaine als Sündenbock benutzt hatten und man sie scheußlich behandelt hatte … aber …«

Catherine hustete zaghaft. »Als Sam und ich regelmäßig über die Jahre zu Besuch kamen, wurden wir immer besorgter wegen Elaine. Ich konnte ihr nicht verzeihen, wie sie *dich* behandelte, Amy. Sie war viel zu streng, manchmal richtig grob. Nachdem wir diesen Streit hatten, von dem ich dir erzählt habe, hörte ich nie wieder etwas von deiner Mutter.«

Amy konnte nicht sprechen.

»Was mich betraf, war das das Ende der Geschichte, bis vor einem Monat. Da wurde in dem Krankenhaus eine neue Kinderabteilung eröffnet – man widmete sie dem Andenken von Doktor Valentine Edwards. Er ist schon vor etwa zehn Jahren gestorben, doch es war seine Idee gewesen: sein Baby sozusagen. Die Witwe, Jane Edwards, war dort, um an der Einweihungszeremonie teilzunehmen – die Gedenktafel zu enthüllen, ein paar Worte zu sagen.«

»Jane Edwards … JE.«

»Genau. Und weißt du, wer sie bei der Zeremonie begleitet hat?«

»Wer denn?«

»Ihr Sohn, Henry.« Catherine verschränkte die Arme. »Der Sohn, der angeblich gestorben war.«

»Aber … aber wie?«

»Ich war völlig verblüfft, als er auf dem Podium erschien. Ich habe kaum Luft gekriegt. Ich stand vor einem Rätsel.«

»Er war am *Leben*?«, platzte Amy heraus.

»Allerdings. Ein großer, gebräunter gut aussehender Mann. Ebenfalls Arzt.«

»Woher wissen Sie, dass er es war? Vielleicht hatte sie ja nach ihm noch ein anderes Kind?«

»Nicht mit demselben Namen. Niemand würde einen zweiten Sohn nach einem toten Kind benennen.«

Amys rechte Schläfe begann leicht zu pulsieren.

»Ich wollte Jane Edwards vor Ort zur Rede stellen, doch die Gelegenheit bot sich nicht. Es waren zu viele Leute um sie herum – alte Freunde und Kollegen ihres Mannes und andere Mitarbeiter des Krankenhauses.«

»Sie haben gar nicht mit ihr gesprochen?«

»O doch. Ich stellte mich vor. Sagte ihr, ich hätte zu Beginn meiner Karriere für ihren Mann gearbeitet und ihn sehr respektiert – ich ging sogar so weit zu erwähnen, dass ich eine Freundin deiner Mutter sei.«

»Und?«

»Sie wurde völlig starr und zugeknöpft, schüttelte steif meine Hand und ging einfach weg.«

»Aber wieso? Wieso haben die beiden *vorgegeben,* dass ihr Sohn gestorben ist? Warum sollte jemand so etwas Schreckliches tun?«

»Genau das würde ich gerne herausfinden, Amy. Deiner Mutter hat man das Gefühl gegeben, für den Tod eines Babys verantwortlich zu sein. Stell dir vor, mit so etwas leben zu müssen.«

Das hatte ihr Vater also gemeint. Es war herzzerreißend.

»Ich muss diese Jane Edwards treffen.« Amy mahlte mit dem Kiefer. »Ich muss herausfinden, warum das passiert ist. Das … das ist ja eine schreckliche Geschichte. Es ist kriminell. Jane Edwards muss sich dafür verantworten. Ich muss sie sehen.«

»Das wird nicht leicht zu arrangieren sein. Sie leben nicht mehr in England, Liebes. Sind nach Frankreich gezogen – ich weiß nicht genau, wohin. Der Sohn, Henry, führt dort irgendeine Klinik. Zumindest habe ich das einem der Ärzte bei der Einweihungszeremonie entlocken können. Das hätte ich alles so gerne deiner Mutter erzählt.«

»Sie hat sich unendlich gequält«, meinte Amy verbittert.

»All die Jahre muss sie Höllenqualen ausgestanden haben – und wofür?« Dann kam ihr ein weiterer Gedanke. »Wusste mein Vater darüber Bescheid?«

»Ja, sie hätte ihn niemals geheiratet, ohne ihm davon zu erzählen. Er hat sie hundertprozentig unterstützt. Ich würde sagen, er war sogar erleichtert, dass die Edwards sie nicht verklagt haben.«

»Lieber Gott!«

Catherine blickte sie fragend an. »Wenn ein Verbrechen verübt worden wäre, wieso haben sie das dann nicht getan? Natürlich wissen wir jetzt, dass sie dazu keinen Grund hatten. Das konnten sie nicht, weil es gar nichts gab, weswegen man sie hätte verklagen können. Die ganze Geschichte war eine Erfindung – eine Lüge.«

»Warum hat sie sich nicht gewehrt? Warum hat sie ihnen das durchgehen lassen?«

»Sie war völlig traumatisiert, Amy. Verängstigt und ahnungslos. Sie hatte nicht vor, sich den Edwards entgegen zu stellen. Sie redete nur noch davon, dass sie nach Hause wollte.« Catherine wischte sich einen Krümel vom Kleid.

»Wenn das Kind wirklich gestorben wäre«, überlegte Amy laut, »hätte es doch Nachforschungen der Polizei geben müssen. Eine Autopsie. Was ist mit den Kollegen und den Mitarbeitern des Krankenhauses? Kam denen das nicht komisch vor?«

»Bedenke seine Position. Er war über jeden Verdacht erhaben. Ich weiß nicht, wen genau man mit Fehlinformationen in die Irre geführt hat. Vermutlich niemanden außer mir, und mich hat er versetzt. Deine Mutter war verzweifelt. Ich konnte sie nicht trösten. Als sie sich dann wieder etwas gefasst hatte, verließ sie meine Wohnung und kehrte nach Dublin zurück, traf sich wieder mit deinem Vater und begann ein neues Leben. Sie versuchte, die Vergangenheit hinter sich zu lassen.«

Amy sah einem kleinen Jungen zu, der mit seinem Vater einen Drachen steigen ließ. »Aber das ist ihr wohl nicht gelungen, oder?«

»Offenbar nicht.« Catherine schüttelte traurig den Kopf.

11

Paul Tennyson rührte vorsichtig die Sauce Bolognese um, beobachtete, wie die Penne zu kochen begannen und drehte anschließend das Gas herunter. Er hatte lange gewartet, dass Dawn nach Hause käme, um sie mit einer leckeren Mahlzeit und einer Flasche Merlot zu überraschen, doch schließlich siegte sein Hunger.

Schon fast neun Uhr – sie steckte wohl noch die Nase in ihre Bücher, vermutete er. Die letzten Wochen vor dem Examen waren anstrengend, richtig anstrengend und, das musste man ihr lassen, sie hatte ihre Angst nicht an ihm ausgelassen. Als er vor fünf Jahren für seinen Uni-Abschluss gelernt hatte, war er allen auf die Nerven gegangen und hatte jeden angefahren, der ihn schief angesehen hatte.

Als er die schmutzige Pfanne entdeckte, die Ben in der Spüle zurückgelassen hatte, verzog er das Gesicht. Er würde wohl wieder mal ein Wörtchen mit ihm reden müssen, der faule Hund tat einfach nie seinen Teil der Hausarbeit – er war einfach schlampig. Isobel war nicht so schlimm, immerhin packte sie gelegentlich mit an, doch sie weigerte sich, Bens Unordnung aufzuräumen – und warum sollte sie auch?

Wäre es nicht genial, wenn er sich ein eigenes Haus kaufen könnte? Doch in diesen Zeiten kam eine Hypothek nicht in Frage. Nicht mit nur einem Gehalt. Er hatte ungefähr neuntausend Pfund auf die Seite gelegt, doch bei den Preisen in Dublin war das nicht annähernd genug; für eine Anzahlung würde er viel mehr brauchen.

Der Spaß einer Wohngemeinschaft verlor langsam seinen Reiz. Anfangs, als alle zusammen eingezogen waren, war es lustig gewesen, das Haus hier in Ballsbridge geräumig und ideal gelegen, besonders für Dawns Veterinär-College, aber er war viel glücklicher gewesen, als er noch allein in seinem möblierten Zimmer in Ranelagh gewohnt hatte. Paul genoss seine Privatsphäre.

Er stellte das Gas ab, schüttete die Pasta auf ein Sieb und öffnete das Küchenfenster, um den Dampf hinauszulassen. Ein Schlüssel drehte sich in der Haustür.

»Ben? Bist du das? Schwing deinen Fettarsch hier rein und wasch die versiffte Pfanne ab, du altes Schwein.«

»Charmant!« Dawn kam hereingeschlendert, warf ihre Aktentasche auf einen Küchenstuhl und grinste. Paul hatte sie schon oft mit dem Yuppie-Image aufgezogen, das er mit dieser Tasche verband, aber Dawn hatte sie von ihrem Vater bekommen und hielt sie wie alle seine Geschenke in Ehren.

Paul eilte zu ihr und küsste sie flüchtig auf den Mund. »Perfektes Timing. Das Abendessen ist gleich fertig.«

Sie schnupperte das würzige Aroma. »Riecht ja köstlich, und ich bin total ausgehungert – hatte bloß ein Schinkensandwich zum Mittagessen.«

»Zieh deine Jacke aus und setz dich hin.« Er nahm die Weinflasche und überreichte sie ihr mit einem Korkenzieher. »Du darfst die Gastgeberin spielen.«

»Womit hab ich das alles nur verdient?«

»Ich will verdammt sein, wenn ich's wüsste.« Er wandte sich vom Herd ab und hob seine Augenbraue in sorgfältig einstudierter Sean-Connery-Manier.

Sie schenkte zwei Gläser voll ein. »Her mit dem Futter, Tennyson, und red keinen Scheiß.«

»Es ist deine gewählte Ausdrucksweise, die das alles hier der Mühe wert macht.« Er servierte das Essen, warf ihr eine Serviette zu und setzte sich hin, um anzufangen.

»Was denn? Kein Beilagensalat oder Knoblauchbrot, Paul?«

»Übertreib es nicht, mein Sonnenschein.«

»Es ist die Biochemie, die mich fertig macht. Heute bin ich drei Stunden lang meine Aufzeichnungen durchgegangen und habe keine Ahnung. In meinem Kopf schmeiße ich alles durcheinander.«

Eine Stunde nach dem Essen saßen sie immer noch am Küchentisch, während das schmutzige Geschirr in der Spüle einweichte.

»Mach dir doch Stichworte«, schlug Paul vor. »Das hilft.«

»Ja, ja, alles schon gemacht. Ich muss einfach dranbleiben.« Sie ließ langsam ihre Schultern kreisen.

»Steif?«

»Wie ein Brett. Offenbar habe ich zu lange vorm Computer gehockt.«

»Du neigst dazu, krumm dazusitzen«, bemerkte er. »Du kriegst noch hängende Schultern.«

»Wie tröstlich! Genug von mir, wie war dein Tag?«

»Gut, gut.« Er trank sein Glas aus. »Magst du Kaffee?«

»Nein, der macht dann nur die Wirkung des Weins zunichte. Jetzt bin ich schön schläfrig und pappsatt – oder vollauf gesättigt, wie mein Herr Vater sagen würde. Danke für das Abendessen, Paul – du kannst stolz auf dich sein. Du wirst einmal eine wunderbare Ehefrau abgeben.«

»Rotzgöre!«

»Wie war denn dein Meeting heute Morgen?«

Er schwieg einen Moment. »Man hat mir eine Stelle in Longford angeboten. Ich habe dem Boss gesagt, ich würde darüber nachdenken.«

»Longford?«, ächzte Dawn. »Bist du wahnsinnig?«

»Ich mache nur Spaß.« Er streichelte ihre Haare. »Es wird noch ein paar Monate dauern, bis irgendetwas frei wird. Aber ich hätte nichts gegen eine Veränderung. Ach, fast hätt' ich's vergessen. Rate mal, wen ich heute in Green gesehen habe?«

Dawn schnappte sich die Abendzeitung und warf einen Blick auf die Schlagzeilen. »Wen denn?«, fragte sie träge.

»Deine Mutter.«

Sie senkte die Zeitung. »Meine Mutter? In Stephen's Green?«

»Yep.«

»Das kann nicht sein.«

»Sie war da, wenn ich's dir doch sage.«

»Da hast du dich geirrt, Paul. Sie war schon seit über einem Jahr nicht mehr in der Stadt. Inzwischen geht sie kaum noch aus.«

»Sie war es ganz bestimmt. Ich bin sogar extra zurückgegangen, um mich zu vergewissern. Sie saß mit einer anderen Frau in der Nähe des Ententeichs und war ganz in ein Gespräch vertieft – sie hat mich nicht einmal bemerkt.«

»Bist du sicher, dass es Mum war?«

»Ganz sicher. Und«, fügte er hinzu und betonte dabei jedes Wort, »Sie sah richtig gut aus. Geradezu herausgeputzt.«

»Herausgeputzt? Meine Mutter?« Sie sah ihn erwartungsvoll an.

»Es gibt nicht viel zu berichten. Sie hatte eine neue Frisur und trug ein marineblaues Kostüm. Sie sah sehr schick aus.«

»Meine Mutter hat kein blaues Kostüm. Das war sie nicht.«

Paul begann ärgerlich zu werden. »Sie *war* es, und sie *hatte* ein blaues Kostüm an. Woher willst du alle Sachen deiner Mutter kennen? Du wohnst doch nicht mehr da.«

Dawn zog einen Schmollmund.

»Ruf sie doch an, wenn du mir nicht glaubst. Mach schon. Jetzt gleich.«

»Ich glaube dir ja – es ist bloß so lange her, dass sie ausgegangen ist, ganz zu schweigen in die Stadt. Und dann sagst du noch, dass sie schick aussah. Paul, ich bezweifle wirklich, dass es Mum war.«

»Sie war es, und sie sah sehr hübsch aus. Mir war gar nicht klar, dass sie so attraktiv ist.« Er grinste. »Natürlich hast du daher dein gutes Aussehen.«

Dawn hörte gar nicht zu. »Ich frage mich, wer die andere Frau war. Wahrscheinlich Sarah.«

»Keine Ahnung«, erwiderte er leicht verärgert wegen ihrer Skepsis.

»Wie sah sie aus? Blonde Haare?«

»Grau. Eine kleine Dame mit grauen Haaren und einer Brille, der durchschnittliche Oma-Typ. Zufrieden?«

»Nicht alle Omas sind klein und grauhaarig. Meine war groß und hager. Erzähl mir mehr über diese Frau.«

»Ich bin nicht hingegangen, um sie unter die Lupe zu nehmen – ich wusste ja nicht, dass du es so genau wissen willst. Wenn ich deine Mutter das nächste Mal sehe, nehme ich mein Notizbuch und schreibe alle Besonderheiten auf: was sie anhat, ihren Gesichtsausdruck, mit wem sie zusammen ist. Ich verhöre sie sogar, wenn du willst.«

Dawn kicherte.

»Schön, dass du das komisch findest.«

»Das tue ich«, meinte sie, »wir saßen hier bei einem äußerst netten Abend, einem guten Gespräch, leckerem Essen, beide in Topform und sobald die Sprache auf meine Mutter kommt, fangen wir an zu streiten.«

»*Ich* streite nicht.«

Dawn widersprach ihm nicht. Sie war erledigt. Ein heißes Bad würde ihre schmerzenden Muskeln lockern, und etwas Lavendelöl in der Duftlampe würde ihr überarbeitetes Hirn entspannen.

Amy stellte sich auf die Waage. Dreiundsiebzig Kilo. So viel hatte sie in ihrem ganzen Leben noch nicht gewogen – außer, als sie mit Dawn schwanger gewesen war. Sie würde wohl sechs Kilo abnehmen müssen – kein Grund, es gleich zu übertreiben. Siebenundsechzig Kilo waren für ihr Alter und ihre Größe ideal. Sie hängte das neue Kostüm in den Kleiderschrank. Ihre Füße brachten sie um, die Schuhe hatten an ihren Zehen gedrückt, während sie durch die Stadt gelaufen war; es würde wohl eine Zeit lang dauern, sie einzulaufen.

Alles in allem war der heutige Tag bemerkenswert gewesen. Ihr Treffen mit Catherine Cole hatte sämtliche Erwartungen übertroffen. Sie hatte so viel aus der Vergangenheit ihrer Mutter erfahren, was sie nun alles Stück für Stück, Detail für Detail genauestens überdenken musste.

Nachdem Catherine die Höflichkeiten hinter sich gelassen hatte, war Amy in der Lage gewesen, sich mit ihr zu unterhalten. Es war nicht bloß Geplauder, sondern eine echte, aufrichtige Kommunikation gewesen. Vielleicht lag es daran, dass Catherine älter war und eher wie eine Mutter wirkte, dass Amy ehrlich zu ihr sein konnte. Das Beste an diesem heutigen Treffen war gewesen, dass Amy sich nicht gewertet gefühlt hatte.

Keine Spur von Maurice, obwohl es bereits fast Mitternacht war. Nicht, dass es ihr etwas ausgemacht hätte, ob er nun da war oder nicht – er schlief sowieso im Gästezimmer.

Sie brauchte Zeit für sich selbst, um ernsthaft nachzudenken. Sie würde sich hinlegen, eine Zigarette rauchen – kein Fernsehen heute Abend – und danach das Licht ausmachen. Im Dunkeln ließ es sich leichter nachdenken.

Maurice schaltete in den zweiten Gang zurück und fuhr den Wagen vorsichtig in die Einfahrt. Der Regen prasselte auf die Windschutzscheibe und nahm ihm fast völlig die Sicht. Es war bereits nach zwei Uhr morgens, und er wollte seine Frau nicht stören. Seit etwa drei Tagen hatte er nicht mehr mit ihr gesprochen.

Das Haus war stockdunkel – sie hätte ihm ja das Verandalicht anlassen können. Er stellte den Motor ab, schaltete die Scheinwerfer aus und war völlig in Schwärze getaucht. Als er die Wagentür öffnete, erlaubte ihm die Innenbeleuchtung ein paar Sekunden lang, den Weg über den rutschigen, nassen Boden zu sehen. Fluchend schloss er die Wagentür ab und fummelte an seinem Schlüsselbund herum, bis er den Hausschlüssel fand. Mit nassen Haaren und Schultern stieg er vorsichtig die beiden Stufen zum Haus hinauf.

Nachdem er es betreten hatte, fand er den Lichtschalter. Ein seltsamer Geruch stieg ihm in die Nase – Limone, oder? Er blickte die Treppe hinauf. Irgendetwas war völlig verändert. Dann traf es ihn wie ein Schlag – das Haus war blitzblank. Der Teppich war gesaugt, und zu seinem Erstaunen glänzte sogar das Treppengeländer. Von Politur. Das war der ungewohnte Geruch gewesen – Möbelpolitur.

Sam Cole ließ, etwas mitgenommen von seiner Kneipentour, ein Glas voll Wasser laufen und gab zwei Alka Selzer hinein. »Bloß keinen Brummschädel morgen«, erklärte er seiner Frau, die bereits im Bett lag und in einer Broschüre über Busexkursionen blätterte.

»Amy ist eine sehr geplagte Frau«, meinte Catherine und sah zu, wie er das Glas in einem Zug leerte.

Er rülpste. »Aber ihr habt euch gut verstanden?«

»Sobald ich das Eis gebrochen hatte. Ich habe sie zu einem Besuch bei uns eingeladen.«

»Meinst du, sie kommt?«

»Ich glaube schon. Ihre Ehe ist im Moment etwas wackelig, sie wird es wohl spontan entscheiden.«

»Ich frage mich, wie ihr Mann so ist.«

»Ein sehr erfolgreicher Tierarzt, laut Amy, ehrgeizig und sehr fleißig. Ihre Tochter studiert auch Tiermedizin – sie ist ihm wohl recht ähnlich. Amy fühlt sich ziemlich isoliert. Ein paar Wochen bei uns würden ihr sicherlich gut tun.«

»Ein paar Wochen?«, japste er. »Catherine, das wollen wir lieber noch mal überdenken. Du hast doch gesagt, sie leide unter Depressionen.«

»Na und?«

»In unserem Alter sollten wir uns entspannen. Du kannst dich dieser Frau nicht einfach so annehmen. Du kennst sie doch kaum.«

»Jetzt komm schon, Sam. Sie ist Elaines Tochter, und ich habe das Gefühl, ich schulde es ihr.«

»Tust du nicht. Du schuldest ihr gar nichts«, grummelte er.

»Sie wird dir gefallen. Sie hat ein gutes Herz.«

»Mir behagt die Vorstellung nicht, eine Fremde in meinem Haus zu haben.« Er schlüpfte neben ihr ins Doppelbett und zog die Decke auf seine Seite.

»Sie ist doch keine Fremde.« Catherine zog die Decke wieder zu sich herüber – so einfach würde er sie nicht an sich reißen. »Es ist ja noch gar nichts ausgemacht, also brauchst du dich nicht so aufzuregen. Ich habe ihre Nummer und werde sie anrufen, wenn wir wieder zu Hause sind.«

»Na schön.« Wie üblich gab er nach. Für gewöhnlich hatte seine Frau das letzte Wort. »Was machen wir morgen?«

Sie reichte ihm die Broschüre. »Das entscheidest du.«

Catherine kuschelte sich in die Kissen, und ihr Mann nahm seine Lesebrille vom Nachttisch. Ein paar Wochen bei ihnen zu Hause eine neue Umgebung zu genießen, würde bei Amy sicher Wunder wirken und ihr neue Perspektiven eröffnen. Und eine zeitweise Trennung von ihrem Ehemann würde obendrein auch keinem wehtun.

»Wie wär's denn mit einem Ausflug in die Japanischen Gärten und zum Marstall?«, schlug Sam vor.

»Perfekt.«

12

»Und das ist die Geschichte – oder zumindest das, was ich davon kenne.« Amy saß mit Sarah in deren makelloser Küche in der Newtown Avenue. Es war der Morgen nach ihrem Treffen mit Catherine Cole.

»Deine arme Mutter – und sie war noch so jung damals. Allein in England, ohne Familie oder Freunde in der Nähe, abgesehen von Catherine Cole. Und sie konnte nicht darüber reden, selbst nachdem sie nach Hause gekommen war. Ein Baby stirbt unter ihrer Obhut – was für ein Skandal, welch eine

Schande. Du weißt doch, wie die Leute sich das Maul zerreißen. Man wäre ihr aus dem Weg gegangen. Oder hätte noch Schlimmeres mit ihr angestellt.« Sarah schauderte. »Stell dir nur ihre Isolation vor, Amy. In diesem Alter und in jenen Tagen war sie bestimmt noch leichtgläubig, verletzlich, und dann war dieser Doktor Edwards ein bedeutender Mann; vermutlich war jedes Wort von ihm für sie Gesetz. Damals waren Ärzte doch Götter. Die Lüge wurde so zu barer Münze.«

»Das hat Catherine auch gesagt. Meine Mutter war fast siebzig, als sie letztes Jahr gestorben ist, Sarah, und fünfzig Jahre ihres Lebens hat sie eine Tragödie betrauert, die gar nicht geschehen ist.«

»Man fragt sich doch, wie gut man jemand wirklich kennt und was derjenige wohl durchmacht. Aber zu Unrecht beschuldigt zu werden ist beängstigend.«

»Und doch kann ich die Edwards irgendwie verstehen, weißt du. Der Doktor hat behauptet, dass meine Mutter nicht in der Lage gewesen wäre, sich um ein Kind zu kümmern.« Amy schürzte ihre Lippen. »Aus eigener Erfahrung weiß ich, dass daran etwas Wahres ist. Sie war so grausam … manchmal auch gewalttätig. Mein Vater wusste das. Genau wie Catherine Cole.«

»Amy, willst du damit sagen, dass deine Mutter dich misshandelt hat?«

»Misshandeln ist so ein allgemeiner Begriff, oder?« Amy rührte ihren Tee um. »Wenn einer Misshandlung sagt, meint ein anderer damit Disziplin. Meiner Mutter hielt körperliche Züchtigung für richtig.«

Das Irland der fünfziger Jahre war wohl für kein Kind ein idyllischer Ort. Körperliche Züchtigung war weit verbreitet. Mutter Kirche hatte alle fest im Griff, und viele Eltern folgten ihren Empfehlungen.

»Sie war bestimmt nicht die perfekte Mutter«, murmelte Amy.

»Aber ein Baby umzubringen? Du glaubst doch nicht, dass sie dazu in der Lage gewesen wäre, oder?«

»Nein.«

Doch insgeheim war Amy sich nicht sicher. Wenn ihrer Mutter das Temperament durchging, war alles möglich. Unfälle passieren nun mal, und wütende Menschen unterschätzen oft ihre Kräfte.

»Die beiden haben behauptet, ihr Baby sei *tot*. Wieso? Welche normalen Eltern würden so was sagen, Herrgott noch mal? Dafür gibt es keinerlei Rechtfertigung, überhaupt keine.«

»Ich weiß auch nicht.« Amy hatte die Ellbogen auf den Tisch gestützt und rieb sich langsam die Stirn. »Ich kriege Kopfschmerzen, hast du ein Aspirin?«

»Geht auch Panadol?« Sarah holte die Tabletten aus einem Schrank und schenkte Amy ein Glas Mineralwasser ein.

»Danke.« Amy spülte zwei Tabletten mit Wasser hinunter. »Wenn man die Tatsachen untersucht, passt das einfach nicht zusammen – irgendetwas an der ganzen Geschichte stört mich. Wenn sie meine Mutter loswerden wollten, warum haben die beiden sie nicht einfach gefeuert? Sie waren ihre Arbeitgeber, sie hatten diese Macht, also warum zu etwas so Extremen greifen?«

»Sie hatten ihre Gründe, und es müssen verdammt gute Gründe gewesen sein, um dermaßen niederträchtig lügen zu können. Da steckt ganz bestimmt viel mehr dahinter.«

Amy zündete sich ihre fünfte Zigarette an, seit sie sich hingesetzt hatte, aber wegen des Rauchens wollte Sarah nicht an ihr herumnörgeln, nicht bei den Fortschritten, die ihre Freundin machte. »Deine Haare sehen fabelhaft aus. Henna, oder?«

»Nein, irgendeine Mischung, hat die Friseurin gesagt. Burgunder, glaube ich.«

»Sieht toll aus.« Sarah studierte Amys Gesicht. »Aber da ist doch noch was anders an dir.«

»Ich habe mir die Augenbrauen färben lassen. Ich dachte

mir, wenn schon, denn schon. Und es ist wirklich schön, sich ab und zu verwöhnen zu lassen.«

»Absolut.« Sarah nahm sich noch etwas Vanillepudding.

»Meine Therapeutin – ich klinge schon fast wie eine Amerikanerin, oder? Meine Therapeutin«, sagte Amy gedehnt, »hat mich davon überzeugt, mir selber mal was Gutes zu tun. Und, willst du mich nicht fragen, wie es gelaufen ist?«

»Ich war mir nicht sicher, ob du das möchtest. Also, wie ist es denn gelaufen?«

»Viel besser als erwartet. Die Stunde verging wie im Flug. Als ich erst mal angefangen hatte, konnte mich nichts mehr aufhalten. Sie hat es geschafft, dass ich locker war, und sie ist eine gute Zuhörerin – du hattest Recht. Sie hat es raus, die richtigen Fragen zu stellen, aber es klang ganz natürlich, wie eine normale Unterhaltung. Erst hinterher wird einem klar, dass man selbst die ganze Zeit geredet hat.«

»Also wirst du wieder hingehen?«

»Ich schätze, ich brauche wohl ein paar Sitzungen. Wir müssen noch vieles aufarbeiten. Ich muss den – wie sagst du immer? – psychologischen Ballast abwerfen. Tja, es ist schon eine seltsame Erfahrung, wenn man anfängt, über sich selbst zu reden. Manches von dem, was da rauskam, war mir gar nicht richtig bewusst, und dann … wenn du deine eigene Stimme die Worte sagen hörst, ist es wie ein Schwall, eine Befreiung – so eine Art Reinigung. In der einen Minute wollte ich in Tränen ausbrechen, und in der nächsten fing ich an zu lachen. Aber der Nebel in meinem Kopf hat sich etwas gelichtet. Ich mag sie, Sarah. Ich vertraue ihr.«

»Ich bin begeistert, Amy. Wirklich. Du solltest langsam vorgehen. Der erste Schritt ist der schwierigste. Wenn du das nächste Mal hingehst, ist es nicht mehr halb so schwer. Die Anfangsnervosität hast du längst überwunden.«

»Als ich ihr von meiner ständigen Müdigkeit erzählt habe, hat sie mir geraten, auch noch eine Blutsenkung machen zu lassen.«

»Ach ja?«

»Vielleicht setzt ja die Veränderung schon ein.«

Sarahs Kiefer klappte herunter. »Was denn? Die Wechseljahre?«

»Ja, jetzt guck nicht so entsetzt. Das ist ja nicht ansteckend.«

»Du in den Wechseljahren – dazu bist du viel zu jung!«

»Sechsundvierzig ist nicht zu jung, Sarah. Manche Leute fangen schon in ihren Dreißigern an. Es hängt davon ab, wann deine Mutter ... jede Frau ist da anders.«

»Pff«, rümpfte Sarah die Nase. »Ich habe jedenfalls noch lange nicht vor, mich zu ergeben – wenn überhaupt.«

Amy lachte. »Ich glaube nicht, dass wir eine Wahl haben. Bei Raucherinnen fängt es gewöhnlich eher an, falls das ein Trost für dich ist.«

»Die Wechseljahre?« Sarah war noch immer geschockt. »Das glaub ich einfach nicht – du kriegst doch keine Hitzewallungen oder so was, oder?«

»Nicht alle kriegen Hitzewallungen. Meine Periode ist unregelmäßiger geworden, mit kürzeren Zyklen und stärker. Und die Schlaflosigkeit gehört offenbar auch zu den Symptomen, ganz zu schweigen von den Depressionen –«

»Dann lass dich eben untersuchen, wenn du willst, Amy«, lenkte Sarah ein, »wenn du dich dadurch besser fühlst, dass dir ein Arzt bestätigt, dass du über den Berg bist.«

»Das bedeutet doch nicht, über den Berg zu sein.« Amy lächelte. »Um ehrlich zu sein, wäre ich ganz glücklich, wenn man bei mir die Wechseljahre diagnostizieren würde. Das Ausbleiben meiner Periode wird ein Grund für mich sein, eine Riesenparty zu schmeißen, nicht etwa zu trauern. Es ist doch bloß das Ende einer Phase und der Beginn von etwas Neuem. Mir gefällt die Vorstellung von Veränderung – Stagnation finde ich dagegen beängstigend. Vielleicht fühle ich mich dadurch sogar besser. Zumindest wüsste ich dann, dass ich nicht verrückt werde.«

»Du wirst doch nicht verrückt – wie kannst du so was sagen?«

»Manchmal fühle ich mich aber so.«

»Wie ich schon sagte, Amy, mach es ruhig. Genieß deine Wechseljahre, wenn du musst, aber ich finde es absolut … Ach, ich will nicht darüber reden.«

Ein Tabu. Ein unangenehmes Thema. Wieso? Weshalb sollte es tabu sein? Es war ein ganz natürlicher Vorgang, den jede Frau früher oder später akzeptieren musste. Falls einige von Amys Symptomen von dieser natürlichen Veränderung herrührten, wollte sie es nur allzu gerne wissen. Es wissen, akzeptieren und nötigenfalls Hilfe erbitten. Warum war das für Sarah nur eine solche Horrorvorstellung? Einmal mehr fühlte Amy sich wie abgeschnitten.

In letzter Zeit war dieses Gefühl von Entfremdung nicht wegzukriegen. Vielleicht erwartete sie zu viel von anderen? Früher hatte sie mit Sarah doch vieles teilen können. Das tat sie noch immer, aber irgendetwas hatte sich verändert. Es war etwas Subtiles und nicht Greifbares, und Amy wusste, dass es in ihrem Inneren war. Sie mochte Sarah sehr. Die beiden würden hoffentlich immer Freundinnen sein, aber irgendetwas hatte sich definitiv verändert. War völlige Vertrautheit, das völlige Einverständnis mit einem anderen Menschen überhaupt möglich? Existierte Seelenverwandtschaft überhaupt? Oder waren wir dazu bestimmt, immer voneinander abgeschiedene Wesen zu sein?

»Und«, fragte Sarah, nachdem sie die Teetassen weggeräumt hatte, »was wirst du nun wegen Catherine Coles Geschichte unternehmen, Amy? Was *kannst* du überhaupt tun?«

»Ich muss der Sache auf den Grund gehen. Ich werde erst zur Ruhe kommen, wenn ich die volle Wahrheit kenne. Das Schwierige ist nur, dass ich keine Ahnung habe, wie ich an diese Jane Edwards herankommen soll. Sie lebt in Frankreich. Im Moment ist Catherine mein einziger Anhaltspunkt.«

»Und, wirst du sie besuchen?«

»Ich glaube schon. Maurice weiß im Moment von gar nichts. Ich werde ihm lediglich sagen, dass ich wegfahre. Was anderes werde ich nicht verraten. Er würde mir ja doch nur wieder raten, das Ganze zu vergessen. Er hat meine – wie er es nennt – Fixierung auf meine Mutter – satt. Und ich will auch Dawn da nicht mit reinziehen, wo sie doch kurz vor der Zwischenprüfung steht.«

»Was ist mit Claire?«

»Ich habe Claire bereits belogen – zum ersten Mal in meinem Leben. Ich fühle mich schlecht deswegen.«

Die Wahrheit, Amy. Sag die Wahrheit und beschäme den Teufel.

Hier sah Sarah ihre Gelegenheit. Zeit, ihren Verdacht zu äußern. »Wie nahe stehst *du* Claire eigentlich?«

»Wir standen uns schon mal viel näher«, gab Amy zu, »aber in letzter Zeit findet sie mich wohl schwierig, würde ich sagen.« Ein weiteres Beispiel für die Entfremdung. Ihre eigene Schwester hatte Schwierigkeiten, sie zu verstehen.

Du bist viel zu sensibel, Amy. Das warst du schon immer. Und obendrein seltsam. Kein Wunder, dass dich deine Schwester nicht verstehen kann. Du bist zu verschlossen.

Amy hielt sich die Ohren zu und schüttelte den Kopf.

»Alles in Ordnung mit dir?« Sarah stand auf und ging zu ihr hinüber. »Du bist ja ganz blass geworden.«

»Es sind bloß diese wahnsinnigen Kopfschmerzen«, sagte Amy. »Das Panadol wird gleich wirken. Worüber haben wir gerade geredet? Ach ja, Claire. Ja, wir haben uns voneinander entfernt, aber sie versteht sich noch gut mit Maurice.«

»Und das beunruhigt dich nicht?«

»Wieso sollte es?«

»Vergiss es.« Sarah aß einen Schokoladenkeks. Den Pudding hatten sie bereits aufgegessen. Amy fragte sich, wie sie so schlank bleiben konnte. Der Stoffwechsel war einfach nicht fair.

»Sarah, was geht dir im Kopf herum?«

»Hör mal, Amy, ich wollte ja kein Wort darüber verlieren, aber da du es angesprochen hast – ich habe Claire mit Maurice ausgehen sehen, und das mehr als einmal.« Sie beugte sich auf verschwörerische Weise vor. »Sie wirkten *wirklich* innig.«

Amy lachte. »Zwischen Claire und Maurice läuft rein gar nichts, Sarah. Das kannst du mir glauben. Sie waren schon immer gute Freunde, weiter nichts. Er kannte sie eben schon, bevor er mich kennen lernte.«

»Noch mehr Öl ins Feuer«, rief Sarah aus.

»Es gab noch keinen Grund für mich, einem der beiden zu misstrauen. Claire ist meine Schwester, und Maurice ist ... er ist nicht so. Er kann Heimlichkeiten nicht leiden. Du weißt doch, dass Maurice nicht der Typ für irgendwelche Liebesaffären ist, dazu hat er gar nicht die Energie. Er mag die Dinge klar und einfach.«

»Tja, ich glaube, du bist zu vertrauensselig, Amy. Und selbst *wenn* es nur eine Freundschaft zwischen den beiden ist – stört dich das denn nicht?«

»Ehrlich gesagt nicht, weil es mein eigener Fehler ist. Maurice brauchte Claire zum Reden während des ... sagen wir, des Verfalls meiner Würde, ja?« Der Verfall ihrer Würde – weitere Selbstbezichtigungen. Hatte ihre Therapeutin sie nicht davor gewarnt, sich ständig selber schlecht zu machen?

»*Mir* würde es nicht gefallen. Die Partnerin und nicht die Schwägerin sollte die beste Freundin des Ehemanns sein. Eine solche Beziehung kann noch viel zerstörerischer sein als eine Affäre.«

Amy schnaubte nachdenklich. Die Freundschaft zwischen ihrem Mann und ihrer Schwester hatte sie noch nie als Bedrohung empfunden.

»Und ich bin überzeugt, dass mehr dahinter steckt«, behauptete Sarah. »Darf ich dich daran erinnern, dass Claire nicht die gleichen Moralvorstellungen hat wie du oder ich?

Weißt du noch, wie sie vor ein paar Jahren mit diesem verheirateten Typ ausgegangen ist, mit diesem Börsenmakler?«

»Das wirst du ihr wohl nie verzeihen, Sarah.«

»Ich mag es nun mal nicht, wenn man andere hintergeht.«

»Du bellst den falschen Baum an. Wenn da was liefe, wüsste ich es.«

»Die Ehefrau erfährt es immer als Letzte.« Ein Klingeln an der Tür verhinderte weitere Ausführungen von Sarah.

Maurice und Claire? Eine Sekunde lang zog Amy diese Möglichkeit in Betracht. In letzter Zeit verbrachten sie viel Zeit miteinander. Claire ging gerne aus, war attraktiv, und Maurice *war* zuerst mit ihr zusammen gewesen – aber eine verbotene Liaison? Nein, das war nicht Maurices Stil. Egal was er war, er war kein Ehebrecher. Jemanden zu täuschen, lag ihm völlig fern. Und Claire wäre zu solch einem Verrat nicht fähig – nicht bei ihrer eigenen Schwester. Sie hatten so ihre unschönen Momente, wie alle Schwestern, aber im Grunde liebten sie sich auch.

»Na endlich!« Sarah eilte zurück in die Küche. »Der Sperrmüllwagen. Ich muss ihm die Garage öffnen, um mein altes Doppelbett und die Waschmaschine loszuwerden. Letzte Woche habe ich drei Tage lang zu Hause rumgesessen und habe auf diesen Cowboy gewartet.« Sie schloss die Küchentür auf. »Kann man sich eigentlich noch auf irgendjemand verlassen? Er ist ein mürrischer kleiner Kauz – ich zahle ihm viel mehr, als üblich ist, aber man könnte meinen, er tue mir einen Gefallen!«

Beinah Mittag, dachte Claire, während sie die silbernen Ohrringe in Seidenpapier einwickelte. Sie würde ihr übliches Sandwich sausen lassen und in den Dessous-Laden flitzen. Sie hatte ein Auge auf ein schwarzes Negligee geworfen. Sie wollte ihn doch nicht langweilen. Sobald ein Mann dich als selbstverständlich betrachtete, ging alles den Bach hinunter. Claire war sich nur allzu bewusst, wie wichtig es war, das Interesse eines Mannes aufrechtzuerhalten, außerdem wusste sie, wie man ein wenig Würze in eine Beziehung bringen konnte.

»Und, haben Sie eins?«, wiederholte die Kundin.

»Verzeihung, ich war in Gedanken gerade ganz woanders«, entschuldigte sich Claire.

Die junge Frau zog die Augenbrauen zusammen. »Ich habe Sie nach einem passenden silbernen Armband gefragt.«

»Ich hole Ihnen mal das Auslagekästchen.« Claire nahm es aus dem Schaufenster und stellte es auf die Glastheke. »Hiervon könnten einige passen.«

Während die Kundin die Armbänder durchsah, machte Claire sich in Gedanken eine Einkaufsliste: neue Zahnbürste, Feuchtigkeitscreme, Reinigungslotion, Watteballchen, Deodorant. Und was sollte sie heute Abend anziehen? Ihr rotes Kleid – er mochte sie in Rot – oder ihr silbernes Top mit schwarzer Hose? Wie formell war dieses Restaurant?

»Nein, ich bleibe dabei.« Die junge Frau gab das Kästchen zurück. »Nur die Ohrringe, danke.«

Claire kassierte. Sie wollte den Laden gerade abschließen, als sie sich entschloss, noch rasch bei ihrer Schwester anzurufen.

»Claire, hi! Ich komme gerade von Sarah zurück. Schön, dich zu hören.«

Die Stimme klang temperamentvoll. Also war Amy noch guter Stimmung. »Wollte nur mal hören, wie alles so läuft.«

»Bestens, danke. Ich fühle mich schon viel besser. Ich habe mir ein paar neue Sachen gegönnt und mir gestern in der Stadt die Haare schneiden lassen – mit dem Ergebnis bin ich sehr zufrieden.«

»Du warst in der Stadt?«

»Mhm. Als Nächstes wirst du Schweine fliegen sehen!«

»Du klingst ja so verändert, Amy.«

»Ich *habe* mich verändert.«

»Was war denn der Auslöser dafür?«

»Ich habe deinen Ratschlag angenommen. Ich treffe mich mit einer Therapeutin. Sarah hat mich dazu überredet.«

»Amy, ich tue jetzt gar nicht erst so, als ob ich verstehen würde, was du durchmachst, aber ich bin ja so erleichtert, dass du dir endlich helfen lässt.«

»Sarah hatte eine Menge damit zu tun. Sie ist eine gute Freundin. Sie macht sich Gedanken.«

»Ich mache mir auch Gedanken. Ich wollte ebenfalls helfen. Ich habe mein Bestes getan.«

»Das weiß ich doch, Claire. Halt mich nicht für undankbar. Du warst sogar sehr gut. Vielleicht brauche ich nur einen Außenstehenden – kein Familienmitglied –, um mir den richtigen Weg zu zeigen. Sarah ist eine kluge Frau.«

»Ach ja?«

Claires verstimmter Tonfall war Amy nicht entgangen. »Sie ist sehr ausgeglichen.«

»Das fand ich nie.« Jetzt tat es Claire plötzlich Leid, dass sie angerufen hatte. »Ich fand sie immer recht barsch, geradezu grob. Und sie ist eine verdammte Besserwisserin.«

»So ist sie nun mal, aber sie will niemanden verletzen. Sie war ausgesprochen hilfreich.« Amy zögerte, da sie nicht vorhatte, die Feindseligkeit ihrer Schwester noch zu steigern. »Das wart ihr *alle.* Hast du heute Abend schon was vor? Möchtest du zum Abendessen kommen? Maurice wird heute Abend lange arbeiten – mal ganz was Neues!«

»Du willst kochen?«

»Eine Kasserolle kriege ich schon noch hin.«

»Ich würde ja gerne, Amy, aber ich habe andere Pläne. Ich gehe mit jemand zum Essen aus.«

»Mit einem von der männlichen Sorte?«

»Genau. Ich kenne ihn schon seit Jahren. Nichts Aufregendes.

»Ich würde ihn gerne mal kennen lernen. Vielleicht kommt ihr beide ja auf einen Besuch vorbei?«

»Vielleicht.«

»Wie heißt er denn?«, fragte Amy interessiert.

Mist. Was nun? Claire suchte angestrengt nach einem glaubwürdigen Namen.

»Ian.«

Nicht sehr originell, tadelte sie sich selbst.

»Ian wie?«

»Ian Whelan«, antwortete Claire rasch. »Ich kann jetzt nicht mehr weiterreden. Ich komme morgen Abend mal vorbei.«

»Bring ihn doch mit.«

»Er geht auf Geschäftsreise.« Die Eingebungen blinkten nur so – sie musste sich schnell etwas einfallen lassen. »Wir reden später weiter. Bye.«

Dawn kam einfach nicht darüber hinweg, wie gut ihre Mutter aussah und dass sie tatsächlich vorbeigekommen war. Noch nie hatte Amy sie im Haus in Stillorgan besucht, trotz der vielen Einladungen. Dawn hatte mit ihrer Mutter die große Schlossführung gemacht und Amy hatte alles gelobt, was ihr begegnete: die grünen Vorhänge, die gemütlichen Sessel, die geräumige Einbauküche, das geflieste Bad. Angesichts des Doppelbetts brauchte man auch kein Kriminalist sein, um herauszufinden, welche Vereinbarung man zum Schlafen getroffen hatte, doch ihre Mutter war weise genug, das zu ignorieren.

»Alleine nach England?« Dawn war völlig überrascht. Die beiden hatten sich ins Wohnzimmer begeben, und während Amy sich in einen Sessel am Feuer kuschelte, schenkte Dawn zwei Gläser von dem Weißwein ein, den ihre Mutter mitgebracht hatte.

»Sie ist eine uralte Freundin. Ich kenne sie noch aus meiner Kindheit.« Das war nicht gelogen. »Wenn es dir lieber ist, dass ich während deines Examens zu Hause bleibe, kann ich den Termin immer noch verschieben«, bot Amy an.

»Nein, lass nur. Während meiner Prüfungen brauch ich

dich hier nicht, Mum.« Sie stöhnte. »Wenn ich nur Dad loswerden könnte! Er wird sämtliche Fragen analysieren, Antworten vorschlagen – er macht mich noch ganz verrückt! Vielleicht«, fügte sie hinzu, wobei sich ihr Gesicht aufhellte, »muss er ja auf irgendeine Konferenz fahren – alles, was ihn aus Dublin fortbringen würde, wäre ein Geschenk des Himmels.«

»Lass dich von deinem Vater nicht zusätzlich stressen, Dawn. Das ist dein Examen, dein Leben. Du musst mit keinem über die Prüfungen reden. Als ich meinen Abschluss gemacht habe, hat mich ein Mädchen aus meinem Kurs überzeugt, dass ich eine der Fragen völlig fehlinterpretiert hätte. Den ganzen Sommer lang hab ich mir Sorgen gemacht, und dann stellte sich raus, dass *sie* es war, die wiederholen musste.«

»Aber Dad wird die Prüfungen sehen wollen – das weißt du ganz genau. Es ist so, als ob er durch mich seine Erfahrung wiederholen würde.«

Sie fragte sich, ob ihre Tochter wohl einen Fehler gemacht hatte – den selben Beruf wie Maurice zu wählen. Konkurrenz wäre unvermeidlich. »Versuch einfach, locker zu bleiben, wenn du kannst.« Amy öffnete ihre Handtasche und nahm ein dunkelbraunes Fläschchen heraus. »Nimm vor deiner ersten Prüfung hiervon vier Tropfen.«

Dawn warf einen Blick auf das Etikett. »Notfalltropfen?«

»Sarah hat mich darauf gebracht – dadurch bleibe ich entspannt. Es ist kein Medikament – lauter natürliche Zutaten. Homöopathie.« Sie bemerkte Dawns kritischen Gesichtsausdruck. »Versuch's einfach mal. Es wird dir nicht schaden.«

»Meistens bin ich eigentlich ganz ruhig«, meinte Dawn. »Paul weiß genau, wie das ist, und lässt mich in Ruhe.«

»Ihr beide habt euch ganz gut arrangiert, was? Paul ist ein netter Kerl. Wann kommt er nach Hause?«

»Normalerweise gegen sechs, je nach Verkehr. Warum bleibst du nicht und isst mit uns zu Abend?«

»Nein, nein, ich bin nur vorbeigekommen, um dich und das Haus zu sehen. Ich werde euren Abend nicht stören.«

»Mum, bitte bleib doch. Ich möchte es gerne – und Paul würde dich auch gerne sehen, vor allem in diesem reizenden Kostüm.«

Amy sah an sich herunter. »In diesem *Kostüm?* Wieso sollte Paul sich darüber Gedanken machen?«

»Es würde ihm größte Befriedigung verschaffen.«

»Ich habe keinen blassen Schimmer, wovon du da redest!« Amy sah auf die Uhr. »Ich kann heute nicht zum Essen bleiben, in einer Stunde hab ich einen Termin beim Frauenarzt.«

»Eine Routineuntersuchung?«

»Das wäre es, wenn ich regelmäßig hinginge – ich bin schon lange überfällig. In meinem Alter muss man seinen Körper ständig im Auge behalten!«

Dawn lachte. »Du siehst besser aus denn je. Deine Frisur ist wirklich klasse. Und auch der Lidschatten. Welche Farbe ist das? Dunkelgrün? Er bringt deine Augen gut zur Geltung. Vielleicht versuch ich's auch mal damit.«

»Das hast du doch nicht nötig, Liebes. Du bist mit hinreißenden Rehaugen gesegnet – genau wie deine Großmutter.« Dawn hatte Elaines wunderschöne dunkle Augen, doch ihr fehlte der düstere, mürrische Gesichtsausdruck. Sie hatte einen sanften freundlichen Blick – genau wie Maurice.

»Und wann fährst du nach Suffolk?«

»Nächste Woche. Ich muss es erst noch mit deinem Vater besprechen.« Amy kramte in ihrer offenen Handtasche. »Darf ich hier rauchen?«

Dawn holte einen Aschenbecher. Was für eine Unterhaltung: Make-up, Frisuren, Klamotten, Ferien. Bagatellen. Wundervolle Bagatellen. Sie staunte darüber, wie sehr sich ihre Mutter innerhalb weniger Tage verändert hatte. Das war nicht die Frau, die wochenlang schweigend und verdrossen im Bett gelegen hatte. Dawn hoffte nur, dass sie nicht träumte.

Amy setzte sich auf den Rücksitz des Taxis. Eine weitere Feuerprobe bestanden – der erste Besuch im Haus ihrer Tochter. Es war schon verrückt. Nervös zu sein wegen eines Besuchs bei der eigenen Tochter. Aber Amy hatte Dawn auch einigen Kummer bereitet.

Aha! Gar nicht so leicht, eine gute Mutter zu sein, was?

Amy nahm ein Taschentuch heraus und wischte sich den Schweiß von der Stirn. Dem Taxifahrer fiel ihr Unbehagen im Rückspiegel auf. »Keine Sorge, meine Liebe. Ich bringe Sie schon pünktlich hin. Dieser verdammte Verkehr ist zwar chaotisch, aber ich bringe Sie rechtzeitig zu Ihrem Termin.«

Eine weitere Untersuchung. Innerlich. Der gefürchtete Abstrich. Noch mehr Herumgestochere und Hinterfragen. Tests. Analysen. Diagnosen. Sie begann, sich wie ein Versuchskaninchen zu fühlen.

Jetzt fängst du schon wieder an, Amy, und regst dich wegen nichts auf. Werd endlich mal erwachsen. Hast du denn gar keinen Mumm? Immer nur ein Angsthase. Du wirst dich nie ändern.

Amy ließ das Fenster herunter. Sie brauchte frische Luft.

13

»Und Amy, wie fühlen Sie sich nach den Ergebnissen der Klinik?« Sylvia bot ihr ein Pfefferminz an, das sie jedoch ablehnte.

»Ich hab mir so was beinahe schon gedacht. Man hat mir Hormone verschrieben. Mir ist klar, dass das vielen Frauen unangenehm ist, aber ich will es einfach mal versuchen. Wie ich Ihnen letzte Woche schon erzählt habe, fühle ich mich ohne Kontrolle – als ob mir mein Körper nicht mehr gehören und auf einer endlosen Achterbahnfahrt auf und ab rasen würde. Wenn dieser Hormonersatz helfen kann – umso besser. Jede Verbesserung ist mir willkommen.« Amy steckte sich eine Zigarette an.

»Sehr positiv«, bestätigte Sylvia. »Und was gibt es sonst noch Neues? Wie läuft es mit Ihrem Mann?«

»Noch genauso. Eher schlechter. Ich habe beschlossen, eine Freundin in England zu besuchen. Nur für etwa zehn Tage.«

»Wie schön für Sie.« Sylvia notierte es sich.

»Ich fahre morgen früh. Ich glaube, wir brauchen mal etwas Abstand voneinander.«

»Das kann nie schaden«, stimmte Sylvia zu. »Also gut, heute Abend sollten wir uns vielleicht mit Ihrer Kindheit befassen. Bei unserem ersten Treffen haben Sie mich gefragt, woher Ihr ständiges Bedürfnis rührt, anderen zu gefallen, und Sie hatten angefangen, mir von Ihren Eltern zu erzählen. Ihren Worten nach zu urteilen hatten Sie vermutlich ein nicht ganz einfaches Verhältnis zu Ihrer Mutter. Möchten Sie darüber sprechen?«

»Eigentlich nicht.« Ein unsicheres Lachen. »Wie ging doch gleich dieses Gedicht über Eltern, die einen versauen? Es ist so einfach, den anderen die Schuld zu geben – ich will das abhaken.«

»Das wird Ihnen am Ende auch gelingen. Aber zuerst müssen Sie es rauslassen und ansehen. Sich damit befassen – und dann weitergehen.«

»Ich habe versucht, mich damit zu befassen – das können Sie mir wirklich glauben – ich habe mein Leben damit verbracht, zu verstehen und zu verzeihen und ... Es ist ihre Stimme in meinem Kopf«, polterte Amy. »Ich habe immer noch ihre verdammte Stimme in meinem Kopf und sie ... ich hasse sie.« Amy wurde puterrot. »Entschuldigung. Das wollte ich nicht sagen – es ist mir so rausgerutscht. Sie müssen mich ja für eine Art Monster halten. Es tut mir Leid.«

Sylvia beugte sich vor und streichelte Amys Arm. »Bitte entschuldigen Sie sich niemals bei mir, Amy. Sie dürfen hier alles sagen, was Sie wollen. Alles. Deshalb sind wir ja hier.«

»Aber zu sagen, ich hasse meine Mutter! Das stimmt noch

nicht mal. Natürlich hasse ich sie nicht. Ich ... ich liebe sie. Habe sie geliebt.« Tränen quollen. Sylvia reichte ihr ein Papiertaschentuch.

»Erzählen Sie mir von der Stimme«, sagte Sylvia sanft.

Nancy Mulhearn sah müde aus. Sie trug ihre stahlgrauen Haare zu einem Bob geschnitten, der sie jünger als ihre achtzig Jahre wirken ließ, aber trotzdem sah sie müde aus. Wie üblich war sie schlicht gekleidet, schwarzer Rock und weiße Bluse. Sie brachte ihre Besucherin in den hinteren Teil des Ladens, wo bereits ein Kessel kochte und ein Teller mit Cremetorte wartete. »Wie nett, dass Sie meiner Einladung gefolgt sind, Amy. Ich habe Ihre kurzen Besuche hier vermisst. Wie ich hörte, ging es Ihnen nicht so gut.«

Mit einem Blick überflog Amy die ungeordneten Bücherstapel, den Staub, das ganze Durcheinander. »Es geht mir schon wieder viel besser, Nancy. Frauengeschichten.«

Nancy nickte verständnisvoll. »Hören die denn jemals auf?« Sie lächelte mitfühlend. »Wie geht es Doktor Kennedy? Arbeitet er noch so hart wie früher?«

»In der Tat.« Amy nahm sich eine Tasse Tee und ein Stück Cremetorte. Übergewicht hin oder her, sie würde nicht ablehnen, wo Nancy sich extra die Mühe gemacht hatte. »Ich fliege morgen für einen kurzen Urlaub nach England.«

Die alte Dame schwieg einen Augenblick. »Werden Sie länger fort sein?«

»Nein, nur ein paar Tage.«

»Amy, haben Sie vor, wieder in der Tierklinik zu arbeiten? Ich frage nicht nur aus Neugier. Der Grund, weshalb ich Sie hierher gebeten habe, ist, dass ich Ihnen einen Vorschlag machen möchte.«

»Klingt ja interessant«, meinte Amy und fürchtete sich ein wenig vor dem, was jetzt kommen mochte.

»Wie Sie sehen können, muss der Laden hier neu organisiert werden, langsam übersteigt er meine Kräfte. Seit letztes

Jahr meine Schwester gestorben ist, bin ich ein wenig verloren. Ich benötige Hilfe. Wie Sie wissen, mache ich hier zwar keine reißenden Umsätze, aber ich scheue mich doch davor zu verkaufen. Der Laden hält mich am Leben.«

Amy konnte sich einfach nicht vorstellen, dass der Laden nicht mehr von Nancy geführt würde. In dieser Gegend war sie eine Institution.

»Und«, fuhr die alte Dame fort, »ich habe mich gefragt, ob Sie wohl für mich arbeiten wollen? Ich habe ein paar Pfund auf die Seite gelegt, die ich gern in das Geschäft investieren würde, doch in meinem Alter möchte ich mir die Mühe nicht mehr antun, hier alles etwas aufzupolieren. Ich weiß, was Sie beim Aufbau der Praxis Ihres Mannes geleistet haben. Ich brauche jemanden mit Ihrer Geschäftserfahrung und Sachkunde und jemanden, auf den ich mich absolut verlassen kann. Dass Sie sich so für Bücher interessieren, ist das Sahnehäubchen auf dem Kuchen. Also, ich würde gern mein kleines Königreich in Ihre Hände geben.«

Amy war überwältigt.

Ehrfürchtig beobachtete Maurice seine Frau. Sie packte einen kleinen Koffer und summte dabei. Wie sie so neben dem Bett stand, barfuß und nur in einem schwarzen Spitzenunterkleid, sah sie verführerisch aus. Wie lange war es her, dass er sie richtig angesehen hatte?

Er reichte ihr die Wanderschuhe, auf die sie zeigte. »Amy, ich wünschte, du hättest das mit mir besprochen, bevor du dich dafür entschieden hast.«

»Mit dir besprochen?« Sie fuhr mit Packen fort. »Maurice, wann bist du jemals *hier*, um etwas zu besprechen? Ich habe dich seit einer Woche nicht mehr gesehen.«

»Ich war beschäftigt«, erwiderte er scharf. »Manche von uns müssen arbeiten.«

»Ich war auch beschäftigt.« Sie ließ den Verschluss ihres Necessaires zuschnappen.

»Das sehe ich.« Er holte tief Luft. »Hübsche Frisur.«

Ein Kompliment. »Danke.«

»Dann reist du also auf jeden Fall?«

»Mit der Morgenmaschine nach London.« Sie faltete ihr malvenfarbenes Kleid in der Plastikhülle von der Reinigung zusammen. »Danach mit dem Zug von Liverpool Street aus. Die Fahrt dauert eine gute Stunde. Ich steige in Stowmarket aus, wo Catherine mich abholen wird.«

»Eine alte Freundin?«

»Genau.«

»Aus der Schule?«

»Reich mir den Bügel, ja? Den aus Holz.«

Er tat, worum sie ihn gebeten hatte. »Und?«

»Und was?«

»Die Person, die du da besuchst – ist das eine alte Schulfreundin?«

»Ich kannte sie schon, als ich noch in die Grundschule ging.« Amy klappte den Koffer zu und schloss den Reißverschluss. »Musst du heute Abend noch in die Tierklinik?«

»Nein, Rodney ist dran. Amy, können wir zusammen essen gehen?«

Damit hatte sie nicht gerechnet.

»Wenn du schon diese Reise machen musst«, fuhr er fort, »und ich spüre genau, dass du deswegen sehr aufgeregt bist, wo du diese Person doch kaum kennst –, da möchte ich nicht, dass du wegfährst und ungute Gefühle zwischen uns stehen.«

»Maurice, es muss keine unguten Gefühle zwischen uns geben. Ich möchte bloß weg, das ist alles.«

»Weg von was?«

»Von diesem Haus.« Ihre Stimme blieb ruhig.

»Von dem Haus und von *mir*?«

»Beides«, erwiderte sie ehrlich. »Du wirst mich nicht vermissen, Maurice. Du wirst mein Fehlen kaum bemerken – du bist nicht oft genug zu Hause, um irgendeinen Unterschied in deinem Leben festzustellen.«

»Ist das ein weiterer Vorwurf?«

»Ich will keinen Streit, Maurice. Die Tatsachen sprechen für sich: Wir sehen uns nicht, wir reden kaum miteinander – und wenn wir es tun, streiten wir, wir gehen nicht mehr zusammen aus, wir schlafen nicht mehr miteinander. Es ist schon lange her, dass wir eine richtige Beziehung hatten.«

»Und das ist *meine* Schuld, vermute ich mal.«

»Das habe ich nicht gesagt – leg mir hier nichts in den Mund. Wir haben beide Schuld.«

»Nein, haben wir nicht, Amy. *Du* hast dich verändert. *Du* hast dich abgeschottet.«

»Ich versuche, mit mir ins Reine zu kommen. Deine Kritik ist im Moment etwas schwer zu akzeptieren. Ich habe Hilfe in Anspruch genommen, wie auch du es gewollt hast, und deshalb solltest du mich unterstützen. Ich glaube, dass ich tatsächlich schon Fortschritte gemacht habe.« Sie setzte sich aufs Bett und nahm eine Parfümflasche vom Nachttisch. Ein Tupfer hinter jedes Ohr hatte eine erfrischende Wirkung. »Ich wünschte, du würdest aufhören, mich runterzumachen.«

Seine Wangen erröteten, und sein Blick brannte. »Noch eine Beschuldigung.«

»Eine gerechtfertigte – ich habe dieses ständige Fehler finden satt. Gib mir auch mal Anerkennung für irgendetwas, ja? Ich weiß, dass es schwer für dich war, Maurice, und es tut mir auch ehrlich Leid, aber du musst mir Zeit geben. Es wird mir wieder besser gehen; ich bin fest entschlossen zu einem Neuanfang. Du hast kein Vertrauen in mich, und das tut weh.«

»Kein Vertrauen? Amy, du bist seit Monaten nicht mehr du selbst gewesen, und dein Urteilsvermögen ist wohl ein bisschen verdreht. Du bist ziemlich paranoid geworden. Und jetzt, wo es dir kurzfristig wieder besser geht, läufst du davon.«

»Keineswegs, Maurice. Ich tue genau das Gegenteil.« Sie legte den Zerstäuber in ihre Handtasche. »Und du irrst dich, wenn du denkst, ich sei verdreht. Ich habe die Dinge noch nie so klar gesehen. Ich fahre bloß für zehn Tage weg. Ich brauche mal eine Pause. Die brauchen wir beide.«

»Und wie passe ich in das Ganze?«

»Vielleicht könntest du die Zeit nutzen, um auch mal gründlich nachzudenken.«

»Über was gründlich nachdenken?«

»Über uns. Darüber, wo wir stehen und wo wir hingehen.«

»Jetzt mach aber mal halblang! Wo wir *hingehen?* Was, zum Teufel, soll denn *das* wieder heißen? Wir gehen nirgendwo hin.«

»Genau. Das ist es. Wir stagnieren.«

»Quatsch!«

»Das ist kein Quatsch. Wir haben nichts mehr gemeinsam.«

»Wir sind seit über zwanzig Jahren verheiratet – das haben wir gemeinsam, und genau da stehen wir. Ich weiß nicht, was du willst.«

»Aufregung, Kameradschaft, Rücksicht – ein bisschen Romantik. Soll ich weitermachen? Spaß wäre schön.«

»Spaß, sagt sie! Welchen Spaß hast du im letzten Jahr vermittelt, hä? Denk doch mal darüber nach.«

»Das habe ich. Es tut mir Leid. Mir tut das alles Leid.«

»Amy, ich will nicht, dass dir was Leid tut. Ich will, dass du hier bleibst. Bitte flieg nicht. Nicht jetzt.«

»Ich muss, Maurice. Ich muss wirklich mal raus. Ich möchte nicht, dass du sauer bist, aber –«

»Ich bin aber sauer. Verdammt sauer sogar. Ich verstehe dich nicht, Amy. Ich kann's nicht. Ich versuche hier mein Bestes, aber ich ertrinke. Wirf mir eine Rettungsleine zu. Was genau willst du denn? Sprich es aus. Sag's mir!«

»Ich will es dir nicht länger erklären. Immer und immer wieder dasselbe.« Ihre Stimme wurde sanfter. »Maurice, wir waren mal nett zueinander, weißt du das noch? Wir haben oft gelacht.«

»Und weißt du, wie albern du klingst? Du erwartest, dass die Dinge noch genauso sind wie damals, als wir uns kennen gelernt haben. Die Dinge verändern sich nun mal, Amy. Leute verändern sich. Wir können nicht dieselben wie vor zwanzig Jahren sein. Warum kannst du das nicht akzeptieren?«

Ich hab's dir doch gesagt, Amy. Was hab ich dir gesagt? Hast du zugehört?

»Ich akzeptiere sehr wohl, dass Dinge sich verändern, Maurice«, meinte sie und gab sich allergrößte Mühe, die Stimme zu ignorieren, wie Sylvia ihr geraten hatte. »Natürlich ändern sich die Umstände, Leute ändern sich, aber die Grundlagen sollten gleich bleiben.«

»Grundlagen!«

»Wenn ich versuche, meine Gefühle zu erklären, weist du mich zurück – du lässt keine andere Meinung gelten, außer deiner eigenen. Du befasst dich nur mit deinem Leben, deiner Arbeit, deinen Freunden –«

»Ja, das tue ich. Was hätte ich denn sonst tun sollen?«, schrie er. »Ich habe versucht, dich mit einzubeziehen. Du bist es, die abgekühlt ist – nicht ich.«

»Das stimmt, das stimmt. Aber hast du dich nie gefragt, wieso? Ist dir denn niemals aufgefallen, dass ich nicht glücklich war?«

»Was mir *aufgefallen* ist, war, dass du völlig mit dir selbst beschäftigt warst, dich in deinem Elend gesuhlt und dich einen Dreck für deine Familie interessiert hast. Und nach dem, was du angeblich in deiner Kindheit durchgemacht hast, solltest du es eigentlich besser wissen.«

»Das war unterhalb der Gürtellinie, Maurice. Ich behaupte nichts, was nicht stimmt.« Sie spürte, wie ihr vor lauter Frustration Tränen in die Augen stiegen, die sie aber nicht zulassen wollte. Nicht dieses Mal. »Ich interessiere mich sehr wohl für meine Familie, und es ist ganz schön unfair von dir, das Gegenteil zu behaupten. Du und Dawn, ihr habt bei mir immer an erster Stelle gestanden. Ich verlange ja keine Dankbarkeit; es war meine Pflicht, aber vielleicht, nur vielleicht hab ich darüber meine eigenen Bedürfnisse vernachlässigt.«

»Wir haben alle Probleme, Amy, und wir müssen damit klarkommen – normalerweise ganz allein. Wieso glaubst du, dass deine Situation so einzigartig ist? Nicht jeder ist in der privilegierten Lage, zur Therapie gehen zu können.«

»Die bezahle ich selbst«, erinnerte sie ihn. »Und es war deine Idee. Offenbar kann ich es dir einfach nicht recht machen, Maurice.«

Er erkannte, dass er zu weit gegangen war. »Entschuldige – das hätte ich nicht sagen sollen.«

»Nein, das hättest du nicht.«

Er seufzte. »Wir sind viel besser dran als die meisten, Amy. Wir sollten dankbar sein. Aber vielleicht hast du Recht. Vielleicht sollten wir unseren alten Weg wieder einschlagen. Weißt du noch? Damals waren wir glücklich, das hast du oft genug gesagt. Wenn wir es wieder so wie früher machen, könntest du doch wieder mit mir zusammenarbeiten?«, fragte er hoffnungsvoll.

»Nein«, lehnte sie bestürzt von dem Gedanken ab. »Das wäre ein Schritt zurück, Maurice.«

»Ich dachte, das wolltest du.«

Er würde es wohl nie verstehen. »Ich habe andere Pläne. Noch nichts Konkretes, aber ich erwäge ein Angebot, das man mir kürzlich gemacht hat.«

»Was für ein Angebot?« Sein Argwohn wuchs hörbar.

»Darüber reden wir, wenn ich wieder nach Hause komme. In die Tierklinik zurückzugehen kommt nicht in Frage – ich habe das Bedürfnis, mich vorwärts zu bewegen.«

»Das Bedürfnis? Wenn ich dich so über Pflichten und fehlende Dankbarkeit und deine Bedürfnisse reden höre, läuft mir die Galle über – was ist mit *meinen* Bedürfnissen?«

Sie ignorierte seinen schmollenden Gesichtsausdruck.

»Dann geh doch, fahr eben in Urlaub«, lenkte er schließlich ein. »Sei so egoistisch, wie du willst. Und was ist mit deiner Tochter? Sie hat nächste Woche ihr Examen. Das ist dir wohl völlig egal.«

»Das stimmt nun ganz und gar nicht«, sagte Amy leise. »Ich habe es mit Dawn besprochen. Sie braucht jetzt ihren Freiraum – und keine Einmischung.«

»Einmischung? Was soll denn *das* wieder heißen?«

»Dass du während der Zwischenprüfung keinen Druck auf sie ausüben solltest.«

»Druck auf sie ausüben?«

»Maurice, sie hat Schwierigkeiten, deinen Anforderungen gerecht zu werden. Mach es ihr doch nicht noch schwerer.«

»Hältst du mich für einen Trottel? Ich würde doch nichts tun, um Dawn das Leben schwerer zu machen. Du hast in dieser Hinsicht schon genug für uns beide getan.« Sein Blutdruck stieg. »*Ich* soll sie aufregen? Himmel noch mal! Du hast vielleicht eine selektive Erinnerung. Ich verschwende hier nicht meinen Atem damit, Verstand in dich hineinzupredigen, Frau! Du bist einfach unmöglich.«

Er stürmte aus dem Schlafzimmer, raste die Treppe hinunter und knallte die Haustür hinter sich zu.

Der Knoten in Amys Magen zog sich fester zusammen.

»Ich komme dich besuchen, sobald ich wieder zurück bin, Dad.«

»Bitte tu das, Amy. Richte Catherine die besten Grüße von mir aus und sag ihr, wenn sie das nächste Mal in Dublin ist, würde ich sie gerne sehen.«

»Mach ich. Mal von allem anderen abgesehen bin ich froh, dass ich die Freundschaft mit ihr erneuert habe. Sie ist wirklich reizend.«

»Das war sie schon immer.«

»Gute Nacht, Dad. Bis bald. Gott segne dich.«

Amy legte den Hörer auf. Es freute sie, dass sie mit ihrem Vater ins Reine gekommen war. Wie sie vermutet hatte, hatte er die Geschichte für sich behalten, um ihr unnötigen Kummer zu ersparen. Am Telefon hatte er immer noch recht zaghaft geklungen. Sie hatte ihm alles erzählt, was Catherine ihr offenbart hatte, abgesehen von der entscheidenden Neuigkeit, dass Henry Edwards noch am Leben war. Dieser Schock wäre wohl zu groß gewesen.

»Ich bestell dir noch eins, Jack.« Maurice winkte dem Barkeeper, der hin und her wuselte. Das Lokal war brechend voll, die beiden hatten Glück, dass sie einen Stehplatz an der Bar gefunden hatten. »Und morgen früh fliegt sie also Gott weiß wohin. Wäre es nicht toll, wenn wir alle einfach so abhauen könnten, wann immer wir wollen?«

Jack sagte gar nichts. Diese Hetzrede langweilte ihn zu Tode. Maurice war heute Abend einfach unerträglich.

»Ich wusste gar nicht, dass sie so hitzköpfig und stur sein kann.« Er trommelte mit seinem Bierdeckel auf dem Holztresen herum. »*Gib mir Zeit zum Nachdenken* – so ein Blödsinn! Und weißt du, was sie noch gesagt hat?«

Jack nahm sein Bier entgegen und warf einen demonstrativen Blick auf seine Armbanduhr.

»Dass ich keinen Druck auf Dawn ausüben soll. Die hat vielleicht Nerven. *Ich* bin es doch, der Dawn Mut macht und Interesse an ihr zeigt. Amy hat sich völlig verrannt.«

»Jetzt mach dich mal locker, Maurice. Du bist viel zu verkrampft. Lass dich treiben, so wie ich.«

»Davon verstehst du nichts, Jack. Sarah ist da wieder ganz anders. Sie hört wenigstens zu.«

Jack lächelte in sich hinein. Das war schon richtig, seine Frau hörte zu, aber nur dem, was er ihr auch erzählen wollte.

»Was soll denn das Ganze? Ich reiß mir jeden Tag in der Praxis den Arsch auf, bloß um ihr das sorgenfreie Leben bieten zu können, das sie erwartet. Sie hat schon seit fast zwei Jahren nicht mehr gearbeitet. Zwei Jahre! Schön, wenn man sich das leisten kann.«

»Sachte, Maurice. Sie hat ihre Arbeit aufgegeben, um sich um ihre Mutter kümmern zu können und aus keinem anderen Grund. Amy hat Jahre ihres Lebens in den Aufbau deines Geschäfts gesteckt. Keine Frau hätte mehr dafür getan. Jetzt tu bloß nicht so, als ob du nicht gerne arbeiten würdest. Dafür lebst du doch, Mann. Du bist der Einzige, den ich kenne, den seine Karriere auffrisst – also häng das jetzt nicht Amy an.«

Maurice starrte düster in sein Bierglas.

»Lass sie ruhig machen, das ist mein Rat. Frauen tun am Ende doch immer, was sie wollen – akzeptier das Unvermeidliche.« Jack fragte sich, wann er hier wohl endlich rauskäme.

»Ich werde ihr jedenfalls nicht mehr gut zureden. Soll sie doch gehen. Von mir aus kann sie auch ganz wegbleiben. Und dann«, schäumte er wieder vor Wut, »als ich sie gebeten habe, wieder mit mir zusammenzuarbeiten, hat sie so getan, als ob sie ein anderes Angebot hätte. Was, zum Teufel, soll das nun wieder heißen? Ist sie hinter meinem Rücken einfach losgezogen und hat sich irgendwo beworben, ohne mir was davon zu sagen? Gott, ich hätte nie gedacht, dass sie so hinterlistig ist.«

»Maurice, jetzt hör endlich auf, ja? Guck mal, da ist die Kleine, die bei Madigan's arbeitet. Hast du schon jemals solche Titten gesehen?«

Welchen Teil seiner Anatomie Jack auch zum Denken benutzen mochte, es war sicher nicht sein Hirn.

»Trink aus, Maurice, dann fahren wir in die Leeson Street.«

»In einen Club? Heute Nacht?«

»Wieso nicht? Gönn dir mal ein bisschen Spaß. Zwei Wochen Freiheit, du Glückspilz! Weißt du, was du brauchst?«

»Nein danke. Nicht alle Männer sind so sexbesessen wie du. Du solltest vorsichtig sein, Jack. Sarah kriegt das früher oder später raus. Die Sache ist es doch nicht wert, deine Ehe zu riskieren. Du spielst einfach zu gerne mit dem Feuer.«

Jack stieß ihm scherzhaft den Ellbogen in die Seite. »Maurice, wenn du nur nicht so scheinheilig wärst, dann wärst du der Renner. Du nimmst die Dinge immer viel zu ernst, Kumpel. Ein bisschen was nebenher bringt eine zusätzliche Dimension in jede Ehe. Und was sie nicht weiß, macht sie nicht heiß.«

Die rücksichtslose Einstellung seines Freundes war einfach kindisch. »Eines Tages kriegst du noch deine gerechte Strafe.«

Jack zog die Wagenschlüssel aus seiner Tasche. »Nicht, wenn ich vorsichtig bin, Maurice, und Vorsicht ist mein zweiter Vorname.«

Joe Shiels warf sich in seinem Bett hin und her, während sein Zimmergenosse unverdrossen vor sich hin schnarchte. Amys Anruf heute Abend hatte Joe richtig aufgewühlt. Catherine Cole – ein Name aus der Vergangenheit. Er erinnerte sich voller Zuneigung an sie: eine herzliche, liebevolle Frau. Er hatte seine Frau angefleht, diesen furchtbaren Streit aus der Welt zu schaffen, doch Elaine hatte ihre Waffen in Stellung gebracht und keinen Millimeter nachgeben wollen. Aber damit schnitt sie sich ins eigene Fleisch – Catherine Cole war eine gute Freundin. Elaine hatte es vorgezogen, all die Güte, die tröstenden Worte und die Unterstützung zu vergessen.

Joe setzte sich auf und boxte in sein Kissen.

Jetzt fuhr Amy sie besuchen. War für seine Tochter die Zeit gekommen, alles zu erfahren? Nicht, dass Catherine die ganze Geschichte kannte, aber sie konnte Amy auf die richtige Spur bringen. Wie würde Amy mit der vollen Wahrheit umgehen?

Der große Valentine Edwards war also von uns gegangen, ehrenvoll und erfolgreich. Sein heiliger Name würde erhalten bleiben. Kein Anflug von Schande, kein Schatten einer Unstimmigkeit hatte seine kometenhafte Karriere beflecken können, wohingegen … Elaine. Die arme Elaine. Sie hatte sich von diesem grausamen Vorfall nie wieder erholt. Für den

Rest ihres Lebens hatte er sie verbissen gemacht. Er hatte ihre Ehe beeinträchtigt, und Amys und Claires Kindheit wie ein schmerzhaftes Krebsgeschwür überzogen, das das weiche Innere zerfrisst. Nun hatte sich seine ältere Tochter in den Kopf gesetzt, die Gründe dafür herauszufinden. Er hatte nicht versucht, sie davon abzubringen, dazu hatte er wohl nicht das Recht.

Vielleicht brachte Amys Suche ja auch nichts zu Tage? Frankreich war ein großes Land, und vermutlich würde es sehr schwierig werden, Jane Edwards aufzuspüren. Doch mit Catherines Kontakten war es nicht unmöglich, und falls Amy sie *tatsächlich* fände …

Was dann?

14

»Was ist das denn?« Paul nahm einen zugeklebten Briefumschlag vom Flurtisch. »Er ist an dich adressiert, Dawn. Ohne Briefmarke.«

Sie kam die Treppe herunter, hatte ihre nassen Haare mit einem Handtuch zu einem Turban gedreht und nahm den Umschlag entgegen. »Mums Handschrift. Sie muss ihn gestern Abend hier gelassen haben. Ist mir gar nicht aufgefallen.«

»Ging auch gar nicht. Er war unterm Telefonbuch versteckt.« Er gab ihr einen Kuss auf die Stirn. »Bis heute Abend. Ich wünsch dir einen schönen Tag.«

»Sehr witzig!«

»Das meine ich ernst. Studier nicht so doll.« Er schnappte sich seine Jacke, küsste sie erneut und verschwand.

Dawn ging in die Küche und schenkte sich einen frischen Kaffee ein – jeden Morgen machte Paul eine Kanne voll davon. Sie liebte es, wenn der Duft durchs ganze Haus zog – es erinnerte sie an die Nachmittage in Bewley, wenn sie nach der

Schule mit ihren Freundinnen heimgekommen war. Toll, er hatte ihr sogar zwei Croissants übrig gelassen.

Vorsichtig öffnete sie den Umschlag. Ein kurzer Brief und ein Scheckbuch. Ein Einzahlungsbeleg fiel auf den Boden. Sie hob ihn auf.

10 000 Pfund.

Sie saß wie betäubt da.

Ein neu eröffnetes Girokonto mit dem fürstlichen Guthaben von 10 000 Pfund. Hastig griff sie sich den Brief.

Liebe Dawn,

mir war klar, dass du dich geweigert hättest, den Inhalt anzunehmen, wenn ich ihn dir persönlich überreicht hätte. Ich versuche damit nicht, dich für den ganzen Ärger zu entschädigen, den ich dir bereitet habe – das wäre mit Geld auch gar nicht wieder gutzumachen –, aber ich möchte, dass du es bekommst. Früher war ich finanziell nicht in der Lage, viel für dich zu tun. Das ist nur meine Art, »Danke« zu sagen.

Ich hab dich lieb.

Viel Erfolg beim Examen.

Mum.

Dawn begann vor Aufregung zu zittern. Ein unverhoffter Glücksfall! Sie sprang auf und tanzte in der Küche herum. Sie wollte ihre Mutter noch in dieser Minute anrufen und ... Aber halt! Sie blickte auf die Uhr auf dem Fensterbrett. Zu spät: Jetzt landete ihre Mutter gerade in Heathrow.

Sie schnappte sich den Brief und küsste ihn. »Mum, Mum, du bist eine Lebensretterin! Mit Pauls Ersparnissen haben wir jetzt genug für eine Hypothek. Eine verdammte Hypothek. Keine Miete mehr, keine Wohngemeinschaft. O Mum!« Dawn prustete vor Lachen.

Die Küchentür öffnete sich. »Worüber gackerst du denn so?« Isobel schob sich an den Herd und wich Dawns Blick aus.

»Ach, über gar nichts.« Sie schob das Scheckbuch in ihre Bademanteltasche. »Ich hab bloß gute Neuigkeiten erhalten, das ist alles.«

»Schön für dich.« Mit ihren verstrubbelten blonden Haaren und halb geöffnetem Bademantel beugte Isobel sich über die Spüle, um den Kessel zu füllen.

»Izzy, wann musst du in der Arbeit sein? Es ist schon nach zehn.«

Isobel arbeitete als Einkäuferin in *Roches Stores* in der Henry Street. »Ich geh heute nicht hin.«

»Ich dachte, Donnerstag wäre dein freier Tag.«

»Ich hab mich krank gemeldet.« Isobel drehte sich um. Auf ihrer Wange war ein großer blauer Fleck und das Auge darüber war halb zugeschwollen.

»Mein Gott!« Dawn sprang auf und rannte zu ihr hinüber. »Was ist denn passiert?«

Isobel zuckte mit den Schultern. »Ich bin in meinen Schrank gelaufen.«

»Izzy!«

Isobel ging an den Kühlschrank und nahm einen Karton Milch heraus. Ihre Bewegungen waren langsam, steif.

»Wer hat dir das angetan, Izzy?«

»Ich will nicht darüber reden, Dawn. Vergiss es.«

»Vergiss es? Hast du mal in den Spiegel geguckt?«

»Das brauche ich gar nicht«, meinte Isobel verbittert. »Ich kann es spüren.«

»Izzy, das war Ben, oder?«

Keine Antwort.

Dawn nahm sie beim Arm und führte sie zu einem Stuhl am Tisch. »Ich mach dir Frühstück. Danach fahren wir zum Arzt.«

»Nein, kein Arzt. In ein paar Tagen ist alles gut.«

»Du wirst zum Arzt gehen – keine Widerrede.«

»Das kann ich nicht, Dawn, er wird mir blöde Fragen stellen.«

»Und du wirst sie beantworten. Das ist doch nicht das erste Mal, oder?«

»Er hat geschworen, dass er es nie wieder … das passiert,

wenn er ein paar Gläser getrunken hat. Er meint das nicht so.«

»Hör auf! Hör bloß auf, dir Ausreden für ihn einfallen zu lassen.«

»Es tut ihm doch Leid. Ehrlich, das tut es. Er wird es nicht wieder tun, er hat es versprochen.«

Dawn bereitete ihr eine Tasse starken, süßen Tee. »Ich werde mit dir zum Arzt fahren«, sagte sie streng.

»Es ist doch bloß ein blauer Fleck. Es ist gar nichts.«

»Ich will, dass man dich gründlich untersucht. Das Auge sieht ja schlimm aus.«

»Nein, Dawn. Vielleicht kannst du mir eine Salbe aus der Apotheke besorgen. So will ich nicht rausgehen. Mit Make-up kann man es nicht abdecken.«

»Warum solltest du es abdecken?«, tobte Dawn. »Wo steckt er denn?«

»Schläft noch.«

»Mein Gott! Der kommt nachts hierher, prügelt dich grün und blau und schläft jetzt glücklich und zufrieden. Ich wette, du hast nicht so gut geschlafen.«

Isobel saß nur da und starrte vor sich hin.

»Was ist mit seiner Arbeit?«

»Gestern hat man ihn gefeuert – deswegen war er ja so sauer.« Isobel nippte an ihrem Tee und zuckte zusammen.

»Dein Mund ist auch ganz wund.« Dawn schwankte zwischen Zorn und Sorge.

»Er ist völlig durchgedreht. Ben war letzte Nacht nicht er selbst. Der Manager hat ihn ohne ein Zeugnis einfach rausgeschmissen. Er ging saufen, wurde immer wütender, kam dann nach Hause und hat es an mir ausgelassen.«

»Warum wurde er gefeuert?«

»Er hat während der Arbeitszeit getrunken.«

»Izzy, er ist ein wandelndes Desaster.«

»Er hat einen Kunden angegriffen – verbal, glaube ich. Der Typ hat seinen Wettschein verhunzt, und es gab Tumult am

Schalter. Alle haben ihn angebrüllt und der Typ hat ihn angemacht. Da hat Ben ihn zusammengeschissen.«

»Einen Kunden? Das geht nicht.«

»Ich weiß. Der Manager wollte ein ernstes Wörtchen mit ihm reden, da hat Ben sich auf ihn gestürzt.« Isobel blickte verzagt drein. »Er hat ihn geschlagen.«

»Er hat seinen *Boss* geschlagen?«

»Ja. Der Manager hat wieder Ruhe und Ordnung hergestellt, die Streithähne beruhigt, ist dann ganz cool Bens Mantel holen gegangen und hat ihm gesagt, dass er nicht wiederzukommen braucht. Einfach so.«

»Wer kann ihm das denn zum Vorwurf machen? Ben ist eine Belastung. Ich werde jetzt hochgehen und ihm ohne Umschweife sagen, was ich davon halte.«

»Nein, nicht!« Isobel war entsetzt. »Lass ihn sich ausschlafen, bitte.«

»Er fliegt hier raus. Paul wird darauf bestehen, und ich stimme da voll mit ihm überein.«

»Hier raus? O Dawn, das kannst du doch nicht machen. Wo soll er denn hin? Er hat doch sonst nichts. Er hat seine Familie seit Jahren nicht mehr gesehen.« Sie sah ihre Mitbewohnerin flehentlich an. »Und was ist mit mir?«

»Du darfst gerne bleiben, Izzy, bis du etwas anderes findest. Unser Mietvertrag läuft eh in zwei Monaten aus. Dann werden wir alle auf der Suche sein.«

»Bleiben? Ohne Ben? Das könnte ich nicht.«

»Du bist ohne ihn viel besser dran.«

Isobel saß da und rieb sich den Kiefer.

Dawn stapelte schmutziges Geschirr in der Spüle und begann wie wild herumzuschrubben. Wieso ließ Isobel sich das bieten? Sah sie denn nicht, was er für ein Typ war?

»Ich liebe ihn«, murmelte Isobel.

»Nein, das glaubst du nur.« Dawn wandte sich ihr zu. »Soll ich dir Toast machen?«

»Ich bin nicht hungrig.«

Selbst wenn sie es gewesen wäre, hätte sie mit ihrer kaputten Lippe gar nicht kauen können. Und ihr Kiefer – was, wenn er gebrochen war? Sie sollte in ein Krankenhaus gehen.

»Bitte, Dawn, musst du das denn Paul erzählen?«

»Das brauche ich gar nicht – wenn er dich nur einmal ansieht, wird ihm sowieso alles klar. Hör mir gut zu, Izzy. Jemand muss dich da rausholen.«

»Das wird sich wieder einrenken, und alles wird wieder ganz normal werden. Ich muss ihm noch eine Chance geben. Ich weiß, dass du dir das nur schwer vorstellen kannst, Dawn, aber Ben liebt mich wirklich.«

»Und deswegen verprügelt er dich?«

»Er braucht mich, Dawn.«

»Aber du brauchst ihn nicht. Wirklich nicht. Er ist ein fauler, versoffener Dreckskerl. Du verdienst etwas Besseres.«

Isobel fing leise an zu weinen. Dawn legte ihre Arme um sie. »Sch, sch«, summte sie, »alles wird gut.«

»Ja klar.« Isobel wischte sich die Nase mit dem Ärmel ihres Bademantels ab. »Na klar.«

»Du könntest ja eine Weile zu deinen Eltern nach Hause fahren«, schlug Dawn vor.

Isobels Gesicht verzog sich zu einem schiefen Grinsen. »Aus dem Regen …«

»Was?«

»In die verdammte Traufe. Warum glaubst du denn, dass ich von zu Hause weggegangen bin? Mein Vater ist ein Arschloch – meine Mutter und uns alle hat er grün und blau geprügelt. Mein Bruder musste sogar mal ins Krankenhaus. Wir sind alle bei der erstbesten Gelegenheit von zu Hause ausgezogen. Ich besuche sie nur, wenn ich weiß, dass er nicht da ist. Ich habe schon seit Jahren nicht mehr mit meinem Vater geredet – ich hasse seinen Anblick.«

Dawn war fassungslos. »Das hast du nie erzählt.«

»Nein, das ist auch nicht gerade die Sorte Tischgespräch, die alle Leute mögen.«

Wohl wahr, dachte Dawn. Wieso hätte Isobel sich ihr anvertrauen sollen? Sie wohnten zusammen, weiter nichts.

»Ich kann jetzt nicht zurück zu meiner Mutter. Sie hat ihre eigenen Probleme. Ist schon komisch, oder? Man hätte denken können, dass ich die Warnsignale erkannt hätte, aber das hab ich nicht. Am Anfang war Ben echt gut zu mir. Er hat mich zum Lachen gebracht.«

Dawn wusste, dass dieses Verhalten ganz typisch war: Kinder von gewalttätigen Eltern gerieten oft an gewalttätige Partner. »Das braucht so nicht weiterzugehen«, erklärte sie. »Wir schmeißen ihn raus.«

»Ich will ihn nicht verlassen, Dawn. Ben hat's in seinem Leben nicht leicht gehabt. Wenn ich mit ihm Schluss mache, fürchte ich mich vor dem, was geschehen könnte. Er zählt doch auf mich.«

»Du bist keine Sozialarbeiterin, Izzy. Wenn er dich lieben würde, dann würde er dich respektieren und nicht wie einen Sandsack behandeln.«

»Es gibt alle möglichen Arten von Liebe«, murmelte Isobel.

Dawn war fassungslos.

Maurice kam um die Mittagszeit nach Hause. Vielleicht war Amy ja gar nicht fort? Er drehte seinen Schlüssel im Schloss herum. Das Haus war leer. Seine Schritte hallten im leeren Flur wider. Das Haus war so verlassen wie ein Fußballfeld nach dem Spiel. Auf dem Küchentisch lag eine Nachricht.

Maurice, ich habe den Kühlschrank aufgefüllt. Das Fleisch ist in der Tiefkühltruhe. Du hast genug für etwa eine Woche. Ich rufe dich in ein paar Tagen an.

Amy.

Er ging ins Wohnzimmer. Seine Bücher standen ordentlich aufgereiht im Regal. Die alten Zeitungen, die gewöhnlich auf dem Kaffeetisch herumlagen, waren weg. Er überprüfte den Kaminsims. Kein Stäubchen. Das Zimmer war ordentlich aufgeräumt und sauber. Aber kalt.

Er ging nach oben in ihr Schlafzimmer. Früher war es das Zimmer von ihnen *beiden* gewesen. Auch hier war es sauber. Die Nachttischlampe glänzte, und er konnte die Reste der Politur riechen. Der Radiowecker war ausgesteckt.

Ausgesteckt.

Er streckte sich auf dem Doppelbett aus, schloss die Augen und ließ seine Gedanken in die Vergangenheit schweifen …

Leidenschaftliche Nächte, süße Worte, zarte Berührungen. Er konnte ihre Stimme hören, die ihn zaghaft ansporne. Ihr Gelächter. Zärtliche Küsse, Berührungen, Streicheln, Necken.

Ewigkeiten her.

Glucksen und Kichern, wenn ihr Töchterchen zu unchristlichen Morgenstunden in ihr Bett kroch. Kitzeln, kneifen, spitze Schreie des Vergnügens.

Ein anderes Leben. Andere Menschen.

Ihr altes Baumwollnachthemd lag vergessen auf dem Kissen neben ihm. Maurice nahm es und vergrub sein Gesicht darin. Das Nachthemd, das Kissen, die Laken – alles duftete nach Amy. Er lag lange da und starrte an die Decke.

15

Stowmarket Station war einfach malerisch: ein altes gotisches Gebäude aus rotem Backstein, das mit hohen Spitzbögen und Säulenreihen verziert war, jedoch kleiner und intimer als die typischen Bahnhöfe, die man in größeren Städten fand, wo der Lärm, herumwuselnde Menschenmassen, riesige blinkende Anzeigetafeln und die Lautsprecherdurchsagen alle paar Sekunden zur Atmosphäre der Verwirrung und Unruhe beitrugen. Hier war es ruhig, überschaubar.

Ein freundlicher Mitreisender half Amy beim Aussteigen und reichte ihr das Gepäck herunter. Diese galante Geste beruhigte sie zwar etwas, doch als sie den übrigen Passagieren zum Ausgang folgte, begann ihr Mut zu sinken. Sie sorgte sich wegen dieses Besuches; den ganzen Weg von London hierher hatte sie sich gefragt, ob sie wohl das Richtige tat. Zehn Tage mit einer Frau zusammen sein, die sie kaum kannte, und mit einem Mann, an den sie sich nur äußerst vage erinnern konnte. Das verhieß wenig Gutes.

Ein älterer Herr mit voll gestopftem Koffer rempelte sie an und entschuldigte sich. Er wurde von einer stämmigen, drallen Frau begleitet, die Amy für seine Gattin hielt. Sie redete wild gestikulierend und laut auf ihn ein und gab dem derart Schikanierten irgendwelche Anweisungen. Einen Moment lang befürchtete Amy, dass die Frau nicht durch die engen Tore passen könnte, doch bevor sie sich ausgiebiger diesem Problem widmen konnte, wurden zwei Arme um sie geworfen.

»Amy, wie schön, dich zu sehen.« Catherine umarmte sie. »Hattest du eine gute Reise?«

»Ganz angenehm, danke.«

»Komm, ich helfe dir mit dem Gepäck.«

»Lassen Sie nur. Es ist nicht so schwer, das schaffe ich schon.« Amy war das Ganze etwas peinlich.

Catherine schien das nicht zu bemerken. »Du siehst gut aus.«

»Sie aber auch.«

Schauderhaft. Amy war für Small Talk nicht geeignet.

»Dann lass mich wenigstens die kleine Tüte nehmen.«

»Die ist sowieso für Sie«, sagte Amy lächelnd und überreichte sie.

»Liebes, Liebes, warum hast du das denn getan?«

»Es ist nichts Besonderes, bloß etwas Schokolade und eine Flasche Cognac für Sam. Sie sagten doch, er hätte eine Vorliebe für so etwas.«

»Du bist schlimm – es war doch nicht nötig, sich dermaßen in Unkosten zu stürzen.« Sie nahm Amy beim Arm und führte sie aus dem Bahnhof. »Ich parke da drüben. Der grüne Opal. Wir sind in etwa zehn Minuten zu Hause. Sam hat hoffentlich schon den Teekessel aufgesetzt.«

Die Landschaft war an diesem sonnigen Maimorgen herrlich: sanft hügelige Felder, hohe Bäume, die an den engen gewundenen Straßen standen, und ab und zu Häuser mit Sprossenfenstern und bunten Blumenkästen. Englische Dörfer sind eben tadellos gepflegt, dachte Amy. Es gab einen beruhigenden Sinn für Ordnung und Tradition. Man erwartete geradezu, Kricketspieler auf dem Rasen zu sehen.

»Die Häuser sind alle so individuell«, bemerkte Amy, »und die Gärten sind hinreißend.«

Eine höfliche, gestelzte Unterhaltung.

Catherine blinkte links und bog ab. »Das ist auch hier die Hauptbeschäftigung – Gartenarbeit. Einer der Nachbarn hat leuchtend gelbe Ringelblumen gepflanzt und anschließend seine Garagentür lila gestrichen – über Geschmack lässt sich streiten. Die meisten Leute hier sind ältere Rentner – wie Sam und ich. Du wirst dich hier kaum in hektischen sozialen Kreisen bewegen, fürchte ich.«

Amy wollte protestieren, aber Catherine fuhr fort.

»Siehst du die Cottages mit den Dachziegeln aus Schiefer? Die stammen noch aus dem Mittelalter – sie waren früher alle mal mit Stroh gedeckt.«

Bekam sie hier eine Führung für Touristen? Vielleicht war Catherine ja genauso nervös wie sie. Möglicherweise hatte sie wegen dieses Besuchs auch so ihre Bedenken.

»Die alten Dächer waren wunderschön, aber ziemlich unpraktisch; die haben ständig Ungeziefer angezogen und mussten alle paar Jahre erneuert werden«, schwatzte Catherine munter weiter. »Ziegel sind viel praktischer, wenn auch weniger ästhetisch.«

Amy beschloss, mehr Interesse zu zeigen. »Ist das die Bücherei?« Sie zeigte nach rechts.

»Das ist unser Rathaus. Dort gibt es allerlei Veranstaltungen: Blumenschauen, Flohmärkte, sogar Diashows.«

»Diashows?«

»Nichts wirklich Aufregendes, meine Liebe. Der alte Tom Weston, unser Vikar, organisiert regelmäßig kleine Abende, um seine Dias aus den vierziger Jahren zu zeigen. Die sind ganz interessant – das erste oder zweite Mal zumindest. Aber er ist eine gute Seele und bewirkt Wunder für unser Dörfchen. Er kommt uns regelmäßig besuchen. Er interessiert sich auch sehr für Tiere.

Tom liebt alle Kreaturen Gottes. Jeden Juli organisiert er eine Segnung für die Tiere unter freiem Himmel auf dem Kirchengelände. Die Leute kommen mit ihren Haustieren meilenweit her.« Catherine hielt den Wagen an, was ohne weiteres möglich war, da es keinerlei Verkehr gab. »Das ist unser kleines Dorf: zwanzig Häuser, ein Kiosk mit Telefon und das Rathaus, das du bereits gesehen hast – sonst nichts.«

»Keine Pubs?« Amy grinste. »Nicht so wie die irischen Dörfer.«

»Es gab mal einen, aber der ist geschlossen worden. Genau wie der Laden an der Ecke, aber wir sind nur drei Meilen von Ipswich entfernt, was sehr angenehm ist. Einmal im Monat fahre ich nach London – ich habe mein Faible für die Stadt nie verloren, aber mittlerweile lebe ich lieber auf dem Land. Das Tempo des Lebens sagt uns hier eher zu.«

»Sie haben das Beste von beiden Welten.«

Catherine fuhr um eine weitere Kurve und hielt auf einem Parkplatz gegenüber von einem prächtigen alten Haus aus grauem Stein, das auf einer Anhöhe stand.

»Das ist die Schule?« Amy war ganz aus dem Häuschen. »Die ist ja fantastisch.«

»Das war sie mal«, erklärte Catherine stolz, »nun ist sie unser bescheidenes Zuhause.«

Es war alles andere als bescheiden. »Ich habe versucht, es mir vorzustellen, als Sie mir davon erzählt haben, Catherine, aber meine Vorstellungskraft hat wohl nicht ganz ausgereicht.«

»Sie ist sehr schön umgebaut, aber das wird Sam dir alles erzählen. Das ist eines seiner Steckenpferde: über das Haus zu reden. Dieses Haus zu finden, war ein echter Triumph für ihn.«

Amy stieg aus dem Wagen. Rechts von der Schule befanden sich eine gotische Kirche sowie ein kleiner Friedhof. Ob es wohl seltsam war, so nahe am Tod zu wohnen? Sie musste an das Pfarrhaus von Haworth denken, in dem die Brontës gewohnt hatten. Sie war nur einmal in Yorkshire gewesen, auf einem Schulausflug, und dort war sie von der Kargheit und Trostlosigkeit des Moors am stärksten berührt worden, aber Catherines Zuhause, das sich an den Rand dieses entzückenden Dorfes schmiegte, war alles andere als einsam oder unwirtlich.

Es strahlte Gemütlichkeit und Ruhe aus.

Catherine half ihr, den Koffer aus dem Kofferraum zu holen. Sie überquerten die Straße und betraten das Haus durch einen Bogengang.

Nach einem ergiebigen Brunch mit Frühstücksspeck, Eiern, Kartoffelpuffern und Pilzen fühlte Amy sich schon bedeutend wohler. Catherine beschloss, nach Ipswich zu fahren, angeblich um noch ein paar Lebensmittel zu besorgen, doch Amy vermutete, dass sie Sam und ihr Gelegenheit geben wollte, einander besser kennen zu lernen.

»Sie haben ein wunderbares Zuhause«, sagte Amy zu ihrem Gastgeber.

»Genau das wollten wir, Amy: keinen Lärm, keine Umweltverschmutzung. Man sieht nur etwa ein Auto pro Stunde. Morgens kommt der Briefträger, und abgesehen von dem gelegentlichen Besuch eines Nachbarn oder einem Abstecher in den Pub im nächsten Dorf leben wir hier sehr ruhig.«

»Frieden, perfekter Frieden, wie mein Vater immer sagt.«

»Wir haben die meisten Jahre unserer Ehe in London verbracht, aber der Trubel dort wurde mir einfach zu viel, nachdem ich mich aus der Versicherung zurückgezogen hatte. Catherine hat eine Weile gebraucht, um sich hier einzuleben, aber jetzt will sie nie wieder woanders wohnen.«

Sam war ein großer, schlanker Mann mit etwas längeren grauen Haaren und einem buschigen Vollbart. Er hatte die gleiche rötliche Haut und die gleichen freundlichen Augen wie der Kapitän aus einem bekannten TV-Werbespot.

»Erzählen Sie mir etwas über dieses Haus«, bat Amy.

Er erhob sich vom Tisch. »Am besten führe ich Sie mal rum.« Sie gingen hinaus in den Flur mit den Sprossenfenstern, der einst als großes Klassenzimmer gedient hatte. »Die Schule wurde 1868 errichtet.« Er deutete auf einen alten Holzofen. »Den haben wir stehen lassen – wir fanden, er erzeugt so viel Atmosphäre.«

»Benutzen Sie den noch?«

»O ja, das tun wir. Der gibt eine Menge Wärme ab.« Sam war ganz in seinem Element. »Und wenn Sie die Wand hinter sich mal genauer betrachten, erkennen Sie noch die Löcher der Haken, an denen die Kinder ihre Mäntel aufgehängt haben.«

Amy fühlte sich in ihre eigene Grundschule zurückversetzt: winzige Tische, die in Reihen standen, Haken für ihre Mäntel, der unvergessliche Geruch von Kreide und Plastilin sowie das engelhafte Gesicht einer jungen, engagierten Novizin, die ihnen *Die Eule und das Kätzchen* vorlas.

»Wann wurde die Schule denn geschlossen?«, wollte sie wissen.

»Erst 1960.«

»Vor so kurzer Zeit erst?«

»Der Schuldirektor lebte in dem angrenzenden Cottage und Jahre später hat dann die letzte Direktorin das Ganze gekauft und die Schule zu einem Wohnhaus für sich umbauen lassen.«

»Ich liebe diese alten Natursteinböden.«

»Ich auch, obwohl Catherine immer sagt, sie wären schwer zu putzen. Sie hätte lieber Parkett.«

»Dieser Stein hat etwas so Festes und Geerdetes an sich.«

Sam war von Amys Scharfblick äußerst angetan. »Der wurde in dieser Gegend für alle Häuser im Dorf abgebaut. Die Arbeit der Steinmetze ist eine Kunst. Die widersteht dem Zahn der Zeit.«

»Und alte Häuser haben ihre eigene Persönlichkeit.« Amy dachte an ihr Zuhause. Was für eine Persönlichkeit hatte das eigentlich? »Aber man muss einiges daran tun.«

»Das können Sie laut sagen. Ständig muss irgendwas repariert werden, aber das stört mich nicht im Geringsten, ich mache so was gerne selbst. Ich habe zum Beispiel diese Eichentüren ausgehängt und sie eigenhändig abgebeizt. Das hat ihnen gut getan.«

Amy bewunderte sie gebührend.

»Cathy hat sämtliche Vorhänge selber genäht. Sie hat einen guten Blick für Farben. Als wir in den achtziger Jahren hier eingezogen sind, haben wir die obere Etage aufgestockt.«

Amy folgte ihm die Holztreppe bis zu einem engen Absatz hinauf, von dem aus es in zwei kleine Schlafzimmer und ein Bad ging.

»Hier schlafen Sie«, sagte er, als er die Tür zu einem dritten Raum öffnete, der sich am hinteren Ende des Stockwerks befand.

Das Schlafzimmer war hell. Eine große verglaste Flügeltür führte auf einen kleinen Balkon hinaus.

»Der Ausblick müsste Ihnen eigentlich gefallen«, fügte er hinzu und wartete ihre Reaktion ab.

Amy sah hinunter. Vom Fenster aus überblickte man den hinteren Garten mit seinen Weiden und Eichen und die Landschaft dahinter: ein gelbgrünes Feld nach dem anderen erstreckte sich bis zum Horizont. Bäume und hübsche Hecken wetteiferten in ihrer ganzen Pracht um Aufmerksamkeit.

»Das ist ja atemberaubend«, stieß sie wirklich entzückt hervor.

»Sie sollten es mal im Winter sehen, wenn der Schnee kommt. Die reinste Postkarten-Idylle.« Er war überglücklich.

»Vielen Dank, Sam.« Sie wandte sich ihm mit glänzenden Augen zu. »Danke, dass Sie mir dieses Zimmer gegeben haben.«

»Ich hoffe, Sie werden es hier gemütlich haben«, meinte er ein wenig unbeholfen.

»Das werde ich, oh, ganz bestimmt.«

»Ich habe Ihnen ein paar Bücher ins Regal gestellt. Catherine sagte, Sie wären eine leidenschaftliche Leserin. Da sind auch ein oder zwei über die Geschichte der Gegend dabei, die Sie vielleicht interessieren könnten.«

Sie war von seiner Güte ganz gerührt.

Amy begann auszupacken. Die kommenden Tage würde das reine Vergnügen werden. Dies hier waren gute Menschen. Sie würde lesen, spazieren gehen, angenehme Gespräche führen. Ohne Stress, ohne Druck.

Sie setzte sich ans offene Fenster und blickte hinaus in die Landschaft. Eine kühle Brise wehte herein und umschmeichelte ihren Körper. Sie lockerte ihre Schultern, atmete tief ein und spürte, wie sie sich entspannte.

16

Sam packte die Lebensmittel aus, während seine Frau das Feuer im Wohnzimmerofen anzündete.

»Hat Amy sich hingelegt?« Sie blies in den Kamin, um die Flammen anzufachen. »Ich schätze, sie ist nach ihrer Reise etwas müde.«

»Kein bisschen. Sie ist spazieren gegangen. Wollte einen Erkundungsgang machen.«

»Sam, du hast sie doch nicht etwa rausgehen lassen?«, schimpfte Catherine. »Es wird bald regnen.«

»Woher willst du das wissen? Spürst du deine Hüfte wieder?« Er schob zwei Brotlaibe in den Brotkasten. »Deine Hüfte ist wirklich verlässlicher als die Wettervorhersage der BBC!«

»Nein, meiner Hüfte geht es gut, vielen Dank auch. Aber es hat angefangen zu nieseln, als ich reinkam.«

»Das macht doch nichts, ich habe ihr deinen Regenmantel geliehen.«

Eine dünne blaue Rauchfahne stieg in den Schornstein hinauf, dann knisterte die Flamme kurz und erstarb. »Dieses verdammte Feuer will einfach nicht angehen«, beschwerte sich Catherine. »Ich glaube, du hast das Holz nicht richtig getrocknet. Das große Scheit ist noch ganz feucht.«

»Aus dem Weg, Weib.« Er riss eine Seite aus einer alten Zeitung und legte sie über den Kaminvorsprung.

»Das ist doch gefährlich, Sam. Eines Tages wird man uns noch ganz verkokelt hier finden.«

»Hör endlich auf, dir andauernd Sorgen zu machen, ja?«

»Ein Funke und das ganze Ding könnte in Flammen aufgehen. Am Ende setzt du noch den ganzen Schornstein in Brand.«

»Da, schau! Das Feuer ist wieder angegangen. Das klappt immer.« Er zerknüllte die Zeitung zu einem Ball, den er ins Feuer warf. »In Kürze brennt's hier lichterloh.«

»Genau das fürchte ich ja!«

»Warum müssen wir überhaupt hier ein Feuer machen?«

»Abends wird es in diesem Zimmer kühl.«

»Wir sitzen doch für gewöhnlich in der Küche.«

»Nicht wenn wir Besuch haben.«

Hatten sie denn nicht abends in der Küche gesessen, als sein Bruder Charlie über Ostern hier gewesen war? Die Küche war viel gemütlicher.

»Ich hoffe, Amy ist nicht zu weit gelaufen«, grübelte Catherine. »Sie kennt sich hier doch gar nicht aus.«

Sam erhob sich knackend von seinen Knien. »Ihr wird schon nichts zustoßen. Du weißt doch ganz genau, dass sie wahrscheinlich einem unserer erlauchten Nachbarn begegnen wird, der nur allzu gern ein Schwätzchen mit ihr halten und ihr den Weg zeigen wird, falls sie sich verläuft.« Es ärgerte ihn ein wenig, dass seine Frau so viel Wirbel machte.

»Ich finde nur, dass es nicht klug war, sie einfach so losziehen zu lassen.«

»Losziehen? Sie ist doch kein Kind mehr, Cathy.«

Seine Frau griff nach ihrem Strickzeug und setzte sich in ihren Lieblingssessel. »Was hältst du von ihr, Sam?«

»Hübsche Frau. Sehr feine Gesichtszüge, sie hat ein wunderschönes Lächeln.«

»Das hab ich nicht gemeint. Wie findest du sie? Magst du sie?«

»Sie erscheint mir sehr liebenswürdig.«

Catherine klapperte unwillig mit ihren Stricknadeln.

»Was willst du denn hören?«

»Gar nichts.«

Die Stille wurde ihr schließlich zu viel. »Ist dir sonst nichts aufgefallen?«

»Was denn?«

»Fandest du, dass sie sehr still war? Gehemmt?«

»Nicht gehemmt, nein. Sie war völlig aus dem Häuschen wegen ihres Zimmers und hat sich sehr für das Haus interessiert, aber sie fühlt sich vermutlich ein wenig beklommen, da sie uns doch kaum kennt. Sie wird etwas Zeit brauchen, um aufzutauen.«

»Sie wird sich schon einleben. Ich möchte, dass du dein Bestes gibst, Sam.«

»Soll heißen?«

»Sei nett.«

»Ich *bin* nett.«

»Streng dich besonders an. Amy braucht jegliche Unterstützung, die sie kriegen kann.«

»Das sagtest du bereits.«

»Hat sie ihren Mann erwähnt?«

»Nein, soweit waren wir noch nicht. Sie hat erzählt, dass ihre Tochter mit dem Examen begonnen hat.«

»Das geht ihr auch im Kopf herum.«

»Auch?«

»Ich glaube, dass Amy in ihrer Ehe an einem Scheideweg angelangt ist. Sie braucht Freiraum; Zeit zum Nachdenken.«

»Cathy, sei ja vorsichtig. Du solltest ihr da keine Ratschläge erteilen. Außenstehende sollten genau da bleiben – außen vor.«

»Wenn sie mich fragt …«

»Das wird sie aber nicht. Dazu kennt sie dich nicht gut genug.«

»Sie vertraut mir, Sam. Leute, die in Schwierigkeiten stecken, müssen die Möglichkeit haben, sich auszusprechen.«

»Dazu hat sie ganz bestimmt ihre Familie und Freunde.«

»Ich bin ihre Freundin.«

»Na, dann sei eine gute und misch dich nicht ein.«

»Sie hat sich mir doch bereits anvertraut«, beharrte Catherine.

»Lass sie von selber auf die Dinge kommen, Cathy. Sie erschien mir – ich weiß nicht recht, wie ich's beschreiben soll – zerbrechlich. Ich meine, sie ist eine tolle Frau und wirkt robust genug, bloß vielleicht ein wenig unsicher.«

Derartige Beobachtungen waren untypisch für Sam.

»Etwas frische Landluft wird ihr die Farbe auf die Wangen zurückbringen«, fuhr er fort, »obwohl sie sich hier wahrscheinlich schnell langweilen wird. Wann willst du denn mit ihr nach London fahren?«

»Wendy Barrett meinte, dass sie einen Tisch zum Nachmittagstee im Ritz reservieren würde.«

»Reservieren zum Nachmittagstee?«

»Das muss man – Wochen im Voraus. Ich muss Wendy noch wegen der Einzelheiten anrufen. Ich habe sie schon lange nicht mehr gesehen. Ich freue mich auf einen kleinen Schwatz.«

»Du meinst wohl eher darauf, ihr Informationen aus der Nase zu ziehen.« Sam nahm sich den Sportteil der Morgenzeitung.

»Und, was ist daran falsch?«

»Gar nichts.« Hinter seiner Zeitung rümpfte er die Nase. »Solange du Wendy Barrett in deinen kleinen Plan nicht mit reinziehst.«

»Sam Cole, ich weiß wirklich nicht, was du da wieder faselst.«

Amy stülpte sich die Kapuze des gewachsten Regenmantels über den Kopf. Es amüsierte sie, im sanften Regenguss die enge Straße entlangzugehen. Keine Autos, keine Motorräder – nur das Plitschplatsch der Regentropfen, die auf die Blätter fielen. Sie erspähte ein Rotkehlchen, das unter einer Hecke nach Würmern pickte. Ein junger Mann radelte vorbei und winkte ihr zu.

Ein kleines Mädchen mit nassen Locken rannte zu dem roten Briefkasten, um einen Brief einzuwerfen. Die Kleine lächelte schüchtern, machte Amy den Weg frei und trat in eine große Pfütze. Das Kind blieb völlig gelassen – nass zu werden war ein unerwarteter Bonus. Es hüpfte in seinen gelben Gummistiefeln auf und ab und bespritzte sich die Jeans. Wie würde die Mutter wohl reagieren, wenn es wieder nach Hause käme?

Amy hätte eine Tracht Prügel erhalten. Elaine hatte kindliche Freuden nie gutgeheißen.

Der Geruch von frisch gemähtem Rasen aus einem nahen Garten trug seinen Teil zu Amys aufkommendem Wohlbefinden bei. Regen ist romantisch, befand sie, als sie ihren Rückweg ins Dorf antrat.

»Wendy? Hier ist Catherine Cole. Wie geht es dir? Wie schön. Hast du einen Tisch reservieren können? Gut gemacht!«

Sam belauschte sie keineswegs. Aber Catherines Stimme am Flurtelefon dröhnte durch die geschlossene Tür. Vielleicht war Wendy Barrett ja schwerhörig.

»Uns beiden geht es gut. Nein, er ist drinnen und liest Zeitung. Lässt dich allerherzlichst grüßen.«

Sam grunzte. Warum sollte er eine Frau grüßen lassen, allerherzlichst?

»Ich wollte dich etwas fragen.«

Aha! Nun kam der wahre Grund ihres Anrufs.

»Wegen Jane Edwards.«

Das musste er ihr lassen – seine Frau redete nicht groß um den heißen Brei herum.

»Ja, ich habe sie am Tag der Eröffnung für den neuen Krankenhaustrakt getroffen. Es war ganz seltsam, sie nach so vielen Jahren wieder zu sehen. Hast du mal mit ihr gesprochen? Das fand ich auch. Sie ist in Würde gealtert, oder? Geld spielt bei ihr natürlich keine Rolle.«

Sam grinste.

»Ich glaube, sie ist ausgewandert. Wohin? Tatsächlich? Ich hätte mir etwas Eleganteres vorgestellt. Ich war mir sicher, es wäre Paris oder St. Tropez oder einer dieser vornehmen Orte gewesen. Und ihr Sohn lebt auch dort?«

Warum stießen die Leute nur immer die unsterblichen Worte *was du nicht sagst* aus, nachdem ihr Gesprächspartner gesagt hatte, was sie von ihm erwartet hatten? Es war einfach zu komisch.

»Ja, Amy ist hier. Sie ist heute Morgen angekommen. Nein, nein, ich habe ihr noch nichts davon gesagt, ich wollte erst wissen, ob du reserviert hast. Sie wird entzückt sein.«

Sam war sich da nicht so sicher.

»Und wie fandest du die Eröffnung? Sehr formell, oder? Nein, ich habe nichts gegessen – ich hasse Fingerfood. Aber der Champagner war gut. Tut mir Leid, dass wir uns nicht getroffen haben, aber es waren so viele Leute da. Hast du mit Henry, dem Sohn, geredet?«

Cathy war äußerst geschickt bei solchen Befragungen: sie stellte scheinbar unbedeutende Fragen, gab harmlose Kommentare von sich, fügte ihre eigenen Beobachtungen hinzu und bevor er wusste, wie ihm geschah, sprudelte ihr Gesprächspartner geradezu über.

»Sonst irgendetwas Neues oder Aufregendes? Wie geht's den Jungs? Ist Ralph noch in Warwick? Und Poppy? Schwanger? Noch ein Enkelkind? Wie wunderbar.«

Derlei Neuigkeiten waren für seine Frau schwer zu verkraften.

»Genießt du deine Pension? Das ist gut. Ich auch.«

Das entsprach nicht ganz der Wahrheit. Sam wusste, dass seine Frau im Grunde ihre Arbeit vermisste: Es fehlte ihr, Leute zu treffen, beschäftigt zu sein, täglich Krisen zu meistern, doch vor allem vermisste sie die Patienten, die sie angebetet hatten.

»Wann treffen wir uns? Halb drei? Amy wird sich ein Loch in den Bauch freuen. Also dann am Mittwoch. Fantastisch. Bis dann. Fein.«

Gleich würde sie ins Zimmer zurückkommen und das Telefonat genau wiedergeben, während er völlige Unkenntnis vortäuschen müsste. Sam gefielen solche kleinen Spielchen.

»Du hast Mrs Rogers getroffen, oder?« Nach dem Abendessen saßen sie zu dritt vor dem Feuer. »Sie ist eine gute Seele. Ihr Mann ist vor ein paar Jahren gestorben, aber ihr Sohn ist sehr fürsorglich; er besucht sie jede Woche.«

»Sie hat mir ein paar schöne Spazierwege gezeigt und mich gebeten, Sie an die Whistrunde am Freitagabend zu erinnern.«

»Ich glaube, die lasse ich diese Woche ausfallen.« Catherine erhob sich. »Ich muss uns die Schokolade aufmachen, die du mitgebracht hast.«

»Oh, wegen mir nicht«, bat Amy. »Ich versuche gerade abzunehmen.«

»Sie sind genau richtig«, warf Sam ein. »Ich kann so dürre Frauen nicht ausstehen.«

»Ach ja?« Catherine blickte ihn misstrauisch an. »Das hast du ja noch nie gesagt. Findest du, dass ich zu dünn bin?«

Das hatte Sam sich nun selbst eingebrockt. »Nein, du bist genau richtig, Cathy. Perfekt.«

»Lügner!« Sie warf mit einem Kissen nach ihm, wandte sich dann an Amy und fuhr fort: »Er hat immer meinen fehlenden Busen beklagt, Liebes. Was hast du immer gesagt, Sam? Es ist besser, was zum Schütteln zu haben, als was zum Klappern.«

»So was hab ich bestimmt nie behauptet«, widersprach er lachend.

Catherine öffnete das Päckchen. Sie nahm die Flasche Brandy und eine große Schachtel »Black Magic« heraus. »Die mag ich am liebsten.« Sie wollte gerade die Tüte wegwerfen, als sie am Boden noch ein kleineres Päckchen fühlte. »Was ist das denn?«

»Machen Sie's auf«, drängte Amy.

Catherine tat es und fand einen Ring: Weißgold, das mit winzigen Weinblättern und Trauben verziert war, in der Mitte ein Rubin. Sie war vollkommen überrascht.

»Er ist georgianisch«, erklärte Amy.

»Den kann ich unmöglich annehmen.«

»Ich möchte, dass Sie ihn bekommen; er hat Mam gehört.«

»Aber dann solltest du ihn Dawn geben. Rechtmäßig gehört er ihr.«

»Ich weiß, dass Mam gewollt hätte, dass Sie ihn bekommen, Catherine.«

Sam nippte an seinem Glas Brandy und leckte sich anerkennend über die Lippen. Das Zeug war verdammt gut.

Catherine beugte sich vor und gab Amy einen Kuss auf die Wange. »Danke, Liebes, ich werde ihn gut verwahren.«

»Catherine«, bemerkte Amy am nächsten Morgen beim Frühstück, »bitte sagen Sie nicht meinetwegen Ihre Whistrunde ab. Ich möchte, dass Sie während meiner Zeit hier Ihre normalen Gewohnheiten beibehalten. Sonst würde ich mich als Last fühlen.«

»Als Last?«, höhnte Sam. »Dummes Zeug! Sie sind wie ein frischer Windhauch, Amy. Es ist schön, mal jüngere Gesellschaft zu haben.«

Ein frischer Windhauch? Catherine wollte zwar, dass ihr Mann freundlich war, doch er musste es ja nicht gleich übertreiben. »Bist du dir ganz sicher wegen Freitag?«, fragte sie Amy.

»Absolut.«

»Dann ist es abgemacht«, beschloss Sam die Sache. »Ich werde mit Amy ins Bull and Bear fahren und sie ein paar Einheimischen vorstellen.«

»Ins Bull and Bear?«, wiederholte Catherine höhnisch. »In diese Flohbude?«

»Ich würde sehr gern einen englischen Pub besuchen«, meinte Amy.

»Und kommenden Mittwoch fahren Sie ins Ritz, junge Dame.« Sam reichte ihr die Marmelade. »Da müssen Sie sich in Schale schmeißen.«

»Ins Ritz?«

»Bloß zum Tee mit einer Freundin von mir«, erklärte ihr Catherine. »Ein Besuch im Ritz ist immer was Besonderes, und du wirst meine Freundin Wendy interessant finden.«

»Da bin ich mir ganz sicher«, erwiderte Amy herzlich.

»Oh, bestimmt.« Sam wischte sich Marmelade vom Schnurrbart. »Cathy wendet wieder ihre alten Spionagetricks an.«

»Wie bitte?«

»Hör gar nicht hin, Liebes«, lenkte Catherine ab. »Ich habe mit Wendy Barrett vor Jahren im Krankenhaus zusammengearbeitet.«

»Im Krankenhaus, wo …«

»Genau, eben dort«, erklärte Catherine und blickte ganz unglücklich drein. »Wendy hat sich vor drei Jahren als Oberschwester pensionieren lassen. Sie war lange mit vielen der Mitarbeiter befreundet.« Catherine machte eine vielsagende Pause. »Sie kann uns alles Wissenswerte über die Edwards erzählen.«

17

Dawn warf einen Blick auf die Wanduhr im Prüfungssaal: Nur noch zwanzig Minuten, bis sie ihren Anatomietest abgeben musste. Die lateinische Inschrift unter der Uhr konnte sie auch nicht gerade beruhigen.

Tempus fugit.

Und sie musste noch ihre letzte Antwort zu Ende formulieren. Über die beiden Zerebralhälften hatte sie genug geschrieben, jetzt musste sie sich über das Kleinhirn auslassen. Mist! Sie hatte gehofft, am Schluss noch zehn Minuten übrig zu haben, um sämtliche Antworten noch einmal durchzulesen.

Zum Glück war ihr praktisches Examen gut gelaufen. Vier Minuten, um die Nerven in dem freigelegten und mit Etiketten versehenen Hundebein zu identifizieren, dann klingelte die Glocke, und es ging weiter: *Welcher Muskel ist das? Wo ist sein Ursprung? Wo sein Ansatz?* Nächste Glocke, nächste Frage. Alles in allem dreißig Aufgaben. Sie war herumgerannt wie ein Wiesel.

Sie lächelte, als sie an ihren ersten Tag im Labor dachte: an den Schock angesichts von fünfzehn toten Hunden im Anatomiesaal. Je vier Studenten wurden einem dieser mit Formaldehyd konservierten Windhunde zugeteilt, die »nicht schnell genug gewesen waren«. Für gewöhnlich nahm man Windhunde, da diese nur eine minimale Fettschicht aufwiesen, so waren die Muskeln leichter zu bestimmen. Dawn hatte es wochenlang vermieden, irgendetwas zu berühren, und war auch damit durchgekommen, da der »Macky Messer« in ihrer Gruppe sich mit unverhohlener Freude über die Nerven und Blutgefäße hermachte.

Pelvis, Ischiasnerven, proximales Ende der Tibia, Tuberositas der Hüfte – früher schien es einfacher gewesen zu sein, als die Studenten noch Latein gelernt hatten. Es war ihr selbst ein Rätsel, wie es ihr gelungen war, derartig gute Noten in ihren bisherigen Anatomieprüfungen zu schreiben.

Doch Selbstzufriedenheit war keineswegs angesagt: im ersten Jahr wurden immer einige Studenten ausgesiebt und sie wollte auf keinen Fall dazugehören. Der Gedanke daran, im August wiederholen zu müssen, stachelte sie an, mit den schriftlichen Antworten fertig zu werden.

Die Examenstechnik war entscheidend, darüber war sich Dawn im Klaren, und das richtige Timing war der Schlüssel. Es war völlig unerheblich, wie viel man studiert und gepaukt hatte, wenn man es am entscheidenden Tag nicht demonstrieren konnte.

Sie traf Paul in der oberen Etage des Crowe's. Er stand am Kamin und hielt ein Bierglas in der Hand.

»Wie ist es gelaufen?« Er zog einen Stuhl für sie heran.

»Weiß nicht so recht. Wenigstens bin ich fertig geworden.«

»Das ist doch schon mal was. Ein Bierchen?«

»Nein, ein Mineralwasser mit Zitrone, bitte. Ich bin völlig ausgedörrt.«

»Schon unterwegs.«

Dawn ließ sich ermattet niedersinken und schloss die Augen. Vielleicht hätte sie mehr zur Muskulatur der Bauchdecke schreiben sollen. Sie hatte die Leistenbänder ausgelassen, doch das ließ sich jetzt nicht mehr ändern. Das musste sie als Erfahrung verbuchen und sich auf die nächste Prüfung konzentrieren. Ihrem Vater würde sie erzählen, dass alles bestens gelaufen wäre.

»Hier, bitte. Ich habe dir auch ein paar Erdnüsse mitgebracht.«

»Danke, Paul. Hör mal, ich will nicht lange bleiben. Ich muss meine Chemieaufzeichnungen noch mal durcharbeiten. Ich habe heute Nachmittag Angela Redmond getroffen; die macht sich irre Sorgen, sie hatte kein Chemie in der Schule, und das macht die Sache umso schwieriger für sie.«

»Aber du hattest es.«

»Schon, aber ich muss trotzdem büffeln.«

Er hatte sich gerade ein weiteres Bier gekauft.

»Macht's dir was aus, wenn wir danach nach Hause gehen?«

»Nein«, willigte er ergeben ein. »Obwohl ich denke, dass du es übertreibst. Du solltest dich heute Abend lieber ein bisschen entspannen. Trink mal was Richtiges.«

»Ich kann nicht, ich brauche einen klaren Kopf.«

»Du bist der Boss.«

»Komm her, du Schlampe«, knurrte Ben Cosgrove. Er hatte das Schlafzimmer durchwühlt, um sein Geld zu finden. Seine Augen blitzten bösartig, und an seiner Oberlippe klebte getrocknete Spucke. Wo hatte die miese Kuh es versteckt?

»Isobel!« Er rannte ihr ins Badezimmer hinterher. »Gib mir die beschissene Geldbörse.«

Isobel kauerte am Waschbecken. »Bitte, Ben, bitte! Wir brauchen das Geld für unsere Miete.«

»Scheiß auf die Miete! Ich brauch was zu trinken.« Er drohte ihr mit dem Zeigefinger. »Wenn du weißt, was gut für dich ist, gibst du mir jetzt das Geld.«

»Ich habe Paul versprochen, dass wir heute bezahlen.«

»Dann bezahlst du ihn. Wann hat man dich bezahlt? Gestern? Du gibst ihm die beschissene Kohle.«

»Ich habe schon den Strom und das Telefon bezahlt. Ich brauche den Rest für Lebensmittel, Ben. Sei doch vernünftig«, brachte Isobel halb weinend hervor.

»Hör auf zu heulen!«

Ihre Schultern zuckten und sie atmete tief durch, um sich unter Kontrolle zu bekommen, was ihr leider nicht gelang. Aus Erfahrung wusste sie, dass Weinen ihn rasend machte.

»Bloß kein Wasserwerk, Herrgott noch mal. Hör auf zu flennen und gib mir die Geldbörse. Die gehört mir. Stimmt's? Hast du das kapiert?«

Sie konnte sich nicht bewegen, nicht einmal nicken – sie war gelähmt vor Angst.

»Jetzt raus mit der Sprache!«, brüllte er. »Wo, zum Teufel, ist sie?«

»Ben, wenn du nur –«

Er machte einen Satz nach vorne, packte ihren Arm und drehte ihn ihr schmerzhaft auf den Rücken. »Ich zähle jetzt bis drei und dann sagst du mir, wo sie ist.« Sein übler Mundgeruch kam ihr entgegen. Die Schmerzen, die in ihren Oberarm schossen, waren so stark, dass sie glaubte, ohnmächtig zu werden.

»Sie ist im Kopfkissen«, keuchte sie und riss sich los.

»Im Kopfkissen?« Er schlug ihr auf den Hinterkopf. »Du bist mir ja 'ne ganz Schlaue, was?« Ein weiterer Schlag.

Wie konnte er das nur übersehen haben? Er schubste sie von sich weg und stellte ihr dabei ein Bein. Sie krachte zu Boden. Er hob das Bein und trat ihr wiederholt in den Rücken, während sie sich wand und stöhnte.

»Ben! Bitte, Ben! Hör auf!«

»Aufhören? Ich hab doch grade erst angefangen.« Ein böser Tritt in die Seite.

Isobel schrie vor Schmerz auf, als sie seinen Stiefel zum dritten Mal spürte. Er wird mich umbringen. Diesmal wird er mich umbringen. Sie glaubte, etwas brechen zu hören.

»Du miese Schlampe!« Noch ein Tritt. »Hast du wirklich geglaubt, ich würde dir das durchgehen lassen? Da solltest du mich besser kennen.«

Ihr Verstand setzte aus.

Er fluchte und trat sie noch härter. Die Adern an seinem Hals traten hervor, als er keuchend und schnaufend seinen Stiefel wieder hob. »Ich werd dir beibringen, keinen Scheiß mit meinen Sachen zu machen.«

Isobel hörte auf zu schreien.

Ihr Blick verschwamm. Sie krümmte sich wie ein Fötus zusammen und versuchte verzweifelt, ihr Gesicht vor den Tritten zu schützen. Sein Stiefel krachte gegen ihr Kinn. Würgend schluckte sie ihr eigenes Blut.

Paul öffnete die Haustür. »Ich koche uns was im Wok, das geht schnell. Geh du ruhig nach oben und leg dich ausgiebig in die Wanne.«

»Danke.« Dawn schlang die Arme um seine Hüften und küsste ihn. »Ich muss dringend raus aus diesen Klamotten. Ich bin ganz klebrig von der Hitze im Prüfungssaal. Warum ist es immer sonnig und warm, wenn ich Prüfungen schreibe? Letztes Jahr beim Schulabschluss war es genau das Gleiche.«

»Das sind die Prüfungen, die man uns auferlegt, Dawn.«

»Wenn ich wieder runterkomme, müssen wir über den Scheck reden, den Mum mir gegeben hat.«

»Ich weiß. Ich habe auch darüber nachgedacht.« Er wich vor ihr zurück. »Es wäre mir lieber, wenn du ihn auf deinem Konto behalten würdest.«

Sie war verblüfft. »Wieso?«

»Ist sicherer im Moment.« Er ging in die Küche und holte den Wok heraus.

Dawn folgte ihm und war fest entschlossen, der Sache auf den Grund zu gehen. »Wieso wäre das sicherer? Ich dachte, wir hätten uns geeinigt, ein gemeinsames Konto zu führen? So können wir doch viel leichter eine Hypothek aufnehmen.«

Paul nahm ein paar rote Paprika und Zwiebeln aus dem Gemüsefach. »Ich will bloß nichts überstürzen, das ist alles.«

»Was meinst du damit?«

Er wandte sich zu ihr um und errötete. »Ich finde einfach

nicht, dass es der richtige Zeitpunkt für uns beide ist, so eine Bindung einzugehen. Wo ist das scharfe Messer? Ich finde, es wäre besser, wenn …«, sagte er zögernd. »Ich weiß, dass wir schon über ein Jahr zusammen sind und dass wir uns wirklich gut verstehen und so, aber –«

»Aber?« Dawn blickte finster drein.

»Das ist eine ernste Sache: zusammen ein Haus zu kaufen.«

»Ich dachte, das wolltest du. Ein Haus. Miete bezahlen ist doch rausgeschmissenes Geld – das hast du immer gesagt.«

»Und dazu stehe ich auch. Irgendwann will ich auch ein eigenes Haus haben.«

»Also dann?«

»Ich bin noch nicht dazu bereit.« Er sprach gedämpft.

Dawn traute ihren Ohren nicht.

»Wenn wir ein Haus zusammen kaufen, Dawn, könnten sich alle möglichen Komplikationen ergeben. Du bist noch sehr jung, du hast noch ein jahrelanges Studium vor dir.«

»Na und?«

»Was ist, wenn was dazwischen kommt?«

»Was denn?«

Er stockte. »Was ist, wenn wir uns trennen?« Schließlich fand er das Messer hinten in der Besteckschublade. Dawn stand stocksteif da, jedes seiner Worte verletzte sie zutiefst.

»Vielleicht brauchst du das Geld ja später mal«, fuhr Paul fort. »Man kann die Zukunft nie vorhersagen. Eine solche Kapitalanlage ist eine Absicherung.«

»Ich dachte, wir gehören zusammen«, erwiderte Dawn kühl.

»Das tun wir auch. Natürlich gehören wir zusammen, aber wir sind noch ganz am Anfang. Ich finde nur nicht, dass wir uns in irgendwas hineinstürzen sollten, das wir später bereuen könnten.«

Sie blickte ihn unverwandt an.

»Also, du behältst das Geld auf dem Konto, das deine Mutter für dich eröffnet hat, und ich werde weiterhin sparen. Was danach passiert, passiert.« Er lachte und war froh, das geklärt zu haben.

Was danach passiert, passiert.

Sie fühlte sich wie ein Trottel. Sie hatte angenommen, dass er die Chance, ein eigenes Haus zu besitzen, sofort ergreifen würde; etwas Solides zu haben, etwas Echtes, etwas, das sie aneinander binden würde. Jetzt erkannte sie, dass er nicht an sie gebunden sein wollte. Zusammen zu leben war ein lockeres Arrangement, das ihm entgegen kam. Es war wie ›Zuhause‹ zu *spielen.*

»Werden wir nächstes Jahr wieder eine Wohngemeinschaft haben, Paul?« Sie übernahm seinen geschäftsmäßigen Ton.

»Warum nicht? Wir werden unseren Mietvertrag hier neu verhandeln. Mir wäre es lieber, wenn Isobel und Ben ausziehen würden, aber wir finden bestimmt jemand anderen für ihr Zimmer. Das wird kein Problem sein.«

»Nein«, sagte sie langsam. »Wahrscheinlich nicht.«

Schließlich gelang es ihm, ihr in die Augen zu sehen. »Na schön, spielen wir wieder zusammen?«

»Ja.« Das Schlüsselwort war *spielen.* Sie verließ die Küche.

Er liebte Dawn, er wollte mit ihr zusammen sein, doch keiner von beiden war schon bereit, eine derart folgenschwere Entscheidung zu treffen. Sie hatte ihn offenbar missverstanden. Wenn er davon sprach, sich ein Haus zu kaufen – und das würde er eines Tages –, dann hatte er immer gemeint, dass es *sein* Haus sein würde. Gemeinsamer Besitz war ihm nie in den Sinn gekommen. Eine Hochzeit lag noch in weiter, weiter Ferne. Gemeinsam Miete zu bezahlen war eine Sache, aber gemeinsam ein Haus zu besitzen, konnte eine sehr komplexe Angelegenheit werden, rechtlich und in jeder anderen Hinsicht. Er hatte geplant, eines Tages sein eigenes Haus zu besitzen, in dem Dawn dann, hoffentlich, mit ihm leben wollte. Doch das Haus würde ihm gehören. Er hoffte, dass ihr das nun klar war.

Er begann vor sich hin zu pfeifen. Welches Gemüse gab es

wohl noch für einen Hühnchen-Wok? Er öffnete den Kühlschrank. Champignons, klasse!

Dawn war stinksauer auf sich. Warum hatte sie nur ihre Klappe so weit aufgerissen? Wütend zerrte sie sich die Jeans und ihre Bluse vom Leib und warf sie aufs Bett.

Ich liebe dich, Dawn.

Ach ja?

Du bist das Beste, was mir je passiert ist.

So viel zu schönen Worten.

Sie musste ihre Möglichkeiten neu überdenken. Er machte sich Sorgen über eine derartig enge *Bindung.* Was waren sie denn im Moment, wenn nicht *gebunden?* Sie wohnten zusammen, passten aufeinander auf, teilten alles miteinander. War das etwa keine *Bindung?*

Was sah er denn darin? Ein idyllisches, spaßiges kleines Projekt ohne ernsthafte Zugehörigkeit? Sie wollte mehr. Sie wollte ihn beim Wort nehmen können und eine längerfristige Beziehung haben. Warum sollte sie sich mit weniger zufrieden geben? Sie schnappte sich ihr Shampoo von der Kommode und stampfte aus dem Schlafzimmer.

Die Badezimmertür war zu. Dawn klopfte an. »Izzy, bist du da drin?«

Keine Antwort.

Vielleicht war ja nicht abgeschlossen. Sie drückte die Klinke hinunter, und die Tür gab nach. Sie trat ein. Isobel lag zusammengerollt auf dem Boden. Dawn schnappte nach Luft. »Izzy, Izzy«, flüsterte sie, doch es kam kein Laut über ihre Lippen.

Blut, dunkelrotes Blut hatte den Rand der Badewanne verschmiert. Zitternd näherte sich Dawn dem leblosen Körper. Isobels Beine lagen verdreht unter ihr, und ein Arm war ausgestreckt, schlaff, wie bei einer kaputten Puppe. Aus ihrem Mund hatte sich ein Blutlache auf die Kacheln ergossen.

»Oh, heiliger Jesus«, ächzte Dawn. Sie wollte losschreien. Wieder kam kein Laut heraus. Einen Moment lang setzte Dawns Atmung aus und setzte dann krächzend, stoßweise wieder ein. Ihr wurde schwindelig.

Hol Hilfe, hol doch Hilfe. Schnell.

Wie ein Zombie wich sie von der grausigen Szene zurück. Sie lehnte sich über das Treppengeländer und schrie mit aller Kraft: »Paul! Paul! Ruf einen Krankenwagen.«

Verzweifelt blickte sie hinunter, als er unten in den Flur lief.

»Was ist denn? Was ist los, Dawn?«

»Ruf den Krankenwagen. Es ist Isobel … sie ist … sie ist …«

»Was? Was?«, rief er.

Dawn sank zu Boden, klammerte sich an die Holzstäbe des Geländers und begann zu kreischen, ein wildes, durchdringendes Kreischen, bei dem sein Herzschlag aussetzte.

»Was ist denn passiert?« In Windeseile raste er die Treppe hinauf. »Wo ist sie?«

»Im Badezimmer – sie liegt auf dem Boden. Da ist Blut, so viel Blut. Geh rein und sieh nach. Nein, nein, ruf zuerst 999 an.« Sie klammerte sich an ihn. »Tu irgendwas«, schrie sie. »Da ist überall Blut.«

18

Maurice war zu dem Haus in Stillorgan gerast, nachdem ihn seine Tochter völlig aufgelöst angerufen hatte. Er verabreichte ihr einen starken Brandy und steckte sie ins Bett.

»Versuch ein bisschen zu schlafen, Dawn. Isobel ist jetzt in guten Händen. Heute Nacht kannst du nichts mehr für sie tun.«

»O Dad, ich werde nie vergessen, wie sie dagelegen ist … ich dachte, sie wäre tot.«

Er deckte sie zu, wie er es immer getan hatte, als sie noch ein kleines Mädchen gewesen war. Dann setzte er sich aufs Bett und hielt ihre Hand. »Sie wird wieder gesund. Das hat man mir versichert, als ich im Krankenhaus angerufen habe.«

»Zwei gebrochene Rippen«, erschauerte Dawn. »Und vielleicht müssen sie ihren Kiefer verdrahten. Dad, warum *tun* Menschen bloß so etwas? Was hat ihn nur dazu getrieben?«

Maurice wusste darauf keine Antwort. Er hatte stets versucht, offen und ehrlich auf alles zu antworten, was Dawn im Laufe der Jahre von ihm wissen wollte. Eltern konnten doch angeblich alles erklären. Brutalität – wo lagen die Ursachen dafür? Veranlagung, Erziehung – war ein Hang zu Gewalt womöglich auch genetisch bedingt?

»Ich werde es nie verstehen. Er ist bösartig – ein Tier. Nein, ein Tier würde sich nicht so verhalten, aber er ist auch kein Mensch. Isobel war so gut zu ihm und hat auch noch seine ganzen Launen und Gemeinheiten und seine Selbstsucht ertragen. Deswegen hat er sie wohl auch so in der Hand gehabt, aber heute Abend ... heute Abend war er brutal. Hat er denn gar keine Gefühle?« Sie schüttelte sich und zitterte. »Ich verachte ihn, Dad.«

»Die Polizei wird ihn sich schnappen, Dawn. Überlass das der Polizei.«

»Ist Paul schon zurück?«

»Nein, er hat vom Revier aus angerufen. Sie nehmen einen ausführlichen Bericht auf.«

»Der Scheißkerl könnte jetzt überall sein – auf einer seiner Kneipentouren, um sich zu besaufen.«

»Wo trinkt er denn gewöhnlich? Wenn man die in Frage kommenden Pubs einschränken könnte, wäre es vielleicht einfacher, ihn zu finden.«

»Überall dort, wo er noch kein Hausverbot hat. Seine Kumpel hängen in einigen Pubs auf der Camden Street rum, glaube ich.« Plötzlich bekam Dawn erneut Angst. »Was ist, wenn er heute Nacht hierher zurückkommt? O Gott, Dad.«

»Das wird er wohl nicht tun. Ein solches Risiko würde er nicht eingehen. Er muss wissen, dass er in ernsthaften Schwierigkeiten steckt.«

»Aber seine Sachen? Er lässt doch nicht seine Klamotten und seine Stereoanlage hier. Dieses arrogante Schwein ist dermaßen pervers, dass er vermutlich nicht mal weiß, welchen Schaden er da angerichtet hat.«

»Das muss ihm klar sein.«

»Nicht, wenn er schon betrunken war, als er sie geschlagen hat. Wenn er trinkt, kann er nicht klar denken. Und es steckt noch mehr dahinter. Ben Cosgrove hat eine miese, Frauen verachtende Seite an sich. Er hat auch immer auf mir rumgehackt.«

»Rumgehackt?« Nun blickte ihr Vater noch beunruhigter drein.

»Nichts Körperliches, das meine ich nicht. Er hat mich nur oft wegen meines Studiums angemacht und gesagt, dass der einzig richtige Platz für eine Frau auf ihrem Rücken sei, und solche Sachen.«

»Wie reizend.«

»Ja, ein echter Scheißkerl. Er glaubt wirklich, das Leben schulde ihm einen Gefallen. Jeder Erfolg von anderen ist für ihn ein Schlag ins Gesicht.«

»Isobel hat dir erzählt, dass er seinen Job verloren hat?«

»Ben Cosgrove konnte noch nie einen Job behalten – das deckt sich nicht mit seinen Trinkgewohnheiten. Er erwartet von Izzy, dass sie ihr Gehalt hergibt, um ihn zu finanzieren. Ich wette, darum ging es auch bei dieser Tracht Prügel: um Geld. Sie haben sich immer um Geld gestritten. So funktioniert der Verstand dieses Fieslings: Was ihn betrifft, hat Isobel bekommen, was sie verdient hat. Je mehr ich darüber nachdenke, desto mehr hab ich das Gefühl, dass er hierher zurückkommen *wird*.«

»Wir werden die Tür fest verriegeln, Dawn. Er wird hier nicht reinkommen. Ich bleibe über Nacht.«

»Würdest du das tun?« Auf ihrem Gesicht machte sich Erleichterung breit. »Paul ist toll, aber ich würde mich sicherer fühlen, wenn ich wüsste, dass du hier bist, Dad.«

»Geht in Ordnung.«

»Danke.«

»Der kommt nicht zurück, das garantier ich dir. Die schnappen ihn, Dawn.«

Sie biss sich auf die Lippe. »Ich hoffe, sie sperren ihn für immer ein und werfen den Schlüssel weg.«

Maurice fragte sich, wie lange sie ihn tatsächlich einsperren würden, wenn sie ihn zu fassen bekämen. Ein erfahrener Anwalt als Pflichtverteidiger, und in wenigen Tagen wäre er wieder auf freiem Fuß. »Hat er irgendwelche Vorstrafen?«

»Nicht dass ich wüsste. Izzy hat mir irgendwann erzählt, dass seine Brüder mal wegen Autodiebstahl gesessen hätten.«

Wie konnte ein nettes Mädchen wie Isobel nur an einen solchen Dreckskerl geraten? Maurice dankte dem Schicksal dafür, dass Dawn Paul gefunden hatte. »Es liegt an Isobel, Anklage zu erheben – wenn sie dazu wieder in der Lage ist.«

Dawn war bestürzt. »Ich bin nicht sicher, ob sie das tun wird. Letzte Woche habe ich versucht, sie zur Vernunft zu bringen. Dad, das war ja nicht das erste Mal, dass er sie angegriffen hat. Sie nimmt es auf die leichte Schulter, versucht, sein Verhalten zu rechtfertigen, versteht seine Gefühle – *seine* wohlgemerkt, nicht ihre – und redet sich dann selbst ein, dass er es nie wieder tun wird.«

Maurice hielt ihr ein Glas an die Lippen. Sie trank einen Schluck und verzog bei dem strengen Geschmack das Gesicht. »Versuch das zu trinken, Dawn. Es wird dir gut tun.«

»Wie spät ist es?«

»Zwanzig vor elf.«

»Ich kann nicht im Bett bleiben. Ich muss lernen. Wie soll ich mich konzentrieren, wenn Isobel im Krankenhaus liegt?«

»Heute Abend wird nicht mehr gelernt. Schlaf jetzt – du brauchst das.«

»Aber übermorgen ist die Chemieprüfung und –«

»Dawn«, sagte er behutsam, »mach dir keine Sorgen wegen der Prüfungen. Es gibt wichtigere Dinge. Soll ich deine Mutter anrufen? Sie kommt bestimmt nach Hause, wenn du es möchtest.«

»Nein, Dad, auf keinen Fall.« Dawn legte sich in die Kissen zurück. »Ich will Mum da nicht mit reinziehen. Sie würde sich bloß Sorgen machen. Außerdem hat sie schon genug um die Ohren. Was könnte sie denn schon groß machen? Lass sie ruhig ihren Urlaub genießen.«

»Hm.« Maurices Unmut wurde wieder wach. Seine Tochter stand unter Schock. Ihre Mitbewohnerin so vorzufinden war eine schreckliche Erfahrung. Und wo steckte ihre Mutter?

Sie genoss irgendwo einen *Urlaub*.

Polizeirevier Donnybrook. Der Betrunkene in der Ecke hatte angefangen zu heulen. Eine junge Teenagerin, völlig high auf Drogen, wurde von einem Autofahrer abgeliefert, nachdem sie sich vor sein Fahrzeug geworfen hatte. Am hinteren Ende des Raums stand ein Mann und füllte einen Bericht über den Diebstahl seiner Honda aus. Das Telefon hatte kaum aufgehört zu klingeln: vier Einbrüche, eine Ruhestörung, eine versuchte Vergewaltigung, eine Beschwerde wegen Misshandlung in der Ehe. Ein typischer Abend auf dem Revier, und es war noch nicht mal elf Uhr. Wenn die Pubs erst geschlossen hätten, gäbe es noch viel mehr zu tun, wusste der Beamte hinterm Schreibtisch. Doch zunächst musste er diesen aufgebrachten jungen Mann hier beruhigen und einen zusammenhängenden Bericht aus seiner Geschichte verfassen.

Paul kratzte sich gereizt die Nase. »Ich weiß nicht genau, wie alt sie ist – Anfang zwanzig etwa. Was spielt das denn für eine Rolle?«

»Wie ich Ihnen schon erklärt habe, brauche ich zunächst sämtliche Daten, Sir«, antwortete der Beamte gleichmütig.

»Wiederholen wir noch mal. Name: Isobel Dillon. Nächste Verwandte? Ihre Mutter, glauben Sie. Adresse, ja, die hab ich notiert. Und Sie sagen, dass Sie mit ihr im selben Haus zusammenleben?«

Wollte der Polizist etwa andeuten, dass *er* etwas damit zu tun hatte? »Ich lebe mit meiner Freundin zusammen; das Haus ist eine Wohngemeinschaft mit Isobel und Ben.«

»Damit meinen Sie wohl Ben Cosgrove, den Freund des Opfers?«

»Ja, genau«, blaffte Paul. »Das hab ich Ihnen doch gesagt. Er ist dafür verantwortlich.«

Der Beamte nickte und notierte es auf seinem Block. Er schrieb langsam und akribisch. »Sie haben ihn heute Abend nicht zufällig gesehen?«

»Nein, er ist abgehauen.«

»Irgendeine Ahnung, wohin?«

»Saufen, wie üblich. Hören Sie, können Sie nicht einen Streifenwagen losschicken und ihn suchen lassen? Während wir hier reden, macht er sich wahrscheinlich aus dem Staub.«

»Alles zu seiner Zeit.« Er schrieb weiter.

Paul sah rot.

Der Polizist nahm den Hörer ab. »Setzen Sie sich einfach da drüben hin, Sir, und ich hole jemanden, mit dem Sie sich unterhalten können.«

»Was? Noch jemanden? Um sich mit mir zu unterhalten? Was haben *Sie* denn in den letzten zehn Minuten mit mir gemacht? Hab ich Ihnen nicht genügend Informationen gegeben? Ich hab Ihnen alles gesagt, was ich weiß. Was wird denn jetzt *unternommen*?«

Der Beamte blieb ganz ruhig, so etwas war er ja gewohnt. »Wenn Sie mich nur diesen Anruf machen lassen, Sir, wird in Kürze jemand von der KBE hier sein.«

»Der KBE?«

»Der Kriminalbezirkseinheit«, erklärte er. »Sie müssen ihm weitere Einzelheiten mitteilen.«

»Das glaub ich einfach nicht!«

»Wenn man den Ernst dieser Lage bedenkt …«

Paul stöhnte auf. Noch mehr blöde Bürokratie, noch mehr Zeitverschwendung, und dieser Scheißkerl rannte da draußen frei herum.

Der Kriminalbeamte war ein Bär von einem Mann. Er hatte ein schroffes, verlebtes Gesicht und stahlblaue Augen, die Paul unter anderen Umständen vielleicht eingeschüchtert hätten.

»Wo ist sie jetzt?«

»Tallaght Hospital. Sie wird mindestens ein paar Wochen dort bleiben müssen.«

»Ich werde sie dort besuchen müssen, um ihre Aussage aufzunehmen.«

»Wozu brauchen Sie die denn?«

Pauls Wut zeigte keinerlei Wirkung. »Das ist Ihre Geschichte, Mr Tennyson. Ich brauche die Version des Opfers.«

»Dann glauben Sie mir also nicht?«

»Das ist nicht die Frage. Sie waren zur Tatzeit nicht anwesend. Sie waren nicht Zeuge des Angriffs.«

»Nein, aber ich habe die verdammten Auswirkungen gesehen. Das Mädchen war übelst zugerichtet. Sie ist brutal verprügelt werden. Zerschmettert. Nicht auszudenken, was wohl passiert wäre, wenn wir nicht vorzeitig nach Hause gekommen wären. Sie hätte verbluten können. Meine Freundin Dawn hat solche Angst bekommen, dass ich sie heute Abend nicht allein lassen konnte. Ihr Vater ist jetzt bei ihr im Haus.«

»Sehr weise.«

Paul hätte ihm am liebsten eine verpasst.

»Wie lange kennen Sie diese Isobel Dillon schon?«

Jesus, was sollte bloß dieser ganze Quatsch? »Ungefähr zehn Monate. Ich hatte eine Anzeige im *Evening Herald* geschaltet, dass wir zwei Mitbewohner suchen. Die beiden haben sich vorgestellt, und ich hab sie genommen. Dawn mochte Isobel sofort. Allerdings konnte keiner von uns ihn besonders gut leiden.«

»Und weshalb nicht?«

»Ich weiß nicht recht, er wirkte irgendwie verschlagen.«

»Verschlagen? Ich verstehe.«

»Hören Sie, bei allem Respekt, Detective Dunne, das führt doch zu nichts. Ich weiß, dass dieser Mistkerl es gewesen ist, weil er Isobel nicht zum ersten Mal geschlagen hat. Er ist bösartig.«

»Wurde sein diesbezügliches Verhalten schon einmal bei uns gemeldet?«

Paul seufzte. »Nein.«

»Ich verstehe.«

Wenn er noch einmal *ich verstehe* sagte, dann *würde* Paul ihm eine verpassen.

»Na schön, also weiter im Text, ja? Sie kamen so gegen halb sieben nach Hause?«

»Ja, aber wir gingen nicht sofort nach oben. Wir haben uns noch in der Küche unterhalten.«

»Sie und …?« Er warf einen Blick in seine Notizen. »Dawn Kennedy?«

»Genau. Dann hat Dawn gesagt, sie wolle hochgehen und ein Bad nehmen.«

»Und Sie waren noch in der Küche?«

»Ich habe gekocht.« Als Nächstes würde er wohl fragen, was er zubereitet hätte!

»Was ist dann geschehen?«

»Ich hörte Dawn schreien. Ich bin die Treppe hinaufgerast, und sie hat es mir erzählt.«

»Was genau hat sie Ihnen erzählt?«

Herrgott noch mal! Das war ja nicht auszuhalten. »Sie schrie ganz hysterisch, hat geweint und gerufen, dass Isobel im Badezimmer läge. Ich habe nachgesehen und Isobel bewusstlos am Boden gefunden. Überall auf den Kacheln war Blut verspritzt – eine Riesenlache auf dem Boden. Ihr Gesicht hat geblutet, und ich dachte schon, dass sie auch Kopfverletzungen haben könnte. Ich habe Isobel mit einem Handtuch zugedeckt und bin anschließend zum Telefon gerannt, um den Krankenwagen anzurufen.«

»Ist sie wieder zu Bewusstsein gekommen?«

»Ja, die Sanitäter haben das geschafft. Sie hat gejammert und gestöhnt. Ihre Augen sahen seltsam aus, sie konnte nichts erkennen, und als sie versucht hat zu sprechen, konnte sie es nicht.«

»Sonst noch etwas?«

Himmel, langte das denn nicht?

»Denken Sie genau nach, Sir. Gehen Sie die Szene in Gedanken noch mal durch.«

»Das muss ich gar nicht erst – ich krieg sie nicht mehr aus dem Kopf. Als die Sanitäter Isobel auf die Trage gelegt haben, sah ich noch mehr Blut. Ich musste Dawn abschirmen, damit sie es nicht sah. Es war eine Riescnsauerei.«

»Wo war das Blut, Sir?« Er ignorierte Pauls Abscheu. »Ich muss das wissen.«

»Auf ihrem Bauch, ihren Beinen, zwischen ihren Schenkeln.« Paul atmete scharf ein. Er befürchtete sich übergeben zu müssen. »Was, zum Teufel, hat der Scheißkerl nur getan, um so eine Blutung zu verursachen?«

Der Kriminalbeamte schrieb weiter. Schrieb er das etwa Wort für Wort auf? Paul beschloss, etwas mehr auf seine Ausdrucksweise zu achten.

»Danke, Mr Tennyson. Ich muss auch Ihre Freundin befragen.«

»Wieso denn das? Sie kann Ihnen auch nicht mehr erzählen als ich.«

»Sie muss Ihre Geschichte bestätigen, Sir.«

»Aber nicht heute Abend. Dazu ist sie nicht in der Lage.«

»Morgen oder übermorgen reicht auch.«

»Aber was ist mit Ben Cosgrove? Wollen Sie ihn denn nicht verhaften?«

»Noch nicht. Hören Sie, ich will ehrlich zu Ihnen sein«, erwiderte der Kriminalbeamte. »Ich werde ins Krankenhaus fahren, mir Miss Dillons Geschichte anhören, und danach sehen wir weiter. Sie muss Anzeige erstatten, bevor ich irgendetwas tun kann.«

Kochend vor Wut und völlig frustriert stürmte Paul aus dem Revier.

19

Nachmittagstee im Ritz wäre ein Hochgenuss für Amy und außerdem eine nette Erinnerung an ihren Besuch in England – zivilisiert und kultiviert, ein kurzes Eintauchen in die vornehmere Welt, die Catherine vermisste.

Amy amüsierte diese Vorstellung und sie fragte sich, was sie wohl zu erwarten hatte: Gurkensandwiches, köstliches Gebäck, Muffins? Etwas, das vage an Oscar Wilde erinnerte und ganz bestimmt sehr, sehr britisch war!

Der Palm Court, das letzte Überbleibsel des eleganten Edwardianischen London, ist feudal. Sehr nobel, aber ruhig – eine Oase des Friedens, ganz in der Nähe der Designerboutiquen und Auktionshäuser in der Bond Street und der Jeremy Street. Hier gibt es keine Uhren, das Tempo des Lebens verlangsamt sich wie von selbst. Wenn man zu den Schwingtüren blickt, kann man einen Blick auf die Taxis und Busse am Piccadilly Circus erhaschen.

Doch es ist viel angenehmer, die Außenwelt zu vergessen.

Als Catherine in den mittleren Säulengang trat, um ihre Freundin zu begrüßen, sank Amy an ihrem reservierten Marmortisch mit dem zartrosa Tischtuch in einen roséfarbenen Louis-XIV-Sessel. Zeit, die Szene zu studieren. Amy wollte jedes Detail genießen und sich für künftige Erinnerungen merken. Sie ließ ihren Blick über die Milchglasdecke und die Kerzenleuchter mit den rosa Tellerchen schweifen. Das Licht war weich, zart, schmeichelnd.

Da war die berühmte Nymphe des Palm Court Brunnens. Über ihr bliesen Tritonen in große Seemuscheln, und zu ihren Füßen schlugen Goldfische mit den Schwänzen. Opulente vergoldete Wände und Spiegel trugen zum eleganten Ambiente bei.

Zwei Ladys, die in ihrer Nähe saßen, unterhielten sich darüber, ob sie dieses Jahr Wimbledon besuchen würden. Ein Kellner in makellosem dreiteiligen Anzug erschien und servierte Tee und Kaffee aus antiken Silberkannen. Das blauweiße Porzellan mit dem Blumenmuster sprach Amy besonders an, die trotz anfänglicher Zweifel den Besuch hier in vollen Zügen genoss. Schließlich war sie nicht jeden Tag im Ritz!

Wendy Barrett war eine fröhliche einfühlsame Frau, die Amy auf Anhieb gefiel. Sie war groß, gut gebaut und hatte ein rundes Gesicht mit dunklen Locken und erstaunliche braune Augen, die beim Sprechen zu tanzen schienen. Ihre Sprechweise erinnerte Amy an die Schauspielerin Betty Turpin.

Nachdem die drei verschiedene Gurken-, Räucherlachs- und Frischkäse-Sandwiches mit Senfkörnern probiert und anschließend Scones mit hausgemachter Erdbeermarmelade und Clotted Cream genossen hatten, die im Mund zergingen, kamen noch die Kuchen und Cremetorten dran. Danach lenkte Catherine die bis dahin oberflächliche Unterhaltung auf wichtigere Themen. »Wann hast du eigentlich mit Valentine Edwards zusammengearbeitet? War das vor seiner Hochzeit?«

»Vorher und nachher. Sobald ich im St. Gabriel's angefangen hatte, kam ich in die Pädiatrie. Die fünfziger Jahre – eine andere Welt, obwohl unser Berufsstand damals wie heute überarbeitet und unterbezahlt war. Aber mir gefiel die Arbeit sehr – wie uns allen, oder, Catherine?«

»Genau, es war so, als würden wir etwas Besonderes beisteuern.«

»Und Valentine Edwards setzte entscheidende Veränderungen durch. Er reorganisierte alles, hatte wirklich innovative Ideen. Die Mitarbeiter hatten großen Respekt vor ihm. Neben seinen organisatorischen Fähigkeiten war er außerdem ein brillanter Arzt – geradezu begnadet.«

Das alles wollte Catherine gar nicht hören. Das heutige Treffen diente nicht dazu, Valentine Edwards zu rühmen. Sie wollte, dass Amy etwas Nützliches herausfand. »Ich habe ihn eher als überheblich in Erinnerung, arrogant den Schwestern gegenüber – die er für minderwertig hielt – und den Frauen im Kreißsaal gegenüber abweisend.«

Catherines Negativität überraschte Amy.

Wendy setzte zu seiner Verteidigung an. »Es war ihm ganz egal, ob er beliebt war – obwohl er es war.«

Amy fühlte sich verpflichtet, auch etwas zu sagen. »Er war wohl auf jeden Fall ein guter Arzt, und das ist es doch, was Frauen wollen – sich in guten Händen wissen.«

»Er war der Beste. Sichere Entbindungen und gesunde Babys waren sein größtes Anliegen. Die Leute vertrauten ihm völlig, Catherine.« Wendy wandte sich Amy zu. »Man musste monatelang warten, um einen Termin bei ihm zu bekommen. Ich glaube sogar, dass einige Frauen ihre Schwangerschaft so geplant haben, dass sie in Dr. Edwards Terminkalender passte.«

»Das hat man zu jener Zeit gemunkelt«, murmelte Catherine, »aber es war reine Übertreibung, alles Märchen, die ohne Zweifel von dem großartigen Mann gefördert wurden. Bescheidenheit war nicht gerade seine Stärke.«

»Catherine, die Tatsachen sprechen doch für sich: die Mütter, die einmal bei ihm entbunden hatten, wollten ihn bei den Geburten *all* ihrer Kinder dabei haben. Die jüngeren waren geradezu verliebt in ihn.«

»Sah er denn gut aus?«, fragte Amy.

Catherine kicherte. »Ein wandelnder Adonis!«

Wendy verzog das Gesicht. »Du hast ihn nie gemocht, Catherine.«

»Nein, hab ich nicht. Das gebe ich auch gerne zu. Er war aufgeblasen, eingebildet und hat seine Stellung benutzt – ein Machtmensch, genau das war er.«

»Meinen Sie damit die Art, wie er seine Mitarbeiter behandelt hat?« Amy fragte sich, warum Catherine ihr das nicht schon früher erzählt hatte. Sie wurde hier mit zwei konträren Sichtweisen konfrontiert.

»Jawohl, genau das meine ich.« Catherine schenkte ihnen Tee nach. »Wendy, du musst doch zugeben, dass er sehr diktatorisch und manipulierend war, was die jüngeren Schwestern betraf.«

»Er hat schon gerne geflirtet«, gab sie zu, »aber es war alles ganz unbeschwert, Catherine. Niemand hat das ernst genommen.«

»Da irrst du dich. Ich kannte eine Schwester, der er nach einer langen Nacht im Entbindungssaal einen unsittlichen Antrag gemacht hat. Das Mädchen war sehr empört. Ich habe ihr geraten, ihn zu melden, was sie natürlich nicht getan hat. Als Nächstes wurde sie in die Unfall- und Notaufnahme versetzt. Das hat ihr die Chance genommen, jemals Hebamme zu werden. Anschließend wechselte sie den Beruf.«

»Das ist mir völlig neu«, meinte Wendy.

»Es wurde ja auch alles totgeschwiegen. Ich war *dabei*, Wendy. Ich weiß, was passiert ist.«

»Und du hast dich nicht für sie eingesetzt?«

»Nein, zu meiner Schande nicht. Wie du schon sagtest, war er der Oberarzt. Ich war eine Lehrschwester. Wer hätte schon auf mich gehört? Und als ich Jahre später wegen eines weiteren Vorfalls unbequeme Fragen stellte, wurde ich ebenfalls versetzt. Das kannst du doch unmöglich vergessen haben?«

»Du meinst, als du auf die Allgemeine gewechselt hast?«

»Genau.«

»Catherine, ich dachte, du hättest darum gebeten.«

»Nein, das habe ich nicht. Doch später habe ich meine Zeit dort sehr genossen. Ich qualifizierte mich dann als psychiatrische Schwester, also hat er mir wohl unfreiwillig einen Gefallen getan.«

»Das ist alles so lange her«, seufzte Wendy. »Was hast du denn getan, das ihm nicht gepasst hat?«

»Es war nichts, was ich getan hätte; es ging um etwas, das ich wusste.«

»Etwas über seinen Sohn«, unterbrach Amy plötzlich, »und eine Kinderschwester, die auf ihn aufgepasst hat.«

Catherine warf Amy einen warnenden Blick zu. »Eine Frau, die Amy kennt, hat früher mal für sie gearbeitet«, erklärte Catherine.

»Ach ja?«

»Genau«, antwortete Amy, der es Leid tat, so forsch gewesen zu sein, »als der Junge noch klein war.«

»Ja richtig, das irische Mädchen. Sie ist ganz plötzlich wieder gegangen, nicht wahr? Wollte sie nicht zurück nach Hause?« Wendy hatte einige Geschichten über Vernachlässigung gehört, doch sie hütete sich davor, in dieser Runde etwas davon zu sagen.

»Ich habe gehört, dass das Kind gestorben wäre«, sagte Catherine.

»Gestorben?« Wendy war ganz erstaunt.

»Eins dieser blöden Gerüchte.« Catherine schnaubte – was sie immer tat, wenn sie sich unbehaglich fühlte, wie Amy aufgefallen war.

»Das hab ich ja noch nie gehört.« Wendy war verwirrt. »Wer sollte denn so ein Gerücht in die Welt setzen? Und diese Freundin hat Ihnen von den Edwards erzählt, Amy?«

»Sie hat die beiden mal flüchtig erwähnt«, erwiderte Amy rasch. »Ich habe gar nicht weiter darauf geachtet.«

Amy fühlte sich ausgesprochen unwohl. Diese Frau glaubte wohl nicht ernsthaft, dass Amy nur zufällig etwas von der Familie Edwards gehört hatte. Sie musste doch ahnen, dass Catherine dieses Treffen extra arrangiert hatte. Aber falls sie misstrauisch war, wusste sie es gut zu verbergen.

Wendy hatte angenommen, dass die irische Kinderschwester zu jung und unerfahren gewesen sei und daher entlassen worden war. Der Doktor hatte sehr dezidierte Vorstellungen von Kindererziehung. Sie musste sehr vorsichtig sein, um diese Frau nicht in Verlegenheit zu bringen. »Ich weiß nur, dass sie danach keine Kinderschwester mehr eingestellt haben. Die Frau hat sich für den kleinen Jungen aufgeopfert. Die beiden waren rührende Eltern, völlig vernarrt in ihn.«

»Wie war Mrs Edwards denn so?«, fragte Amy beiläufig.

»Eine reizende Frau, gebildet, redegewandt, sehr kultiviert. Sie war die perfekte Ehefrau«, fuhr Wendy fort, »hat ihre ganze Zeit und Energie ihrem Sohn und ihrem Mann gewidmet.«

»Sie war nicht gesund«, warf Catherine ein. »Wenn sie so viel krank war, muss das die Ehe ganz schön belastet haben.«

»Du meinst die Fehlgeburten? Ja, sie hatten viel Pech. Doch sobald sie ihren Sohn hatten, wurde alles anders.« Wendy rührte geziert ihren Tee um. »Sie wurde stärker, robuster. Ich vermute, dass die vielen Schwangerschaften sie ausgelaugt haben. Nachdem er seinen Sohn und Erben hatte, haben sie vermutlich aufgehört zu versuchen, weitere Kinder zu bekommen. Nein, Jane Edwards ist alles andere als schwach; sie ist eine äußerst starke Frau, die ihren eigenen Kopf hat.«

Amy sah Catherine an.

»Ich habe mal gehört, dass ihr kleiner Junge, Henry, in der Schule drangsaliert wurde.« Wendy verstummte. »Rüpelhafte Typen waren damals ein schlimmes Problem an den Schulen. Sind es vermutlich noch immer.«

»Wahrscheinlich.« Catherine war begierig mehr darüber zu hören.

»Jane Edwards ging offenbar zum Rektor und beschwerte sich; sie drohte ihm, die Eltern des anderen Jungen vor Gericht zu bringen, obwohl der Vater selbst Richter am High Court war. Sie hätte alles getan, um das Kind zu beschützen – eine Löwin, die für ihr Junges kämpft.« Wendy lächelte. »Die meisten Mütter sind so, wenn es darauf ankommt.«

Alles ergab nach und nach mehr Sinn. *Eine sehr starke Frau, die ihren eigenen Kopf hat.* Und Amys Mutter war eine junge Frau gewesen, unsicher und allein in England. Jane Edwards hatte gespürt, dass ihr Baby in Gefahr war. *Eine, die um ihr Junges kämpft.* Sie musste das lästige Kindermädchen loswerden. Warum es nicht einfach entlassen? Wieso hatte diese *Löwin* das Bedürfnis verspürt, eine Angestellte anzulügen? Ihre Mutter war ein machtloses Mädchen gewesen – eine Untergebene. Es war bizarr, doch Amy würde nicht die Antworten bekommen, die sie von Wendy Barrett benötigte – wenn überhaupt, war sie nur noch verwirrter.

»Du hast mir doch erzählt, dass Henry sich in La Rochelle niedergelassen hat«, erwähnte Catherine, um die Geschichte weiter voranzutreiben.

»Ja, eine Weile nach Valentines Tod. Er wollte ein neues Leben beginnen. Henry führt dort zusammen mit zwei weiteren Ärzten eine Klinik, hat er mir erzählt. Ich hab mich am Tag der Eröffnung lange mit ihm unterhalten. Und du hast gar nicht mit ihm gesprochen, Catherine?«

»Ich kenne ihn ja nicht.«

»Er ist charmant und sehr gut aussehend.«

»Ganz der Vater, was?«

»Nein, Catherine, charakterlich ähnelt er seinem Vater gar nicht, bloß äußerlich hat er denselben dunklen Teint. Sein Verhalten entspricht dem seiner Mutter – extrem liebenswürdig und höflich. Er kannte mich noch aus dem Krankenhaus und hat mir ein paar nette Dinge gesagt. Und«, fügte sie hinzu, »er hat mich zu sich eingeladen, wann immer es mir passt. Das fand ich ausgesprochen generös.«

»Das war es wohl.« Amy gab sich alle Mühe, freundlich zu sein. Sie sah sich um, ob irgendjemand rauchte. Sie lechzte nach einem Zug. »Ist er verheiratet?«

»Geschieden. Die Frau ist in ihr Elternhaus in Esher zurückgekehrt. Offenbar war es eine gütliche Trennung. Keine Kinder.«

Catherine warf einen Blick auf ihre Armbanduhr. In ein paar Minuten mussten sie los, um ihren Zug noch zu erwischen. »Lebt seine Mutter denn auch in Frankreich?«

»Nur in den Sommermonaten, die Winter verbringt sie zu Hause in Surrey.«

»Amy will nämlich nach La Rochelle fahren«, verkündete Catherine mit unbewegtem Gesicht. »Deswegen interessiert sie sich auch so für die Geschichte. So sind wir überhaupt erst darauf gekommen. Sie erwähnte ihren Urlaub, und da ist mir Henry Edwards wieder eingefallen.«

Aufgeschreckt rutschte Amy auf ihrem Sessel herum.

»Sie fahren nach La Rochelle, Amy? Das ist ja fantastisch. Wenn Sie möchten, schreibe ich Henry ein paar Zeilen und lasse es ihn wissen. Er wird Sie nur allzu gerne herumführen, da bin ich mir sicher. Wenn er erst erfährt, wer Sie sind.«

»Wer ich bin?« Amys Herz klopfte heftig.

»Eine Freundin von mir.« Sie lächelte. »Ich schreibe ihm, dass Sie eine Freundin von mir sind. Wann wollen Sie denn fahren?«

Amy blickte hilflos zu Catherine hinüber.

»Im Juli«, meinte die, ohne mit der Wimper zu zucken. »Ihr Mann muss arbeiten, daher reist sie alleine.«

»Ich liebe Urlaub allein«, erklärte Wendy. »Das ist viel besser, man kann kommen und gehen, wann man will, und muss sich bloß um sich selbst kümmern. Letztes Jahr habe ich allein eine Busreise durch Schottland gemacht und sie durch und durch genossen.«

»Das ist etwas anderes. Auf organisierten Reisen trifft man garantiert Leute.« Catherine nahm ein Taschentuch aus ihrer Handtasche. »Aber fremde Orte können etwas einschüchternd wirken, und es dauert seine Zeit, bis man sich zurechtfindet. Amy würde nur allzu gerne jemanden kennen lernen, der mit der Umgebung vertraut ist. Stimmt's, Amy?«

20

»Catherine, ich kann nicht glauben, dass Sie das getan haben.« Die beiden saßen auf ihren Plätzen im Zug, gleich neben dem Speisewagen.

»Was sein muss, muss sein, Amy. Zeit ist der entscheidende Faktor.«

Amy sah ihre Begleiterin lange an. Da saß sie, in ihrem zartrosa Kostüm, makellos gepflegt, mit perfekt aufgetragenem Lippenstift, die Brille auf der Nasenspitze – als sei überhaupt nichts gewesen, obwohl sie gerade ihrer Freundin Wendy Barrett eine riesige Lüge aufgetischt hatte.

»Wir brauchen doch diese Informationen, Amy. Jetzt kann ich an seine Adresse kommen, Wendy hat sie ja zu Hause. Und seine Telefonnummer.«

»Sie glauben doch nicht wirklich, dass ich ihn kontaktieren werde?«

»Wieso denn nicht?«

»Wie könnte ich? Der Mann kennt mich doch gar nicht. Soll ich ihn einfach so anrufen?«

»Das wird gar nicht nötig sein. Wendy wird ein Treffen arrangieren. Du musst mich nur wissen lassen, wo du wohnen wirst, und ich informiere Wendy. Nichts einfacher als das.«

»Wo ich wohnen werde?«, japste Amy. »Sie gehen wirklich davon aus, dass ich nach La Rochelle fahre?«

»Natürlich wirst du das.«

Amy verschränkte steif ihre Arme.

»Sobald wir nach Hause kommen, buchen wir dir einen Flug. Ich habe ihr gesagt Juli, also haben wir noch jede Menge Zeit. Soweit ich weiß, kannst du bis Bordeaux fliegen und von da ist es nicht mehr weit mit dem Zug. Die französischen Züge sind fantastisch. Wenn es dir lieber ist, könntest du auch nach Paris fliegen. Ich glaube, das von dort ein TGV fährt – ein Hochgeschwindigkeitszug.«

»*Train à grande vitesse*. Ich weiß, wofür das steht.«

»Und wegen des Hotels werde ich ein paar Prospekte besorgen. Gleich morgen gehe ich bei einigen Reisebüros in Ipswich vorbei und …«

Catherines Stimme leierte vor sich hin, und Amy begann, in ihre eigene Welt abzudriften. Durchs Fenster blickte sie auf die vorbeirasenden Felder. Catherine schnatterte ohne Unterlass, wie im Wettstreit mit dem *ra-ta-ta-ta, ra-ta-ta-ta* der rasenden Räder.

Es geschah schon wieder. Alles wurde für sie geplant, man sagte ihr, was sie zu tun hätte, gab ihr Ratschläge, organisierte und redete auf sie ein, als ob sie ein kleines Kind sei.

Ihre Mutter, Maurice, Dawn, Claire, Sarah …

Du solltest Folgendes tun, Amy …

Du musst das hier lesen, Amy …

Wenn ich du wäre, Mum …

Hör mal, Amy …

Reiß dich zusammen, Amy …

Du würdest das nie ordentlich hinkriegen. Nimm dir ein Beispiel an deiner Schwester.

Wieso kannst du nicht zuhören?

»La Rochelle – machen da nicht viele Franzosen Urlaub? Es wird dir dort sehr gefallen. Ich kann sie geradezu vor mir sehen in ihren blau-weiß gestreiften Oberteilen, essen *en famille.* Vor der Küste liegen einige Inseln, die du mit dem Schiff besuchen könntest. Ich meine, das Wichtigste wird natürlich sein, Henry kennen zu lernen und so viel wie möglich herauszufinden, aber du kannst dir genauso gut auch die Sehenswürdigkeiten ansehen. Vielleicht begegnest du ja Jane? Oh, Amy, überleg doch mal! Du könntest das Rätsel lösen.«

Genau wie alle anderen in ihrem Leben begann Catherine, die Dinge für sie in die Hand zu nehmen. Wieso glaubte nur jeder, dass er das Recht dazu besaß? Was hatte sie nur an sich, dass alle sich ermutigt fühlten, die Kontrolle zu übernehmen?

»Catherine, bitte hören Sie auf.« Amy fühlte sich so gedemütigt, dass sie beinah schrie.

»Wie bitte?« Catherine war bestürzt.

»Hören Sie auf, mein Leben zu planen. Bitte.«

»Amy, was ist denn in dich gefahren?«

»Ich ertrage es nicht mehr. Ich habe es satt, dass die Leute mich herumschubsen und mir sagen, was ich zu tun habe –«

»Aber –«

»Kein aber, Catherine. Ich muss meine eigenen Entscheidungen treffen.«

Catherine setzte sich stocksteif mit geraden Schultern hin.

»Ich muss selber herausfinden, was gut für mich ist«, sagte Amy freundlich, aber mit Nachdruck.

»Ich habe nur versucht zu helfen.« Catherine nahm sich die Zeitung.

»Das weiß ich doch, aber –«

»Sprechen wir nicht mehr darüber, ja? Entschuldigung, dass ich mich eingemischt habe.«

O Gott, sie war verletzt. Amy hätte sie nicht so anblaffen sollen – wenn sie sich doch nur durchsetzen könnte, ohne aggressiv zu werden. »Sie haben sich nicht eingemischt, Catherine, aber das geht mir alles viel zu schnell. Verstehen Sie das nicht?«

»Vergiss es, Amy. Wir hatten einen netten Nachmittag, und den wollen wir uns nicht verderben.«

Einen netten Nachmittag? Amy war während der gesamten Unterhaltung befangen gewesen und hatte sich wie eine Spionin gefühlt, eine Schwindlerin, die einer Ahnungslosen Informationen aus der Nase zieht. Und Catherine hatte sie geärgert, obwohl das Ritz ganz wundervoll gewesen war: eine andere Welt, entspannend, friedlich.

»Es tut mir Leid.« Catherines Stimme zitterte.

Wie konnte Amy das nur wieder gutmachen? Jetzt fing sie schon wieder damit an – versuchte zu gefallen, versuchte nett, liebevoll und all das zu sein, was die Leute von ihr erwarteten. Quatsch! »Mir tut es auch Leid.« Amys Oberlippe zitterte.

»Schließ die Augen und mach ein kleines Nickerchen«, schlug Catherine vor.

»Ich weiß es sehr zu schätzen, was Sie für mich getan haben. Ich möchte nicht, dass das hier zwischen uns steht – es war so reizend mit Ihnen und Sam. Aber wann und *ob* ich nach Frankreich fahre, muss ich selbst entscheiden.«

»Du warst ganz wild darauf, etwas über die Edwards zu erfahren«, erinnerte sie Catherine.

»Ich weiß.«

»Hast du es dir anders überlegt?«

»Ich weiß noch nicht. Ich muss nachdenken. Ich kann im Moment keine Entscheidungen aus dem Bauch heraus treffen, Catherine. Ich muss meinen Mann und meine Tochter da mit einbeziehen. Die Pläne, die ich schmiede, betreffen auch das Leben anderer Menschen.«

Die ältere Frau nickte und gab vor zu lesen. Amy war wohl noch labiler, als sie angenommen hatte – sie hatte einfach überreagiert. Was wollte sie denn eigentlich? Catherine hatte sich geradezu überschlagen, um dieses Treffen zu arrangieren und an die Informationen zu gelangen, und jetzt hatte Amy ihr alles ins Gesicht zurückgeschmissen. Amy war ihr eigener schlimmster Feind. Entweder wollte sie dieser Geschichte nachgehen oder nicht.

21

Ein weiteres Examen vorbei. Dawn war gar nicht so schlecht gewesen, da sie die Dinge nun etwas gelassener sah. Sie war längst nicht mehr so nervös gewesen wie bei der ersten Prüfung, da sie inzwischen eine andere Einstellung hatte. Was zählte wirklich? Was war denn wichtig? Wie konnte sie sich Sorgen über Diagramme, Statistiken, Fakten und Zahlen machen, während Isobel verprügelt und misshandelt im Krankenhaus lag?

Paul brachte ihr das Abendessen auf einem Tablett ins Wohnzimmer. »Deine Mutter ist am Telefon. Soll ich ihr sagen, dass du weg bist?«

»Nein, nein, ich rede mit ihr.«

»Ich schiebe das wieder in den Ofen. Willst du wirklich mit ihr reden? Ich kann sie vertrösten.«

»Nein, ich gehe ran. Ich will mit ihr sprechen.«

»Du wirst doch nicht …?«

»Ich sage nichts wegen Isobel.«

»Besser nicht, finde ich.«

Paul trug das Tablett in die Küche zurück, während Dawn in den Flur ging. Sie sammelte sich, um eine gute Vorstellung abzuliefern und nahm den Hörer. »Hallo?«

»Dawn, wie geht's dir? Schön, deine Stimme zu hören.«

»Deine auch, Mum.«

»Wie ist es denn heute gelaufen?«

»Ganz gut. Nicht halb so schwer, wie ich erwartet hatte.«

»Gut, gut. Hast du erreicht, was du dir vorgenommen hast?«

»Größtenteils ja.«

»Na, dann ist das Schlimmste ja vorbei.«

»Mhm.«

»Ist alles in Ordnung mit dir, Dawn? Du wirkst etwas niedergeschlagen.«

»Ich bin bloß müde.« Dawn spürte, wie ihre Augen feucht wurden.

»Geh früh ins Bett, Liebes. Ist Paul lieb zu dir?«

Warum musste sie ausgerechnet danach fragen? Das war ja gerade der strittige Punkt. Er tat alles in seiner Macht Stehende, um in dieser entsetzlichen Lage zu helfen, doch er hatte sie verletzt und ihren Traum wie eine Seifenblase zerplatzen lassen.

»Paul geht's gut, Mum. Wie ist denn dein Urlaub?«

»Schön. Das Haus ist ganz erstaunlich, Dawn. Es würde dir sehr gefallen. Ich erzähle dir alles darüber, wenn ich nach Hause komme.«

Dawn glaubte, in der Stimme ihrer Mutter etwas zu bemerken, doch sie wusste nicht recht, was. »Wie verstehst du dich denn mit deiner Freundin?«

»Sie ist äußerst liebenswürdig.«

Es klang falsch.

»Gestern waren wir in London im Ritz.«

»Toll!«

»Es war eine echte Erfahrung.«

»Dann hast du also Spaß, Mum?«

»O ja – eine nette Veränderung.«

»Wie ist denn der Ehemann?«

»Er ist reizend. Er frotzelt ein bisschen herum und hat einen Sinn für Humor, der mir sehr gut gefällt. Morgen Abend nimmt er mich mit in den Pub.«

»Mum, lass es dir einfach gut gehen, das Leben ist zu kurz!«

»Dawn, bist du sicher, dass alles in Ordnung ist? Dein Dad übt doch nicht etwa Druck auf dich aus, oder?«

»Nein, im Gegenteil, Dad war klasse.«

»Verschweigst du mir irgendwas? Ich spüre doch, dass du nicht in bester Verfassung bist.«

»Das bildest du dir ein, Mum.«

»Ach ja?«

»Ja, alles bestens, ehrlich. Ich bin von den Prüfungen bloß völlig fertig. Du weißt doch, wie man sich dafür aufbaut und hinterher kommt dieser fürchterliche Absturz.«

»Das verstehe ich nur allzu gut. Versuch dich in den nächsten Tagen einfach zu entspannen.«

»Mum, tausend Dank für das Geld. Du bist so lieb und –« Dawns Stimme zitterte.

»Dawn, ich glaube immer noch nicht, dass bei dir alles stimmt. Du klingst so – aufgewühlt. Wenn etwas vor sich geht, würde ich es gerne wissen.«

Vielleicht sollte sie doch etwas sagen. Aber nicht wegen Isobel. »Ich muss mit dir über Paul reden. Es eilt nicht, aber ich brauche deinen Rat.«

Beziehungsprobleme. Amy hatte sich schon gedacht, dass Dawn in ernsthaften Schwierigkeiten steckte – schließlich war die Liebe gerade in Dawns Alter eine todernste Angelegenheit. »Ist es etwas, das du mir jetzt erzählen möchtest?«

»Nein, Mum, nicht am Telefon. Das kann warten. Wann kommst du denn nach Hause?«

Amy vernahm einen kläglichen Unterton in der Stimme ihrer Tochter. »Nächste Woche Freitag. Wenn du willst, komme ich auch früher.«

»Nein, nein, bleib so lange, wie du geplant hast, Mum. Wir überleben alle auch ohne dich!«

»Sehr beruhigend.« Amy lachte. »Ich vermisse dich.«

»Ich dich auch.«

»Wie kommt dein Dad denn so alleine klar?« Amy hatte ihn noch gar nicht angerufen.

»Scheint ganz gut zu laufen. Er kommt später noch hier vorbei.«

»Gut. Pass auf dich auf, Kleines.«

»Mach ich.« Dawn hätte alles gegeben, um in dieser Minute die tröstenden Arme ihrer Mutter um sich zu spüren.

»Wiederhören, Kleines. Bis bald. Viel Erfolg bei deinen restlichen Prüfungen und mach dir keine Sorgen.«

»Danke.« Es klang wie ein Schluchzen.

Amy wusste instinktiv, dass etwas Entscheidendes nicht stimmte. Sie beschloss auf der Stelle, früher nach Hause zu kommen. Sie würde versuchen, den Flug auf Samstag umzubuchen. »Kopf hoch, Dawn. Ich hab dich lieb.«

»Tschüss, Mum.«

Dawn legte den Hörer auf und brach in Tränen aus.

Maurice nahm ein Bier entgegen. »Danke, Paul. Wie geht es ihr?«

»Nicht so toll. Ihre Mutter hat vor einer Stunde angerufen ,und danach ist sie sofort ins Bett gegangen.«

»Vielleicht sollte sie heute Abend lieber nicht ins Krankenhaus fahren.«

»Ich höre sie gerade runterkommen. Versuchen Sie doch noch mal, sie umzustimmen.«

Dawn kam herein und küsste ihren Vater. »Danke, dass du vorbeigekommen bist, Dad. Ich bin gleich fertig.«

»Dawn, wir müssen heute nicht ins Krankenhaus fahren. Wir sollten ein oder zwei Tage warten, bis Isobel zu Kräften gekommen ist. Ich kann dich genauso gut morgen hinbringen.«

»Nein, es ist eine weite Fahrt bis Tallaght.«

»Aber nicht auf der Autobahn.«

»Ich erwarte doch nicht, dass dein Wagen mir auf Anforderung zur Verfügung steht, Dad. Du bist ein viel beschäftigter Mann.«

»Das macht mir doch nichts aus. Rodney stört es überhaupt nicht, abends in der Tierklinik zu sein.«

»Ich würde lieber jetzt fahren. Letzte Nacht hat Isobel geschlafen – sie war völlig weggetreten von den Medikamenten. Sie hat nicht mal gemerkt, dass ich da war.«

»Na dann.« Maurice warf Paul einen Blick zu. »Kommst du mit?«

»Nein, ich glaube, dass Isobel Dawn lieber alleine sehen wird. Ich besuche sie in ein paar Tagen.« Er ging zu Dawn, um sie auf die Wange zu küssen, doch sie wich ihm aus.

Maurice fragte sich, wieso.

Dawn saß am Krankenbett und versuchte, sich das Entsetzen und den Ekel bei Isobels Anblick nicht anmerken zu lassen. Während sie sprach, vermied sie es, die hässlichen dunkelblauen Flecken anzustarren. Überall waren Schläuche, und Isobels Arm hing an einem Tropf. Um ihr Bett herum waren die Vorhänge zugezogen, um etwas Privatsphäre zu schaffen.

»Das hätte Paul nicht tun sollen, Dawn.« Isobel schluckte. Sie hatte Schmerzen beim Sprechen. »Er hätte nicht die Polizei einschalten sollen.«

»Aber das musste er doch – er musste es tun, Izzy. Ben ist kriminell. Doch, das ist er wirklich. Misshandlungen sind strafbar. Er darf nicht ungeschoren davonkommen.«

»Das wird er auch nicht«, murmelte Isobel.

»Nein, weil die Polizei sich um ihn kümmern wird. Ich muss meine Aussage noch machen.«

Isobels Augen füllten sich mit Tränen. »Heute Morgen war ein Detective Dunne hier.«

»Ach ja? Das ging ja schnell. Paul hat mir erzählt, dass er mit dir reden müsste, aber ich hätte nicht gedacht, dass er so schnell sein würde. Nicht schlecht, sie sind also an der Sache dran. Was hat er gesagt?«

»Hat mir 'ne Menge Fragen gestellt.«

»Ich hoffe, du hast ihm die richtigen Antworten gegeben.«

»Habe ich. Ich habe ihm gesagt, ich wäre die Treppe runter gefallen.«

Dawns Kiefer sackte herunter. »Du hast *was*?«

»Du hast mich schon verstanden.«

»Izzy, das meinst du doch nicht ernst.«

»Doch. Todernst.«

»Aber wieso? Nach dem, was dieser Scheißtyp dir angetan hat? Zwei gebrochene Rippen – und dein Mund. Ich sehe doch, dass du sogar Schwierigkeiten beim Atmen hast. Die Schmerzen müssen ja unerträglich sein.«

»Schon, aber der Kiefer ist doch nicht gebrochen, wie sie ursprünglich angenommen haben. Ich hatte Glück.«

»Glück?«

»Das hat der Arzt gesagt.«

»Ben Cosgrove ist ein Sadist. Er verdient es, aufgeknüpft zu werden. Warum willst du ihn nicht anzeigen, Izzy? Wieso nicht?«

Isobel rutschte unbehaglich im Bett herum.

»Lass mich mal das Kissen aufschütteln. Möchtest du was trinken?«

Isobel schüttelte den Kopf.

»Komm schon, Izzy, sag's mir. Sag mir, wieso.«

»Wieso? Weil er, wenn die Polizei ihn schnappt, in ein paar Tagen sowieso auf Kaution wieder frei kommt und sich dann auf mich stürzen wird.«

»Du kannst nicht sicher wissen, dass er in ein paar Tagen wieder raus sein wird.«

»Das wäre er«, meinte sie verbittert. »Lies mal die Zeitungen, Dawn. Da kannst du jeden Bullen fragen.«

Dawn fühlte sich nicht kompetent genug, um zu streiten. »Man muss ihm eine Lehre erteilen.« Sie rückte ihren Stuhl näher ans Bett heran. »Du willst mir doch nicht weismachen, dass du ihn immer noch liebst?«

»Nein, ganz bestimmt nicht.«

»Dann bist du auch der Meinung, dass er bestraft werden muss?«

»Das wird er. Meine Brüder waren heute hier. Die werden das in die Hand nehmen.«

»Izzy!«

»Die kennen Leute.«

»Leute? Du meinst *Schläger*?«

Isobel nickte. »Ich bin froh darüber – hoffentlich reißen sie ihn in Stücke. Ich hasse ihn. Hoffentlich töten sie ihn. Ganz langsam. Er ist ein Mörder.« Isobel wandte den Blick ab. Ihr Körper begann zu zittern, und sie schluchzte laut auf.

Dawn beugte sich vor und küsste sie auf die feuchte Wange. »Sch, sch.«

Isobel ließ ihren Tränen nun freien Lauf, drehte sich im Bett um und nahm Dawns Hand. »Du kennst ja nur die Hälfte der Geschichte, Dawn.«

»Izzy, es tut mir so Leid, dass wir nicht früher nach Hause gekommen sind – wir hätten ihn aufhalten können. Wir hätten eingreifen können.«

»Er hat mein Baby getötet.«

»Was?«

»Er hat mein Baby umgebracht.«

»O Gott, Izzy.«

»Ich wusste nicht mal, dass ich schwanger war – jedenfalls nicht sicher.« Sie schluckte und kämpfte gegen noch mehr Tränen an. »Ich hätte es wissen müssen, ich hätte es ahnen müssen. Ich hab mich beschissen gefühlt, aber … ein kleines Baby, das in mir heranwächst, Dawn. Ein sieben Wochen alter Fötus. Er hat ihn aus mir herausgetreten. Hat mein Baby zu Tode getreten.«

Dawn spürte, wie ihr Nacken zu kribbeln begann.

»Es war ja auch sein Baby. Das verzeihe ich ihm nie. Niemals. Es ist mir egal, was er mir angetan hat; ich erhole mich schon wieder – aber ein Baby. Mein Baby. Er hat das Baby geschlachtet – darüber werde ich nie hinwegkommen.«

Dawn zitterte von Kopf bis Fuß. All das warme dunkelrote Blut am Boden … verschmiert auf den kalten Kacheln.

Ein Baby.

Dawn konnte nicht gutheißen, was Isobels Familie vorhatte – sie glaubte nicht daran, dass irgendjemand das Recht besaß, das Gesetz in die eigenen Hände zu nehmen. Selbstjustiz war rücksichtslos und gefährlich. Aber was geschah mit unschuldigen Opfern wie Isobel und ihrem Baby? Welche Gerechtigkeit erfuhren sie?

Dawn drückte die Hand ihrer Mitbewohnerin und weinte innerlich.

22

Catherine inspizierte ihr Gesicht im Schlafzimmerspiegel. »Hab ich zu viel Puder aufgelegt?«

Sam blickte ungerührt auf seine Schuhe, die er polierte. »Du siehst gut aus. Alles bestens.«

»Ich glaube, ich werde doch mein blaues Kleid anziehen.«

Heute Abend war sie ganz nervös – seit zwei Tagen war sie schon so, seit die beiden aus dem Ritz zurückgekehrt waren. Sie hatte ihm nicht viel erzählt, doch er vermutete, dass nicht alles nach Plan gelaufen war. Amy war sehr schweigsam gewesen. Zwischen den beiden Frauen herrschte Kühle.

Catherine nahm das blaue Kleid aus dem Schrank und hielt es sich vor den Körper. »Ist das besser, Sam?«

»Es ist perfekt.«

»Das hast du schon bei dem Schwarzen gesagt. Welches findest du besser?«

Egal, welche Meinung er auch äußerte, ihm war klar, dass er das Falsche sagen würde. »Zieh an, was am bequemsten für dich ist, Cathy. Warum machst du so ein Drama daraus? Es ist ein Kartenspiel – keine Modenschau.«

Sie zog einen Schmollmund.

»Ich bevorzuge das Blaue«, fügte er hinzu, um sie zufrieden zu stellen.

»Wieso?«

»Es ist eine sanftere Farbe für dich.« War das die richtige Antwort?

»Findest du, dass das Schwarze zu streng ist?«

»Cathy, das Schwarze steht dir ausgezeichnet. Beide sind schön, sehr schön. Zieh einfach an, was du magst.«

Seine Ungeduld verärgerte sie. Immerhin hatte er heute Abend eine Ewigkeit im Badezimmer zugebracht, sein lilafarbenes Hemd gebügelt und sogar seine Hosen gepresst. Nun wienerte er emsig seine braunen Schuhe – dabei ging er schließlich nur ins Bull and Bear.

»Du solltest heute lieber eine leichte Unterhaltung führen«, riet sie ihm. »Amy ist zur Zeit etwas reizbar.«

Da war sie nicht die Einzige. »Ich werde sehr vorsichtig sein, das verspreche ich.«

»Hat sie heute zu Hause angerufen?«

»Nein, ich glaube, sie hat mit ihrer Tochter telefoniert.«

Sam trat an den Ankleidetisch, blinzelte über ihre Schulter und richtete seine Krawatte.

Sie schnüffelte. »Neues Aftershave?«

»Mhm. *Obsession.*« Er zwinkerte ihr zu. »Gefällt es dir?«

»Ich kapiere nicht, dass ein Mann, der seit Jahren schon keine Klinge mehr an sein Gesicht gelassen hat, überhaupt Aftershave benötigt.«

»Du möchtest doch, dass ich gut rieche, oder?«

»Ich kann sie unten hören. Du ziehst jetzt also besser los.« Sie tätschelte seinen Arm. »Danke, Sam.«

»Wofür?«

»Dass du Amy heute Abend ausführst. Ich weiß das zu schätzen.«

Er nahm sein Jackett vom Bett. Es gab keinen Grund, sich zu bedanken; Sam freute sich schon darauf, ein paar Stunden in seiner Stammkneipe zu verbringen.

Amy gefiel der Pub. Er war klein und gemütlich. Vor der runden Bar standen hohe Hocker und mitten im Raum, der mit Teppichboden ausgelegt war, befanden sich dunkle Holztische mit Stühlen. Hölzerne Trennwände mit Milchglasscheiben bildeten einzelne Sitzecken.

Sam war ganz stolz, mit dieser attraktiven, jüngeren Frau am Arm das Lokal zu betreten. Ihr schwarzes Kleid war schick, aber zurückhaltend. Sie hatte sich Mühe gegeben, hübsch auszusehen, worüber er sich freute. Mit etwas Glück würden sich bis zum Morgen einige Leute die Mäuler zerreißen! »Na, Amy, wo möchten Sie gern sitzen?«

»Das überlasse ich Ihnen, Sam.«

Er winkte einem rothaarigen Mann zu, der an der Bar saß. »Wir könnten ein Schwätzchen mit Norman halten, wenn Sie möchten.«

An ihrem Gesichtsausdruck konnte er erkennen, dass sie keine große Lust dazu hatte. »Oder wir setzen uns in den Nebenraum dort.«

»Ja, das wäre mir lieber.«

Der Nebenraum befand sich links von der Eingangstür. Holzfußboden, zwei kleine Tische sowie eine mit Leder bezogene Bank an der Wand erzeugten eine recht intime Atmosphäre. Zu Amys Erleichterung war er ganz leer. Sie setzte sich hin und holte ihre Zigaretten heraus, während Sam zu dem winzigen Tresen hinüberging. »Welches Gift für Sie?«

»Einen Wodka Tonic, bitte.«

»Meine Pläne haben sich geändert«, teilte Amy ihm nach dem zweiten Glas mit. »Ich habe versucht, für morgen einen Flug zu bekommen, aber da konnte man mir nur stand-by anbieten. Ich werde Montagmorgen abreisen.«

»Wir dachten, Sie würden die ganze nächste Woche bei uns bleiben.«

»Das wollte ich ursprünglich auch. Ich mache mir etwas Sorgen wegen meiner Tochter – sie klang gar nicht gut, als ich sie angerufen habe. Irgendetwas stimmt da nicht. Ich spüre, dass ich zu Hause gebraucht werde.«

»Ihr Examen? Das ist eine echte Herausforderung für die Jugend.«

»Ich glaube, es steckt mehr dahinter«, sagte Amy langsam und zündete sich eine Zigarette an.

»Catherine wird enttäuscht sein.«

»Das glaube ich nicht, Sam.«

»Ich hab mir zwar geschworen, nicht danach zu fragen, aber ich muss es einfach – was um alles in der Welt ist denn zwischen euch vorgefallen?« Einerseits wollte er es gar nicht wissen, aber schließlich war Amy sein Gast, und ihm missfiel der Gedanke, dass sie in Unfrieden abreisen könnte.

»Meine Schuld.« Amy nahm einen tiefen Zug von ihrer Zigarette. »Ich habe Catherines Gefühle verletzt. Sie war ganz aufgeregt wegen der Informationen, die wir erhalten hatten, und dann hat sie angefangen, Pläne zu schmieden und –«

»Pläne für Sie?«

»Mhm, eine Reise nach Frankreich.«

Er strich sich über den Bart. »Klingt ganz nach Cathy.«

»Ich weiß, dass sie es gut gemeint hat.«

»Sie meint es immer gut. Das ist Teil ihres Problems. Amy, machen Sie sich keine Sorgen. Ich weiß genau, wie Cathy sein kann. Sobald sich eine Idee in ihrem Kopf festgesetzt hat, nimmt sie überhand. Sie wird dann völlig mitgerissen.«

»Scheint so. Die Dinge liefen etwas aus dem Ruder. Bevor ich etwas dazu sagen konnte, sprach sie schon von Flugzeugen und Hotels und Terminen.«

»Organisieren – sie liebt es einfach zu organisieren.«

»Das ist ja auch nichts Schlimmes«, meinte Amy, »aber ich brauche Zeit, um mich an neue Ideen zu gewöhnen – das ist eben mein Problem. Daher fühle ich mich oft von Leuten überfahren. Irgendwie hab ich mein ganzes Leben lang immer nur auf andere reagiert, anstatt selbst die Führung zu übernehmen.«

»Ich bin selber auch ein bisschen so.«

»Ach ja?« Das konnte Amy kaum glauben.

»Na ja, früher mal. Cathy hat all unsere Planungen übernommen: die Hochzeit, die Flitterwochen, das Apartment in London, die Möbel, die jährlichen Urlaube. Vermutlich kam mir das ganz gelegen. Ich überließ ihr alles – bis ich mich pensionieren ließ. Es war definitiv meine Entscheidung, für immer hierher zu ziehen und, glauben Sie mir, es hat einige Überredung gekostet. Sie war es so gewöhnt, der Boss zu sein.«

»Es kam mir nie so vor, als ob Sie unter ihrem Pantoffel stehen würden.«

»Dem war auch nicht so, ich habe mich bloß auf alles eingelassen. Aber wenn ich mal eine Entscheidung treffe, bleibt es dabei. Ich bin so störrisch wie ein Esel, wenn ich etwas will. Daran musste sich Cathy erst mal gewöhnen.«

»Bei uns zu Hause trifft Maurice sämtliche Entscheidungen.«

»Und das stört Sie?«

»Bisher war es mir egal. Zumindest glaube ich, dass es so war. Aber vielleicht war es auch die ganze Zeit über anders. Vielleicht hab ich mich ja im tiefsten Inneren darüber geärgert. Man hat mich darauf hingewiesen, und ich glaube langsam, dass es stimmt. Wussten Sie, dass ich in Therapie bin?«

»Catherine hat es mal erwähnt.« Er nahm einen langen Schluck von seinem Ale.

»Ich war ziemlich deprimiert. Das vergangene Jahr hab ich eigentlich gar nicht richtig gelebt. An manchen Tagen kam ich überhaupt nicht aus dem Bett. Jedenfalls bin ich nun in Therapie, und es hilft mir. Was ich über mich erfahre, ist ein wenig beängstigend. Nach den Worten der Psychologin hab ich jahrelang Wut aufgestaut. Sobald sie es ausgesprochen hatte, wusste ich, dass es stimmte. An der Oberfläche war ich ruhig und verlor nicht die Geduld oder so, aber innerlich … innerlich kochte ich. Eine ruhige Wut, die vor sich hin brodelte.«

»Sie wirken überhaupt nicht so«, beschwichtigte er sie und tätschelte ihre Hand. »Sie sind doch sehr sanftmütig.«

»Jetzt, wo ich die Wut herauslasse, ist sie manchmal schwer zu kontrollieren.« Amy klopfte ihre Asche ab. »Sam, ich hoffe, dass ich nicht wie meine Mutter ende. Sie war eine ausgesprochen zornige Frau.«

»Denken Sie so was nicht. Sie sind doch nicht Ihre Mutter.«

»Aber diese Temperamentsausbrüche … ich werde mich bei Catherine entschuldigen. Sie war sehr gut zu mir, und ich wollte sie auf keinen Fall verletzen. Aber ich habe sie beleidigt, und das ist unverzeihlich.«

»Es war nicht Ihre Schuld, Amy. Cathy weiß das auch. Ich kann in ihr wie in einem offenen Buch lesen; und sie weiß, dass sie zu weit gegangen ist.«

»Genau wie ich.«

»Cathy ist sehr mütterlich veranlagt und muss diese Gefühle irgendwo hinlenken. Als Sie noch ein Kind waren, hat sie

Sie vergöttert: sie konnte es kaum erwarten, nach Dublin zu kommen, um Sie zu sehen, in den Arm zu nehmen und mit Geschenken und Küssen zu überhäufen.«

»Ja, ich weiß noch, wie liebevoll sie war.«

»Und wie die meisten Leute, die keine eigenen Kinder haben, dachte sie, dass sie eine Expertin in Sachen Kindererziehung wäre.«

»Mhm, ich war genauso, bevor ich Dawn hatte. Ich habe mich immer eingemischt, wenn die Leute ihre Kinder verwöhnten oder sie in Pubs mitnahmen oder ihnen zu viele Süßigkeiten gaben – solche Sachen halt.«

»Cathy hat sich nie darum gesorgt, dass Sie verwöhnt würden. Eher das Gegenteil war der Fall.«

»Ich weiß.«

»Sie hat versucht dazwischenzugehen, Rat und Hilfe anzubieten, aber ein Wort gab das andere und –«

»Sam, ich möchte nicht die Fehler meiner Mutter wiederholen. Ging nicht dadurch ihre Freundschaft in die Brüche?«

»Ja, Cathy hat Dinge gesagt, die deine Mutter wohl nicht hören wollte. Taktgefühl war noch nie Cathys Stärke. Vielleicht war sie auch zu streng mit deiner Mutter. Wir haben zwar nie Elaines Sichtweise der Geschichte gehört, aber offensichtlich war sie der Meinung, dass Cathy sich zu sehr eingemischt hat.«

»Aber sie hat sich doch nicht eingemischt – sie wollte bloß helfen.« Amy drückte ihre Zigarette im Aschenbecher aus. »Es ist irgendwie unmöglich, oder? Sie hat versucht zu helfen, und alles, was sie für ihre Mühe bekommen hat, war, dass meine Mutter sie fallen gelassen hat. Jetzt mache ich genau dasselbe – ich greife sie ohne besonderen Grund an.«

»Ich bin ganz sicher, dass Sie Cathy nicht angegriffen haben.«

»Ich war unhöflich.«

»Es gibt nur eine sehr schmale Grenze zwischen helfen und sich einmischen«, meinte Sam besonnen. »Aber meine Frau ist eine gute Frau. Sie würde niemanden wissentlich verletzen, und schon gar nicht *Sie.* Sie sind das Kind, dass sie nie hatte, Amy. Sie fühlt sich schon seit Jahren schuldig wegen Ihnen.«

»Warum sollte *sie* sich schuldig fühlen?«

»Es tat ihr Leid, dass sie nicht mehr tun konnte, um Ihnen zu helfen. Jetzt fühlt sie sich auch noch schuldig wegen Elaine. Als sie gehört hat, dass das Baby der Edwards gar nicht gestorben ist, kam das alles wieder hoch. Ich glaube ernsthaft, dass sie aus reiner Freundlichkeit heraus gehandelt hat. Sie will, dass Elaine rehabilitiert wird, und sie möchte, dass Sie glücklich sind.«

»Das weiß ich. Morgen früh werde ich mich mit ihr aussöhnen. Sam, kann ich Sie beide morgen Abend zum Essen einladen?«

»Ich lehne nie ein gutes Essen ab. Aber wegen Frankreich, Amy …«

»Ja?«

»Ich würde nichts überstürzen.«

»Finden Sie, ich sollte nicht fahren?«

»Ich würde es nicht tun.«

»Überhaupt nicht?«

»Jedenfalls nicht ohne reifliche Überlegung. Sie müssen das Für und Wider abwägen und sich überlegen, was es Ihnen bringen könnte – wenn es überhaupt etwas bringt.«

»Das hab ich ja versucht, Cathy klarzumachen.«

»Sie kann offene Enden nicht ausstehen. Am Schluss einer Geschichte will sie immer ein richtiges Ende haben.«

»Gibt es denn jemals ein richtiges Ende?«

»Eine äußerst metaphysische Frage.« Er lachte. »Und wessen Version einer Geschichte sollen wir Glauben schenken? Die Wahrheit liegt doch oft in der Interpretation des Einzelnen, und genau da liegt das Problem.«

Sam gefiel Amy immer besser. »Maurice sagt immer, die Vergangenheit ist vergangen und kann nicht mehr geändert werden, aber ich will sie ja gar nicht ändern – ich will sie bloß verstehen.«

»Ich freue mich schon, wenn ich die Gegenwart verstehe!« Er tätschelte ihr liebevoll den Arm. »Ich wünsche Ihnen jedenfalls Glück, egal wie Sie sich entscheiden.«

»Das kann ich brauchen.«

»Sie müssen tun, was Sie tun müssen.« Er kicherte. »Jetzt gehen mir die Banalitäten aus, Amy.«

»Banalitäten. Die Menschen verdammen sie immer. In der Schule hat man uns davor gewarnt, Gemeinplätze in unseren Aufsätzen zu verwenden, aber es verhält sich doch so: Man kann sie nicht bestreiten. Sie stimmen immer.«

Der Barkeeper forderte zur letzten Runde auf. »Noch einen für den Weg. Sind Sie dabei?«

»Diesmal nehme ich ein Mineralwasser. Wenn ich noch einen Wodka trinke, muss ich morgen dafür büßen. Ich hasse Brummschädel und in letzter Zeit kann ich sowieso nicht mehr so viel trinken wie früher.«

»Ich weiß«, stimmte er zu. »Es ist so grausam. Lassen Sie mich dieses Gespräch mit einer Binsenweisheit beenden – einer, die ich jederzeit unterschreiben würde.«

»Das da lautet?«

»Man soll keine schlafenden Hunde wecken.«

»Ist das Ihr Rat für mich, Sam?«

»O nein, ganz gewiss nicht.« Er grinste schelmisch. »Niemand wird *mir* jemals vorwerfen, Ratschläge zu erteilen!«

23

Vor dem Dubliner Flughafen wartete eine Reihe Taxis. Amy erwischte das dritte in der Schlange und gab dem Fahrer die Adresse. Ihr graute bei dem Gedanken, nach Hause zu fahren, die Haustür zu öffnen, nach oben zu gehen, auszupacken und Maurice wiederzusehen. Ihr Magen rumorte.

Sie saß am Küchentisch und nippte an einer Tasse Tee. Die Jalousien waren heruntergelassen, doch Amy machte sich gar nicht erst die Mühe, sie zu öffnen. Der Brechreiz wurde schlimmer, Säure stieg aus ihrem Magen auf und brannte in ihrer Kehle. Sie zögerte es hinaus, in ihr Schlafzimmer hinaufzugehen. Es lag eine entsetzliche Endgültigkeit darin, ihre Kleider wieder in den Schrank zu hängen. Diesen Schritt konnte sie nicht tun – noch nicht.

Oben wurde das Klo gespült. Maurice! Sie war überzeugt gewesen, dass er bei der Arbeit wäre und sie ein paar ruhige Stunden für sich haben würde.

»Dad, bist du das?« Die Stimme ihrer Tochter ließ Amy aufspringen und in den Flur eilen.

»Dawn!«

Das Mädchen raste die Stufen hinunter.

»Mum, o Mum! Gott sei Dank bist du wieder da!«

Die beiden saßen auf der gusseisernen Bank in Maurices Obstgarten. In der Mitte standen Birnen- und Pflaumenbäume, und entlang der Mauer sorgten die großen Apfelbäume für Sichtschutz und Privatsphäre. Sie waren von seinem Vater gepflanzt worden, doch die meisten ihrer Früchte verdarben ungenutzt, was eine wahre Schande war.

»Deshalb hab ich beschlossen, nicht wieder zurückzugehen. Ich könnte es nicht ertragen, Mum. Ich will da nicht mehr wohnen. Ich könnte in diesem Haus nie wieder ein Bad nehmen.« Dawn schüttelte sich.

Amy strich ihrer Tochter über die Haare.

»Izzy will auch nicht wieder zurück. Wenn sie aus dem Krankenhaus darf, wird sie bei ihrer Schwester Janet in Clondalkin bleiben, um sich zu erholen. Dann wird sie zu ihrer Schwester nach Jersey fahren. Dort will sie bleiben. Sie glaubt, dass sie mit ihrer Erfahrung im Roches Stores keine Schwierigkeiten haben dürfte, einen neuen Job in einem der Kaufhäuser zu finden.«

»Sie verdient ein bisschen Glück«, meinte Amy.

»Stell dir vor, dein Baby so zu verlieren.«

»Sie wird lange brauchen, um darüber hinwegzukommen. Wenn es ihr überhaupt jemals gelingt. Und gibt's was Neues von diesem Schwein?«

»Nein. Er könnte überall stecken. Aber ich habe auch nicht gerade auf ihn gewartet. Dad hat nichts dagegen gehabt, dass ich hier wieder eingezogen bin. Er war ganz wunderbar. Aber ich weiß noch nicht, ob ich diesen Sommer für ihn arbeiten soll. Angela Rigney und zwei befreundete Studenten fliegen in die Staaten. Sie haben Jobs in Atlantic City bekommen und wollen, dass ich mitkomme.«

»Dawn, ich finde, du solltest mitfliegen. Du musst mal für eine Weile hier raus.«

»Paul wird solange in Stillorgan bleiben, bis der Mietvertrag ausgelaufen ist.«

»Und was wird aus euch?«

»Ich weiß es nicht, Mum.«

»Für ihn ist es bestimmt schwierig.«

»Ist mir egal.«

»Das glaub ich dir nicht, Liebes.« Amy lächelte wissend.

»Warum sollte es mir was ausmachen? Er hat mich doch hängen lassen. Wir hätten unser eigenes Haus haben können. Er hat mir weisgemacht, dass er genau das wollte, aber als die Gelegenheit dazu kam – und das ist alles nur dir zu verdanken, Mum –, hat er gekniffen. Wir hatten genügend Eigenkapital für ein Stadthaus. Ich hatte schon was Ideales in Ringsend entdeckt, und die Hypothek wäre auch nicht schlimmer gewesen als die Miete, die wir jetzt bezahlen, aber er hat mir gar nicht zugehört. Ist das sein männlicher Stolz oder was? Ich muss gestehen, dass ich so was nie von ihm erwartet hätte. Er ist total eigensinnig. Wieso ist mir das nicht schon früher an ihm aufgefallen? Ich frage mich, ob ich ihn überhaupt kenne.«

»Bist du sicher, dass es Eigensinn ist? Vielleicht hat er ja Recht, Dawn?«

»Recht? Wie kannst du so was sagen?«

»Ich weiß, dass du deswegen sauer bist, aber Paul ist kein Trottel. Er hat das offenbar gut durchdacht.«

»Genau wie ich.«

»Hast du das, Dawn? Hast du ernsthaft alle Möglichkeiten in Erwägung gezogen? Paul ist sehr vernünftig.«

»Vernünftig!« Dawn verzog das Gesicht.

»Du bist noch sehr jung.«

»Wenn das noch mal jemand sagt, schreie ich. Ich bin fast zwanzig, Mum. Ich weiß, was ich will.«

»Ich bin mehr als doppelt so alt wie du und weiß immer noch nicht genau, was ich will. Paul kann gut vorausblicken.«

»Ich verstehe nicht, wie du dich auf seine Seite stellen kannst, Mum.«

Amy umarmte sie noch fester. »Ich bin auf deiner Seite, Schätzchen.«

»Ich glaube, ich fliege im Sommer nach Amerika«, meinte Dawn gereizt. »Ja, ich werde fliegen. Es ist beschlossene Sache. Morgen rufe ich Angela an.«

»Das solltest du.«

»Ich werde ihm eine Lektion erteilen!«

Amy nahm sie bei der Hand. »Verreise aus den richtigen Gründen, Dawn. Verreise, weil du es willst, weil du neue und aufregende Dinge erleben wirst, weil du bei deinen Freunden sein wirst. Diese Zeit kommt nie wieder, Liebes. Genieß sie, solange du noch kannst.«

»Ja, ja«, grummelte Dawn, »die besten Tage meines Lebens!«

»Das kann schon sein. Die Studienzeit sollte nicht nur aus Prüfungen bestehen. Jetzt bist du jung und frei, Dawn. Genieß diese Freiheit. Du musst dich nicht an Paul binden. Er liebt dich, ganz bestimmt, aber er will dich nicht besitzen. Du hast Glück, einen so verständnisvollen Freund zu haben.«

»Ha.«

»Eines Tages wirst du das auch so sehen.«

»Soll ich mich von ihm trennen?«

»Willst du das denn?«

»Nein.«

»Dann lass es auf dich zukommen, weiter nichts. Ihr müsst doch nicht aneinander kleben. Hast du nicht selber zugegeben, dass du schon bei einigen College-Veranstaltungen in den sauren Apfel gebissen hast? Erinnerst du dich? Der Veterinär-Ball? Du hast doch selber gesagt, dass es dir ohne Paul dort besser gefallen hätte.«

»Weil er niemanden kannte.«

»Ganz genau. Und außerdem hast du aufgehört, zu den Freitag-Abend-Gesprächsrunden zu gehen. Das waren hervorragende gesellschaftliche Anlässe.«

»Das war wohl ein Fehler«, gestand Dawn.

»Paul erkennt so etwas, und er will auf keinen Fall, dass du wegen ihm dein eigenes Leben aufgibst.« Amy verstummte kurz. »Du musst ihn ja nicht völlig fallen lassen, Liebes. Aber du könntest dich mehr mit anderen Leuten treffen.«

»Ich weiß, dass du Recht hast, Mum. Ich bin zu anhänglich geworden.«

»Mit Paul zusammenzuziehen war deine Flucht von zu Hause, oder?«

»Nein … nein, natürlich nicht.« Dawn errötete. »Ich wollte nur … unabhängig sein. Es hatte nichts mit dir oder Dad zu tun. Ich hatte nur das Gefühl, meinen eigenen Weg einschlagen zu müssen.«

»Und du hast genau das Richtige getan.«

»Aber wahrscheinlich bin ich nicht so unabhängig, wie ich dachte. Ich habe mich mehr und mehr auf Paul verlassen. Da hab ich wohl eine Schmusedecke gegen die andere eingetauscht. Das kann wohl auch nicht die Lösung sein.«

»Nein«, bestätigte Amy, »eher nicht. Es ist toll, dass du das herausgefunden hast, Dawn. In deinem Alter war ich noch nicht halb so reif wie du. Du bist ganz schön erwachsen geworden.«

Amy war auch nicht halb so klug gewesen. Sie hatte sich in eine Ehe gestürzt, um der klaustrophobischen, tyrannischen Atmosphäre ihres Elternhauses zu entrinnen.

Und wohin hatte es sie geführt?

24

Maurice zog sich seinen dunkelgrünen Kittel aus, warf ihn in den Wäschekorb und wischte sich den Schweiß von der Stirn. Die Spätnachmittagssonne, die durch die Fenster schien, sorgte für drückende Hitze im Operationssaal.

Er hatte seine siebte und letzte Behandlung des Tages hinter sich gebracht. Fluff, ein scheuer Perserkater, war von einem Auto angefahren worden. Das Röntgenbild hatte einen glatten Bruch offenbart, weshalb er einen Stift in den Oberschenkelknochen des Katers eingesetzt hatte, was jedoch riskant war; Katzenknochen splitterten leicht. Zum Glück war alles glatt gegangen. Der kleine Kerl war nun wohlbehalten in einem Käfig im Rekonvaleszenz-Raum untergebracht, wo er über Nacht bleiben würde, bis sein Besitzer ihn früh am nächsten Morgen abholte.

Es war ein langer, anstrengender Tag gewesen: zwei Backenzahn-Extraktionen, eine Zahnsteinentfernung, Behandlung eines Grauen Stars, eine Vasektomie und eine Bruchoperation bei einer biestigen Bulldogge. Im Grunde genommen waren Tierärzte praktische Ärzte, Hebammen, Augen- und Zahnärzte in einem.

Maurice war erledigt.

Nach einem kurzen Gespräch über die Materialbestellung mit der Sprechstundenhilfe hinterließ er eine Nachricht für Rodney, in der er ihn bat, heute Abend ein Auge auf Fluff zu werfen. Dann ging er nach oben in die kleine, unbenutzte Wohnung über der Tierklinik, in der er nach der Arbeit immer duschte. Rodney hatte angedeutet, das Apartment gerne mieten zu wollen, doch Maurice missfiel der Gedanke, einen Mieter zu haben, noch dazu einen Junggesellen, der ein paar Freundinnen in petto hatte. Das versprach mehr Ärger, als die ganze Sache wert war. Außerdem war diese Wohnung eine Zuflucht für ihn. Hier konnte er in Ruhe lesen, seine Notizen ins Diktiergerät sprechen, entspannen. Nachdenken.

In letzter Zeit hatte er viel nachgedacht.

Seit seine Frau aus England zurückgekehrt war, hatte sich die Beziehung zwischen ihnen verändert. An die Stelle von Streits, harschen Worten, erhitzten Gemütern war eine beunruhigende Höflichkeit getreten. Sie begegneten sich nur noch selten – ein rasches Nicken am Frühstückstisch oder wenn man sich auf der Treppe entgegen kam. Ihre Gespräche bestanden aus Banalitäten: Wer würde eine Nachricht für den Milchmann hinterlassen, wer brachte den Müll raus?

Häuslichkeit war nicht immer gemütlich.

Amy ging ihm bewusst aus dem Weg, aber irgendwie begrüßte er ihr Schweigen – er befürchtete, dass sie zu viel sagen könnte, wenn sie anfinge zu reden. Früher hatte er in Amys Depression den Grund für sämtliche gemeinsamen Probleme gesehen. Doch die Depression war das Ergebnis von etwas viel Ernsthafterem, viel Verborgenerem gewesen.

Amy war unzufrieden.

Als er sich überlegt, was in den letzten Jahren zwischen ihnen gelaufen war, musste er zugeben, dass die Probleme sich ganz langsam eingeschlichen und wie ein Eitergeschwür vor sich hin geschwärt hatten. Doch er konnte keinen genauen Zeitpunkt bestimmen, der den Beginn von Amys Rückzug markiert hatte; der Tod ihrer Mutter hatte den Zustand jedenfalls deutlich gemacht. Vorher waren die Zeichen auch schon sichtbar gewesen, doch er hatte sie missachtet. Er seufzte laut ,und das Geräusch hallte in dem leeren Raum wider – das Echo seiner Einsamkeit.

Und nun?

Amy ging zur Therapie, was ihm eher unangenehm war. Es

stimmte schon, er selbst hatte ihr dazu geraten – regelrecht Druck auf sie ausgeübt. Trotzdem wurde ihm schon beim bloßen Gedanken daran mulmig. Worüber sprachen die beiden während dieser Sitzungen? Über ihn? Zweifellos. Was sagte Amy über ihn? Welche Ehegeheimnisse gab sie wohl preis? War es nicht schrecklich, dass sie diese Fremde fürs Zuhören bezahlen musste und nicht mit ihm reden konnte? Und welche Wunder hatte diese Zauberin vollbracht, um eine derartige Veränderung bei seiner Frau zu bewirken?

Amy war viel schlanker geworden. Sie hatte sich für einen Auffrischungskurs eingeschrieben, um ihre Kenntnisse am Computer zu erweitern. Ihre Abende waren ausgefüllt mit Besuchen im Fitnessclub oder bei ihren neuen Freundinnen aus dem Kurs, sowie mit diesen verdammten »Laberstunden«. Hatte er nicht genau das gewollt? Hatte er sie nicht dazu ermutigt, das Haus zu verlassen und sich neue Interessen zu suchen? Warum fühlte er sich also bedroht?

Er ging in die Kochnische und schenkte sich einen Brandy ein. Sieh dich lieber vor, mein Alter, warnte er sich; allein zu trinken wurde ihm langsam zur Gewohnheit.

Er schluckte einen Mund voll Brandy. Er konnte diese zwanghaften Gedanken nicht abstellen. Was erzählte sie bloß in diesen *Stunden mit Sylvia?* Beschrieb sie, wie sehr sie das Haus hasste? Wie sehr sie sich voneinander entfernt hatten? Gab sie ihm die Schuld für ihre Depression? Was hätte er denn noch alles tun sollen? Er hatte sein Leben lang hart gearbeitet und versucht, ein guter Vater zu sein, ein guter Ernährer. Ihm lag etwas an seiner Familie, an seiner Praxis. Er war pflicht- und verantwortungsbewusst gewesen. Bemerkte sie das überhaupt? Was wollte Amy denn nur? In seinem tiefsten Innern wusste er es bereits, denn egal was sie in letzter Zeit auch getan hatte, alles hatte darauf hingedeutet: Sie wollte ein neues Leben, einen Neuanfang. Ging das etwa mit ihm nicht? Nun wartete auch noch dieser kleine Job auf sie. Konnten sie denn nicht einfach von vorne beginnen?

Jede Ehe hat ihre Tiefpunkte, tröstete er sich. Jetzt, wo Amy angefangen hatte, mit sich ins Reine zu kommen, konnten sie doch eine andere Richtung einschlagen: sie wäre selbstbewusster, hätte ihr eigenes Geld, Freunde, Hobbys. Damit würde es ihnen beiden besser gehen.

Und was ist mit der Zweisamkeit?, nörgelte ein schwaches Stimmchen. Sie konnten doch immer noch als Paar zusammen ausgehen, so wie sie es zu Beginn ihrer Ehe immer getan hatten. Einmal pro Woche zum Abendessen – so hielt Jack doch auch seine Sarah bei Laune.

Er setzte sich aufs Bettsofa und hielt sein Glas ganz behutsam fest, als ob er ja nichts von seinem Drink verschütten wolle. Was die Goodmans hatten, wollte er auf keinen Fall. Wie kam Jack nur damit klar? Die Lügen, die Verschlagenheit, die ewigen Spielchen. Wieso machte er sich diese Mühe? Welches Vergnügen bereitete es ihm, seine Frau zu hintergehen? Welches Bedürfnis wurde dadurch gestillt?

Und es war ein Bedürfnis. Jacks selbstsüchtiges kleines Ego wurde durch andauernde Genuss-Sucht gespeist. Was er von seiner Frau nicht bekam, holte er sich bei seiner Geliebten – so lautete Jacks zynisches Motto.

»Liebe, Jungs, Liebe bedeutet Bindung, Treue und Vertrauen.« Weise Worte im Religionsunterricht. Die Jesuiten. Ein großer, grobschlächtiger Kerl in einer Soutane und mit einem Zeigestock in der Hand unterweist betretene Teenager in Sachen ehelicher Liebe.

Maurice, der gehorsame, fleißige Schüler, hatte allerbeste Noten im erzbischöflichen Examen erzielt – der Jahresendbeurteilung aller katholischen Schüler. Was wusste dieser frustrierte Kleingeist denn schon über die Liebe?

»Eheliche Liebe basiert nicht auf fleischlicher Lust, Jungs. Wir müssen uns alle schützen gegen die sündigen Verlockungen des Geschlechts.« Dabei klatschte der Zeigestock auf den Tisch und unterstrich seine Aussage.

»Lust, Jungs, Lust.«

Bäng, bäng, bäng.

»Betet für Enthaltsamkeit. Betet für Erlösung. Betet für Errettung.«

Bäng, bäng, bäng.

»Hütet euch vor den üblen Verlockungen gefallener Frauen, die euch in ihren Bann ziehen und nicht mehr loslassen wollen.« Spucke in seinen Mundwinkeln, während er schnaufte und prustete und dabei ganz rot im Gesicht wurde.

Gekicher aus der letzten Reihe. Der Priester blickte zornig durch die Klasse, während die Schüler ihre Häupter senken.

»Geschlechtsverkehr ist eine Gabe Gottes, die für die Heiligkeit der Ehe reserviert ist. Unsere Körper sind Gefäße für den Heiligen Geist.« Seine Stimme dröhnte durch das zugige Klassenzimmer.

»Die Ehe ist ein Sakrament, Jungs. Ein heiliger Bund zwischen einem Mann und einer Frau, die sich aneinander und an die Gesetze Gottes binden. Ist das klar?«

»Ja, Vater.«

»Vergesst das nie.«

»Nein, Vater.«

Dieser verdammte Jack! Und seine verdammte *gefallene Frau* mit ihren dunklen, lachenden Augen! Und die verdammte Tatsache, dass sie auch ihm gut gefiel. Sie war ihm in all den Jahren eine gute Freundin gewesen. Das konnte er nicht ignorieren. Manchmal dachte er, sie lache über ihn – über seine Einfalt, seine Naivität.

Er war es leid, sie zu warnen, ihnen Ratschläge zu erteilen. Es war nicht seine Aufgabe, der Anstandswauwau für zwei Erwachsene zu sein, die sich übereinstimmend entschieden hatten, völlig selbstsüchtig zu sein und die Gefühle anderer zu missachten. Und Sarah wusste ganz genau, wie ihr Mann veranlagt war. Bei dem gemeinsamen Aufenthalt in Galway hatte sie damals offen zugegeben, dass sie sich der Seitensprünge von Jack wohl bewusst sei. Während sie es sagte, hatte sie gelächelt, aber hinter diesem Lächeln hatte Maurice den Schmerz gesehen, die Bestürzung. Er konnte einfach nicht verstehen, weshalb sie sich das bieten ließ.

Lieber Gott, warum zerbrach er sich hier den Kopf über Jack und Sarah? Er steckte mitten in seinem eigenen Ehe-Schlamassel.

»Treue und Vertrauen basieren auf Ehrlichkeit, Jungs.«

»Ja, Vater.«

»Ehrlichkeit zu sich selbst und anderen gegenüber. *›Dies über alles, sei dir selber treu.‹ Hamlet.* Wiederholen.«

»*Sei dir selber treu*«, riefen sie im Chor.

»Aufrichtigkeit, Ehrbarkeit, Moral. Das sind die Werte, die wir anstreben. Wiederholen.«

»Das sind die Werte, die wir anstreben.«

»Wir müssen uns von den Gelegenheiten zur Sünde fern halten. Wir müssen den Regeln folgen.«

»Ja, Vater.«

»Prüft euer Gewissen. Blickt in eure Herzen und berichtet dem Allmächtigen Gott eure Sünden. Du da, Master Kennedy, hörst du mir überhaupt zu?«

»Ja, Vater.«

»Steh gefälligst auf, wenn ich mit dir rede. Ich glaube, du hast an deinem Platz herumgeträumt und dich dem Müßiggang hingegeben. Wo warst du gerade, mein Junge?« Drohend schwang er den Zeigestock.

»Nein, Vater, ich habe zugehört.«

»Gut, gut, setz dich wieder. Reinheit des Geistes und des Herzens, Jungs. Danach müssen wir streben. Was hab ich soeben gesagt, Master Kennedy?«

»Reinheit des Geistes und des Herzens, Vater.«

»Jetzt nehmt alle eure Hefte raus. Ich schreibe die entscheidenden Punkte an die Tafel. Unterstreicht die erste Überschrift: *Aufrichtigkeit.*«

Na schön, er würde aufrichtig zu sich selbst sein. Eine Zigarre könnte dabei helfen. Er durchwühlte seine Taschen, konnte jedoch keine finden. Maurice beschloss, es auf die einzig ihm bekannte Weise zu durchdenken – methodisch, auf Papier.

Er holte seinen Block von dem provisorischen Schreibtisch, den er sich zurecht gebastelt hatte, als er dies Apartment vor fünfzehn Jahren gekauft hatte. Vielleicht war es an der Zeit, darüber nachzudenken, ein paar anständige Möbel anzuschaffen? Nein, Amy würde sauer werden und es ihm verübeln, wenn er Geld in seine Geschäftsräume statt in sein Zuhause steckte. Doch es gab ein paar Dinge, die er erledigen musste, wenn er später nicht den massiven Schaden ausbaden wollte.

Beginne diese Seite mit einer Frage: Was war Amys Haupt-Kritikpunkt?

Geld. Laut seiner Frau war er zu knauserig. War das ein Fehler? Geld musste man mit Bedacht ausgeben – was er getan hatte. Seine Hypothek für diese Räumlichkeiten war fast abbezahlt. Er hatte sich geweigert, eine Praxis zu mieten, wie Amy es vorgeschlagen hatte – er hatte den Wahnsinn erkannt, Geld für Miete zum Fenster rauszuwerfen.

Nun gehörte ihm dieses zweistöckige Haus – mit Wartezimmer, Untersuchungsraum und Röntgenzimmer im Erdgeschoss; Operationssaal und Unterkunft für jene Tiere, die zur Beobachtung und Rekonvaleszenz hier bleiben mussten, im ersten Stock; sowie diese kleine Bude hier oben, die er eines Tages vermieten *konnte,* wenn er denn wollte. Oder, noch besser: Dawn könnte sie haben.

Er war nicht geizig, sondern sparsam gewesen. Sparsamkeit war doch kein Geiz, sondern reine Vernunft. Er war nicht so wie Jack, der alles bis zum letzten Penny ausgab und verprasste, als gäbe es kein Morgen mehr. Falls ihm etwas zustoßen würde, wären Amy und Dawn gut versorgt. Seine Versicherungspolice und seine Pension würden schon dafür sorgen.

Maurice unterteilte die Seite in zwei Hälften und hakte Geld ab.

Nicht schuldig.

Vernachlässigung hatte sie ihm vorgeworfen. Er arbeitete bis spät abends – aber war das ein Verbrechen? Er gab ja zu, dass er ein wenig nachlässig geworden war, aber nur im letzten Jahr, als Amys Gefühlsschwankungen ihn von zu Hause fern gehalten hatten.

Hör auf, hör auf, Maurice. Nicht schon wieder alte Sachen aufwärmen. Amy bemühte sich, das könnte er doch auch. Er würde weniger arbeiten – Rodney würde nur allzu gern Überstunden machen. Schon bald würde er in der Lage sein, einen weiteren Tierarzt einzustellen. Das würde alles leichter machen.

Ständig kritisierte sie außerdem die *Düsterkeit des Hauses*. Er könnte sich damit einverstanden erklären, dass sie es – langsam – herrichtete. Man musste ja nicht gleich übertreiben. Es bedurfte lediglich ein paar kleinerer Veränderungen. Bei der Ausstattung und den Möbeln – keine Anbauten oder Renovierungen oder etwas Derartiges.

Er schrieb alles sorgfältig auf und hakte jeden seiner Vorsätze ab.

Ihre gemeinsame Freizeitgestaltung war nicht vorhanden – ihr Ausdruck. Das war leicht zu lösen. Sie konnten sich zusammensetzen und besprechen, was sie unternehmen wollten. Amy gefiel Squash nicht, also schied es aus. Sie interessierte sich auch nicht für Golf. Aber Blackrock bot doch viele Möglichkeiten: Sie konnten ein- oder zweimal pro Woche schwimmen gehen; sie konnten hinausfahren und in den Bergen wandern – vielleicht sogar einem Wanderclub beitreten. Tennis? Würde ihr das gefallen? Sie konnten Freunde einladen, Karten spielen vielleicht. Restaurants. Kino, Bowling in Stillorgan?

Er notierte sich sämtliche Anregungen. Ah, wieso war ihm das nicht schon viel früher eingefallen? Das Theater. Es hätte sein erster Vorschlag sein sollen. Amy liebte das Theater. Seit Jahren hatte er sie zu keinem Theaterbesuch mehr eingeladen.

Er zog *The Irish Times* aus seiner Jackentasche und schlug die Veranstaltungsseite auf. Er überflog die Liste der Theater und entschied sich für *The Gate.* Er nahm seine Mastercard und sein Mobiltelefon zur Hand und wählte die Nummer.

»Und dann könnten wir mehr Zeit miteinander verbringen.« Jack streichelte ihren Rücken. »Das möchtest du doch, Liebling.«

»Wirklich, Jack? Glaubst du denn, dass sie sich darauf einlässt?«

»Wieso nicht? Für sie und die Kinder wäre es perfekt.«

Sie konnte es nicht ertragen, wenn er über seine Frau und die Kinder sprach. Wenn sie hier in ihrem großen Doppelbett zusammen waren, wollte sie nicht daran erinnert werden. Keine Eindringlinge. Diese Zeit gehörte ihnen, und nur ihnen. Sein anderes Leben spielte hier keine Rolle.

Er küsste ihre Schulterblätter und sie rollte herum und kuschelte sich an ihn.

»Mmh, das war schön, Jack.«

»Du bist schön.« Er küsste sie leidenschaftlich, seine Zunge drang tief in ihren Mund ein, dann rutschte er über sie und setzte sich rittlings auf sie.

»Komm, wir machen's noch mal.« Er lächelte von oben zu ihr herunter. Gott, war er geil.

»Jack, Jack, sag's mir«, murmelte sie, wobei ihr Gesichtsausdruck auf einmal ganz unschuldig wurde.

»Was soll ich dir sagen, Liebling?«, neckte er sie und umkreiste ihre Brustwarzen mit den Fingerspitzen.

»Sag mir, dass du mich liebst.« Sie fuhr mit den Händen seinen Rücken entlang und begann ihn sanft mit ihren langen Nägeln zu kratzen.

»Sachte, sachte.«

Sie zog einen Schmollmund.

Er lachte in ihren Nacken. »Keine Spuren hinterlassen, bitte.«

»Sag's mir, Jack«, bat sie. »Sag's mir nur ein einziges Mal.«

Diese Worte würde Jack nie zu ihr sagen, die waren für Sarah reserviert. »Du bist unglaublich. Ich kann einfach nicht genug von dir kriegen.«

»Sag's mir, Jack.«

»Du weißt doch, was ich für dich empfinde.«

Sie fuhr sich mit der Zunge über die Oberlippe und lächelte. »Das weiß ich wohl, mein Geliebter, aber ich möchte, dass du die magischen Worte aussprichst.«

Er drückte ihr die Hände überm Kopf ins Kissen und sie versuchte, sich ihm zu entwinden. »Sag's mir, sag's mir.«

Ihre Kätzchenstimme erregte ihn. Er schüttelte sich das Laken von den Schultern. »Ich zeig es dir lieber«, flüsterte er.

Neben dem Bett klingelte das Telefon und riss die beiden aus dem Tiefschlaf. Sie langte hinüber und nahm ab. »Hallo? Ach, du bist es, Maurice. Ja, er ist hier, bleib dran.«

Jack nahm den Hörer. »Hallo, Buddy. Nein, nein, es passt schon. Du hast doch hoffentlich nicht bei Sarah angerufen, oder? Gut, gut. Ich arbeite hier bis spät.«

Sein Gekicher reizte Maurice.

»Wie läuft's denn so? Gerade Feierabend gemacht? Du bringst dich noch ins Grab, mein Alter. Ach ja? Na, das wird Amy vermutlich gefallen. Und schaden kann's ja nicht.«

Schaden war eher Jacks Abteilung – nicht seine. »Ich muss dich treffen.«

»Oh?«

»Ich denke daran, das Apartment zu renovieren, und brauche von dir einen Kostenvoranschlag für neue Fenster.«

»Komm schon, Mann. Ich vermische nie Geschäft und Privatvergnügen.« Er streichelte den Bauch seiner Geliebten. »Ruf mich morgen noch mal an.«

Maurice seufzte.

»Na schön, ich komme morgen ganz früh vorbei und überschlage es kurz, wie wär's? Aber ich muss dich vorwarnen: es wird ganz schön was kosten, und wir sind die nächsten drei Monate ausgebucht.«

Sie fuhr auf äußerst provokante Weise mit ihrem Bein an seinem Oberschenkel entlang. Jack wand sich. »Diese Frau bringt mich noch um. Sie ist eine Tigerin.« Ein weiteres Lachen. »Sie muss gezähmt werden, Maurice.«

»Tut mir Leid, dass ich dich gestört habe«, zischte Maurice. Angewidert knallte er den Hörer auf und fühlte sich auf irgendwie perverse Art durch ihre Lasterhaftigkeit besudelt.

Jack ließ den Hörer fallen, als ihre Hand auf seinem Bauch hinabglitt. »Mmh, schön.«

»Warum ruft Maurice immer zu solchen Unzeiten an?«

»Ein unheimlicher sechster Sinn. Oder einfach Missgunst.«

»Was hat er wegen Amy gesagt?«

»Er hat für Freitagabend Theaterkarten bestellt.« Er kicherte.

»Wieso lachst du?«

»Du errätst nie, was gespielt wird.«

Sie knabberte an seinem Ohr. »Was denn?«

Er drang überraschend in sie ein, und sie japste. »Was, Jack? Was?« Sie keuchte vor Erregung, als er tiefer in sie hineinstieß.

Er umklammerte ihren Hintern. »*Der Mustergatte.*«

Sie legte ihre Lippen auf seinen Mund und dämpfte so sein Lachen.

25

Sarah war entgeistert. »Einen Wohnwagen, Jack, wo denn?«

»In Rosslare. Das wird toll für dich, und die Kinder und ich könnten am Wochenende runter kommen.«

»Wie bist du denn da rangekommen?«

»Robbie O'Dea, einer unserer Verkaufsrepräsentanten, hat mir erzählt, dass er zu einem günstigen Preis verkaufen will, und da hab ich zugeschlagen. Das löst all unsere Urlaubsprobleme. Du weißt doch, dass ich in absehbarer Zeit hier nicht wegkomme, wegen der Geschäftserweiterung und so. In den Sommermonaten lassen sich die Leute neue Fenster einbauen – das ist unsere Hauptgeschäftszeit. Ich werde die nächsten drei Monate im Büro gebraucht.«

»Aber du hättest mir etwas davon sagen sollen, bevor du ihn einfach gekauft hast. Ich dachte, wir hätten uns darauf geeinigt, unseren Urlaub auf September zu verschieben. Du hast doch gesagt, dass wir um diese Jahreszeit vermutlich ein Schnäppchen mit Zypern oder der Türkei machen könnten, wenn die Hochsaison erst vorbei wäre.«

»Das können wir ja auch noch machen.«

»Es war eine unnötige Ausgabe, Jack.«

Er köpfte sein weich gekochtes Ei. »Im Moment läuft alles sehr gut; abgesehen von unserem rasch wachsenden Geschäft mit Privathäusern haben wir einen Auftrag für eine neue Wohnsiedlung in Lucan bekommen – zweihundert Häuser.«

»Davon hast du mir gar nichts erzählt.«

»Ich habe das definitive Angebot abgewartet. Dieser junge Werbemanager, den ich eingestellt habe, ist ein Genie. Jetzt lassen wir die großen Jungs für ihr Geld etwas springen. Im nächsten Monat eröffnen wir neue Büros an der Nordseite, und darum werde ich mich kümmern. Ich werde bis zum Hals in Arbeit stecken.«

»Ging es darum in deinem Meeting von gestern Abend?«

»Genau«, log er ganz unverfroren.

»Wann bist du denn nach Hause gekommen?«

»Weiß nicht genau, ich glaube nach eins. Wir haben die Direktoren der Baufirma zum Essen eingeladen und du weißt ja, wie sich solche Sachen hinziehen.«

Sarah packte Geralds Pausenbrote in dessen Lunchbox. Ihr

Sohn würde zu spät zur Schule kommen, wenn er nicht bald zum Frühstück herunterkäme. Die Mädchen waren bereits mit Betty, der Nachbarin, losgefahren. Die Fahrgemeinschaft war eine echte Erleichterung für Sarahs tägliche Routine.

Sarah trat in den Flur und rief zum zweiten Mal hinauf. Normalerweise öffnete sich beim dritten Rufen seine Schlafzimmertür, dann brüllte er zurück und wankte schlaftrunken ins Badezimmer.

»Ger, bist du auf?«

Keine Antwort.

»Ger, es ist zwanzig nach acht.«

Die Tür knarzte.

»Beeil dich, Schatz. Du brauchst heute nicht zu duschen. Dafür ist keine Zeit mehr.«

Ihr zwölfjähriger Sohn hatte kürzlich das Badezimmer entdeckt. Bis vor wenigen Monaten war es ein Kampf gewesen, ihn dazu zu bringen, sich zu waschen. Dann hatte sein Freund Andy aus heiterem Himmel versteckte Anspielungen gemacht. Nun war es schier unmöglich, ihn von seinen Toilettenartikeln wegzubekommen: Haarwachs, Schaum, Gel, Lynx Deodorant. Einmal hatte sie ihn sogar dabei erwischt, wie er das Aftershave seines Vaters benutzte. Sie hörte, wie er oben völlig sorglos pfeifend die Wasserhähne aufdrehte, während die Zeit verstrich.

»Beeil dich, Ger!«

»Ich komme schon.«

Sarah ging in die Küche zurück. »Du bist mit dir zufrieden, Jack. Das kann ich sehen.«

Sie konnte noch viel mehr erkennen.

»Ein äußerst lukrativer Geschäftsabschluss, den ich völlig unbescheiden größtenteils mir und meinem überzeugenden Charme zuschreibe.«

»Hast du mit Fergus geredet?«

»Hab ich.«

»Und?«

»Er hat eingewilligt.«

»Du hast eine Gehaltserhöhung bekommen?«

»Ja, eine beträchtliche. Mein Bruder erkennt meine Arbeit an. Und ich erkenne deine Arbeit an, deswegen wollte ich dich ja auch überraschen.«

»Du hast mich ganz schön überrascht, aber ein Wohnwagen? Das ist das Letzte, was uns gefehlt hat.«

»Robbie meinte, er hätte eine gute Größe. Es gibt ein großes Schlafzimmer und einen kleineren Raum mit Stockbetten, eine Toilette und eine Duschkabine, eine Einbauküche und eine kleine Sitzecke.«

»Fantastisch!«

»Warum dieser Sarkasmus?«

»Ich kann mir einfach nicht vorstellen, die ganze Woche lang alleine an einem windigen Strand eingepfercht zu sein, auf kleinster Fläche zu kochen und an regnerischen Tagen mit den Kindern eingesperrt zu sein, die sich streiten und langweilen werden.«

»Sarah, genau deshalb hab ich ihn doch gekauft. Es ist Ende Juni, und nächste Woche endet die Schule für die Kinder. In den Sommerferien machen sie dich immer verrückt, aber da unten gibt es eine Menge für sie zu tun.«

»Zum Beispiel?«

»Wexford ist der sonnigste Ort in ganz Irland. Sie gehen doch so gerne schwimmen und lieben es, draußen zu sein – es wird für sie ganz aufregend werden.«

»Bis der Reiz des Neuen verflogen ist.«

»Du kannst auch deine Freundinnen mitnehmen.«

Sarah reichte ihm das Hemd, das sie gebügelt hatte. »Meine Freundinnen sind sehr beschäftigte Menschen. Sie haben ihre Ferienplanung bereits abgeschlossen. Clodagh fährt mit ihren Kolleginnen nach Amsterdam.«

»Was ist mit Amy? Sie würde bestimmt mitkommen.«

»Amy macht einen Computerkurs, wie ich dir bereits erzählt habe.«

»Die ganze Zeit?«

»Einen Monat lang. Außerdem wartet ein Job auf sie.«

»Das muss Maurice ja sehr freuen.«

»Wer weiß? Die beiden reden ja kaum miteinander.«

Er stand auf, tanzte um den Tisch herum und wuschelte ihr durch die Haare. »Siehst du denn nicht, wie glücklich wir sind, Liebling?«

»Sind wir das, Jack?«

Ihr starrer Blick nervte ihn. »Okay. Ich verschwinde. Wir reden heute Abend weiter. Sarah, es ist schade, dass du wegen des Wohnwagens nicht begeisterter bist. Ich hab gedacht, du wärst völlig aus dem Häuschen.«

»Ach ja?«

»Ja, das hab ich. Und abgesehen davon, dass wir ihn selbst benutzen werden, ist er eine Investition.«

»Ich seh' dich dann heute Abend«, meinte sie kühl.

»Es wird spät werden.«

»Soll ich dir was zu essen aufheben?«

»Nein, iss du mit den Kindern. Ich kauf mir unterwegs irgendwas.«

Sarah setzte sich mit ihrem Hintern auf Amys Wohnzimmerboden. Sie steckte den Saum für Amys neues Kleid ab. »Hast du es bei Boyers gekauft?«

»Gefällt es dir?«

»Es ist hinreißend. Rot ist deine Farbe. Freitagabend ins Theater – Maurice hat es anscheinend kapiert.«

»Einen winzigen Teil zumindest.«

»Läuft es besser?«

»Nicht besonders.«

»Er *bemüht* sich jedenfalls, Amy.«

»Einen Abend zusammen ausgehen – ein Tässchen Wasser auf ein Flammeninferno.«

Sarah konnte nicht antworten, sie hatte den Mund voller Stecknadeln.

»Er ist so verkrampft und erzeugt jede Menge Spannung. Ich hab immer gedacht, es läge an mir, aber das stimmt nicht. Mir war gar nicht klar, wie schlimm es war, bis ich nach England geflogen bin. Nach ein oder zwei Tagen dort war ich viel ruhiger.«

»Es ist scheußlich, wenn jemand solch eine Wirkung auf einen hat, aber er versucht doch, die Dinge zu verbessern. Er hat doch auch eingewilligt, das Haus herrichten zu lassen.«

»Er schiebt es auf die lange Bank – weshalb ich sofort zu Arnott's gegangen bin und diese Vorhänge gekauft habe. Sie hatten die richtige Größe und genau die Farbe, die ich gesucht habe. Ich war schon davon ausgegangen, dass ich sie anfertigen lassen müsste.«

Sarah beendete ihre Arbeit, legte die restlichen Nadeln in die Schachtel zurück und stand auf. »Sie werden den Raum so viel heller machen. Hast du dich schon für eine Wandfarbe entschieden?«

»Toskana. Es ist ein satter Farbton. Selbst Maurice hatte keine Einwände. Nicht, dass mich das noch stören würde – ich hab es satt, ihn bei Laune zu halten.«

»Sieh dich mal im Flurspiegel an. Ich glaube, der Saum ist gerade, aber ich möchte, dass du es selbst beurteilst.«

Sie folgte Amy in den Flur. »Und was ist mit Mamis dreiteiliger Sitzgarnitur?«

»Er weigert sich, sich davon zu trennen, aber er spielt mit dem Gedanken, sie neu beziehen zu lassen.«

»Ein Schritt nach dem anderen.« Sarah bückte sich und steckte eine Nadel um.

»Es ist ein kleiner Schritt.«

»Halt durch, Amy.«

»Ich weiß gar nicht, ob ich das will. Ich fühle mich wie eine Betrügerin, als ob ich eine Rolle spiele.«

Da war sie nicht die Einzige. »Wie läuft denn dein Kurs?«

»Noch anderthalb Wochen. Ich frische Database auf, Microsoft Word und Office, System Folders, Spreadsheets – was du willst. Es macht mir Spaß, obwohl es sehr anstrengend ist. Das Meiste kannte ich schon, aber es ist erstaunlich, wie sehr man es im Lauf der Zeit verlernt.«

»Wenn man bedenkt, dass du dich erst seit ein paar Wochen wieder damit beschäftigst, machst du es toll, wie ich finde. Hast du Nancy Mulhearn eine Antwort gegeben?«

»Ich hab ihr gesagt, dass ich ihr helfen würde, alles zu ordnen. Das wird wohl ein paar Wochen dauern, doch ich habe mich noch nicht entschieden, ob ich Vollzeit in dem Laden arbeiten möchte. Sie will mich als Managerin haben. Soll ich mir das aufbürden?«

»Du wirst darin aufgehen. Hast du was von Dawn gehört?«

»Sie hat gestern Abend angerufen. Es geht ihnen prächtig. Sie verkauft frisch gepressten Orangensaft auf der Strandpromenade.« Amy warf einen letzten kritischen Blick in den Spiegel. »Das hast du toll gemacht, Sarah, danke.«

»Ich nähe ihn heute Abend auf meiner Maschine.«

»Ich schulde dir was. O ja, Dawn klang richtig glücklich, als ich mit ihr gesprochen habe. Und abends arbeitet sie als Kellnerin in einem kleinen Café. Die anderen haben auch alle zwei Jobs, aber sie sind ja noch jung und voller Energie. Dazu noch unheimlich viel Freizeitprogramm, wie ich vermute. Sie brauchte diese Freiheit für sich. Komm in die Küche, dann mach ich uns einen Kaffee.«

Sarah folgte ihr hinaus und nahm eine Broschüre vom Tisch. »La Rochelle?«

»Mhm, ich habe an die Touristeninformation geschrieben.«

Sarah blätterte durch die Seiten. »Das sieht ja herrlich aus; alte Gebäude, Boote im Hafen, Restaurants am Kai.«

»Es wird kein Urlaub werden, Sarah. Ich fahre aus einem ganz bestimmten Grund da hin.«

»Das weiß ich doch, aber es sieht trotzdem wunderschön aus. Du hast das Meer ja schon immer geliebt, Amy.«

»Jeder, der in Blackrock lebt, liebt das Meer.«

»Ich nicht – nicht im Winter – zu rau.«

»Nicht für mich. Ich gehe gerne bei Wind und Regen am Meer spazieren.«

»Du bist eben unheilbar romantisch!«

»Nur, wenn's um die Natur geht.« Amy lachte.

»Wird es heiß sein in La Rochelle?«

»Angenehm warm – nicht unerträglich.«

»Sieht ganz so aus, als hättest du dich entschieden zu fahren.«

»Es kann nicht schaden, ein paar Nachforschungen anzustellen. Vielleicht fahre ich, wenn mein Kurs vorbei ist. Für eine Woche. Ich habe es mit Nancy besprochen, und sie fände es gut, wenn ich im August in ihrem Laden anfangen würde.«

»Er hat was gekauft?«, stieß Amy hervor. Sie nahm die Apfeltorte aus der Mikrowelle. »Meinst du das ernst?«

»Völlig verrückt!« Sarah holte Teller aus dem Schrank.

»Na ja, vermutlich denkt er dabei an dich und die Kinder, Sarah. Für Maurice waren Urlaube nie so wichtig.«

»Daran ist irgendwas faul.«

Amy reichte ihr ein Stück Torte und die Schüssel mit der Schlagsahne. »Greif zu.«

»Isst du denn nichts?«

»Nein, ich bin noch auf Diät.«

»Du bist wirklich klasse. Gehst du noch walken?«

»Drei Meilen pro Tag.«

»Das merkt man, Amy, du siehst fabelhaft aus.«

»Ich fühle mich auch viel besser, fitter. Aber es ist noch ein weiter Weg. Es ist ziemlich schwer, sein Gewicht zu verändern.«

»Du besitzt eine unglaubliche Willenskraft! Wie läuft denn die Therapie?«

»Es ist schwierig. Aber Sylvia ist eine einfühlsame Frau. Sie bemüht sich, mir ein gutes Selbstgefühl zu vermitteln. Jetzt muss ich daran arbeiten, es ohne ihre Hilfe zu schaffen. Ich kann mich nicht ewig auf sie verlassen.«

»Ich muss den Hut vor dir ziehen.«

So war es für sie beide einfacher – die Freundinnen machten sich etwas vor. Amy konnte vor Sarah nicht zugeben, dass sie immer noch unter schlimmen Tiefs litt – für gewöhnlich nachts. Ihr Kopf war dann voll von düsteren Gedanken und die *Stimme* allgegenwärtig. An manchen Tagen fühlte sie sich wieder einigermaßen wie sie selbst, doch die Stimmungsschwankungen waren noch lange nicht vorüber. Sylvia hatte ihr geraten, sie anzunehmen statt sie zu bekämpfen. Manchmal musste man erst ganz unten sein, um wieder nach oben zu kommen. »Was ebenfalls hilft«, fuhr Amy fort, »ist der Fitnessclub. Wenn ich dort bin, hab ich das Gefühl, dass ich manche Dinge aus meinem Körper herausarbeitete.«

»Ich sollte selber wieder hingehen, aber ich weiß nicht, ob ich die Energie dazu aufbringe.«

»Je mehr du trainierst, desto mehr Energie hast du. Ich liebe es, und so kann ich abends das Haus verlassen. Wenn ich wieder bei siebenundsechzig Kilo bin, versuche ich, mit dem Rauchen aufzuhören, aber jetzt noch nicht. Der Körper kann nur ein gewisses Maß an Verbesserung verkraften!« Sie steckte sich eine Zigarette an. »Sarah, was hast du damit gemeint: Daran ist irgendwas faul?«

»Jack benimmt sich so komisch.«

»Ja?«

»Er ist sehr aufmerksam geworden.«

»Jack war doch immer aufmerksam.«

»Aber nicht so. Er kauft mir kleine Geschenke, fragt mich ständig, wie es mir geht, widmet sich den Kindern, macht mehr im Haus – das heißt, wenn er mal da ist. Und jetzt – ein verdammter Wohnwagen.«

»Manche Frauen wären entzückt.«

»Er heckt etwas aus. Das ist ganz offensichtlich.«

»Was denn?«

»Er hat eine andere Frau.«

»Sarah, jetzt fängst du schon wieder an! Zuerst hast du

versucht mir weiszumachen, dass Maurice eine Affäre mit Claire hätte. Weißt du noch? Als ich nach England geflogen bin, hast du ihm nachspioniert.«

»Nachspioniert ist etwas zu heftig ausgedrückt.«

»Ist es nicht. Du bist jeden Tag hier vorbei gefahren. Und als er ein paar Abende nicht zu Hause war, bist du davon ausgegangen, dass er bei ihr war.«

»Woher hätte ich wissen sollen, dass Maurice bei Dawn in Stillorgan war?«

»Du hast eine blühende Fantasie, Sarah.«

»Apropos Stillorgan, gibt es was Neues von diesem Scheißkerl?«

»Ben Cosgrove? Nichts mehr, seitdem Paul mir erzählt hat, dass sein Bruder vorbeigekommen ist und seine Sachen abgeholt hat. Paul glaubt, er könne nach England gegangen sein – er hat einen Onkel in Birmingham, der Bauunternehmer ist. Welch eine Erlösung. Paul sieht sich nach einem neuen Haus um, aber er sagt, dass manche Mieten schlichtweg exorbitant sind.«

»Wird Dawn wieder bei ihm einziehen?«

»Das bleibt abzuwarten. Sie telefonieren oft miteinander. Ich mag Paul, aber Dawn ist noch viel zu jung, um eine derart ernsthafte Beziehung zu führen.«

»Da stimme ich dir zu. Sie sollte sich erst mal austoben. Es bleibt noch reichlich Zeit, sich niederzulassen. Ich habe erst geheiratet, als ich dreißig war – nicht, dass meine Ehe ein Maßstab wäre. Denn Jack *führt* was im Schilde.«

Amy machte ein abwertendes Geräusch. Sie konnte nichts für oder wider Jacks Unschuld vorbringen.

»Amy, sag irgendwas.«

»Ich will mich da nicht einmischen, Sarah. Es wäre absurd, wenn ich meine Nase in eure Ehe steckte.«

»Ich muss darüber reden. Es hilft mir dabei, die Dinge in meinem Kopf zu ordnen.«

»Wie schlimm ist es denn?«

»Von außen betrachtet läuft alles glatt. Aber es ist schwierig, so zu tun, als ob ich von nichts wüsste.«

»Solltest du ihn nicht zur Rede stellen?«

»Nein, er würde es abstreiten. Mir einreden, ich würde mir etwas einbilden. Egal, wie gut meine Argumente auch wären, am Ende hätte ich doch Unrecht.«

»Solange es nicht offen ausgesprochen ist, Sarah, verstehe ich nicht, wie du damit umgehen willst.«

»Ich lebe von Tag zu Tag. Ich beschäftige mich. Die Nächte, in denen er lange ausbleibt, sind am schlimmsten.«

»Führt er dich denn noch aus?«

»Oh, ja. Für Samstag hat er uns einen Tisch in einem schicken Restaurant reserviert. Hat mich aufgefordert, mir ein neues Outfit zu besorgen.«

»Er *ist* großzügig, Sarah.«

»Das war er schon immer. Aber jetzt ist es so, als versuchte er sich meine Zuneigung zu erkaufen. Er ist so durchschaubar.«

»Und wie ist es, wenn ihr zusammen seid?«

»So wie immer. Er ist witzig und liebevoll. Umarmt und küsst mich in rauen Mengen – als ob nichts wäre.«

»Vielleicht ist ja auch gar nichts.«

»Gestern Abend habe ich seinen Bruder unter dem Vorwand angerufen, ihn und seine Frau zum Abendessen einzuladen. Fergus ist rangegangen. Es war nach zehn. Heute Morgen blickt Jack mir in die Augen und sagt mir, er hätte den ganzen Abend mit Fergus in einem Meeting gesessen.«

»Und du bist nicht explodiert?«

»Das habe ich mir abgewöhnt.«

»Habt ihr … habt ihr aufgehört …?«

»Miteinander zu schlafen? Nein, im Gegenteil, unser Sex war noch nie besser.«

Amy wusste nicht, was sie antworten sollte.

»Ich werde herausfinden, wer sie ist. Es wird meine Aufgabe sein, das herauszufinden.« Sie spießte entschlossen ein

Stück Apfeltorte auf die Gabel und schob es sich in den Mund. »Köstlich.«

»Und was dann, Sarah? Was willst du dann tun?«

»Dann werde ich ihn vermutlich zur Rede stellen müssen.«

»Hoffentlich irrst du dich.«

»Das tue ich nicht. Wir wissen doch beide, wie Jack ist. Er hatte vorher auch schon Frauengeschichten, aber das war anders. Es hat nie länger als einen oder zwei Monate gedauert und obwohl es mir nicht gefallen hat, hab ich gelernt, damit zu leben. Diesmal ist es anders, ich kann es *fühlen*.«

Wie konnte Sarah vor der Untreue ihres Mannes die Augen verschließen? Wie konnte sie nachts mit dem Wissen einschlafen, dass er mit einer anderen Frau verkehrte? Wohl wissend, dass er bei einer Anderen war, küsste, kuschelte, kopulierte ... und ihn dann in ihr Bett lassen und ihm gestatten, mit ihr zu schlafen?

»Wenn er mich und die Kinder den ganzen Sommer nach Rosslare abschieben könnte, wäre er frei. Er sagt zwar, dass er an den Wochenenden nachkommen würde, aber das wird er nicht lange durchhalten. Nach einer Weile käme er mit Ausreden daher – triftigen Ausreden dafür, dass er unmöglich kommen könnte.«

»Er ist eben sehr beschäftigt, Sarah.«

»Nicht so beschäftigt, wie er vorgibt. Jack ist ein begnadeter Lügner. Ich mache mir da nichts vor.« Sarah nahm sich noch etwas Schlagsahne. »So verrückt es sich auch anhört, ich liebe ihn wirklich. Fehler hin oder her, ich hab ihn einfach gern.«

Gern haben, nahm Amy zur Kenntnis. Das war der Kern des Ganzen. Wenn man jemanden gern hatte, konnte man ihm alles verzeihen.

»Mit Jack kann man sehr gut leben – er ist sehr ausgeglichen. Ich habe noch nie erlebt, dass er laut geworden wäre – nicht mal, wenn die Kinder sich aufführen. Er ist geduldig und gutmütig, Amy. Und ich stehe immer noch sehr auf ihn.

Ich werde ihn nicht verlieren. Ich weigere mich, alles aufzugeben, wofür ich gearbeitet habe. Warum sollte ich auch? Ich habe Jack wegen eines Lebensstils geheiratet, der zu mir passt.«

»Wegen eines Lebensstils?«

»Die Art wie wir leben, Amy, das Haus, der Garten, zwei Autos.«

»Materieller Besitz macht doch nicht glücklich, Sarah.«

»Mich schon. Es ist auch nicht bloß der Besitz – er lässt mir freie Hand mit meinen Freunden. Jack fordert nicht viel. Er hatte nichts dagegen, als ich meinen Job gekündigt habe. Er verdient eine Menge Geld, und er geizt nicht damit.« Sie hüstelte. »Nichts für ungut.«

»Schon in Ordnung.«

»Jack und ich wollen beide das Gleiche: ein schönes Zuhause, Ferien im Ausland, eine gute Ausbildung für die Kinder, auswärts essen – all diese Dinge.«

»Wenn es doch so gut ist, wieso stellt er dann anderen Frauen nach? Hast du dich das mal gefragt?«

»Das ist ganz einfach: Jack braucht mehr, als ich ihm bieten kann. Er braucht die Aufregung.«

Aufregung. Das wollte Amy auch, aber nicht auf Kosten aller anderen.

»Ich kann ihm nicht die Romantik bieten, nach der es ihn gelüstet. Dazu sind wir zu sehr aneinander gewöhnt.«

Romantik? Jack hatte doch keine Affären aus romantischen Gründen – er war ein geiler Bock.

»Von mir bekommt er andere Dinge: Kameradschaft, Liebe, Unterstützung.« Sie lächelte wehmütig. »Und Beständigkeit. Genau das ist es, Jack braucht Beständigkeit, und er weiß das. Er liebt mich, Amy. Ich weiß, dass er mich liebt und verrückt ist nach den Kindern. In allen übrigen Belangen läuft es gut. Deswegen muss ich um ihn kämpfen.«

»Falls«, sagte Amy zögernd, »falls er nun ernsthafte Absichten mit dieser anderen Frau hat?«

»Jack hat seine Gefühle stets aufgeteilt. Zuhause, Arbeit, Hobbys. Die andere Frau war immer ein Hobby – bisher zumindest. Aber falls es diesmal ernst sein sollte, dann werde ich … dann werde ich …«

»Was wirst du dann tun, Sarah?«

»Ich brauche erst Beweise.« Sie wischte sich die Hände an einer Papierserviette ab. »Und danach … wer weiß?«

26

Amy hätte nur allzu gern hier in Greenview gelebt. Der dreistöckige Apartmentkomplex aus rotem Backstein, der in einer Grünanlage stand, lag nur eine halbe Meile vom Meer entfernt und war, wie der Name schon suggerierte, von viel Grün umgeben. Die teureren Apartments mit jeweils zwei Schlafzimmern, von denen Claire eines erworben hatte, befanden sich im Erdgeschoss.

Amy klingelte bei Nummer Fünf und wartete auf die Stimme ihrer Schwester aus der Gegensprechanlage.

Nichts.

Sie klingelte erneut.

Keine Antwort.

Ein Licht ging an, und ein Vorhang bewegte sich. Claire war offenbar zu Hause.

Amy klingelte ein weiteres Mal.

Wieder keine Antwort.

Wer auch immer durch die Vorhänge spähte, konnte Amy sehen, außerdem gab es in jedem Apartment einen Sicherheitsmonitor, der den Besucher identifizierte.

Amy ließ ihren Finger auf der Klingel.

Schließlich ertönte Claires schläfrige Stimme: »Hi!«

»Ich habe viermal geklingelt, Claire.«

»Entschuldige, ich habe dich nicht gehört.«

»Darf ich reinkommen?«

»Warte eine Sekunde.«

Eine weitere Minute verging, und dann ertönte der Summer. Amy betrat das Gebäude. Sie vernahm hastende Bewegungen, als sie den Korridor zur Tür ihrer Schwester entlang schritt.

Claire band sich völlig zerzaust und mit feuchten Haaren den Gürtel ihres schwarzen Seidenkimonos zu, während sie Amy in das kleine Wohnzimmer führte.

»Ich war unter der Dusche.«

Aus dem Schlafzimmer ertönte ein polterndes Geräusch. Amy bemerkte Claires gerötete Wangen, ihren schläfrigen Blick, ihre Unruhe. »Du bist nicht allein?«

»Ähm ...«

Amy saß schon halb auf der Couch. »Tut mir Leid, Claire. Ich komme offenbar ungelegen.«

»Nein, nein, ist schon gut. Setz dich.«

Es war eine halbherzige Einladung. Amy blieb stehen. »Ich gehe wieder. Du bist beschäftigt. Ian Whelan?«

Claire grinste idiotisch.

»Kein guter Zeitpunkt, ihn kennen zu lernen.«

»Könnte man sagen.«

»Na schön, ich verschwinde. Entschuldige die Störung. Ruf mich später an, ja? Ich möchte mit dir über Dad reden.«

»Warst du heute bei ihm?«

»Ja, und ich fand, er sah etwas kränklich aus.«

»Ich besuche ihn morgen nach der Arbeit«, schnaufte Claire. Sie wollte Amy unbedingt loswerden.

Amys Neugier wurde langsam unerträglich. Beinahe hatte sie den geheimnisvollen Mann getroffen. Seit Wochen hatte sie Claire gebeten, ihn zu einem Besuch mitzubringen, aber ihre Schwester hatte es vehement abgelehnt. Das war nichts Neues. Claires Beziehungen hielten meist nicht sehr lange, und sie sah keine Notwendigkeit, jeden Freund gleich ihrer Familie vorzustellen. Doch das befriedigte Amys Neugier nicht.

Sie ging an den Hecken entlang und wollte gerade den Weg Richtung Bushaltestelle verlassen, als sie den schwarzen Lieferwagen entdeckte. Ordentlich geparkt vor dem gegenüber liegenden Block.

Goodman Fenster.

Amy fiel das Herz in die Hose. Der verdammte Jack Goodman – alias Ian Whelan.

Amy eilte zum Nacht-Café um die Ecke. Sie bestellte sich einen Cappuccino und setzte sich hin, um darüber nachzudenken, was sie jetzt tun sollte. Dabei wurde sie erst richtig wütend. Ihre eigene Schwester. Wie konnte Claire nur so verschlagen sein?

Welche Möglichkeiten blieben Amy? Wieder hingehen und sie konfrontieren? Reinplatzen, herumbrüllen, toben und Streit suchen? Den beiden sagen, wie letztklassig sie waren?

Sie versuchte höflich zu lächeln, als die Kellnerin ihren Kaffee servierte, doch ihr Gesicht war ganz verzerrt.

Und Maurice? Wusste der Bescheid? Das musste er. Sein bester Freund. Wie konnte Maurice ihn nur *decken?* Wie konnte er Stillschweigen bewahrt haben? Egal, wann er Claire auch erwähnt hatte, er hatte sich nichts anmerken lassen. War er ihr Komplize?

Sie rührte wie wild in ihrem Cappuccino herum und zog merkwürdige Blicke von einem Mann am Nachbartisch auf sich.

Claire. Ihre eigene Schwester – hintergeht Sarah auf gemeinste Weise. Welcher Wahnsinn trieb sie nur dazu? In Dublin standen doch genügend Männer zur Auswahl, um nicht den Mann der besten Freundin ihrer Schwester verführen zu müssen. Wie konnte sie nur so abgebrüht sein?

Was jetzt? Amy verzweifelte schier. Sollte *sie* es Sarah erzählen? Gleich jetzt hingehen und es ihr mitteilen? Falls Amy es ihr verheimlichte, war sie dann auch eine Verräterin?

Sag die Wahrheit, Amy. Beschäme den Teufel.

Amy verfluchte den Moment, in dem sie beschlossen hatte, Claire zu besuchen. Wenn sie sich doch nur einen anderen Abend ausgesucht hätte! Wenn sie doch bloß eine Stunde später vorbei gekommen wäre ... Wieso hatte sie nicht vorher angerufen?

Es war sinnlos. Früher oder später kam die Wahrheit ja doch ans Licht. Ihre eigene Schwester! Nein, Sarah durfte es nicht erfahren – jedenfalls nicht von ihr.

Was konnte man in dieser Situation *überhaupt* tun? Irgendetwas musste geschehen. Umgehend. Wie spät war es? Viertel nach elf. Mit wem sollte sie reden – Claire oder Maurice? Es war unumgänglich, dass sie heute Abend mit einem von beiden sprach.

Amy schluckte angewidert und folgte ihrer Schwester in die Küche. »Fang ganz von vorne an, Claire. Ich will jedes Detail wissen, und wenn du damit fertig bist, kannst du mir erklären, warum du das getan hast.«

Claire gab sich unwissend. »Was getan habe?«

»Spiel hier nicht die Unschuldige. Ich habe den Lieferwagen gesehen.«

»Welchen Lieferwagen?« Claire sah sie herausfordernd an.

»Jack Goodmans. Auf der anderen Seite der Hecke.«

»Ach ja? Dann war er auf Montage hier.«

»So kann man es auch ausdrücken.«

»Ich habe seine Firma einer Frau auf der anderen Straßenseite empfohlen – das erklärt die ganze Sache.«

»Jack war *hier*, als ich vorbeigekommen bin, Claire.«

»Wer sagt das? Du hast ihn doch nicht gesehen, oder?«

Amy biss sich auf die Lippe. Sie nahm all ihre Geduld zusammen. »War Jack Goodman heute Abend hier? Ja oder nein?«

»Da er schon mal in der Gegend war, ja, er war hier, um meine Fenster zu vermessen. Ich hab dir doch erzählt, dass ich neue Fenster brauche. Du hörst ja nie zu, Amy.«

Hörst ja nie zu.

»Claire, mach mich jetzt nicht wütend. Ich weiß genau, was hier vorgeht.«

»Du weißt gar nichts.« Claire ließ sich auf einen Stuhl fallen, wobei sich ihr Bademantel öffnete und einen Knutschfleck auf ihrem Oberschenkel sehen ließ. »Ich leugne ja gar nicht, dass er hier war. Zum allerletzten Mal – er hat meine Fenster vermessen.«

»Na schön. Und dann hast du beschlossen, mit ihm zu bumsen.«

Claire brach in schallendes Gelächter aus. »Wie kommst du denn darauf?«

»Weil ich dich gesehen habe. Ich habe die Zeichen erkannt.«

»Ich war unter der Dusche, als du geklingelt hast, Amy. Ich hatte nasse Haare, weißt du noch?«

»Schweißnasse.«

»Ich war unter der Dusche – außerdem geht dich das überhaupt nichts an.«

»So machst du das? Du bumst ihn unter der Dusche?«

»Werde bloß nicht vulgär, Amy. Das passt nicht zu dir.«

»Es geht mich sehr wohl etwas an, Claire. Sarah war mir eine gute Freundin, und ich werde nicht zulassen, dass sie von meiner Familie hintergangen wird.«

»Ach nein? Starkes Stück. Geh nach Hause, Amy. Geh nach Hause und spiel glückliche Familie mit Maurice.«

Wütend schnappte Amy sich einen Stuhl und setzte sich. »Ich werde nirgendwo hingehen. Ich habe alle Zeit der Welt – die ganze Nacht, wenn nötig. Jetzt fang noch mal von vorne an, Claire, und dieses Mal die Wahrheit.«

Es war nach ein Uhr früh. Amy war ausgelaugt. Zwei Stunden Streit mit ihrer Schwester.

»Ich hab die Schnauze voll, Amy. Willst du was trinken, bevor dein Taxi kommt?«

»Nein.«

»Wie lobenswert. Ich werde mir einen genehmigen.« Sie goss sich noch einen Gin-Tonic ein. »Jack liebt übrigens Gin. Er bringt mir immer welchen mit. Nicht unbedingt ein Männer-Drink, oder? Aber Jack ist ja auch nicht typisch.«

»O doch, das ist er. Er ist der typische Schürzenjäger.«

»Amy, du bist zum Schreien.«

»Und was bist du, Claire?«

»Fang an zu leben.«

»Wieso hast du das getan? Wieso?«

»Wieso denn nicht?«

»Claire, bitte. Ich will es verstehen. Ich möchte helfen. Vermutlich hast du es nicht geplant. Das Ganze war ein Fehler.« Amy schreckte vor der Leere ihrer eigenen Worte zurück.

»Bleib ganz locker, liebe Schwester. Es ist keine große Sache. So was passiert ständig.«

»Und das rechtfertigt es?«

»Ich suche doch nicht nach einer Rechtfertigung. Das ist deine Sache – du versuchst doch immer zu rationalisieren, zu erklären, zu entschuldigen.«

»Andere zu verletzen ist nicht entschuldbar. Und ich bin nicht hier, um über meine Mängel zu reden.«

»Warum bist du *dann* hier? Um mich zur Vernunft zu bringen?«

»Um es zu versuchen.«

»Ich lasse mich von dir nicht belehren, Amy. Das steht dir nicht zu. Jack und ich haben Spaß zusammen, weiter nichts. Es klappt mit uns, was man von dir und Maurice ja nicht gerade behaupten kann.«

»Es klappt mit euch?«, echote Amy. »Sieh doch bloß mal, was du da riskierst.«

Claire warf sich den Pony aus der Stirn. »*Ich* riskiere gar nichts – ich habe nichts zu verlieren.«

»Ein trauriger Kommentar zu deinem Leben, Claire.«

»Das klingt ja köstlich aus deinem Munde.«

»Jack Goodman hat etwas zu verlieren – seine Ehe.«

»Sein Risiko, Amy. Ich habe nie viel von der Ehe gehalten. Und ich hätte nicht gedacht, dass du eine solche Fürsprecherin dieser Institution wärst.«

»Du bist unmöglich! Kannst du wirklich nichts Falsches an deinem Verhalten erkennen?«

»Ich habe Spaß. Und er auch.«

»Claire, er hat Frau und Kinder. Ich kann einfach nicht glauben, wie egoistisch du bist.«

»Und ich kann nicht glauben, wie naiv du bist. Wieso sollte ich mir Gedanken über Sarah Goodman machen? Ich habe die Frau noch nie leiden können. Wenn Jack bereit ist, sein Eheversprechen zu brechen, dann ist das doch nicht mein Fehler. Ich habe niemandem ein Versprechen gegeben.«

»Wirst du mir jetzt eines abgeben? Wirst du aufhören, ihn zu treffen?«

»Am Ende vermutlich ja. Irgendwann wird er mich langweilen.«

Es war nur ein Spiel für sie. Ein mieses Spiel. Amy stand auf. »Wenn dir Sarah schon egal ist, führ dir wenigstens mal den Schaden vor Augen, den du dir selber zufügst.«

»Ich werde nicht verletzt. Keine Sorge.«

»Claire, du bist immer verletzt worden.«

»Blödsinn.«

»Du bist so geschädigt worden, dass du nicht mal mehr klar denken kannst. Sieh dir doch mal dein Leben an – die ganzen kaputten Beziehungen, die verheirateten Männer, die Verschwendung.«

Es summte an der Tür.

»Dein Taxi.«

»Gib ihn auf, Claire. Bitte.«

»Amy, geh einfach nach Hause. Du hast keinen Grund, selbstgefällig zu sein.«

»Das weiß ich.« Amy betrat den Flur. »Du tust mir Leid, Claire. Wirklich.«

»Lass das ruhig. Ich bin eine erwachsene Frau. Ich bin ganz glücklich. Ich weiß schon, was ich tue.«

Amy verließ die Wohnung.

27

Maurice richtete sich seine Leselampe. Er nahm ein zweites Kissen von dem leeren Platz neben ihm und schob es sich hinter den Rücken. Der leere Platz. Das Gästezimmer. Ein weiterer Anklagepunkt in seiner Ehe. Nun war es sein Zimmer – schon seit Monaten hatte er Amys nicht mehr betreten.

Er hatte knapp ein Drittel von *Hannibal* hinter sich gebracht und genoss es außerordentlich, doch mit diesem großen Buch war es schwierig zu liegen – daher das Extrakissen. Harris war ein Schriftsteller, den Maurice bewunderte: punktgenaue Charakterisierungen, steigende Spannung, plastische blutrünstige Beschreibungen. Maurice hatte das Gefühl, hinter Dr. Fell auf den Straßen von Florenz herzugehen.

Er hörte, wie sich die Haustür öffnete. Amy. Ungewöhnlich spät. Ihre Schritte auf den Stufen stimmten ihn traurig. Sie würde sofort in ihr Schlafzimmer gehen. Keine Unterhaltung heute Nacht oder in einer anderen Nacht.

Beim Umblättern der Seite flog seine Tür auf.

»Maurice!«

Ihr Gesicht war wie ein Gewitter. Demnach war die Kacke am Dampfen. Sie klapperte mit den Schlüsseln. »Ich war bei Claire.«

»Hab ich mir schon gedacht.«

»Wieso hast du dir das gedacht?«

Er klappte den Umschlag in sein Buch, um die Seite zu markieren. »Jack war hier. Völlig panisch. Er ist noch gar nicht lange weg.«

»Er hat eine anstrengende Nacht hinter sich. Maurice, wie konntest du mir das nur verheimlichen?«

Niedergeschlagen zuckte er mit den Schultern.

Sie biss sich auf die Lippe. »Wie lange weißt du das schon?«

Maurice rieb sich müde die Augen. »Von Anfang an – beinahe.«

Sie stand wie versteinert da und weigerte sich, auch nur einen Zentimeter weit ins Zimmer zu treten. »Und du hast nichts gesagt.«

»Wie hätte ich das tun können?«

»Du bist genauso schlimm wie die beiden.«

»Das ist nicht fair, Amy.«

»Nicht fair? Wie kannst du von *Fairness* reden?«

»Bitte komm rein, ich kann nicht mit dir reden, während du da stehst und Feuer speist. Komm rein.«

»Na schön«, willigte sie ein und trat langsam ans Fußende des Bettes.

Er klopfte auf die Daunendecke. »Setz dich.«

»Nein danke, ich stehe lieber. Ich warte auf deine Erklärung.«

»Ich habe keine. Was die beiden tun, ist ihre Sache.«

»Ich meine erklären, warum du es mir nicht erzählt hast. Ich dachte immer, du wärst aufrichtig.«

»Ich fand es gescheiter, dir nichts davon zu sagen.«

»Ach ja, wirklich, Maurice?« Sie ballte die Fäuste, bis ihre Knöchel weiß und knochig hervortraten. »Dein bester Freund – der Mann meiner besten Freundin, Maurice, ihr *Ehemann* – und meine Schwester treiben es miteinander«, schäumte sie, »und du fandest es *gescheiter,* mir nichts davon zu sagen?«

»Ja, das fand ich, und es war das Beste. Welchen Grund hätte ich wohl haben können, es dir zu erzählen, Amy? Was hätte es dir bringen sollen?«

»Weiß ich nicht«, meinte sie kurz angebunden. »Ich weiß es nicht.«

»Ich wollte dich da nicht mit reinziehen.«

»Jetzt bin ich aber mittendrin.«

Er fischte in seiner Pyjamatasche nach Streichhölzern. Sie öffnete ihre Handtasche und warf ihm ihr Feuerzeug zu.

»Vielleicht ist es gar nicht so schlimm, wie es im Augenblick aussieht. Ihr Verhalten geht uns nichts an. Wir haben wirklich nichts damit zu tun. Amy, wenn du mir zuhören würdest –«

Zuhören, zuhören, zuhören.

Er saugte wie verrückt an seiner Zigarre, um sie in Gang zu bringen.

»Ich liebe meine Schwester, und ich liebe Sarah. Ich ertrage es nicht, mit anzusehen, wie eine der anderen wehtut. Ich ertrage es nicht. Jack ist dein Freund. Wieso hast du nichts *unternommen?* Wieso hast du nicht mit ihm geredet?«

»Das hab ich doch. Oft.«

»Offenbar ohne großen Erfolg.«

»Ohne jeglichen Erfolg. Er ist ein Blödmann.«

»Darin sind wir uns einig.« Amy baute sich in voller Größe vor ihm auf. »Vermutlich hattest du darüber mit Claire deine eigenen Plaudereien.«

»Ich habe versucht, ihr gut zuzureden, ja. Es war sinnlos. Wir haben nun mal nicht in allem die gleichen Ansichten.«

Das gestand Amy ihm zu.

»Was hat Claire denn heute Abend gesagt?«, fragte er leise.

»Sie glaubt, sie hätte ein Recht auf *Spaß.*«

Er machte eine hilflose Geste mit seinen Händen. »Da hast du's. Dir ist es auch nicht besser ergangen als mir. Es tut mir Leid, dass du da hineingeraten bist, Amy. Es tut mir wirklich Leid. Ich habe in deinem besten Interesse gehandelt – jedenfalls hab ich das geglaubt.«

»Indem du ein Geheimnis bewahrst?«

»Genau, das ist manchmal der beste Weg. Das solltest du doch wissen. Du erzählst mir doch auch nicht alles, oder? Was war mit deiner Reise nach England?«

»Das war etwas völlig Anderes. Ich habe dich nicht betrogen, Maurice. Ich hatte was zu erledigen.«

»Und zwar? Was war denn so wichtig?«

»Du würdest es doch nicht verstehen.«

»Stell mich auf die Probe.«

»Nicht jetzt, Maurice. Das gehört nicht hierher.«

Sie feuerte Anschuldigungen auf ihn ab, ungerechte Anschuldigungen, und weigerte sich dann, darüber zu sprechen. »Was schlägst du vor, was sollen wir tun, Amy?«

»Was können wir denn tun? Wie du schon gesagt hast, ist es nicht unsere Angelegenheit. Vielleicht sollten wir uns einfach raushalten. Hoffen, dass es vorüber geht.«

»Das willst du wirklich?«

»Nein, natürlich will ich das nicht. Ich will, dass nichts von all dem überhaupt passiert wäre. Es ist wirklich schrecklich. Claire ist meine Schwester.« Amys Stimme versagte.

Er wandte seinen Blick ab. »Es ist sehr schmerzhaft für dich.«

»Für mich?« Amy schüttelte den Kopf. »Was ist mit Sarah? Du weißt doch, wie gern ich Sarah habe. Sie ist so loyal. Wie kann ich ihr je wieder ins Gesicht sehen? Es ist eine unmögliche Situation für mich.«

»Wirst du es ihr sagen?« Er fummelte mit dem Feuerzeug herum.

»Wie kann ich das? Sag's mir. Wie kann ich das?«

»Verstehst du jetzt, warum ich es vor dir verheimlicht habe? Manchmal ist es erforderlich, die Wahrheit vor denen zu verschweigen, die wir lieben.«

Amy war sich der Stichhaltigkeit seiner Worte bewusst und wandte sich zum Gehen.

»Amy, überlass es mir. Ich werde etwas unternehmen.«

»Was denn?«

»Ich krieg es schon irgendwie wieder hin.«

»Maurice, das ist kein Knochenbruch. Du kannst nicht alles wieder hinkriegen. Du bist nicht Gott.«

»Jack weiß, dass du es weißt – das macht die ganze Sache viel komplexer.«

»Ich verstehe nicht, wieso. Was sorgt Jack Goodman sich um mich oder meine Ansichten, wenn es meiner eigenen Schwester schon scheißegal ist?«

»Jack macht sich große Sorgen. Er ist außer sich – starr vor Angst, dass du es Sarah erzählen könntest.«

»Er muss doch wissen, dass ich das nicht tun würde – geschweige denn könnte. Ich würde ihr um nichts in der Welt wehtun.«

»Jack denkt nicht so wie du oder ich, Amy. Heute Abend hab ich ihn daran erinnert, wie nahe du Sarah stehst. Wie ihr euch in alles einweiht, euch alles erzählt.«

Nahm sie da einen neidischen Unterton wahr?

»Er wird mit Claire Schluss machen. Gar keine Frage.«

»Claire wird sich nicht so einfach abservieren lassen.«

»Claire wird gar keine Wahl haben. Jack ist Experte im Abservieren von Frauen.«

»Vielleicht ist es diesmal anders.«

»Nein, ist es nicht, Amy. Sie war bloß die Nächste in der Reihe. So schwer es auch ist, das Verhalten dieses Trottels zu ergründen, ich weiß doch eines über Jack: Er liebt seine Familie.«

»Das hat Sarah auch gesagt.«

»Sie hat Recht.«

»Aber weshalb dann so ein blödes Risiko eingehen?«

»Verbotene Früchte – der uralte Grund.«

»Jaaa. Aufregung.« Sie schob sich die Haare aus der Stirn. »Ein paar Nächte voll verbotener Aufregung.« Sie verstand es, konnte es aber nicht gutheißen.

»Geh ins Bett, Amy. Ich kümmere mich morgen früh als Erstes darum; Jack kommt in der Klinik vorbei.« Lieber noch nichts von seinen Plänen wegen neuer Fenster für die Tierklinik erwähnen. Das würde sie nur noch wütender machen. »Ich werde mit ihm reden, bevor Claire Gelegenheit dazu hat.«

»Und diesmal wird er zuhören? Glaubst du das wirklich?«

»Diesmal hat er keine Wahl. Er weiß, dass er erledigt ist – er hat zu nah vor seiner Haustür gespielt.«

»Genau das ist es, Maurice: ein Spiel. Für beide.«

»Morgen um diese Zeit wird Claire verschwunden sein, das garantiere ich dir.«

»Ich hab sie ja gewarnt, dass sie verletzt werden würde.« Amy rieb sich die Stirn. Ihr Kopf dröhnte.

Maurice nahm sich wieder sein Buch. »Sie wird darüber hinwegkommen.«

Amy warf sich bis in die frühen Morgenstunden hin und her. Sie stellte sich Sarahs Gesicht vor – das Elend, den zerknitterten Blick, wenn sie erführe, wer diese Frau war. Sarah hatte angenommen, dass Claire ein Verhältnis mit Maurice hätte – welche Ironie.

Bilder und Worte schossen ihr durch den Kopf. Claires Grinsen, ihre Kühle, ihr zynischer Ton, ihre Weigerung, einen unvoreingenommenen Blick auf sich und die Lage zu werfen; ihre Gleichgültigkeit dem Elend gegenüber, das sie verursachen konnte.

Spaß. Es läuft gut mit uns. Ich habe ein Recht darauf, mich zu amüsieren.

Was hatte sie so kalt werden lassen? Nein, nein, sie war keine kalte Person. Sie war gut zu Amy gewesen, sehr gut sogar. Sie war ihr ganzes Leben lang gut zu Dawn gewesen. Bloß wenn es um Männer ging, war sie … Was hatte sie nur so bitter werden lassen? Die Unaufmerksamkeit ihres Vaters? Die Dominanz ihrer Mutter? Ihre Grausamkeit? Ihre Manipulationen? Ihr Versuch, ihre Töchter gegeneinander auszuspielen?

»Wer hat Mammy am liebsten? Du, Claire? Amy hat heute Morgen den Abwasch gemacht. Ist sie ein braveres Mädchen als du? Wer ist heute Mammys liebstes kleines Püppchen? Wer von euch flunkert? Das liebste Mädchen bekommt zum Nachtisch Eis. Nur die, die Mammys Vase kaputt gemacht hat, wird bestraft. Wer von euch beiden war es? Gib es zu und nimm deine Strafe an. War es Amy, Claire? Hat deine Schwester sie zerbrochen? Sag es Mammy. Sag die Wahrheit und beschäme den Teufel. Denk daran, du bekommst keinen Klaps, wenn du die Wahrheit sagst. Brave Mädchen lügen nicht.«

Claire war auch nicht unversehrt daraus hervorgegangen.

Leg dich schlafen, Amy. Ich kümmere mich darum.

Maurice, der Macher, der Heiler von gebrochenen Knochen, würde alles wieder in Ordnung bringen – der Blinde könnte wieder sehen, der Lahme wieder laufen. Aber dies hier waren Dinge, die auch er nicht wieder richten konnte.

Maurices Blicke verschwammen allmählich, doch er wollte das Buch nicht zuklappen. Er musste weiterlesen. Wenn er das Licht ausmachte, wäre er im Dunkeln mit seinen Gedanken ganz alleine. Er wollte sich auf gar keinen Fall näher mit der Szene befassen, die er gerade mit seiner Frau durchlebt hatte. Er hatte gewollt, dass sie dablieb und ein richtiges Gespräch mit ihm führte. Er wollte ihr sagen, dass er sie liebte, dass er sein Bestes gäbe, um alles wieder gutzumachen. Dass die Dinge von nun an anders zwischen ihnen sein würden. Vielleicht brachte sie der Ärger mit Claire ja näher zusammen?

Du bist nicht Gott.

Was für eine Aussage! Wollte sie, dass auch er aufgab, so wie sie? Nein, er konnte nicht alles wieder richten. Er kannte seine Grenzen. Er besaß nicht die Macht, jedes Problem zu lösen, doch er hatte den Willen, es immerhin zu versuchen. War das nicht die Krux der ganzen Angelegenheit?

Er hatte nicht vorgehabt, über Jack und Claire und Sarah zu sprechen; sie mussten über ihre eigene Beziehung reden. Das gehört jetzt nicht hierher, hatte sie gesagt. Wann war denn der richtige Zeitpunkt dafür? Morgen Abend würde sie sich fein machen und mit ihm ins Theater gehen. Konnten sie zusammen einen ganzen Abend ohne Disput durchstehen? Nett und freundlich in der Gegenwart des anderen sein? Wie lange war es möglich, diese höfliche Distanz zu halten?

28

Jack verließ die Tierklinik nach einer langen und peinlichen Unterredung mit Maurice und akzeptierte schließlich, was er zu tun hatte. Er stieg in seinen Merc, holte sein Handy heraus und rief im Büro an.

»Fergus? Mir ist was dazwischen gekommen. Ein Notfall. Ich muss ein oder zwei Stunden nach Hause. Ja, ich weiß, dass du beschäftigt bist. Kannst du denn nicht Robbie hinschicken? Na schön, ruf die Frau in Lally an und mach einen neuen Termin aus. Wieso nicht? Ich sage dir doch, ich kann nicht. Es ist ein Notfall. Okay, okay, beruhige dich! Ich fahre vorher bei ihr vorbei. Nur die vorderen Fenster? Bleiglas in den oberen Scheiben? Habt ihr schon über den Preis geredet? Na gut, ich mach's. Ja, ich hab die Prospekte hier bei mir. Wir reden später weiter.«

Zwei Stunden – er konnte in zwei Stunden zu Hause sein.

Sarah putzte das Bad. Im Schlafzimmer lief das Radio und die Tür stand offen, damit sie Pat Kenny zuhören konnte. Er interviewte gerade einen Assistenzarzt: zu wenig Personal, Siebzehn-Stunden-Schichten, unglaubliche Erschöpfung, unerträglicher Druck, erbärmliche Gehälter. Der zermürbte Befragte schlug vor, dass der Gesundheitsminister mal einen Tag im Schlepptau eines Arztes im Krankenhaus verbringen sollte, um die Nöte aus erster Hand kennen zu lernen. Sarah stimmte ihm zu. Das Interview endete, und die vertrauten Stimmen der Beatles ertönten und teilten ihr mit, dass alles, was sie brauchte, Liebe sei.

Hinter ihr eine Bewegung. Sie fuhr herum. Jack stand mit aschfahlem Gesicht da und glotzte sie an.

Sie erhob sich von ihren Knien. »Was gibt's denn? Kommst du zum Mittagessen nach Hause? Ich habe dich gar nicht erwartet – keine Ahnung, was noch im Kühlschrank ist. Ich wollte erst heute Nachmittag zum Supermarkt fahren.«

Er wechselte nervös das Standbein. »Vergiss das Mittagessen. Ich muss mit dir reden.«

Sie drehte sich um und drückte den Schwamm im Waschbecken aus.

»Sarah, kannst du damit aufhören und nach unten kommen?«

Sie drehte den Warmwasserhahn auf und spülte den Schwamm aus.

»Sarah?«

»Geh schon vor. Ich bin in einer Minute unten.«

Ein Druck auf ihrer Brust zwang sie zu tiefen Atemzügen. Jacks Erscheinen um diese Tageszeit zu Hause versprach Ärger. Großen Ärger. Sie öffnete das Medizinschränkchen über der Badewanne und nahm die Notfalltropfen heraus.

Es war entscheidend, dass sie ruhig blieb.

»Ich kann nur sagen, dass es mir Leid tut. Unendlich Leid. Ich wollte dich nicht verletzen, Sarah.«

Sie biss sich auf die Unterlippe. Kein Grund, schon jetzt etwas zu sagen. Sollte er ruhig noch ein wenig zappeln.

»Ich weiß nicht, wieso es passiert ist – ich hab's nicht geplant.«

Sie hielt ihren Blick abgewandt.

»Ich weiß selbst, wie unglaublich blöd ich gewesen bin..«

Ihr fielen andere Begriffe ein: eitel, eingebildet, egoistisch.

»Kannst du mir verzeihen?«

Sarah starrte den Kalender an der Küchenwand an.

»Bitte, Sarah. Du weißt, dass ich dich liebe – du und die Kinder, ihr bedeutet mir alles.«

»Wo hab ich das bloß schon mal gehört?«

»Du bist das Wichtigste in meinem Leben, Sarah.«

»Bin ich das? Bin ich das wirklich?« Ausdrucksloses Gesicht.

Er zog seinen Stuhl näher heran. »Das weißt du genau.«

»Wörter, Wörter, Wörter. Ich weiß nur, dass du das Eine sagst und das Andere tust. So kann es nicht weitergehen.«

»Das wird es auch nicht. Ich schwöre es. Es ist vorbei.« Er wollte ihre Hand nehmen, aber sie zog sie weg.

»Vorbei?«

»Jawohl, aus und vorbei. Es tut mir so Leid, Sarah. Ich werde es nie wieder tun.«

»Wer ist sie?«

»Das spielt keine Rolle. Sie ist nicht wichtig.«

»Ach wirklich nicht? Und wer *ist* wichtig, Jack? Du?«

»Nein, nein, so hab ich das nicht gemeint. Sarah, bitte mach es doch nicht noch schwerer.«

»Schwerer für wen, Jack?«

Sie hatte gelernt, wie man das Spiel spielte, doch im Gegensatz zu dem, was John Lennon da behauptete, war es eben nicht einfach.

»Es tut mir Leid. Es tut mir aufrichtig Leid, und ich verspreche –«

»Was, Jack? Versprichst du, in Zukunft treu zu sein? Versprichst du mir, nie wieder fremdzugehen?«

»Ja, ja.«

»Eine perfekte Beichte, Jack. Möchtest du jetzt die Absolution?« Sie schlug auf den Tisch.

Er wich erschrocken zurück.

»Du erwartest von mir, dass ich dir verzeihe?«

»Nicht erwarten – ich hoffe es.«

»Was soll ich sagen, Jack? Dass alles wieder gut ist? Vergessen, dass es jemals geschehen ist?«

»Wenn du das kannst, Sarah. Bitte, bitte, versuch es.«

»Sag mir, wer sie ist.«

»Wieso? Was hättest du denn davon? Es ist vorbei. Sie ist eine Sache der Vergangenheit.«

Eine Sache. Ein Objekt. Eine verbrauchbare Ware. »Sag es mir, Jack. Ich muss es wissen.«

»Es wird nichts nützen.«

»Das entscheide ich. Also, sag es mir.«

»Ich kann nicht.«

Sarah erhob sich vom Tisch. »Diskussion beendet.«

»Warte, warte, Sarah. Ich kann dir nicht sagen, wer es ist, weil ich dich nicht noch mehr verletzen will.«

»Du bist ein solcher Scheißkerl«, sagte sie so leise, dass sie ihre eigenen Worte fast nicht hören konnte. »Ich weiß nicht, ob ich dir verzeihen kann, Jack. Ich glaube es eher nicht. Ich weiß schon viel zu lange, dass ich dir nicht vertrauen kann.«

»Aber –«

»Unterbrich mich nicht. Ich werde nicht dastehen und mir deine kriecherischen Entschuldigungen anhören, weil sie keinen Wert haben. Gar keinen. Es ist so einfach, Entschuldigung zu sagen, Jack. Das hast du schon das letzte Mal gesagt und auch das Mal davor. Ich glaube kein Wort mehr aus deinem Munde, also beleidige meine Intelligenz nicht, indem du Versprechen gibst, die du nicht halten wirst.«

»Sarah, was erwartest du denn von mir?«, flehte er. »Ich tue ja alles.«

»Deine einzige Chance ist jetzt, reinen Tisch zu machen. Sag mir, wer die Frau ist.«

Ihr sanfter Tonfall machte ihm Angst. Er räusperte sich nervös. »Claire.«

»Claire?«, kreischte Sarah. »Claire Shiels?«

»Sieh mich bitte nicht so an.«

»Amys Schwester. Du warst mit dieser *Schlampe* zusammen?« Sie raste um den Tisch herum und schlug ihm hart ins Gesicht.

Er rieb sich die Wange.

Sarahs Hand brannte von dem Schlag. »Wie konntest du?

Wie konntest du nur, Jack? Claire Shiels! Lieber Gott, warum sie? Wieso dieses intrigante Miststück? Wieso?«

Er ließ die Schultern hängen.

»Weiß Amy das?« Sie schüttelte ihn. »Weiß Amy es?«

»Ja«, murmelte er.

»Seit wann? Antworte mir, Jack. Seit wann weiß Amy es?«

»Seit gestern Nacht.«

Es juckte ihr in den Fingern, ihm noch eine zu knallen.

»Sie hat Claire besucht –«

»Arme Amy. Mein Gott, was sie durchmachen muss. Du feiger Scheißkerl!«

»Sarah –«

»Das ist der einzige Grund, weshalb du jetzt hier bist und mir das alles erzählst. Du hättest kein Wort gesagt. Du hättest noch weiter mit dieser Schlampe gebumst, aber du bist aufgeflogen. Du Schleimscheißer!«

Sie rannte zum Waschbecken und ließ ein großes Glas voll Wasser laufen. Sie zitterte am ganzen Leib, während sie in großen Schlucken daraus trank.

»Sarah, es ist nicht, wie du denkst. Ich habe schon vor langer Zeit beschlossen, sie aufzugeben.«

Sie ließ das Glas in das Emaillebecken fallen, wo es in tausend Stücke zersprang. »Vor langer Zeit? Vor wie langer Zeit? Vor einer Woche? Einem Monat? Wie lange genau bist du schon mit dieser Frau zusammen, Jack?«

»Erst seit ein paar Wochen, Sarah. Noch nicht sehr lange.«

»Seit wann?«, spuckte sie.

»Seit dem Abend eurer letzten Aufführung.«

Ihr Magen zog sich zusammen. »Der Abend, an dem du an der Tür ausgeholfen hast?« Sie wollte losschreien, ihn mit etwas bewerfen, doch sie konnte nicht die Kraft aufbringen, sich vom Waschbecken umzudrehen und ihn anzusehen. Sie konnte es nicht ertragen, seinen verschüchterten Gesichtsausdruck zu sehen. »Jesus, du hast mich auf meiner eigenen Türschwelle betrogen – mein Schauspiel-Club – wie tief willst du noch sinken? Da stehe ich völlig ahnungslos hinter der Bühne und setze die Schauspieler ins Bild, während du vorne im Flur mit dieser billigen Hure rummachst! Wer weiß sonst noch davon? Clodagh Heffernan, sie muss es wissen. Sie muss es gesehen haben. Oh, Gott!«

»Es gab nichts zu sehen. An diesem Abend ist gar nichts passiert, Sarah. Ein paar Tage später bin ich ihr zufällig über den Weg gelaufen. Das musst du mir glauben. Es ist die Wahrheit, ich schwöre es.«

»Die Wahrheit ist in diesem Hause Mangelware.« Sie marschierte zur Küchentür.

»Sarah, wohin gehst du?« Alarm.

»Nach oben, packen.« Stählerne Stimme.

»Du gehst doch nicht etwa? Du kannst nicht weggehen.«

»Das hab ich auch nicht vor. *Du* bist es, der geht. Ich packe deinen Kram zusammen. Dann verschwindest du hier.«

»Aber wo soll ich denn hin? Sarah, bitte, bitte. Tu das nicht. Ich liebe dich, Sarah. Du kannst mich doch nicht vor die Tür setzen. Wo soll ich denn hin?«

»In die Hölle, Jack. Fahr zur Hölle.« Sie lächelte säuerlich. »Aber es gäbe ja auch noch deinen Wohnwagen.«

29

»Wir wussten doch beide, dass es nicht halten würde, als wir uns darauf eingelassen haben.« Jack fühlte sich unbeholfen, unzulänglich für diese Aufgabe. Er wollte nur schnell seinen Text aufsagen und dann nichts wie raus hier.

Claire saß auf der Couch und brodelte innerlich.

»Es ist doch nicht so, dass ich dir Versprechungen gemacht hätte.« Kein Widerspruch. Es war gar nicht so schlimm, wie er befürchtet hatte. Er wurde selbstsicherer. »Wir kannten beide die Regeln, Claire.« Er zog seine Brieftasche heraus und reichte ihr einen Umschlag.

»Was ist denn das? Zahltag?«

»Die Flugtickets und die Theaterkarten für nächstes Wochenende – du kannst sie ebenso gut benutzen.«

Sie zerriss den Umschlag in der Mitte und danach in winzige Stücke. »Wir wollten gemeinsam nach London fliegen.«

»Schon, aber unter diesen Umständen wäre das keine gute Idee.« Er bereute die Verschwendung – die Karten hätte er als Friedensangebot für Sarah verwenden können.

»Was denn für Umstände, Jack?« So leicht wollte sie ihn nicht vom Haken lassen.

»Zum einen, dass Amy es herausgefunden hat. Maurice ist auch hinter mir her. Es lohnt den Aufwand nicht. Was kann ich noch sagen?«

»Du sagst es am besten«, meinte sie fröhlich, »indem du sagst … Ach, vergiss es.«

»Hör mal, Süße, es war toll, solange es gedauert hat. Wir haben beide viel Spaß gehabt, aber jetzt ist es eben vorbei.«

»Stimmt genau.«

Er war irritiert.

»Du hast hier nicht allein das Sagen, Jack.« Sie streckte sich, um an ihren farblosen Nagellack auf der Anrichte zu gelangen. Sie trug ihn mit gleichmäßigen Bewegungen auf und blies auf ihre Nägel, um den Trocknungsprozess zu beschleunigen. »*Ich* bin bereit, Schluss zu machen, deswegen hab ich dich auch kommen lassen.«

»Mich kommen lassen? Ich bin doch kein Laufbursche.«

»Genau das bist du, Jack. Um dir die Wahrheit zu sagen, mir war es ganz angenehm, dass Amy es herausgefunden hat. Meine Schwester kann zwar eine Menge Müll daherreden, aber manchmal bei seltenen Gelegenheiten trifft sie voll ins Schwarze. Unser Verhältnis war eine geschmacklose Angelegenheit, wenn man es genau betrachtet.«

»Geschmacklos?« Jetzt war er reizbar.

»Mhm.« Sie gähnte. »Und es fing an sich zu wiederholen. Ich habe mich etwas gelangweilt.«

»Das hast du nicht, Claire. Das ist eine Lüge. Es hat uns beiden gefallen. Im Bett waren wir toll zusammen. Das hast du oft genug gesagt. Okay, es war nicht die Liebesbeziehung des Jahrhunderts, aber wir hatten eine gute Zeit.«

Dieses eingebildete Schwein. »Es hat mich eine Weile amüsiert.«

»Dich amüsiert?«

»Mhm, ein netter Zeitvertreib. Das warst du für mich, Jack – ein Lückenbüßer.«

»Das ist doch –«

»Wenn du nichts dagegen hast, Jack, würde ich jetzt gern ins Bett gehen – alleine.« Sie gähnte erneut. »Ich bin müde. Mach die Tür hinter dir zu, bitte.«

»Spiel mir doch nichts vor, Claire. Ich weiß genau, dass du wütend bist, aber –«

»Was ist denn los? Oh, jetzt verstehe ich. Ich sollte ein gebrochenes Herz haben. Vergiss es. Ich habe zu viele wie dich gekannt. Und ich werde zweifelsohne noch weitere kennen lernen, bevor ich damit aufhöre. Geh in irgendeinen Club in der Stadt – Männer wie dich gibt's da wie Sand am Meer.«

»Aber wir waren von einander doch ganz angetan«, protestierte er.

»Wir haben einander benutzt, Jack. Du brauchst es nicht zu beschönigen.«

»So kaltschnäuzig bist du nicht, Claire.«

»Ich bin auch nicht so leichtgläubig.«

»Sei bloß nicht vorlaut. Ich möchte, dass wir auf möglichst zivilisierte Weise damit umgehen. Ich kann dich nicht mehr treffen. Und es wäre schön, wenn wir es so höflich wie möglich beenden könnten –«

Sie lachte.

»Claire, du bist eine vernünftige Frau.«

»Sehr.«

»Ich muss an meine Familie denken.«

»Ja, Liebling, das musst du.«

Warum war sie so ironisch? »In aller Offenheit, es hätte sich mit der Zeit wohl von selbst erledigt.«

»Ganz ehrlich, Liebling, das hatte es schon.«

»Claire, ich gehe jetzt. Es wäre besser, wenn wir einander im Augenblick aus dem Weg gingen. Ich weiß nicht, wann ich wieder mit dir sprechen werde.«

»Morgen, Jack. Ich werde Sarah besuchen, um zu sehen, wie es ihr geht.«

Er packte sie am Handgelenk. »Nein, das wirst du nicht tun. Ich will dich nicht in der Nähe meiner Familie sehen. Droh mir nicht damit.«

Jetzt zeigte er sein wahres Gesicht. »Jack, entspann dich. *In aller Offenheit* ist es nur fair, deine Frau wissen zu lassen, wo sie steht. Ich werde ihr natürlich sagen, dass mit dir Schluss ist, aber man sollte ihr klarmachen, was für einen Mann sie da geheiratet hat. Sarah wird perfekt damit umgehen – die Frau hat sämtliche Antworten parat.«

Er drückte noch fester zu. »Du kommst zu spät, Claire. Sarah weiß bereits von uns.«

Sie kniff die Augen zusammen. »Du hast es ihr erzählt?«

»Ja, alles.«

»So, so, ein perfekter Reueakt.« Claire machte ihren Arm frei.

»Sarah versteht es«, bluffte er. »Sie ist eine sehr starke Frau.«

Sie ist eine Idiotin, befand Claire.

»Ich sage nicht, dass alles schon wieder glatt läuft, aber Sarah und ich werden es hinkriegen.«

»Das freut mich für dich, Jack. Du hattest dein Stück Kuchen und hast ihn verspeist, oder nicht? Jetzt sei ein lieber kleiner Junge, und geh heim zu deinem Frauchen.«

»Spiel hier bloß nicht die Geringschätzige!«

»Das fiele mir doch nicht im Traum ein, Jack. Ich bin es, die glücklich entronnen ist.« Sie klopfte ihm herablassend auf die Schulter.

Er erhob sich und zog sich langsam sein Jackett an. »Ich gehe hier nicht mit einem bitteren Beigeschmack. Wir sind beide reife Erwachsene.«

Reif? Er war einfach köstlich.

»Danke für alles, Claire. Das meine ich aufrichtig.«

»Nicht der Rede wert, Liebling. Das Vergnügen war halb auf meiner Seite!«

Ihr Gelächter hallte durch den Flur, als er in die Nacht hinaus trat. Zurück ins Bed and Breakfast.

Es wurde Samstagmorgen, bevor die beiden Frauen sich trafen. Sarah legte die Blumen auf den Küchentisch und umarmte Amy. »Ist schon gut. Ich weiß es zu schätzen, wie du dich gefühlt hast. Es war schrecklich für dich.«

»Ich wusste nicht, was ich tun sollte, Sarah. Ich hätte es dir nicht erzählen können.«

»Es ist furchtbar, dass du und Maurice in das ganze Schlamassel verwickelt ward. Ihr wart lediglich unschuldige Zuseher. Doch was Maurice zu ihm gesagt hat, scheint Wirkung erzielt zu haben. Er war viel reumütiger als sonst. Ich glaube, es hat gesessen, dass du es herausgefunden hast. Du hast ihre Trennung herbeigeführt.«

War es nicht traurig, dass es dazu gekommen war? »Danke, dass du vorbeigekommen bist, Sarah. Ich hab mir schon Sorgen gemacht. Und danke für die Blumen.«

»Ich wäre schon eher hergekommen, aber ich hatte in den letzten Tagen einen Haufen zu erledigen. Ich hab ihm einen Floh ins Ohr gesetzt und ihn mit zwei Koffern voller Sachen weggeschickt.«

»Wo ist er denn hingegangen?«

»Keine Ahnung. Jedenfalls nicht zu *ihr*.«

»Claire muss noch einiges beantworten. Ich werde gar nicht erst versuchen, ihr Verhalten zu verteidigen.« Amy wusste, dass ihre Schwester hinter der Fassade der Gleichgültigkeit sehr, sehr verletzt worden war – doch das war wohl kaum ein Trost für Sarah. »Ich versuche verzweifelt, sie zu hassen, aber es gelingt mir nicht.«

»Sie ist deine Familie.«

»Ja, und ich schäme mich für sie.«

»Wir können uns unsere Verwandten nicht aussuchen. Du bist nicht mehr für ihr Verhalten verantwortlich als ich für Jacks. Aber, Amy, *ich* hasse sie.«

Amy nickte.

»Nachdem der Mistkerl weg war, hab ich den Schlüsseldienst angerufen.«

»Du hast die Schlösser auswechseln lassen?«

»Allerdings. Jetzt hat er keinen Zugang mehr zum Haus. Er kann kommen und anklopfen, aber er wird nicht reinkommen. Ich werde nicht mal am Telefon mit ihm reden – er hat bisher auch nur ein Mal angerufen. Ich habe gleich den Hörer aufgeknallt.«

»Aber die Kinder, Sarah?«

»Die hab ich übers Wochenende zu meiner Schwester geschickt. Avril betet die Mädchen an – sie ist Annas Patin. Helen geht auch gern zu ihr – dort gibt es ein gut ausgerüstetes Spielzimmer, und Ger kann mit seinem Cousin Tommy spielen.«

»Was hast du ihnen denn erzählt?«

»Dass Jack auf Geschäftsreise ist, daran sind sie ja gewöhnt. Avril habe ich nichts gesagt. Meine Schwester führt die perfekte Ehe. Im Ernst – die halten immer noch Händchen und blicken sich tief in die Augen. Dominic betet den Boden an, auf dem sie wandelt. Es gibt jedenfalls keinen Grund, Avril einzuweihen, bevor ich entscheide, was ich tun werde.«

»Was denn?«

»Im Augenblick nichts. Ich lasse ihn erst mal schmoren.«

»Aber früher oder später wirst du etwas tun müssen, Sarah.«

»Ach, ich nehme ihn schon wieder auf, wenn ich dazu bereit bin. Er braucht mal einen Dämpfer. Er muss aufhören, mich als selbstverständlich anzusehen. Soll ich den Kessel aufsetzen?«

»Unbedingt.« Amy zündete sich eine Zigarette an und sah zu, wie ihre Freundin Kaffee zubereitete. Wenn irgendein anderer das in ihrer Küche getan hätte, wäre sie verärgert gewesen, aber Sarah und sie, das war praktisch wie Familie. Und das war auch das Furchtbare: Sie fühlte sich Sarah viel näher als ihrer Schwester. »Er muss aufhören, mit anderen Frauen rumzumachen. Ich weiß zwar, dass du gesagt hast, du hättest dich an seine Seitensprünge gewöhnt, aber –«

»Das stimmt. Man gewöhnt sich tatsächlich daran. Das erste Mal – zumindest als ich es zum ersten Mal herausgekriegt habe –, das war vor fünf Jahren. Ich war völlig fertig. Das war der wahre Grund, weshalb ich in Therapie gegangen bin.«

»Ich hatte ja keine Ahnung.«

»Warum hätte ich es auf dich abwälzen sollen?«

»Das wäre doch kein Abwälzen gewesen, Sarah. Freundinnen teilen ihre Probleme. Ich hätte nur allzu gerne versucht zu helfen – dir zumindest zugehört.«

»Du weißt doch, dass Trübsalblasen ein gefährlicher Zeitvertreib ist. Am Ende genießt man es noch, suhlt sich darin.«

»Die Therapie.« Amy stellte sich zu ihr an die Spüle und füllte eine Vase mit Wasser. »Ich dachte, es wäre wegen dem Tod deines Bruders gewesen.«

»Das war es auch. Trauerarbeit deckt ja einiges ab. Das Vertrauen in jemanden zu verlieren, gehört mit dazu. Sie hat mir jedenfalls dabei geholfen, mich darauf zu konzentrieren, was ich eigentlich wollte. Ich musste mal wegfahren, um einen klaren Kopf zu bekommen. Ich bin für zwei Wochen mit den Kindern nach Courtown gefahren in der Hoffnung, dass ein Urlaub mich von meinen Sorgen ablenken würde.«

»Und hat er das?«

»Nein, aber die Kinder hatten einen Riesenspaß. Ich musste sie beschützen, Amy. Sie beten Jack an. Es ist doch nicht ihr Fehler, dass sich ihr Vater nicht benehmen kann. Egal, was zwischen uns vorfällt, es hat nichts, aber auch gar nichts mit ihnen zu tun. Sie müssen da rausgehalten werden.«

Amy stimmte dem von ganzem Herzen zu. Kinder sollten nicht als Faustpfand dienen. Sie arrangierte die Blumen in der Vase und stellte sie auf die Fensterbank.

»Danach hat Jack sich etwa zwei Jahre lang zusammengerissen, soweit ich weiß, dann war da seine Sekretärin. Klassisch, was? Das hat etwa drei Monate gedauert.«

»Er ist ein furchtbarer Narr.«

»Er kann sich einfach nicht beherrschen. Monogamie passt nicht zu ihm. Aber dieses Mal ist er zu weit gegangen. Jetzt will ein Teil von mir Rache nehmen. Aber nachdem ich die Lorena-Bobbit-Methode in Betracht gezogen und wieder verworfen habe, entscheide ich mich für Maurice.«

»Wie bitte?«

»Maurice könnte ihn kastrieren. Macht man das nicht so mit herumstreunenden Katern, damit sie zu Hause bleiben und nicht sämtlichen Weibchen aus der Umgebung nachjagen?«

»Er wird fett und faul werden«, warnte Amy lächelnd.

»Umso besser!«

»Toll, wie du dich darüber lustig machen kannst.« Amy nahm die Milch aus dem Kühlschrank.

»Was kann man denn sonst machen? Ich habe die Wut- und Grollphase hinter mir, und das ist reine Zeit- und Energieverschwendung, Amy. Ich habe zwei Alternativen: Ich kann mich endgültig von ihm trennen oder versuchen, es hinzukriegen.«

»Wie kannst du es hinkriegen? Du kannst einen Menschen doch nicht ändern, Sarah. Jack ist Jack.«

»Das ist es ja gerade, aber wie ich dir schon sagte, ich will ihn nicht verlieren. Ich liebe ihn noch immer.« Sie stellte die Kaffeetassen auf den Tisch und beide setzten sich. »Genug von mir. Wie war es gestern Abend?«

»*Der Mustergatte?* Geniale Inszenierung.«

»Sprühender Witz?«

Amy zündete sich noch eine Zigarette an. »Ja, und meiner Meinung nach viel gehaltvoller als *Die Wichtigkeit.* Ich glaube nicht, dass du dafür in Stimmung gewesen wärst – es wäre wohl zu nahe dran gewesen. Die Heldin lernt am Ende, die Macken ihres Mannes zu akzeptieren.«

»Deprimierend!«

»Maurice hat's gefallen, aber er wollte hinterher ausführlich darüber reden. Wir haben an der Bar was getrunken, und er fing an, die gesamte Handlung zu analysieren; er hat versucht, sie auf unsere Situation zu übertragen – dazu war ich nicht bereit.«

»Jaaa«, stimmte Sarah zu, »man kann nur ein gewisses Maß an Gequatsche ertragen. Was ist mit Frankreich, Amy?«

»Bis jetzt habe ich es vor mir hergeschoben. Ich habe versucht, die Geschichte meiner Mutter in den Hintergrund zu drängen und auf andere Sachen einzugehen, aber es nagt immer wieder an mir. Deshalb habe ich gestern Catherine angerufen. Sie hat von Wendy Barrett die Adresse des medizinischen Zentrums erfahren. Wenn ich meine Reiseplanung abgeschlossen habe, wird Wendy mit Henry Edwards Kontakt aufnehmen und mich ankündigen. Ich werde heute Abend mal im Novotel in La Rochelle anrufen.«

»Wieso denn gerade dort?«

»Es sieht nett aus – groß, modern, mit Air Condition. Es liegt gleich neben einem Park, ganz in der Nähe des Hafens. Catherine war der Meinung, dass dort viele Geschäftsleute absteigen, und dann wirkt es nicht so merkwürdig, wenn ich alleine da bin. Ich hoffe bloß, es ist noch was frei.«

Sylvia machte sich Notizen, während ihre Patientin weitersprach. Sie vermerkte nervöse Bewegungen und das hastige Sprechtempo.

»Claire braucht einen gehörigen Tritt in den Hintern«, meinte Amy aufgebracht. »Sie denkt nicht so wie ich – das ist mir jetzt klar. Sie konnte einfach nicht verstehen, wieso ich so wütend auf sie war. Obwohl wir zusammen aufgewachsen sind, bewohnt sie einen anderen Planeten. Ist das normal? Dass Schwestern so unterschiedlich sind? Ich meine, warum ist sie so, wie sie ist? Schon gut, schon gut, ich weiß ja, dass wir hier eigentlich mich analysieren sollten, aber meine Schwester ist nun mal meine Schwester und vermutlich ein Teil des Ganzen ... Sie war ein Großteil meines Lebens. Sie ist eine gute Schwester gewesen – ich könnte gar nichts anderes behaupten, aber das ist nicht das erste Mal, dass sie mich in die Scheiße geritten hat ...« Amy verstummte, als ihr der Wahrheitsgehalt ihrer letzten Aussage bewusst wurde. Claire hatte sie schon früher im Stich gelassen.

»Als Sie noch Kinder waren?«, warf Sylvia ein.

»Ja«, sagte Amy gedehnt, während die Szene vor ihrem inneren Auge erschien. »Sie hatte das Küchenfenster zerbrochen, und meine Mutter war außer sich – ich hab Ihnen ja erzählt, wie sie überreagieren konnte. Sie verfolgte uns beide mit einem Besen in den Garten und schrie, wir sollten die Wahrheit über den Unfallhergang sagen. Claire hat es geleugnet. Sie stand da, hat meiner Mutter in die Augen gestarrt und gelogen. Sie ist nicht einmal rot geworden. Sie konnte meiner Mutter Paroli bieten. Sie ist weggegangen und hat mir die Schuld überlassen.«

»Nein«, widersprach Sylvia leise. »Sie haben selbst die Schuld auf sich genommen.«

Amy fühlte die Tränen brennen.

»Was ist dann geschehen? Hat Ihre Mutter Sie bestraft?«

»Sie hat den Besenstiel auf meinem Rücken zerbrochen.« Ihre Augen wurden glasig. »An diesem Abend fuhr mein Vater mit mir zum Arzt und sagte, ich hätte in der Schule einen Schlag beim Feldhockey abgekriegt. Der Arzt hat ihm geglaubt.« Sie suchte in ihrer Handtasche nach einem Kleenex und putzte sich dann ganz leise die Nase. »Aber das ist jetzt alles Wasser unter einer Brücke.«

»Ist es das?«

»Ja, wir waren noch Kinder.«

Sylvia nickte, doch sie bemerkte den Schmerz.

»Aber nun ist Claire erwachsen, und diesmal waren ihre Lügen viel gefährlicher. Diesmal hat sie beinahe eine Ehe zerstört – aber sie will nicht einsehen, was sie getan hat und dass sie mich in eine der schwierigsten Lagen meines Lebens gebracht hat. Zum Glück gibt Sarah mir nicht die Schuld …«

»Warum sollte Sarah Ihnen die Schuld geben, Amy? Sie haben doch nichts falsch gemacht. Jetzt fangen Sie schon wieder an, Verantwortung für das Verhalten anderer Leute zu übernehmen.«

Amy lächelte. »Geben Sie's mir jetzt?«

Die Therapeutin erwiderte das Lächeln. »Ja, aber das ist manchmal auch meine Aufgabe. Kommen wir auf unser früheres Gespräch zurück. Werden Sie nach Frankreich fahren?«

»Sie halten mich für verrückt, oder? Einer Geschichte nachzugehen, die über fünfzig Jahre zurückliegt. Ich verstehe schon, dass ich in der Lage sein sollte, die Sache auf sich beruhen zu lassen, aber da ist dieser … Drang, ein Zwang, der mich antreibt. Jedes Mal, wenn ich anfange, mir das Ganze aus dem Kopf zu schlagen, kommt alles wieder hoch – die Frustration, die Bitterkeit und die Wut auf meine Mutter. Wenn ein Frankreichbesuch bedeutet, dass ich der Geschichte auf den Grund gehen kann und dadurch vielleicht alles erklärt wird, bin ich der Meinung, dass ich fahren sollte.« Sie suchte Bestätigung bei Sylvia. Die Therapeutin antwortete jedoch nicht und schrieb lediglich etwas auf ihren Block. »Das kann die Sache auch nicht schlimmer machen, oder?«

»Folgen Sie Ihren Instinkten, Amy.«

»Ich mache mir auch Sorgen um Dad. Es ging ihm in letzter Zeit nicht so gut, und ich möchte ihn damit nicht belasten, da sein Zustand sich verschlechtern könnte und …«

»Amy, Ihre Schwester soll sich ein paar Tage um Ihren Vater kümmern, wenn Sie fort sind. Er hat schließlich *zwei* Töchter.«

»Oh, Claire hat ihre Pflichten gegenüber Dad nicht vernachlässigt«, erwiderte Amy, um Fairness bemüht. »Sie ist immer gut zu ihm gewesen und hat bei Mams Beerdigung und allem geholfen. Es wird ihr nichts ausmachen, ein Auge auf ihn zu haben. Da sehe ich keine Probleme.«

»Gut«, erwiderte Sylvia. »Es sollte jedenfalls kein zu großer Aufwand für sie sein. Schließlich hat sie ja nun wieder viel mehr Zeit, oder?«

30

»Letzte Nacht hatte er einen leichten Anfall, Mrs Kennedy, aber es besteht kein Grund zur Sorge«, versicherte die Krankenschwester, als sie Amy zum Zimmer ihres Vaters im ersten Stock begleitete.

»War es wieder ein Schlaganfall?«

»Ein ganz schwacher, der Arzt war heute Morgen hier und hat ihn auf andere Tabletten gesetzt. Er kommt schon wieder auf die Beine, aber wir behalten ihn ein paar Tage im Bett, damit er sich ausruhen kann.«

»Ich habe eine Auslandsreise gebucht«, erklärte Amy, »vielleicht sollte ich die stornieren.«

»Das wird nicht nötig sein, es besteht keine unmittelbare Gefahr. Er spricht nur etwas undeutlich, das ist alles.«

War das etwa nicht genug? »Und wie steht's mit Lähmungen? Nach dem letzten Schlaganfall konnte er seinen rechten Arm nicht mehr bewegen.«

»Nein, seine Gliedmaßen sind in Ordnung. Glauben Sie mir, es war nur ein kleiner Schlag.«

Amy betrat das Zimmer und fand ihren Vater in den Kissen liegend. Sein Lächeln war schief, und sie versuchte, sich ihre Bestürzung nicht anmerken zu lassen.

»Hallo, Dad.« Sie beugte sich übers Bett, küsste ihn auf die Stirn und hielt ihren Blick von seinem schiefen Mund abgewandt.

»Amy, mein Mädchen, wie geht's dir? Bin ich froh, dass du hier bist.«

Er sprach wie mit geschwollener Zunge.

»Wie fühlst du dich, Dad?« Eine idiotische Frage, das wusste sie.

»Nur etwas zittrig.« Das Sprechen bereitete ihm große Mühe. »Schwester Cooper hier kümmert sich wie eine Glucke um mich.«

Die Krankenschwester lächelte anerkennend und räumte ein leeres Medizinfläschchen weg. »Ich lasse Sie mal alleine«, flüsterte sie Amy zu und verließ leise das Zimmer.

»Dad, ich bin gekommen, um mich zu verabschieden. Morgen früh fahre ich nach Frankreich.«

»Frankreich, was?«

»Ja, für eine Woche.«

»Das ist gut.«

Es klang nicht so, als ob er es ernst meinte. »Weißt du, weshalb ich hinfahre, Dad?«

»Hast du was herausgefunden?«, fragte er zögerlich. Als seine Tochter vor Monaten das Thema zur Sprache gebracht hatte, hatte Joe sich damit getröstet, dass Frankreich ein großes Land war und Amy die Edwards wohl niemals ausfindig machen würde. Seine Vermutung war fragwürdig gewesen.

»Catherine Cole hat mir die Adresse von –«

Beinahe wäre sie mit *Henry Edwards* herausgeplatzt, da ihr kurzzeitig entfallen war, dass ihr Vater ja nicht wusste, dass das Baby überlebt hatte. Diesen Schock konnte man ihm nicht zumuten. Von nun an musste sie mit ihren Aussagen sehr vorsichtig sein. Amy bereute, dass sie ihrem Vater überhaupt etwas davon erzählt hatte, doch nun war es zu spät.

»... die Adresse von Jane Edwards besorgt.« Sie betonte es so sorglos wie möglich. »Sie lebt jetzt in La Rochelle.«

»Wie bist du ihr denn auf die Spur gekommen?«

»Durch eine Freundin von Catherine. Ich habe sie kennen gelernt, als ich in England war.«

Nur ein schwaches Einatmen bedeutete ihr, dass er sie verstanden hatte.

»Vielleicht werde ich sie besuchen.«

Ihr Vater schloss die Augen.

»Möchtest du lieber nicht, dass ich sie aufsuche, Dad?« Sie nahm seine faltige Hand und streichelte sie zärtlich. »Ich fahre nicht, wenn du es nicht willst.«

Joe schlug die Augen auf, konnte zunächst jedoch nicht scharf sehen, blickte seiner Tochter dann streng in die Augen und untersuchte ihre Gesicht. »Amy, Liebes, du musst tun, was du tun musst.«

»Nicht, wenn es dich belastet, Dad.«

»Ich sorge mich doch nicht um mich.« Joe seufzte leise. »Vielleicht findest du Dinge heraus, die dir nicht gefallen werden.«

Sie drückte erneut seine Hand. »Darauf bin ich vorbereitet.«

»Bist du das wirklich?«

»Ja, ich glaube schon. Es war keine schöne Geschichte – so viel weiß ich schon, aber da ist noch so viel, was ich nicht weiß. Ich spüre, dass ich etwas unternehmen muss, Dad. Da sind einfach noch zu viele offene Fragen.«

»Falsches, das berichtigt werden muss?«

»Mir ist die Wahrheit wichtig. Ich will wissen, was Mam widerfahren ist.«

»Die Wahrheit«, wiederholte er langsam.

»Ich muss es einfach wissen, Dad.«

»Dann fahr nach Frankreich, wenn es dir hilft.«

»Ich komme dich besuchen, sobald ich wieder zurück bin.« Sie legte eine Pause ein. »Dad, bist *du* denn nicht neugierig, was damals vorgefallen ist?«

»Nein. Deine Mutter hat mir alles erzählt, was ich wissen

musste oder wollte. Und was mich betrifft, ist ihre Geschichte mit ihr gestorben.«

»Oh, Dad, es *wäre* dir lieber, wenn ich der Sache nicht nachgehen würde, oder?«

»Amy, mir ist völlig klar, dass du niemals Ruhe finden wirst, bis du das Puzzle nicht zusammengesetzt hast.«

»Es ist mehr als reine Neugier – ich kann mich sonst nicht weiterentwickeln.«

»Dann fahr mit meinem Segen.«

»Danke, Dad.«

»Und egal, was du herausfindest, versuch nicht zu streng mit deiner Mutter zu sein.«

Seine Augen schlossen sich wieder. Amy saß noch eine Weile da und hörte zu, wie seine Atmung tiefer wurde. Dann schlich sie aus dem Zimmer und ließ ihn schlafen.

Am nächsten Morgen kam Maurice ganz früh in ihr Schlafzimmer. »Alles gepackt?«

»Ja, das Taxi wird gleich hier sein.«

»Möchtest du unten noch eine Tasse Kaffee mit mir trinken?«

»Was ist mit deinen morgendlichen Operationen? Wirst du nicht zu spät kommen?«

»Rodney hat die Schichten mit mir getauscht.«

»Ach ja?«

»Ich hatte angenommen, ich würde dich zum Flughafen bringen.«

»Das ist nicht nötig, Maurice.«

»Offenbar nicht, du hast alles gut organisiert.«

Sie bedauerte seinen verletzten Gesichtsausdruck und seine Verärgerung darüber, schon wieder von ihr überrascht worden zu sein. Bis vor zwei Tagen hatte sie ihm nichts von dieser Reise erzählt, da sie ihn vor vollendete Tatsachen stellen wollte, bevor er die Chance hatte, Einwände geltend zu machen. Wie sich herausstellte, hatte er kaum etwas dagegen vorgebracht, doch seine unterschwellige Ablehnung war deutlich spürbar geworden.

»Ich komme gleich nach unten, Maurice, ich will nur rasch noch mal meine Handtasche kontrollieren – manchmal werde ich schusselig, wenn ich verreise, und habe Angst, etwas zu vergessen.«

»So sind wir doch alle.« Er verstummte und starrte sie an. »Du siehst sehr schön aus, Amy. Dieses rote Kleid ist wirklich bezaubernd. Es steht dir.«

»Danke.«

Er verließ das Zimmer, und sie hörte ihn beim Hinuntergehen summen. Er versuchte, das Beste daraus zu machen.

Maurice kochte Kaffee. »Wie lange willst du wegbleiben?«

»Eine Woche. Ich habe die Telefonnummer vom Novotel neben dem Apparat auf dem Flurtisch hinterlassen. Maurice, könntest du mir einen Gefallen tun?«

»Natürlich.«

»Könntest du Dad mal besuchen, während ich weg bin? Ich mache mir Sorgen um ihn.«

»Aber sicher.«

»Vielen Dank.«

»Du brauchst mir nicht zu danken, Amy. Ich mag deinen Vater. Ich hatte sowieso vor, ihn zu besuchen.«

Seine Leutseligkeit brachte sie ein wenig aus der Fassung. »Heute Morgen habe ich im Altersheim angerufen, und die Oberschwester meinte, es ginge ihm schon viel besser.« Sie nahm einen Lappen aus der Spüle und wischte den Tisch ab, wo sie etwas Kaffee verkleckert hatte. »Ich würde nicht fahren, wenn es ihm immer noch schlecht ginge«, fügte sie rasch hinzu, als sie sich wieder hinsetzte.

»Natürlich nicht. Ich werde in ein oder zwei Tagen dort vorbeifahren, und Claire wird ihn ebenfalls besuchen, sei ganz beruhigt.«

»Ja.«

Maurice erhob sich und ging ans Fenster. »Klarer Himmel, keine Anzeichen von Regen. Es ist ein schöner Reisetag.«

»Ja.«

»Und wann geht dein Zug nach Paris?«

»Gegen sechs.«

»Das bedeutet, dass du zwei Stunden warten musst.«

»Ich konnte keine Karte mehr für den früheren Zug bekommen.«

Er kam zum Tisch zurück und setzte sich ihr gegenüber hin. »Na ja, wenn du schon die Zeit totschlagen musst, ist Paris vermutlich der beste Ort dafür.«

Sie konnte seinen Gesichtsausdruck nicht deuten. Er starrte durch sie hindurch, seine Augen waren rund, sein Kiefer geschlossen. Amy schob ihre Kaffeetasse weg. Der bittere Geschmack verursachte ihr Übelkeit. Das Ticken der Küchenuhr wurde lauter und lauter. »Maurice, du fragst dich bestimmt, warum ich nach La Rochelle fahre.«

Er starrte sie nur an.

»Es ist nicht bloß Urlaub ... es hat sich was ereignet.«

Er starrte weiter.

»Ich muss jemanden aufsuchen.«

»Ich verstehe.«

Er verstand überhaupt nichts.

»Ich wollte erst nichts sagen, aber vielleicht sollte ich es. Ich habe etwas über meine Mutter herausgefunden und –«

»Amy, ich glaube, ich will es gar nicht wissen«, unterbrach er sie abrupt.

»Aber du wirfst mir doch immer vor, ich würde dich im Unklaren lassen«, verteidigte sie sich.

»Und das tust du ja auch.« Da war wieder diese Gereiztheit in seiner Stimme.

»Ich bin bereit, dir alles zu erklären, Maurice.«

»Amy, Amy, kannst du es nicht einfach auf sich beruhen lassen?« Er nahm ihre Hand. »Deine Mutter ist tot und begraben – aus deinem Leben verschwunden.«

Sie zog behutsam ihre Hand zurück und strich eine Falte in ihrem Kleid glatt. »Unsere Eltern verschwinden nicht aus unserem Leben.«

»Das tun sie, wenn wir sie nur lassen«, meinte er sanft.

Sie versuchte, sich eine Zigarette anzuzünden, aber ihre Hände zitterten. »Maurice, ich *muss* es dir erzählen: Als meine Mutter vor Jahren in England lebte, hat man ihr fälschlicherweise vorgeworfen, etwas Unaussprechliches getan zu haben, und ich fühle –«

»Etwas Unaussprechliches?« Er starrte sie noch eindringlicher an. »Dann *sprich* auch nicht darüber. Ich möchte es lieber nicht wissen. Lass mich da raus, Amy. Begib dich auf deine wilde Jagd, wenn du musst, aber zieh mich nicht mit rein. Du solltest *hier* sein, zu Hause, und dich um deine Angelegenheiten kümmern – und nicht aus irgendeiner Laune heraus auf dem Kontinent herumflitzen. Du solltest deine Prioritäten richtig setzen. Du bist besessen von deiner Mutter und all den eingebildeten Dingen, die sie dir angetan hat.«

»Maurice, ich habe mir das nicht *eingebildet.*«

»Immer hast du deiner Mutter die Schuld dafür gegeben, was du durchgemacht hast. Während unserer ganzen Ehe hast du das als Entschuldigung vorgebracht.«

»Als Entschuldigung?«

»Sieh es doch ein, Amy. Du kannst nicht immer anderen die Schuld für dein eigenes Elend geben.«

»Das ist nicht fair. Wie kannst du so was sagen, Maurice? Es geht hier nicht um Schuld. Ich will doch bloß verstehen –«

»Verstehen? Was gibt's denn da zu verstehen? Amy, keiner von uns hatte eine perfekte Kindheit. Wir müssen alle erwachsen werden und irgendwann mal akzeptieren, dass das Leben nicht immer leicht ist. Deine Mutter war auch nicht schlimmer als die meisten Mütter. Lass die Frau doch in ihrem Grab ruhen, um Himmels willen –«

»Maurice –«

»Es reicht, Amy. Mach ein für alle Mal Schluss damit.« Seine Stimme zitterte. »Ich habe mehr als genug davon. Es wird dir auch nicht besser gehen, bloß weil du auf dem Kontinent herumjagst. Ich bitte dich, es sein zu lassen.«

»Das kann ich nicht. Maurice, bitte –«

Es klingelte an der Tür.

»Das ist dein Taxi.«

31

Amy war erschüttert und aufgebracht, und obwohl der achtzigminütige Flug zum Flughafen Charles de Gaulle ganz angenehm war, linderte er ihre Qualen nicht. Sie knabberte am Essen herum und versuchte sich am *Crosaire* in der *Irish Times,* konnte sich aber nicht genügend konzentrieren.

Je mehr sie darüber nachdachte, was heute Morgen geschehen war, desto enttäuschter war sie von Maurice. Er hatte sie im Stich gelassen. Ihre Unterhaltung hatte nicht anders als sonst auch begonnen – steif, gezwungen, aber zumindest höflich. Doch sobald sie ihre Mutter erwähnt hatte, war er kalt und barsch geworden.

Ihr war immer klar gewesen, dass er ihre Kindheit nicht begriffen hatte. Er konnte lediglich vergleichen, gegenüberstellen und analysieren – dafür war wohl seine jesuitische Erziehung verantwortlich. In ihren Augen war sein Denken rational, aber limitiert. Begriff er denn nicht, dass *sie* ein Recht auf ihre Gefühle hatte, ganz egal was er davon hielt? Ihre eigene Wahrnehmung besaß Gültigkeit für sie – konnte er das nicht verstehen? Er hätte ja versuchen können, ihre Beweggründe für diese Reise zu akzeptieren, doch er hatte es gar nicht erst wissen wollen, geschweige denn sie ermutigt oder unterstützt. Es überstieg seine Fähigkeiten. Sein Denken war ausgesprochen wissenschaftlich: Wenn etwas nicht gewogen, durchleuchtet, gemessen oder unter einem Mikroskop untersucht werden konnte, existierte es nicht.

Das Ganze führte doch zu nichts. Sie würde ihn aus ihren Gedanken verbannen, ihre häuslichen Schwierigkeiten für die kommende Woche hinter sich lassen müssen und sich voll auf ihre Aufgabe konzentrieren. Sie gab der Stewardess ihr Tablett zurück. In zehn Minuten würden sie landen. Amy würde zum Bahnhof fahren, sich ein nettes kleines Bistro suchen und zu Mittag essen. Vom Taxi aus hätte sie die Möglichkeit, die Sehenswürdigkeiten von Paris zu bewundern. Und sie würde sich die Leute ansehen. Amy liebte es, die Franzosen zu beobachten – sie waren so chic.

In der wimmelnden Menschenmenge auf dem Gare Montparnasse wurde sie angerempelt und geschubst, gedrückt und geschoben. Das war genau die Situation, die Amy verabscheute: Menschenmassen, Lärm, Hitze, Tumult.

Nachdem es ihr gelungen war, sich durch die Menge zu schlängeln und zu dem großen elektronischen Fahrplan hinaufzublicken, fand sie heraus, dass der Zug nach La Rochelle auf Gleis 4 bereitstand. 8369 TGV. Abfahrt 18:50.

Amy folgte den Menschen, zog den Koffer hinter sich her und bemühte sich, ihr Handgepäck nicht fallen zu lassen, während sie sich vorwärts kämpfte. Sie las die Nummern auf den ersten Waggons und studierte erneut ihre Fahrkarten. Typisch! Ihr Platz war in einem der hintersten Waggons.

Der Zug war blitzsauber, geräumig und ausgesprochen bequem. Es war ihr gelungen, noch einen Platz im *compartiment fumeurs* zu ergattern, so dass sie sich endlich eine Zigarette anstecken konnte, nachdem es ihr im Flugzeug und Taxi so qualvoll untersagt gewesen war. Um Punkt 18:50 verließ der Zug den Bahnhof. Auf dem Kontinent war Pünktlichkeit entscheidend – eine Minute zu spät und man verpasste den Anschluss.

Die Abendsonne schien von einem blau-weiß gesprenkelten Himmel herunter, während der Zug dahinraste. Amy bewunderte die Landschaft, die ordentlich, gepflegt und symmetrisch war: saftige grüne Büsche, Bauernhöfe, kleine Dörfer, Seen, goldenes, gelbes und grünes Getreide. Alles in Ordnung und Harmonie.

Um acht Uhr hielt der Zug zum ersten Mal: St. Pierre des Corps. Vom Bahnhof aus waren lediglich Bürogebäude und riesige Apartmentblocks sichtbar.

Weiter südlich, während der Zug weiter sanft dahinraste, ließ Amy sich von einem Sonnenblumenfeld nach dem anderen verzaubern – massenhaft tanzten und frohlockten die fröhlichen braungelben Gesichter im Sonnenschein. Sie war überzeugt davon, dass der sensationelle Anblick der Sonnenblumen ihr noch lange nach dieser Reise im Gedächtnis bleiben würde. Sie hatte sich merklich beruhigt und fing an, es zu genießen.

In einigen Prospekten begann sie über die angebotenen Aktivitäten zu lesen: das Aquarium, Bootsfahrten zu den Inseln, ein Abend im Casino.

Würde sie tatsächlich etwas davon wahrnehmen? Ganz alleine? Wohl eher nicht. Es war auch egal – ihr Ziel war es, Henry zu treffen, doch sie würde in der Lage sein, einfach ein paar Tage zu vertrödeln. Unter freiem Himmel sitzen, Kaffee schlürfen, die Welt vorbeiziehen lassen und all die Sehenswürdigkeiten, Gerüche und das Ambiente genießen – darauf freute sie sich richtig.

Noch drei weitere Stopps in Chatellerault, Poitiers und Nirot, dann würde der Zug endlich in La Rochelle ankommen.

Das Novotel war ein neues, modernes Gebäude mit Glasfront, das zwischen reizenden Gärten in der Avenue de la Porte Neuve lag. Die Straße grenzte an den prächtigen Parc Charruyer, doch es würde wohl erst wieder Tag werden müssen, bevor Amy ihn erkunden konnte. Nach ihrem Reisetag war sie müde und wollte nur noch auf ihr Zimmer.

»Trois cent vingt-six, Madame.« Die Empfangsmitarbeite-

rin wandte sich den Schlüsselfächern zu, nahm einen Schlüssel und einen Umschlag heraus und überreichte Amy beides. *»Un message pour vous. Il est arrivé cet après-midi.«*

»Merci.«

»L'ascenseur se trouve là-bas, derrière vous.« Die junge Frau deutete zum Lift.

»Le petit déjeuner est a quelles heure?«

»Sept heures à neuf heures trente mais vous pouvez le commander dans votre chambre, si vous voulez.«

»Bon, merci encore.«

Ja, sie würde auf ihrem Zimmer frühstücken, beschloss sie, als sie den Aufzug betrat. Sie drückte die Drei und die Türen schlossen sich. Sie starrte auf den Umschlag in ihrer Hand. Henry Edwards? Sie hatte nicht erwartet, schon so früh von ihm zu hören. Vielleicht war das Ganze viel einfacher, als sie dachte.

Liebe Mrs Kennedy,
Wendy Barrett hat mich gebeten, Sie in La Rochelle willkommen zu heißen. Hoffentlich hatten Sie eine angenehme Reise. Ich werde mich morgen mit Ihnen in Verbindung setzen, damit wir eine Verabredung treffen können. Falls Sie noch nichts anderes vorhaben, möchten Sie mich morgen vielleicht zum Abendessen begleiten? Es wäre mir ein großes Vergnügen.

Ich freue mich darauf, Sie kennen zu lernen.

Henry Edwards

Nachdem Amy die Nachricht gelesen hatte, ging sie an die Minibar und nahm sich ein Fläschchen Cognac heraus. Was war nun davon zu halten? Der Text war ein wenig formell, aber das war verständlich, da er sie ja gar nicht kannte.

Mit dem Cognac in der Hand kickte sie ihre roten Sandalen fort und streckte sich in voller Länge auf dem Sofa aus. Die Suite war sehr gemütlich: Badezimmer, separate Toilette,

Doppelbett und eine Couch. Modern, hell und sauber – so wie sie sich ihr Zuhause gewünscht hätte.

Sie las die Nachricht noch einmal. Er schien es ernst damit zu meinen, dass er sie kennen lernen wollte. Jetzt, wo alles wirklich geschah, konnte sie es kaum glauben. Es war aufregend – ein Abenteuer –, aber auch extrem beängstigend. Es war eine Sache, das Ganze von Dublin aus vorzubereiten und zu planen, aber jetzt, wo sie hier auf seiner Türschwelle stand, bekam sie Angst.

Der einzig tröstliche Gedanke war, dass Henry Edwards keine Ahnung hatte, wer er eigentlich war. Er spielte lediglich den barmherzigen Samariter. Er konnte nicht wissen, was sie in Wirklichkeit vorhatte. Und das machte es zugleich auch so schrecklich – Amy hasste Doppelzüngigkeit.

32

Amy öffnete die Schlafzimmervorhänge. Blauer Himmel und Sonnenschein. Zumindest das Wetter war angenehm! Von ihrem Zimmer aus blickte man auf die Blumen im Garten und den Parkplatz. Sie hatte beschlossen, am ersten Tag zu Fuß die Stadt zu erkunden. Falls sie sich weiter entfernen wollte, würde sie auf den öffentlichen Nahverkehr oder Taxis zurückgreifen – der Gedanke, auf der falschen Seite Auto fahren zu müssen, missfiel ihr. Nachdem sie geduscht und reichlich Sonnencreme aufgetragen hatte, besprühte sich Amy am ganzen Körper mit Mückenspray. Dann klopfte es an der Tür und das Frühstück wurde serviert.

Sie hatte ihre zweite Tasse Kaffee getrunken und sich die erste Zigarette angezündet, als das Telefon klingelte. Sie schnappte sich einen Aschenbecher und nahm den Hörer ab.

»Madame Kennedy? Vous avez un visiteur.«

»Oui?«

»Monsieur Edwards vous attend au bar.«

Sie holte scharf Luft.

»Ça va, Madame? Ça vous convient?«

Die Antwort fiel ihr schwer. *»Ou, bien sûr, je serai là dans cinq minutes.«*

Henry Edwards wartete unten in der Bar auf sie. Jesus! Was tat er denn hier? Sie rannte vor den Badezimmerspiegel. Nein, das blaue Sommerkleid mit den Trägern war zu knapp. Eher etwas für den Strand. Was sollte sie anziehen? Den weißen Rock und ihr schwarzes T-Shirt? Nein, für den taillierten Rock war es zu warm. Ihre weite malvenfarbene Hose vielleicht? Oder das grüne Kleid? Der Farbton brachte ihre Augen gut zur Geltung, hatte Dawn gemeint. Plötzlich erschienen ihr sämtliche Kleider auf der Garderobenstange hoffnungslos fehl am Platz.

Fünf Minuten hatte sie gesagt. Sie musste sich beeilen – er wartete auf sie. Zweifelsohne war Henry Edwards ein vielbeschäftigter Mann, und sie benahm sich hier oben wie ein zappeliges Schulmädchen. Es war sehr nett von ihm, sich so früh bei ihr zu melden, um sie kennen zu lernen, da konnte sie ihn doch nicht warten lassen. Sie zog das Sommerkleidchen aus, schlüpfte in das grüne Kleid, schnappte sich ihre Handtasche und den Zimmerschlüssel und verließ eilig den Raum.

Er saß auf einem Hocker an der kleinen, runden Bar. Dunkles gewelltes Haar, breite Schultern, hellgrauer Anzug. Amy näherte sich nervös. »Doktor Edwards?«

Er stand auf, um sie zu begrüßen. »Henry, bitte, überspringen wir doch die Formalitäten. Amy, wie ich annehme. *Enchanté.«*

Schöne Stimme, tief und sanft. Kultivierter Akzent. Er war sehr groß und schlank. Große braune Augen ließen garantiert jedes Frauenherz dahinschmelzen. Sein hübsches Gesicht war gebräunt, glatt rasiert. Sein Gesichtsausdruck war offen und freundlich. Nervös fingerte sie am Gurt ihrer Handtasche herum.

Zu ihrer Überraschung küsste er sie auf beide Wangen und dann noch einmal auf die rechte. »So machen wir das in La Rochelle!«

Sie errötete.

»Trinken Sie einen Kaffee mit mir?«

Er war dermaßen höflich, gewinnend und sympathisch, dass sie bezweifelte, man könne ihm überhaupt etwas abschlagen. »Vielen Dank.«

Er winkte dem Barkeeper und wurde prompt bedient. Etwas in seinem Verhalten verlangte Respekt.

»Es ist ausgesprochen freundlich von Ihnen, sich die Mühe zu machen und mich so rasch zu kontaktieren«, meinte Amy, während sie ebenfalls auf einen hohen Hocker rutschte.

»Ich fange heute nicht vor elf Uhr in der Klinik an und wollte die Gelegenheit nutzen, um vorbeizukommen und Sie kennen zu lernen. Ich war sehr erfreut, als Wendy mich anrief. Sie weiß, dass ich gerne Menschen aus der Heimat treffe.«

Irland war nicht seine Heimat, überlegte Amy, doch sie freute sich darüber, dass er diesbezüglich keinen Unterschied machte.

»Kennen Sie Wendy gut?«

»Eigentlich nicht, ich bin mit ihrer Freundin befreundet. Catherine Cole hat uns kürzlich vorgestellt, als ich sie zu Hause besucht habe. Ich komme aus Dublin.«

»Ach ja, natürlich«, erwiderte er rasch. »Das hat Wendy ja gesagt. Ich habe mich nur über Ihren Akzent gewundert – ich konnte ihn einen Moment lang nicht zuordnen.«

»Man hat mir gesagt, der Dubliner Akzent wäre gut herauszuhören.« Amy lächelte.

»Sie klingen ein bisschen wie Mary Robinson – dieselbe Betonung.«

Die frühere Präsidentin von Irland? Wenn sie das Sarah erzählte!

»Catherine Cole«, fuhr er fort, ohne zu bemerken, dass er

sie amüsiert hatte. »Die kenne ich gar nicht. Wendy erzählte mir, dass sie mit meinem Vater zusammengearbeitet hat, aber das war wohl vor meiner Zeit. Natürlich war der alte Herr in medizinischen Kreisen sehr berühmt.«

Er bot ihr eine Zigarette an, die sie dankend annahm.

»Mein Vater ist vor zehn Jahren verstorben. Wussten Sie das?« Er beugte sich vor und gab ihr Feuer. »Bestimmt hat Wendy Ihnen davon erzählt. Nach meiner Scheidung zog ich hierher nach La Rochelle, und kurz nach dem Tod meines Vaters hat meine Mutter ganz in der Nähe ein Haus gekauft.«

»Es muss schön für Sie sein, sie hier zu haben.« Amy schlug die Beine übereinander, was auf dem Hocker gar nicht so einfach war.

»Sie lebt nicht das ganze Jahr über hier. Wir haben den Familiensitz in Surrey behalten und auch ein Minimum an Bediensteten dort. Mutter fährt im Winter stets nach Hause. Sie führt ein Doppelleben, wie sie immer scherzhaft sagt.«

Tod, Scheidung, Auswanderung – in weniger als einer Minute hatte er alles abgehandelt. »Wohnen Sie denn mit ihr zusammen?«

»Das nicht, aber wir sehen uns beinah jeden Tag. Ich habe über der Klinik eine Wohnung. Das ist bequem und deckt alle meine Bedürfnisse. Meine Mutter lebt alleine – abgesehen von der Haushälterin. Die alte Grace Thornton ist schon seit über vierzig Jahren bei unserer Familie.«

Er beschrieb da einen Lebensstil, der nicht viel mit Amys Erfahrung zu tun hatte: eine privilegierte, wohlhabende Welt mit großen Häusern, Villen, Apartments, Bediensteten, die unter ihrem Dach lebten. Doch er hatte nichts Prahlerisches an sich, keinen überheblichen Unterton.

»Mittlerweile ist die alte Grace eher eine Gefährtin als eine Bedienstete. Meine Mutter hat ihr Personal stets gut behandelt.«

Das glaubte er wohl. Amy nickte höflich.

»Es ist ganz leicht, sich um meine Mutter zu kümmern, da

sie trotz ihres fortgeschrittenen Alters noch ziemlich rüstig ist.«

Amy hatte keine Ahnung, was sie als Nächstes sagen sollte. Das alles passte nicht zusammen. Sie war mit der festen Absicht nach Frankreich gekommen, diesen Mann kennen zu lernen und so viel wie möglich über ihn herauszufinden. Und jetzt saß er neben ihr, war bereit, alles zu erzählen, ihr unaufgefordert über seine Familie, seine Arbeit und sein Leben zu berichten und dabei nichts zurückzuhalten – und sie saß stumm daneben.

»Leben Ihre Eltern noch, Amy?«

Die Plötzlichkeit dieser Frage schreckte sie auf. »Mein Vater ist – er ist mittlerweile Invalide und lebt in einem Altersheim.«

»Wie traurig«, meinte er und schnalzte mitfühlend. »Und Ihre Mutter?«

Ihre Mutter? In seiner Unschuld fragte er nach ihrer Mutter – einer früheren Angestellten seiner Mutter, die auf keinen Fall gut von ihr behandelt, sondern in Wirklichkeit von seiner Familie zerstört worden war – benutzt, ausgebeutet und weggeworfen. »Meine Mutter ist vor einem Jahr gestorben«, sagte sie leise.

»Es ist schlimm, einen Elternteil zu verlieren. Ich glaube, wenn der zweite dann auch stirbt, muss es noch schlimmer sein – es macht einem die eigene Sterblichkeit bewusster. Man steht dann selbst an vorderster Front, sozusagen.«

Eine bizarre Unterhaltung, nachdem man sich gerade erst kennen gelernt hatte, obwohl das Henry Edwards keine Probleme zu machen schien. Er besaß eine Offenheit, die sehr anziehend war. Sie zwang sich dazu, kommunikativer zu sein. »Sind Sie wegen Ihres Vaters in die Medizin gegangen?«

»Ich denke schon. Er hat mir ein Riesenvermächtnis hinterlassen, und ich meine damit nicht nur Geld. Mutter glaubt, ich hätte sein Talent geerbt.«

Und was jetzt? Bevor sie Zeit hatte, eine neue Frage zu formulieren oder mit einem interessanten Kommentar aufzuwarten, fuhr er fort.

»Der Sohn eines bedeutenden Arztes zu sein, hat auch seine Nachteile. Mir genügt es, Allgemeinmediziner zu sein, doch mein Vater war darüber sehr verärgert. Er ging davon aus, dass ich mich spezialisieren würde, aber Ehrgeiz ist noch nie meine große Stärke gewesen.«

»Das ist auch nicht immer eine Stärke«, meinte Amy.

»Bestimmt nicht – ganz meine Meinung.«

Sein verschmitztes Lächeln ließ Amy ganz warm ums Herz werden.

»Wie lange werden Sie in La Rochelle bleiben?«

»Eine Woche.«

»Das gibt uns ja genug Zeit, einander besser kennen zu lernen.«

Sie fühlte sich wie Judas Ischariot.

Sein Handy klingelte und mit einer Entschuldigung ging er ran. Sobald er Französisch sprach, klang er lebhafter, aufgeregter. Sie verstand nur die Hälfte von dem, was er sagte.

»Ein Notfall«, erklärte er, nachdem er aufgelegt hatte. »Eine meine älteren Patientinnen ist ins Krankenhaus eingeliefert worden – Verdacht auf Herzanfall. Sie ist äußerst nervös und fragt nach mir. Ich muss los, Amy. Es tut mir furchtbar Leid. Ich dachte, wir könnten länger miteinander plaudern.«

»Das ist schon in Ordnung. Ich verstehe das.«

»Wie wär's denn mit heute Abend? Möchten Sie mit mir zu Abend essen?«

»Das wäre herrlich.«

»Mögen Sie Schalentiere? Meeresfrüchte sind hier sehr angesagt.«

Sie konnte Schalentiere nicht ausstehen, war überhaupt nicht wild auf Fisch jeglicher Art, konnte sich aber dazu überwinden, wenn sie musste. Er war dermaßen charmant, dass sie vermutlich auch Pappe gegessen hätte, wenn er sie darum gebeten hätte.

»Falls Sie keinen Fisch mögen, gibt es ausreichend Alternativen. Ich schlage vor, ich komme, sagen wir, um acht Uhr vorbei?«

Amy stimmte bereitwillig zu. Er erhob sich, schüttelte ihre Hand, lächelte und ging. Sie blieb noch eine viertel Stunde an der Bar sitzen, starrte vor sich hin und ließ ihren Kaffee kalt werden. Er war ein reizender Mann. Friedfertig und freundlich. Das Ganze wäre verdammt viel einfacher gewesen, wenn Henry nicht so liebenswürdig gewesen wäre. Sie beschloss, auf ihr Zimmer zu gehen und Sarah anzurufen. Sie musste dringend mit jemandem sprechen.

»Du hast ihn schon kennen gelernt, Amy? Das ging aber schnell.« Sarah war ganz aufgeregt. »Wie ist er denn so?«

»Ungezwungen und höflich. Sehr umgänglich.«

»Starkes Lob. Mach schon, erzähl mir mehr. Wie sieht er aus?«

»Sehr attraktiv. Dunkle Haare. Braun gebrannt.«

»Französischer Look? Wie appetitlich!«

»Schon, aber sein Verhalten ist entschieden Englisch.«

»Spießig?«

»Ganz und gar nicht, im Gegenteil. Er hätte kaum netter oder gesprächiger sein können. Gleichzeitig wirkt er sehr nobel. Ich gehe heute Abend mit ihm essen.«

»Ihr habt euch schon verabredet? Das ging aber flott. Eines muss man dir lassen, Amy – wenn du dich erst mal entschieden hast, fackelst du nicht lange.«

»Er holt mich um acht Uhr ab.«

»Dann ist also alles glatt gelaufen? Ihr habt euch gut verstanden?«

»Schwer zu sagen in der kurzen Zeit, aber … ja, ich glaube schon. Er hat extra einen Umweg gemacht, um mich zu treffen.«

»Ich hab's ja gesagt – es läuft alles glatt. Der frisst dir schon bald aus der Hand.«

»Alles glatt? Sarah, ich konnte dem Mann kaum antworten. Ich saß da und habe *ähm* und *äh* gestammelt. Er muss mich wohl für eine Idiotin halten. Ich habe mir große Mühe gegeben, bloß nichts Falsches zu sagen oder mich zu verplappern, so dass ich nur blöde Kommentare abgeben konnte.«

»Das ist ganz bestimmt eine Übertreibung.«

»Wohl kaum. Ich glaube nicht, dass ich das durchziehen kann.«

»Natürlich kannst du das. Heute Abend wird es leichter gehen.«

»Leichter?«

»Wenn er wirklich so redselig ist, wie du sagst, wird es kein Problem sein, sämtliche Informationen aus ihm rauszuholen – ein Kinderspiel für dich.«

»Ich wünschte, ich hätte das Ganze gar nicht erst angefangen«, meinte Amy verzagt.

»Aber du hast doch eben gesagt, er wäre sehr nett gewesen.«

»Das ist es ja gerade. Ich fühle mich so mies und heimtückisch. Was, wenn er wüsste, warum ich ihn wirklich aufgesucht habe? Was würde er wohl denken, wenn er ahnte, dass ich ihn ausspioniere? Glaubst du, er wäre so gesellig, wenn er die Wahrheit wüsste? Kannst du dir vorstellen, wie er reagieren würde, wenn er herausfände, dass ich hier bin, um meine Nase in die Angelegenheiten seiner Mutter zu stecken, Sarah?«

»Hat er sie denn erwähnt?«

»In glühenden Worten. Dann hat er von seinem Vater gesprochen.«

»Dem mächtigen Valentine.«

»Er hat mir den Eindruck vermittelt, dass sein Vater sehr fordernd war, beinah schon anmaßend. Er meinte, er hätte einer Menge Ansprüchen gerecht werden müssen. Wenn ich so zwischen den Zeilen lese, würde ich sagen, dass ihre Beziehung nicht sehr harmonisch war.«

»Gott, noch mehr Familienkummer. Wie willst du denn ein Treffen mit Jane Edwards deichseln?«

»Gute Frage.«

»Denk nicht daran, diese Hürde wirst du meistern, wenn es soweit ist. Ruf mich morgen wieder an und erzähl mir den Stand der Dinge. Du bist wirklich mutig, Amy, wie du das Ganze angehst.«

»Ich fühle mich überhaupt nicht mutig, ganz und gar nicht. Was gibt es bei dir Neues? Ist Jack schon wieder zu Hause?«

»Kommt nicht in Frage. Der muss erst noch ein bisschen leiden – dafür sorgen schon ein paar weitere Tage in seinem Bed and Breakfast. Oh, warte, bis du das Neueste hörst! Er hat den Wohnwagen wieder verkauft. Der Mistkerl hat doch tatsächlich noch einen Gewinn dabei gemacht. Jedenfalls wird er mir ein neues Auto kaufen. Damit will er wohl sein Gewissen beruhigen.«

»Sarah, du bist eine Nummer! Ich mach jetzt lieber Schluss. Ich ruf dich morgen wieder an. Passt es dir morgens am besten?«

»Ja doch, ja. Warte noch, Amy, ich hätte fast vergessen zu erzählen, dass ich gestern eine Karte aus Amsterdam erhalten habe.«

»Clodagh? Wie geht's ihr denn?«

»Bestens. Offenbar so gut, dass sie beschlossen hat, dort zu bleiben.«

»Was? In Amsterdam bleiben? Meinst du das ernst?«

»Sie liebt die Stadt und hat einen Haufen neue Freunde gewonnen – besonders einen, nach dem, was ich so herauslesen kann. Sie will mich anrufen, wenn sie eine Wohnung und einen Job gefunden hat. Ihr Haus hier will sie vermieten. Ist das nicht verrückt?«

»Verrückt, aber wunderbar«, erwiderte Amy.

Sie verbrachte den Morgen am alten Hafen. Nachdem sie den *Tour de la Chaine* besucht hatte, schlenderte sie den *Cours des Dames* entlang und bummelte durch die Touristenläden. Sie kaufte ein luftiges weißes Baumwolloberteil für Dawn und ein paar gute Zigaretten für Maurice – als Friedensangebot. Sich selbst kaufte sie eine Karte und einen Fremdenführer von der Gegend und aß in einer *Crêperie* am Kai zu Mittag. Die mit Schinken und Pilzen gefüllten *gouffres* waren köstlich. Dazu trank sie süßen Cidre.

Amy rief die Kellnerin zu sich und bestellte einen Espresso. Es war ihr gar nicht so unangenehm, alleine dazusitzen, weil niemand in ihrer Umgebung sie zu beachten schien. Den restlichen Nachmittag wollte sie am Hotelpool liegen und den Roman lesen, den sie heute Morgen gekauft hatte.

Amy beobachtete eine Frau mittleren Alters, die an einem Tisch bei der Tür saß. Sie hatte ihre Haare hochgesteckt, von denen ein paar Strähnen lässig auf ihren Nacken fielen, und sich die Sonnenbrille auf den Kopf geschoben. Sie sah hinreißend aus und ihre Aufmachung wirkte völlig unangestrengt. Amy beneidete die Franzosen um ihre Stilsicherheit.

Die meisten Gäste, die hier saßen, waren Franzosen. Das gefiel Amy so an diesem Ort. *Les Français en vacances.* Man bekam ein besseres Gefühl für das Land, wenn man der Sprache zuhörte, die überall gesprochen wurde. Sie genoss den Geruch von Knoblauch und den übrigen Küchenaromen. Sie lehnte sich in ihrem Stuhl zurück und blickte zu den Booten hinaus. Im Sonnenschein wirkten die Farben noch kräftiger. Alles war so malerisch. Sie würde ihren ganzen Mut zusammennehmen und einen Ausflug auf eine der Inseln buchen. Auf dem Rückweg zum Hotel konnte sie ja die Zeiten am Kai herausfinden.

Amy zündete sich eine Zigarette an. Auch das gefiel ihr an den Franzosen – alle rauchten. Dadurch fühlte sie sich nicht wie eine sozial Geächtete.

Sie fragte sich, wohin Henry Edwards sie wohl zum Essen ausführen würde. An guten Restaurants herrschte ja kein Mangel. Heute Morgen hatte sie zwei Gästen zugehört, die sich an der Rezeption unterhalten hatten und völlig aus dem Häuschen gewesen waren wegen eines Restaurants, in dem sie am Vorabend gegessen hatten. Wenn Amy wollte, konnte sie an den Abenden, an denen sie alleine essen musste, ja auch im Hotel bleiben – das Novotel wurde in den Broschüren empfohlen, aber insgeheim wusste sie, dass sie es wagen musste, ein paar andere Restaurants auszuprobieren. Nun war sie tatsächlich ganz alleine hergekommen – und es war gar nicht so schwierig, wie sie befürchtet hatte.

Sie begann sich allmählich zu Hause zu fühlen, was sie für gewöhnlich nie tat, wenn sie verreist war – zumindest nicht, wenn es nur für ein paar Tage war. Aber La Rochelle hatte etwas sehr Entspannendes und Angenehmes an sich, das ihr dabei half, sich etwas zu beruhigen. Doch es lenkte sie nicht von der Tatsache ab, dass sie sich hier auf einer Mission befand – einer Mission, die sie unausweichlich ins Zentrum ihrer Probleme stürzen würde.

33

Amy konnte ihren Blick nicht von Henry Edwards abwenden, als dieser im *Le Cardinal* die Weinkarte studierte. Er sah so sexy aus: graue Strähnen an den Schläfen, schöne volle Lippen.

Die elegante blonde Besitzerin kannte Henry schon seit langem, hatte die beiden aufs herzlichste begrüßt und war beglückt darüber, dass einer ihrer Stammkunden gerade ihr Restaurant ausgesucht hatte, um seinen ausländischen Gast auszuführen. Sie setzte die beiden an einen Tisch in der Mitte, wo sie gleichermaßen sehen und gesehen werden konnten. Amy gefiel das zurückhaltende Dekor, die pfirsichfarbenen Wände und die passenden Tischtücher. Es war kein großes Etablissement, aber Wandspiegel ließen es größer erscheinen.

»*Vous préfériez le menu en anglais?*«, schlug die Besitzerin hilfreich vor und machte sich auf den Weg, die Speisekarten zu holen.

»Die Speisekarten sind hier besonders schwierig – es gibt so viele lokale Spezialitäten, deren Übersetzung man in keinem Wörterbuch findet«, erklärte er Amy. »Wendy erwähnte aber, dass Sie fließend Französisch sprechen.«

»Das würde ich nun nicht gerade sagen«, widersprach Amy, »aber die Sprache interessiert mich sehr. Man muss meiner Ansicht nach jedoch im Land selbst leben, um richtig darin kommunizieren zu können – um die Nuancen und Anspielungen verstehen zu können.«

»In der Tat.« Er lächelte. »Aber gewisse Grundkenntnisse sind hilfreich. Man sagt ja, dass man eine Fremdsprache fließend spricht, wenn man in ihr träumt.«

»Tun Sie das denn?«

»Das hängt davon ab, von was ich träume!«

»Für gewöhnlich erinnere ich mich nicht an meine Träume – außer an die, aus denen ich abrupt erwache.« Amy bestrich ein Stückchen Brot mit Butter. »Es ärgert mich, wenn das passiert – man weiß genau, dass man mitten in einem tollen Traum ist und wird dann durch irgendwas geweckt – gerade wenn man zu dem guten Teil kommt!« Sie lachte. »Ich hasse das, Sie nicht auch?«

»Kommt darauf an, wer mich aufweckt«, sagte er augenzwinkernd.

Amy nahm einen großen Schluck Wasser und spielte mit dem Gedanken, sich eine Zigarette anzuzünden. Sie hatte nicht damit gerechnet, so unbeschwert von Henry Edwards geneckt zu werden, doch es war ihr angenehm. Ihr Magen hatte den ganzen Nachmittag bereits verrückt gespielt – in einer Mischung aus Panik und Schuldgefühlen, wie sie annahm. In seiner schlagfertigen Antwort war jedenfalls nichts Bedrohliches gewesen, doch das Studium der Speisekarte ließ ihre weitere Unterhaltung kurzzeitig verstummen.

Amy folgte Henrys Empfehlung und wählte als Vorspeise die Melone mit Parmaschinken, während er sich einen großen Teller Muscheln genehmigte.

»Wie schmeckt Ihnen der Chablis?«

»Göttlich. Und das Essen ist auch köstlich«, schwärmte sie. »Essen Sie öfters hier?«

»Ich komme meist ein- oder zweimal im Monat hierher. Manchmal gehe ich auch nebenan ins *La Côte Bœuf*. Das ist ebenfalls sehr gut. Meine Mutter isst abends gerne auswärts.«

»Ach wirklich?« Amy stellte ihr Glas ab. Das war ihre Chance. »Sie hätten sie mitbringen sollen. Ich hätte sie gerne kennen gelernt.«

Sie hatte es einfach ausgesprochen und war von ihrer eigenen Kühnheit ganz überrascht.

»Sie hatte leider schon eine andere Verpflichtung. Vielleicht an einem anderen Abend? Was haben Sie morgen vor?«

»Ich habe überlegt, ob ich mit dem Boot zur Île de Ré fahren soll.«

»Das wird Ihnen bestimmt gefallen.« Er wischte sich sorgfältig den Mund mit seiner Serviette ab. »Da gibt es ein paar reizende Strände, und die Dörfer sind sehr hübsch – weiße Häuser mit grünen Fensterläden, überall Blumen und ein ganz erstaunliches Licht. Sie bekommen übrigens einen viel besseren Eindruck von der Insel, wenn Sie sich ein Auto mieten – oder noch besser ein Fahrrad.«

»Ich bin schon seit Jahren nicht mehr Rad gefahren – außer in meinem Fitnessclub! Ich könnte ja mit dem Bus über die Insel fahren und überall aussteigen, wo es mir gefällt.«

Der Hauptgang wurde serviert: gegrillte Entenbrust für Amy und Spanferkel für Henry.

»Ihre Mutter lebt also in der Stadt?«, fragte sie, während sie sich ein Stück Brie von der Käseauswahl herunterschnitt. Frankreich war nicht zum Fasten gemacht!

»Ja, etwa fünf Minuten vom Zentrum entfernt.«

»In einem Reihenhaus?«

»Nein, es ist eine Villa. Mutter mag den Komfort. Unten hat sie zwei Empfangsräume, eine große Küche mit angrenzendem Speisezimmer. Fünf Schlafzimmer, drei Bäder – jede Menge Platz. Daran ist sie gewöhnt. Der Garten ist zwar eher klein, dafür aber sehr abgeschieden. Privatsphäre ist ein Muss für meine Mutter.«

»Das klingt ja wunderbar«, meinte Amy. Die alte Schachtel muss stinkreich sein, dachte sie. »Fühlt sie sich in einem so großen Haus denn nicht einsam?«

»Überhaupt nicht. Grace ist ihre ständige Gefährtin, außerdem hat sie viel Besuch aus England. Sie spielt gerne die Gastgeberin. Ihr Bruder ist gerade wieder zurück nach Surrey gefahren. Er besitzt dort ein Gestüt.«

Ein *Gestüt.* Das wäre was für Sarah!

»Und nächsten Monat kommt meine Frau hierher. Normalerweise verbringt sie ein paar Wochen hier. Sonya ist mit Mutter im Elternhaus in Esher geblieben.«

Heute Morgen hatte er seine Frau nur nebenbei erwähnt, bemerkte Amy.

»Sie finden es vermutlich seltsam, dass meine Mutter und meine Exfrau zusammenleben.«

»Ein wenig schon«, gestand Amy.

»Im Grunde ist es eine praktische Situation. Die beiden haben gemeinsame Interessen: Theater, Ballett, die Oper. Sie gehören auch beide der Jagdgesellschaft an, eine Szene, von der ich ehrlich gesagt nie so recht angetan gewesen bin, aber *chacun à son goût.* Jedenfalls sind sie und Sonya beste Freundinnen.«

»*Très civilisé.*«

Henry lächelte. »Ja, das ist es vermutlich. Sonya und ich haben uns im Guten getrennt – unsere Scheidung geschah in gegenseitigem Einvernehmen. Als Sonya mir ihre Entscheidung, dort zu bleiben, mitteilte, fand ich das Arrangement ideal.«

Amy glaubte nicht, dass sie ein derartiges *Arrangement* hinnehmen könnte. »Sie freuen sich also auf den Besuch Ihrer Frau?«

»Das tue ich immer.« Henry bedeutete dem Kellner, Kaffee zu servieren. »Ich werde ein paar Tage frei nehmen, um etwas Zeit mit ihr zu verbringen. Sonya geht gerne segeln.«

»Ich liebe das Meer auch«, schwärmte Amy. »Besitzen Sie ein Boot?«

»Ich habe eine Yacht. Sie liegt drüben in Minimes. Da müssen Sie mal hin, es ist der größte Bootshafen an der atlantischen Küste – Liegeplätze für über viertausend Boote.«

Henry bot Amy eine Gauloise an, die sie jedoch dankend ablehnte, stattdessen steckte sie sich eine Marlboro an. Im Flugzeug wurden keine Duty-free Zigaretten mehr verkauft, und sie musste sich mit dieser Marke begnügen. »Würden Sie gerne mit mir segeln gehen?«

Amy lächelte vergnügt. »Das wäre himmlisch.«

»Wir werden etwas organisieren.«

»Bestens.« Sie tupfte sich geziert die Lippen mit ihrer Serviette ab. »Ich wollte Sie noch fragen, wie es Ihrer Patientin heute Morgen ging, als Sie ins Krankenhaus mussten.«

»Madame Crossard? Oh, sie war beunruhigt und verstört, aber es war nicht ihr Herz – lediglich eine Panikattacke. Keine angenehme Erfahrung. Sie benötigt viel Zuwendung. Psychologische Probleme sind oftmals schlimmer als körperliche.«

Da stimmte Amy zu.

»Behutsame Behandlung und Beratung, so gehe ich an so was ran. Ihr Mann ist vor wenigen Monaten gestorben. Sie hat seinen Tod überhaupt noch nicht verarbeitet. Er hat alles für sie getan. Die beiden waren unzertrennlich. Jetzt ist sie völlig verloren – hat Angst, alleine auszugehen. Sie war auf dem Weg zur Apotheke, um ihre Tabletten abzuholen, als es geschah.«

»Was ist denn passiert?«

»Herzrasen, allgemeines Zittern, Verlust des Gleichgewichts. Diesmal ist sie hingefallen. Ein Autofahrer hat angehalten und sie ins Krankenhaus gefahren. Sie hat sich geweigert, einen Arzt zu sehen, bis man mich kontaktiert hat.«

»Offenbar vertraut sie Ihnen«, meinte Amy.

Ein Segeltörn auf einer Yacht! Amy saß wieder in ihrem Hotelzimmer und zog sich die Schuhe aus, da ihre Füße in der Hitze angeschwollen waren. Was sollte man wohl auf einer Yacht anziehen? Diese Frage hatte sich ihr noch nie gestellt. Gleich morgen wollte sie Sarah anrufen. Amy lachte in sich hinein, als sie sich Sarahs Reaktion auf das Ganze ausmalte. Vielleicht würde Henry ihr missfallen? Vermutlich würde sie ihn für snobistisch halten, doch das war er gar nicht.

Er war wohlhabend, ließ es aber nicht raushängen. Das Restaurant war hinreißend, aber keineswegs prahlerisch gewesen.

Meine Frau gehört der Jagdgesellschaft an.

Alltäglich für ihn. Er war kein Prahlhans.

Meine Mutter besitzt eine Villa.

Das war nun mal sein Leben, und er kannte nichts anderes. Es würde ihm wohl nicht in den Sinn kommen, dass jemand seinen Besitz kritisch gegenüber stehen könnte, doch er war keineswegs dumm.

Warum gab sie sich bloß solche Mühe, ihn zu mögen? Nein, das war überhaupt nicht schwierig. Jeder würde Henry mögen. Aber seine Mutter hatte ihre Mutter ruiniert, und Amy durfte nicht vergessen, weshalb sie eigentlich hergekommen war. Gleichzeitig musste sie für alles offen sein. Was seine Eltern auch getan hatten, es war doch nicht Henrys Schuld. Zu jener Zeit war er noch ein Baby gewesen.

Sie erinnerte sich an Sarahs Worte. *Diese Leute glauben, sie könnten auf einem herumtrampeln. Seine Mutter hat deine Mutter gefeuert, alle möglichen Gerüchte in die Welt gesetzt und ihr ganzes Leben kaputt gemacht, und weißt du was? Ich wette zehn zu eins, dass sie nicht mal mehr den Namen deiner Mutter weiß.*

Amy hatte das dumpfe Gefühl, dass ihre Freundin Recht haben könnte.

34

Das gestrige Treffen mit seinem Buchhalter hatte Maurice gute Neuigkeiten gebracht: Seine Finanzen waren in einem ausgesprochen gesunden Zustand, so dass er grünes Licht für die Vorstellungsgespräche in der nächsten Woche geben konnte. Ein dritter Tierarzt würde die Arbeitslast erleichtern, neue Patienten bringen und sogar noch mehr Gewinn machen.

Er hatte von einem jungen Veterinär gehört, der in England Akupunktur gelernt hatte. Akupunktur für Tiere – wieso nicht? Es funktionierte doch auch bei Menschen. Dieser Typ war vor kurzem nach Dublin zurückgekehrt und suchte nun eine Anstellung. Maurice würde sich mit ihm unterhalten und hören, was er über sich zu erzählen hatte.

Er steckte sich eine Zigarette an, setzte sich auf das neue Messingbett in der Wohnung und grübelte über die Zukunft nach. Auf Grund einer Stornierung war es Goodmans möglich gewesen, ihm schon neue Fenster einzubauen. Das weiße PVC machte die Zimmer viel heller und war leichter zu pflegen als die alten Holzrahmen. Seit Amy fort war, hatte er an den vergangenen drei Abenden den Boden abgeschliffen und das Apartment gestrichen. Von dem Ergebnis war er entzückt. Sobald der Farbgeruch erst verflogen wäre, würde es bewohnbar sein.

Der nächste Zug hing von Amy ab.

Sicher würde sie seine Entscheidung begrüßen. Sie wollte das Haus doch schon lange loswerden – sie hielt es für einen Mühlstein um ihren Hals. Nun hatte er sich endlich ihrer Meinung angeschlossen.

Warum Tausende in ein Haus stecken, das sie nicht mehr haben wollten?

Er hatte Amy zwar dafür gescholten, dass sie an der Vergangenheit klebte, aber hatte er sich nicht genauso verhalten? Gestern war er durch das Haus geschlendert und hatte in jeder Ecke Geister und Schatten gesehen: seine Tante Maureen und ihre rotznasigen Kinder auf den Familientreffen; seine Großmutter in ihrem Fuchspelzmantel, die mit dem besten Porzellan seiner Mutter zum Teestündchen im Wohnzimmer hockte; seine besten Freunde, die auf der Party zu seinem elften Geburtstag herumtobten. Gesichter, Gerüche und Geräusche. Das Elternhaus. Diese Bezeichnung verdiente es nicht länger.

Staub. Erinnerungen …

Seine Mutter steckte den Kopf aus dem Küchenfenster und rief ihn aus dem Garten herein. »Maurice, dein Abendessen wird kalt.«

Er kickte den Fußball in den Schuppen. »Ich komme, Mam.«

»Komm schon, sei ein lieber Junge und putz dir die Schuhe an der Fußmatte ab. Bist du hungrig? Ich hab dir dein Lieblingsessen gekocht: Corned Beef mit Kohl und leckere mehlige Kartoffeln. Zum Nachtisch gibt es Reispudding.«

Die blau-weiße Schürze, ihr tägliches Gewand, bedeckte ihren schlichten Tweedrock und den abgetragenen Pullover. Er warf einen angewiderten Blick auf ihre rauen roten Hände mit den eingerissenen Fingernägeln. Sie schob sich eine graue Haarlocke aus den Augen – eine Gewohnheitsgeste. Seine Mutter war niemals jung gewesen.

»Wo ist Dad?«

»Er verstaut ein paar Sachen auf dem Speicher.«

Sachen.

Sie stellte einen vollen Teller vor seine Nase und ging zum Herd zurück, um das Essen seines Vaters zu servieren.

Maggies Sachen.

Kohlgeruch füllte die Küche. Seine Mutter stellt das Radio an. Sie sang bei dem Lied über Babyhände und Babyknie mit, war jedoch nicht mit vollem Herzen dabei. Der achtjährige Maurice war nicht blöd. Seine Mutter sang, weil sie nicht weinen wollte.

Maggie war vor Monaten gestorben. Seine kleine Schwester. Sechs Jahre alt. Lungenentzündung. Komplikationen. Was waren Komplikationen? Ein Engel war zu Gott zurückgekehrt – das sagten alle. Maurice konnte es nicht verstehen. Wieso wollte Gott ein sechsjähriges Mädchen haben? Mit denen hatte man keinen Spaß. Doch er hatte sie auf seine Art gemocht. Für eine Schwester war sie nicht schlecht.

Ein Teil von ihm vermisste sie: wenn er morgens mit ihr zur Schule ging; ihr beibrachte, wie man Schnapp spielte; ihr beim Lesen half; ihr zu Hilfe eilte, wenn sie sich vor Spinnen in ihrem Schlafzimmer fürchtete; ihr das Knie bandagierte, wenn sie hingefallen war. Seine Mutter hatte versprochen, dass er im nächsten Sommer mit ihr ins Schwimmbad nach Blackrock fahren dürfe, um ihr das Schwimmen beizubringen.

Das wäre toll gewesen. Nun würde Maggie den Sommer nicht mehr erleben. Sie würde niemals schwimmen lernen.

Maurice streute Pfeffer über seinen matschigen Kohl und hörte dem leisen Summen seiner Mutter zu. Sie entzog sich ihm langsam und entfernte sich an einen weit entlegenen Ort, den Maurice nicht erreichen konnte. Sie hatte wochenlang nur geweint.

Sein Vater, der noch nie sehr redselig gewesen war, saß Nacht für Nacht bloß vor dem Feuer und ließ den Kopf hängen. Dann begann er, wieder in den Pub zu gehen, und man sah ihn nicht mehr so oft. Wenn er zu Hause war, suchte er sich seltsame Beschäftigungen oder saß nur da und blies Trübsal.

Seine Mutter und sein Vater stritten sich oft. In kalten Winternächten lag Maurice zitternd oben in seinem Bett und hörte sie unten streiten. Seine Mutter versuchte, gedämpft zu sprechen, aber sein Vater, vor allem wenn er getrunken hatte, brüllte so laut wie der Esel im Garten der Brennans.

»Umziehen? Ich habe nicht vor umzuziehen, Weib! Das ist unser Zuhause!«

»Es ist zu groß für uns, Dan. Was sollen wir denn jetzt mit dem ganzen Platz anfangen? Es werden keine Kinder mehr nachkommen.« Ein ersticktes Schluchzen. »Es ist viel zu viel Arbeit, alles sauber zu halten. Ich bin mit der ganzen Hausarbeit völlig überlastet – und für was?«

»Ich hab es satt, es dir zu sagen, Pearl. Wir werden hier nicht wegziehen, und das ist mein letztes Wort. Ich weiß, was du denkst, aber da irrst du dich. Woanders hinzuziehen wird es auch nicht einfacher machen. Maggie ist fort, für immer von uns gegangen, und nichts wird sie wieder zurückbringen.«

»Ich kann ohne sie nicht hier bleiben. Seit der Beerdigung bin ich nicht mehr in ihrem Zimmer gewesen. Ich kann es nicht. Es bricht mir das Herz.«

»Hier wird sie uns näher sein. Wir können uns besser an sie erinnern.«

Er hörte, wie seine Mutter ihren Stuhl vom Feuer wegschob. Das Geräusch des Wasserkessels, der aufgefüllt wurde.

»Ich hasse dieses Haus. Ich hasse es.«

Stille.

Als Maurice schon dachte, alles sei vorüber, und sich unter der schweren Armeedecke, die auf seinem Bett lag, zu einer Kugel zusammengerollt hatte, hörte er seinen Vater wieder brüllen.

»Bin *ich* es, denn du hasst? Ist es das? Ich bin irgendwie Schuld am Tod meiner Tochter? Ja? Du gibst mir die Schuld daran, stimmt's, Pearl? Ich hätte den Arzt früher rufen sollen – das denkst du doch, oder?«

»Nein, Dan, nein. Fang nicht immer wieder damit an.«

»Es liegt an dir, Pearl. Du bist es, die sich nicht davon lösen will.«

»Verstehst du jetzt, was ich sage? Es würde uns allen besser gehen, wenn wir hier wegziehen würden. Es wäre auch gut für den Jungen.«

»Maurice ist sehr gerne hier.«

»Ein Kind kann sich auch an was anderes gewöhnen.«

»Aber ich nicht. Nein, Pearl, du wirst akzeptieren müssen, dass wir nirgendwo hingehen. Ich lasse mich hier erst mit den Füßen voran rausbefördern.«

Und das wurde er am Ende auch.

Maurice drückte seine Zigarre aus, streckte sich auf dem neuen Bett aus und schloss die Augen. Warum verfolgten ihn diese Erinnerungen? Plagten ihn? Wieso jetzt, nach so langer Zeit?

Seine Mutter starb. Langsam. Qualvoll. Er heiratete Amy, und sie beide lebten noch mit ihr zusammen. Seine Frau war zu ihrer Schwiegermutter gütig, nett und liebevoll – die personifizierte Geduld.

»Maurice, das kann ich Amy gegenüber niemals wieder gutmachen. Das Mädchen ist ein Schatz. Sie tut alles für mich, ohne sich auch nur ein einziges Mal zu beschweren.« Ihre Augen wurden feucht. »Das wollte ich so nicht für dich, Maurice.«

»Sch, Mam. Ruh dich aus.«

»Kein junges Paar sollte seine Ehe so beginnen – in den Klauen einer alten, mürrischen, kranken Frau.«

»Du bist nicht mürrisch.« Er zog die Bettjacke um die Schultern seiner Mutter. »Jetzt ärger dich nicht, Mam. Wir lieben dich beide. Warum sollten wir uns nicht um dich kümmern?«

»Es ist nicht richtig, mein Sohn. Es ist Amy gegenüber nicht fair. Wieso verkaufst du das Haus nicht? Du wirst einen guten Preis dafür bekommen, und ich könnte in ein –«

»Nein, Mam. Alles ist gut, so wie es ist.«

Seine Mutter schüttelte hoffnungslos den Kopf. »Versprichst du mir eins, mein Sohn?«

»Wenn ich kann.«

»Wirst du das Haus verkaufen, wenn ich nicht mehr da bin?«

»Mam, nicht –«

»Maurice, sag mir, dass du diese eine Sache für mich tun wirst. Amy braucht ein neues Haus, irgendetwas Helles und Luftiges, etwas, das ein Neuanfang für euch beide ist. Und wenn erst mal die Babys kommen –«

»Mam, das wollte ich dir doch erzählen. Amy ist im zweiten Monat schwanger.«

Die alte Dame gluckste. »Ich freue mich ja so für dich. Darum habe ich gebetet. Maurice, du musst ein neues Haus für das Baby finden. Für dich und Amy und das Baby. Jetzt, wo ich das weiß, kann ich leichter in mein Grab gehen.« Sie klammerte sich an seinen Arm. »Tu immer nur dein Bestes für sie, Maurice. Sie ist ein gutes Mädchen.«

»Das werde ich.«

»Amy ist deine Frau – sie muss an erster Stelle stehen. Dein armer Vater war der Beste auf der Welt, aber er hat nie zugehört. Wusste immer alles. Sei nicht so wie er, Maurice. Sei gut zu ihr. Versprich es mir.«

Hatte er sein Wort gehalten? Er hatte zugesehen, wie seine Frau zwei Jahre lang seine Mutter gewaschen, gefüttert und sich hingebungsvoll um sie gekümmert hatte, doch als es um ihren eigenen Vater gegangen war … man hatte Joe Shiels in ein Altersheim abgeschoben. Amy hatte seine Entscheidung nicht angefochten. Vielleicht war sie des Kämpfens müde?

»Wie geht's dem Feind?«, hatte seine Großmutter immer gefragt. Der Feind war die Zeit. Der Dieb, der sich heimlich, unbemerkt und unbeobachtet einschleicht. Doch bestimmte Daten, Jahre, Gelegenheiten waren herausragend: die windignasse Oktobernacht, in der er dem Schauspielclub beigetreten war und Amy kennen gelernt hatte; ihr erster unbeholfener Kuss in seinem alten Cortina; ihr Hochzeitsempfang im Gresham Hotel; Dawns rotes Fahrrad mit den Stützrädern; ihr erster Schultag; ihre Erstkommunion. Jahr um Jahr um Jahr und ständig Amys Frage: »Wann ziehen wir endlich um, Maurice?«

»Bald, wir werden bald umziehen, aber jetzt noch nicht. Erst muss die Tierklinik richtig laufen. Unser ganzes Geld steckt da drin.«

Acht Jahre vergingen.

»Können wir jetzt mal darüber nachdenken, Maurice, bevor Dawn mit der Oberschule anfängt? Ich habe mir gestern mit Sarah die neue Wohnsiedlung angesehen. Die Häuser sind reizend. Kleiner als das hier, aber immer noch geräumig genug – besser geplant. Ich bitte dich doch nicht, aus Blackrock wegzuziehen.«

»Ich stecke bis zum Hals in Arbeit, Amy. Ich kann mich jetzt nicht darum kümmern.« Er blickte von seinem Papierkram auf. »Siehst du denn nicht, wie beschäftigt ich bin?«

Weitere zehn Jahre.

»Ich bin ausgebrannt, Maurice. Ich war den ganzen Tag bei meiner Mutter. Sie ist sehr schwach. Ich glaube, sie macht es nicht mehr lange. Ich kann mich nicht um zwei Häuser gleichzeitig kümmern.«

»Claire sollte sich mehr engagieren.«

»Sie trägt ihren Teil dazu bei, aber ich bin es, die täglich drüben ist. Ich beschwere mich ja gar nicht, es ist nur so, dass mir unser Haus wirklich auf die Nerven geht. Wir müssen Geld hineinstecken.«

»Geld, Geld, Geld. Ich bin doch nicht aus Geld gemacht, Amy. Meine laufenden Kosten sind enorm.«

»Stimmt schon, aber wenn wir dieses Haus verkaufen, machst du noch einen Gewinn, Maurice. Ein kleineres Haus wäre günstiger im Unterhalt. Wann können wir uns mal zusammensetzen und ernsthaft darüber reden?«

»Bald.«

Ein grauer, regnerischer Morgen auf dem Friedhof. Die Beerdigung ihrer Mutter.

Bald.

Ihr Vater verkauft sein Haus. Zieht in ein Heim.

Bald.

Amys sich verschlimmernde Depression und ihr wachsendes Desinteresse.

Bald.

Maurice schlug die Augen auf. Morgen früh würde er den Makler anrufen und einen Gutachter herbestellen, um den Wert des Hauses bestimmen zu lassen. Der Grundstücksmarkt boomte. Gab es einen besseren Zeitpunkt zum Verkaufen?

Amy würde begeistert sein, wenn er es ihr erzählte. Zweifellos. Er warf einen Blick auf seine Armbanduhr. Zehn Uhr abends. Wie spät war es in den Staaten? Er musste mit Dawn sprechen.

35

Atlantic City war ein Backofen. Glühende Hitzewellen überrollten die Stadt; bratend, brodelnd und brennend rösteten sie das Land, die Tiere und die Bevölkerung. Höchst ungewöhnlich für eine Gegend, die für ihr gemäßigtes Klima bekannt ist. Im Juli lag die Durchschnittstemperatur in den mittleren bis oberen Zwanzigern, doch heute war sie auf 35 Grad angestiegen.

Dawn streckte sich nach ihrer Dusche auf dem schmalen Bett aus. Das kühle Wasser hatte ihren erhitzten Körper kaum abkühlen können; sie schwitzte und klebte schon wieder. Heute Morgen hatte sie in einem kaum zuträglichen Motel in ihrer Nähe geschuftet und am Nachmittag vermeintlich frisch gepressten Orangensaft verkauft, wobei sie ein kitschiges T-Shirt mit dem idiotischen Aufdruck GET A FRESH SQUEEZE HERE auf ihrer Brust anhaben musste.

Menschenmassen, Hitze, Spelunken. Bars. Casinos. Spaß. Sie schwelgte im Wahnsinn von alledem. Es war so völlig anders als Dublin und ihre Eltern, das College und Paul. Das Haus, das sie in Strandnähe gemietet hatten, war winzig, aber immerhin war ihr Schlafzimmer groß genug – Angelas dagegen war so eng, dass sie beim Betreten des Zimmers mit der Tür ans Bett stieß.

Angela platzte herein, völlig außer Atem und mit verquollenem Gesicht.

»Was ist denn mit *dir* los?«, fragte Dawn.

»Gar nichts.«

»Du siehst ja aus wie 'ne blutende rote Beete.«

»Ich hab mir das Gesicht geschrubbt.«

»Mit 'nem Stahlschwamm?«

»Nein, Klugscheißerin.«

»Was ist denn bloß passiert?«

»Wenn du's wirklich wissen willst – eine große, fette Drecksmöwe hat mir ins Gesicht geschissen.«

Dawn quietschte vor Lachen.

»Sei bloß still! Es war überhaupt nicht komisch. Ich bin auf der Strandpromenade nach Hause gerast, nachdem ich sechs Stunden lang plärrenden, fetten Touristen ›Taffy‹ verkauft hab, als dieses blöde Viech über meinen Kopf flattert und beschließt, 'ne Ladung abzufeuern.«

Dawn prustete los.

»Mein Gesicht war voll mit weißer Scheiße – ich glaub, ich hab auch was davon verschluckt. Wahrscheinlich sterbe ich an irgendeiner grässlichen Krankheit, und du kannst bloß dasitzen und blöd lachen.«

Ein Klopfen an der Tür rettete Dawn davor, etwas Mitfühlendes sagen zu müssen. Jason aus dem zweiten Stock schob seinen Kopf durch die Tür. »Ein Anruf für Dawn.«

»Du warst heute auf einer Yacht segeln? Das ist ja toll, Mum. Wer ist denn der Tycoon?«

»Davon kann nicht die Rede sein, Dawn. Er ist ein englischer Arzt, der sich hier niedergelassen hat. Catherine Cole hat den Kontakt hergestellt.«

Das wunderte Dawn. Seit ihre Mutter in England gewesen war, hatte sie sich merkwürdig verhalten. Alles hatte sich verändert – zwar überwiegend zum Besseren, doch gab es vieles, was Dawn nicht verstand. »Ich war ganz erstaunt, dass du noch einen Urlaub alleine machst. Natürlich kriegt Dad kaum den Hintern hoch. Ran an die Macht, Mum. Du bist ja ausgesprochen mutig. Ich weiß nicht, ob ich mich trauen würde, alleine zu verreisen.«

»Es ist im Grunde ein befreiendes Erlebnis. Ich habe es satt, immer von anderen abhängig zu sein. Und ich bin ja nicht ganz allein. Henry ist sehr nett zu mir gewesen, hat mir viel gezeigt und mich zum Essen ausgeführt.«

Wer *war* bloß dieser Henry? Ihre Mutter schien von ihm sehr angetan zu sein. Lief da etwas zwischen ihnen? Nein, nein, das war unmöglich. Oder doch? Ihre Mutter klang sehr angespannt. War da etwa *doch* etwas passiert? Hatte sie eine Affäre? Fühlte sie sich nun im Gespräch mit ihrer Tochter schuldig?

»Wenn man verreist«, fuhr Amy fort, »ist es nett, jemand aus der Gegend kennen zu lernen. Man bekommt einen besseren Eindruck von dem Ort.«

Dawn wollte das Gespräch von Henry Edwards weglenken. »Wie ist es denn da so? Ich hatte gedacht, dass du nach Nizza oder Cannes fahren würdest. Du liebst doch den Süden Frankreichs.«

Die Edwards wohnten aber nicht in Nizza. »Ich wollte zur Abwechslung mal die Westküste sehen. La Rochelle ist ganz anders – weniger touristisch.«

»Alle im mittleren Alter und stinklangweilig?«

»Ganz bestimmt nicht langweilig. In dieser Woche beginnen die *Francofolies.* Ein Musikfestival: Jazz, Reggae, Straßenkonzerte. Motorradfahrer *en masse* – ein bisschen wie bei einem irischen *fleadh.*«

»Das klingt aber nicht nach deinem Geschmack, Mum.«

»Normalerweise nicht, aber ich genieße die Atmosphäre.« Schon wieder fühlte Amy sich wie eine Schwindlerin.

Und sonst genoss sie nichts?, fragte sich Dawn. »Hast du schon mit Dad gesprochen?«

Instinktiv griff Amy zu den Zigaretten. »Nein, seit meiner Abreise nicht mehr.«

Offensichtlich hatte sie nicht zu Hause anrufen wollen. War das etwa ein weiteres Zeichen? Dawn hielt das durchaus für möglich. »Er hat mich gestern Abend angerufen. Du weißt es sicher schon? Ist doch gut, oder?«

»Was denn?«

»Dass Dad beschlossen hat, das Haus zu verkaufen.«

Schweigen.

»Das Haus, Mum. Er lässt es diese Woche schätzen.«

Amys Atem ging schneller.

»Mum?«

»Ja, ja. Ich bin noch hier. Entschuldige, Dawn, du versetzt mir hier einen kleinen Schock. Er hat dir *gesagt,* dass er verkaufen will?«

»Ja, ich konnte es zuerst gar nicht glauben. Wie lange hast du ihm damit in den Ohren gelegen, endlich umzuziehen?«

»Ich habe schon vor langer Zeit aufgegeben.«

»Er ist ganz aufgeregt – voller Pläne. Hat davon geredet, in irgendetwas Kleineres zu ziehen. Hat gemeint, dass es ihm Leid täte, das nicht schon vor Jahren getan zu haben. Ich find's super – genau das, was ihr beide braucht.«

Amy fummelte an der Telefonschnur herum.

»Mum?«

»Ja?«

»Du hast endlich deinen Kopf durchgesetzt.«

»Nicht *meinen* Kopf, Dawn.«

»Jetzt komm schon, du hast ihn jahrelang gedrängt zu verkaufen. Es hat sich endlich ausgezahlt. Er hat mir gesagt, dass er das Ganze noch mal ernsthaft durchdacht und es sich anders überlegt hätte, seit du nach Frankreich gefahren bist. Er hat einen Schlussstrich gezogen und beschlossen, dass es am besten wäre, das Haus zu verkaufen, vor allem jetzt, wo die Preise so hoch sind.«

»Wie oft habe ich ihm das gesagt?«

»Tja, jetzt ist er deiner Meinung.«

»Dein Vater handelt völlig unabhängig von mir. Ich weiß nicht, was er vorhat. Ich bin schon seit Jahren nicht mehr in seine Entscheidungen involviert.«

Dawn wurde energisch. »Du solltest ihn lieber anrufen, Mum. Rede mit ihm.«

»Vielleicht.« Sie hatte nicht die Absicht. »Wie läuft die Arbeit, Dawn?«

»Ein Lacher pro Minute – im wahrsten Sinne des Wortes. Völliger Wahnsinn. Die sind hier alle total irre, aber nett. Die Amerikaner sind viel unverblümter und offener als wir, aber in einigen Dingen auch viel konservativer – es ist eine seltsame Mischung. Die Frau, für die ich in dem Hotel arbeite, ist sehr nett zu mir gewesen. Trotzdem überlege ich, den Job an den Nagel zu hängen. Man hat mir was Besseres im Taj Mahal angeboten.«

»Im was?«

»In einem riesigen Casino – Spielsalons, Restaurants, Bars. Voll mit reichen New Yorker Weibern, die in Scharen hier einfallen. Ich werde ein Vermögen an Trinkgeld verdienen.«

Verhärmte Spieler, Drogendealer, Waffen schwingende Gangster, Schwarzhändler, Kriminelle – Amy sah es alles vor sich. »Es ist hoffentlich sicher, Dawn.«

»Es ist gut geführt und strengstens überwacht. Mach dir keine Sorgen.«

»Und wie kommst du mit den anderen klar?«

»Bestens. Angela ist zum Schreien. Über uns wohnen zwei

Typen von der naturwissenschaftlichen Fakultät. Die sind schon das zweite Jahr hier, kennen sämtliche Tricks und geben gut auf uns acht. Wir gehen immer als Gruppe aus und haben schon ein paar amerikanische Studenten kennen gelernt, die wirklich nett sind.«

»Hört sich gut an.«

»Ist es auch, Mum. Ich bin froh, dass ich hergekommen bin. Du hattest Recht damit, dass es eine lehrreiche Erfahrung sein würde. Die Arbeit ist anstrengend, aber das Freizeitangebot ist einfach klasse.«

»Passt du auch gut auf dich auf, Dawn?«

»Jetzt geht's los – hier kommt die Predigt. Mach dir keine Sorgen, ich esse anständig, schlafe genug und bin in keine illegalen Aktivitäten verwickelt.«

»Und Paul? Hast du in letzter Zeit mit ihm gesprochen?«

»Großer Gott, ich hätte fast vergessen, es dir zu erzählen. Den Scheißkerl hat's erwischt.«

»Ben Crosgrove?«

»Genau, Paul hat einen Brief von Izzy bekommen. Sie ist immer noch in Jersey. In den britischen Boulevardblättern stand ein kurzer Artikel über Ben. Wusstest du, dass er für einen Bauunternehmer in Birmingham gearbeitet hat? Offenbar ist er sechs Meter tief von einem Gerüst gestürzt.«

»Gestürzt?«, japste Amy. »Betrunken?«

»Ein *Unfall.* Wahrscheinlich ist er geschubst worden. Man munkelt, dass er mit der Hälfte der Bauarbeiter im Clinch lag. Ich habe den Verdacht, dass einer von Izzys Brüdern was damit zu tun hat.«

»Sind Izzys Brüder denn in Birmingham?«

»Das nicht, aber die haben überall ihre Kontakte.«

»Sechs Meter tief, mein Gott! Ist er tot?«

»Gelähmt. Er wird nie wieder gehen können.«

»Ich kann nicht die Hand aufs Herz legen und sagen, dass es mir Leid täte, Dawn. Aber es ist trotzdem ganz schön grausam.«

»Er hat bekommen, was er verdient hat, Mum. Vergeltung, könnte man sagen.«

»Und wie geht es Izzy?«

»Paul meinte, ihr Brief sei sehr knapp gewesen. Sie arbeitet und scheint sich gefangen zu haben. Hör mal, der Anruf muss dich ja ein Vermögen kosten. Ruf mich doch nächste Woche wieder an, dann reden wir weiter. Wie lange willst du denn noch in Frankreich bleiben?«

»Fünf Tage. Die Zeit verfliegt nur so.«

»Genau wie hier.«

»Wann kommst du wieder nach Hause, Dawn?«

»Ich glaube, Ende September.«

»Bis dahin arbeitest du aber nicht, oder?«

»Nein, Angelas Tante hat uns zum Urlaub machen nach Boston eingeladen. Wir können mit dem Bus nach Newark fahren und dann einen Direktflug nehmen.«

»Du solltest dir so viel wie möglich ansehen, während du dort bist.«

»Auf jeden Fall. Oh, gestern Abend habe ich hundert Dollar in einem der Casinos gewonnen.«

Amy hatte ihr nicht zugehört. Ihre Gedanken waren ganz woanders.

»Mum, alles in Ordnung?«

»Ich bin verärgert, Dawn. Entscheidet sich, das Haus zu verkaufen, ohne mir ein Wort zu sagen. Was ist bloß über ihn gekommen?«

»Ein Impuls, vermutlich.«

»Dein Vater hat keine Impulse.«

»Freust du dich denn nicht?«

»Schon, aber es ärgert mich, wie er damit umgeht. Es wäre nett gewesen, sich nach meiner Meinung zu erkundigen.«

»Lass dir dadurch nicht den Urlaub verderben, ja? Ich hätte meine große Klappe nicht so weit aufreißen sollen. Tut mir Leid, dass es mir rausgerutscht ist, Mum. Ich hatte fest damit gerechnet, dass Dad es dir mittlerweile erzählt hätte.«

»Selbstverständlich hattest du das. Du hast dir gar nichts vorzuwerfen, Dawn. Das ist was zwischen deinem Vater und mir. Denk nicht mehr daran.«

»Ich mach jetzt Schluss, Mum. Bis bald.«

»Wo gehen wir heute Abend hin?« Angela sah in ihrem engen schwarzen Minikleid wie verwandelt aus. Ihr Make-up war makellos und ihre Haare glänzten.

»Lass uns ja einen weiten Bogen um die Casinos machen. Du hast letzte Nacht ein Vermögen verloren.«

»Aber du nicht. Dawn, ich will es noch einmal versuchen – ich glaube, mein Glück hat sich gewendet.«

»Hast du die Möwe schon vergessen?«

»Vielleicht war das ja ein gutes Omen.«

»Das bezweifle ich.« Dawn zog ihr neues weißes Top heraus. »Lass uns auf ein paar Bierchen in den Irish Pub gehen.«

»Na schön. Wie geht's deiner Mutter?«

»Schwer zu sagen. Sie meinte, sie genieße ihren Urlaub, und hat mir erzählt, wo sie überall war und was sie gemacht hat – essen gehen, ein Segeltörn auf einer Yacht. Es klang alles ganz nett, aber ich fand sie sehr angespannt. Sie hat mir zwar erzählt, wie toll sie es da unten findet, aber es klang so, als würde sie mit Absicht übertreiben oder so was – ich bin noch nicht ganz dahinter gekommen, aber ich habe das Gefühl als ginge da mehr vor sich als sie mir weismacht.« Es gab keinen Grund Angela zu erzählen, dass sie vermutete, ihre Mutter könne eine Affäre haben. Falls sie es ausspräche, würde es womöglich noch wahr werden. »Und ich hab noch eins draufgesetzt – ich war voreilig und hab ihr erzählt, dass mein Vater unser Haus verkaufen will.«

»Das *wusste* sie nicht?«

»Nein.« Dawn setzte sich vor den Schlafzimmerspiegel, nahm einen Make-up-Pinsel und tupfte sich etwas Rouge auf die Wangen.

Angela stieß einen langgezogenen Pfiff aus. »Die Nachricht

muss sie ja wie ein Schlag getroffen haben. Und du bist davon ausgegangen, er hätte es ihr längst erzählt. Das würde mich auch fertig machen – wenn jemand solche Entscheidungen über mein Leben trifft, ohne mir was davon zu sagen. Deine Mutter muss wohl so einiges einstecken, oder?«

»Dazu gehören immer zwei. Meine Eltern machen, was sie wollen. Einzeln sind sie nette Menschen, aber zusammen ein Desaster.«

Angela zog die Augenbrauen zusammen.

»Sie sollten sich lieber trennen«, meinte Dawn. »Aber sie können oder wollen nicht sehen, dass sie alleine besser dran wären. Ich hab mich jahrelang geweigert, mir das vorzustellen, aber wenn man da ganz logisch rangeht, liegt die Antwort auf der Hand. Ich finde, sie sollten ernsthaft über eine Trennung nachdenken.«

»Wirklich, Dawn? Das ist vielleicht doch etwas drastisch.«

»Ist es nicht. Sie tun sich gegenseitig nicht mehr gut. Es geht um mehr als nur triviale Streits und Reibereien. Sie haben nicht die gleiche Weltanschauung. Dad ist sehr gehetzt, und das verursacht jede Menge Spannungen. Das war mir gar nicht so bewusst, bis ich ausgezogen bin. Und Mum braucht … Sie ist sehr sensibel. Er hat so eine Art, sie runterzuziehen, ohne es zu wollen – er ist super effizient, sehr organisiert, aber wenn er sich mal entschieden hat, ist er wie ein Bulldozer, der sämtliche Hindernisse in seinem Weg niederwalzt. Er vertraut sich ihr nicht mehr an, macht sein eigenes Ding. Das ist doch keine Partnerschaft.«

»Gibst du ihm die Schuld?«

»Nein, das tue ich nicht. Ihr aber auch nicht. Sie bringen das Schlechteste im jeweils anderen zum Vorschein, das ist die traurige Tatsache. Du hast Glück, Angela – du musst nur mit einem Elternteil klarkommen. Deine Mutter ist doch gut zu haben.«

»Allein Erziehende haben einen schlechten Ruf – die typische funktionsgestörte Familie, laut Populärpsychologie.«

»Quatsch.«

»Findest du?«

»Deine Familie ist doch weniger funktionsgestört als meine.«

»Danke – das glaube ich auch.«

Dawn grinste.

»Darf ich den mal ausleihen?« Ohne die Antwort abzuwarten, ließ Angela einen von Dawns Lippenstiften in ihre Tasche fallen. »Wie kommt es nur, dass wir so normal sind?«

»Das wissen wir doch gar nicht. Unsere sämtlichen Neurosen werden vermutlich erst dann rauskommen, wenn wir selbst mal Kinder haben.«

»Ich werde keine Kinder haben«, verkündete Angela mit Nachdruck.

»Ich auch nicht.« Dawn warf einen letzten kritischen Blick in den Spiegel. »Begleiten uns die Jungs heute Abend?«

»Nein, Roy muss arbeiten, und Jason trifft sich mit dem Mädchen aus San Francisco.«

»Ich wusste doch, dass er ein Auge auf sie geworfen hat.«

»Hat Roy dir erzählt, was letzte Nacht passiert ist? Sie sind zum Essen in dies indische Restaurant hinter der Strandpromenade gegangen – wie heißt das doch gleich wieder? Jedenfalls kam so ein dunkelhäutiger Typ mit Turban zu ihnen, verbeugte sich knapp und verkündete: ›Mein Name ist Robert. Ich bin heute Abend Ihr Kellner.‹«

»Na und?«

»Dawn, er hatte einen starken Dubliner Akzent.«

Es war bereits nach Mitternacht, als sie zurückkehrten. Dawn schreckte der Gedanke, um sechs Uhr aufstehen zu müssen, um ihren Pflichten als Zimmermädchen nachzugehen. Sie hatte beschlossen, am nächsten Morgen zu kündigen, obwohl sie nicht wusste, ob sie in dem Casino nicht ebenfalls zur Frühschicht eingeteilt würde, da es rund um die Uhr geöffnet hatte. Atlantic City – die weniger glitzernde Version von Las

Vegas. Die reichen Besucher, Begünstigte des großen amerikanischen Traums, verschleuderten in den Casinos widerliche Mengen an Dollars, und auf der anderen Seite der Medaille: gnadenlose Armut in der Innenstadt mit ihrer überwiegend schwarzen, arbeitslosen Bevölkerung.

Das Telefongespräch mit ihrer Mutter ging ihr noch immer durch den Kopf, selbst als sie schon drei Gläser Budweiser und zwei Screwdriver intus hatte.

»Das Haus zu verkaufen war vielleicht der beste Schritt, den mein Vater je getan hat.«

»Der erste Schritt zu einer Trennung?«

Dawn nagte an ihrer Lippe. »Das hat er gar nicht vor. Er will ja etwas Kleineres für sie beide suchen. Aber wie ich vorher schon gesagt habe, ich glaube nicht, dass es passieren wird.«

»Gib den beiden Zeit, Dawn. Ich wette, es renkt sich alles wieder ein.«

Dawn bezweifelte, dass ihre Mutter dem zustimmen würde. Wieso sollte ein neues Haus irgendetwas ändern?

36

Jane Edwards saß unter dem großen gelben Sonnenschirm auf der Terrasse ihres Gartens und nippte an einem Eistee. Sie hatte Grace am Morgen freigegeben, weil Henry vorbeikommen und sie unter vier Augen mit ihm sprechen wollte.

Sie rückte ihren Stuhl aus der Sonne. Ihr Sohn hatte sich nun bereits vier oder fünf Mal mit dieser Irin getroffen, und irgendwie gefiel ihr das Ganze nicht, obwohl sie nicht recht sagen konnte, weshalb. Eine leichte Beunruhigung, eine unangenehme Schwermut war über sie gekommen, seit Henry diese Frau aus Dublin zum ersten Mal erwähnt hatte. Zweifel und Reue kamen hoch – vielleicht auch Schuld. Sie hatte keine Iren mehr getroffen, seit …

Jane sah sie so lebhaft vor sich, als ob sie jetzt vor ihr stünde: ein junges Mädchen mit einem Baby im Arm, ein leises Schlaflied summend. Ein hoch gewachsenes, anmutiges Mädchen mit einem frischen Teint und hellgrünen Augen. Bedrohliche Bilder folgten: unkontrolliertes Weinen, Schreien, Schütteln. Ein wutverzerrtes Gesicht, eine zänkische Stimme.

Jane Edwards erschauerte trotz der Hitze.

Henry kam in Jeans und einem blauen T-Shirt in den Garten und küsste sie auf die Wange.

»Morgen, *Maman.* Kann ich mir etwas Tee nehmen? Es ist heiß heute.«

»Unbedingt, Henry. Arbeitest du denn heute früh gar nicht?«

»Nein, erst am Nachmittag.« Er streckte sich auf dem Liegestuhl aus und zog sich das T-Shirt über den Kopf.

»Du musst dich eincremen«, warnte seine Mutter.

»Ich bleibe nicht lange.«

»Trotzdem, Henry. Gerade du solltest die Gefahren von Sonne auf ungeschützter Haut kennen.«

»Der Garten sieht schön aus. War André da? Die Rosen sind dieses Jahr ganz außergewöhnlich.«

»Er leistet gute Arbeit und ist sehr verlässlich – das Wichtigste bei einem Gärtner. Henry, ich habe nachgedacht.«

»Ja?« Er schloss die Augen und spürte die warmen Strahlen auf seinem Gesicht.

»Möchtest du deine irische Freundin nicht zum Abendessen mitbringen?«

»Wenn du es möchtest. Sie hat gesagt, sie würde dich sehr gerne kennen lernen.« Er verscheuchte eine Wespe. »Aber fühl dich nicht unter Druck gesetzt.«

»Sie möchte mich kennen lernen? Wieso?«, fragte Jane schroff.

Henry schlug die Augen auf und blickte seiner Mutter in

die Augen. »Weil sie von dir gehört hat. Von einer Freundin, die früher mit Vater gearbeitet hat.«

»Oh?« Janes Brustkorb verengte sich. »Wie interessant. Möchtest du sie für Freitag einladen?« Sie zögerte, ihr Atem stockte. »Nichts Aufregendes – nur eine leichte Mahlzeit. Ich möchte Grace nicht zu viele Umstände machen.«

»Natürlich nicht. Ja, da wird Amy bestimmt entzückt sein. Sie hat großes Interesse an unserer Familie gezeigt.«

»Hat sie das?«

Henry setzte sich bequemer hin.

»Welcher Schicht gehört sie an?«

»Einer respektablen, Mutter. Ihr Mann ist Tierarzt, und ihre Tochter hat das erste Jahr Veterinärmedizin an der Universität hinter sich.«

»Und was macht *sie*?«

»Sie ist Hausfrau, so wie du.«

»Ich bin *keine* Hausfrau, Henry.«

»Nein, du bist eine Lady mit Muße. Amy hat früher für ihren Mann gearbeitet, diese Tätigkeit aber aufgegeben, um sich um ihre Mutter zu kümmern, die vor einem Jahr gestorben ist. Man hat ihr angeboten, eine Buchhandlung zu führen, wenn sie wieder nach Hause kommt. Sie interessiert sich sehr für Bücher.«

»Wie bewundernswert.«

»Ich wusste, dass du so darüber denken würdest.«

»Wie heißt sie mit Nachnamen?«

»Kennedy.«

Die alte Dame rieb sich das Kinn. »Und wie hast du sie gleich wieder kennen gelernt, mein Lieber?«

»Ich habe es dir doch erzählt. Wendy Barrett hat mich angerufen.«

»Ach ja, Wendy. Ich kann mich gar nicht erinnern, dass sie jemals irische Freunde erwähnt hat.«

»Mutter, du hast den Kontakt zu Wendy verloren, und ihr wart auch nie besonders eng.«

»Das ist wahr – dein Vater kannte sie besser.« Jane nahm ihre Sonnenbrille ab und blinzelte ihren Sohn an. »Bring sie mit, Henry. Ich möchte sie gern kennen lernen. Wie alt wird sie wohl sein?«

»In den Vierzigern, schätze ich. Das wollte ich sie lieber nicht fragen, Mutter. Auf jeden Fall jünger als ich.«

»Woher kommt sie genau?«

»Dublin.« Wurde seine Mutter vergesslich?

»Dublin ist groß. Aus welcher Gegend, Henry?«

»Aus einem vornehmen Küstenvorort im Süden der Stadt – wieso ist denn das so verdammt wichtig?«

»Kein Grund, sich aufzuregen, Henry. Diese Dinge sind ausschlaggebend.«

»Für mich nicht.«

»Und Amys Ehemann ist – Tierarzt?«

»Ja, er hat seine eigene Praxis. Ich hoffe doch sehr, dass du sie nicht so löchern wirst, wenn sie zum Essen kommt, Mutter.«

»Ich wünsche alles über Besucher in meinem Hause zu erfahren, Henry. Du glaubst immer alles unbesehen. Was weißt du denn *wirklich* über diese Frau? Doch wohl ausgesprochen wenig.«

»Ich mag sie – mir gefällt ihre Gesellschaft. Mehr muss ich gar nicht wissen.«

Jane musste noch viel mehr wissen.

Er fand sie im Schatten auf einer Parkbank sitzend. Amy sah ihn nicht kommen, da sie völlig in ihr Buch vertieft war.

»Bonjour!« Henry setzte sich neben sie. »Was haben wir denn da? Etwas Tiefsinniges und Bedeutungsschweres?«

»Es ist ein Roman, den ich gestern in einem der Buchläden gefunden habe: *Une Maîtresse Femme.* Er spielt in Frankreich während der Besatzungszeit. Haben Sie ihn gelesen?«

»Nein, ich lese nicht so viel, wie ich sollte, und dann auch eher selten Romane.«

»Er gefällt mir gut.« Sie legte ein Lesezeichen ein und klappte das Buch zu. »Wie geht es Ihnen?«

»Gut, danke. Was planen Sie denn so für den Rest der Woche?«

»Welcher Tag ist heute? Ich habe mein Zeitgefühl schon ganz verloren.«

»So soll es im Urlaub doch sein. Es ist Mittwoch.«

»Gut, ja, vormittags werde ich mich am Pool etwas sonnen. Nach dem Mittagessen sehe ich mir das Aquarium in Minimes an, verbringe den Nachmittag dort und esse dann abends im Hotel. Morgen fahre ich mit dem Bus nach Châtelaillon und verbringe dort den Tag am Strand. Alles sehr organisiert, aber herrlich faul und ohne große Anstrengungen.«

»Genau wie es sein soll«, meinte er lächelnd. »Meine Mutter möchte wissen, ob Sie am Freitag wohl nachmittags einen Imbiss bei ihr einnehmen wollen?«

Amys Magen zog sich zusammen.

»Hätten Sie Lust?«

Sie presste ihre Hände aneinander. »Liebend gern. Um welche Zeit?«

»Ich hole Sie gegen halb fünf im Hotel ab.« Er bot ihr ein Pfefferminz an, das sie annahm. »Nichts Aufregendes, hat Mutter gesagt, nur eine leichte Mahlzeit. Sie ist sehr gespannt darauf, Sie kennen zu lernen.«

Nicht halb so gespannt wie Amy war.

»Sie wird Ihnen vermutlich eine Million Fragen stellen, aber lassen Sie sich davon nicht beirren – sie ist einfach neugierig. Ist alles in Ordnung, Amy? Sie wirken so … gedankenverloren.«

Sie setzte sich aufrecht hin und stellte die Beine gerade. »Es gibt Neuigkeiten von zu Hause.«

»Schlechte Nachrichten?«

»Mein Mann hat beschlossen, unser Haus zu verkaufen.«

Er fasste sie aufgeregt am Arm. »Aber das ist großartig. Sie haben mir doch erzählt, dass Sie genau das immer wollten.«

»Das hat Sarah auch gesagt, als ich sie anrief.«

»Wieso dann das lange Gesicht?«

»Ich habe es von meiner Tochter erfahren.«

»Aah.«

»Er hat es mir selber noch gar nicht gesagt – er ist offenbar viel zu beschäftigt mit seinen Plänen.«

»Haben Sie ihn angerufen?«

»Nein.«

»Da haben Sie's.«

»Er hätte mich anrufen sollen.«

»Sie klingen genau wie Sonya, wenn sie ungehalten ist.« Henry machte ein komisches Gesicht.

»Tun Sie das nicht gleich als weiblichen Trick ab. Ich habe ein Recht darauf zu erfahren, was aus mir werden soll.«

»Da stimme ich Ihnen zu. Vielleicht wollte er Sie ja überraschen? Ich meine, nach all den Jahren hat er endlich Ihre Gefühle berücksichtigt.«

»Sie können da im Zweifel für ihn entscheiden.«

»Sie nicht.«

»Sein Wahnsinn hat Methode. Maurice handelt ganz nach seinem Belieben. Oh, er wird sich einreden, dass seine Entscheidung gut für mich ist, aber dazu kenne ich ihn zu gut.«

»Darf ich anmerken, dass Sie zynisch klingen?«

»Das bin ich wohl. Noch einmal, Maurice übt die totale Kontrolle aus. Henry, ich bin mein ganzes Leben lang manipuliert worden.«

Er legte seinen Arm um sie. »Amy, wenn Sie das wirklich glauben, ist es Zeit, etwas dagegen zu tun.«

»Das werde ich auch.«

»Sie müssen offen mit ihm darüber reden.« Henry kratzte sich am Kopf. »Manchmal verstehen wir Männer nicht, was ihr Frauen wollt. Sie müssen es ihm klarmachen, Amy. Ich konnte nie ganz herausfinden, was Sonya eigentlich wollte. Sie hat immer von mir erwartet, ich solle ihre Gedanken lesen. Sie müssen es Ihrem Mann ganz deutlich sagen.«

»Das habe ich doch – immer und immer wieder. Mittlerweile bemühe ich mich gar nicht mehr darum. Und er hat schon wieder sein eigenes Ding gemacht – jetzt wird es Zeit, dass ich dasselbe tue.«

»Sie haben sich also entschlossen, Amy?«

Sie nickte. »Das habe ich.«

»Überstürzen Sie nichts.«

»Überstürzen? Ich?« Sie hob eine Augenbraue. »Nicht mein Stil, Henry. Ganz und gar nicht mein Stil. In Wirklichkeit hab ich immer viel zu lange über alles nachgedacht.«

»Sie müssen all Ihre Möglichkeiten in Betracht ziehen.« Er warf einen Blick auf seine Armbanduhr. »Ich muss leider los. Ich versuche nicht, Sie abzuwürgen – wir werden weiter darüber reden, wenn Sie möchten.«

»Wieso? Um mir Ihre männliche Sichtweise klarzumachen?«

»Es kommt mir so vor, als ob Sie davon schon gehört hätten.«

»Ganz recht, so ist es. Mein Gott, wie wahr. Henry, haben Sie und Sonya jemals gelernt, miteinander zu kommunizieren?«

»Nach einigen Anstrengungen, ja.«

»Und ist es Ihnen gelungen einander zu verstehen?«

»Am Ende schon.«

»Und?«

»Wir haben uns scheiden lassen.«

»*Touché!*«

»Sie sagen es.« Henry lachte über die Bemerkung. »Ich mache mich lieber auf den Weg. In zehn Minuten muss ich operieren. Dann sehen wir uns also am Freitag, ja?« Er stand auf. »Oh, Amy, ich habe noch eine Idee. Freitagabend gibt es ein Konzert in der Kathedrale. Soul und Gospel. Ein Teil des Alternativ-Festivals – zwei amerikanische Sänger – hätten Sie Lust?«

»Ein Konzert in der Kathedrale, was für eine reizende Idee.«

»Die Akustik müsste hervorragend sein. Ich besorge die Karten.«

»Wird Ihre Mutter uns begleiten?«

»Das würde ich sie nicht mal fragen. Sie interessiert sich nur für klassische Musik. Nein, wir essen was zusammen, und das sollte reichen.«

»Reichen?«

»Um ihre Neugier zu befriedigen. Sie macht sich so ihre Gedanken.«

Amy hoffte, er könne ihr Herz nicht pochen hören.

»Ich glaube, es liegt daran, dass Sie Irin sind.« Er beugte sich vor und küsste sie auf die Wange. »Meine Mutter hat ausgesprochen exzentrische Vorstellungen!«

37

Die Villa war eindrucksvoll, doch keineswegs zu extravagant: handgefertigte Möbel, glänzende Fußböden, zurückhaltendes Dekor. Jane Edwards besaß einen guten Geschmack. Sie empfing die beiden in ihrem gemütlichen Salon. Amy, die sehr nervös war, jedoch ihr Bestes gab, es nicht zu zeigen, schüttelte Jane Edwards' ausgestreckte Hand und setzte sich auf einen Stuhl neben der marmornen Feuerstelle.

Die ältere Dame war freundlich, aber kühl. Während Henry mit seiner Mutter über die Vorbereitungen für den bevorstehenden Besuch seiner Frau sprach, warf Amy verstohlene Blicke auf ihre Gastgeberin. Jane Edwards widersprach all ihren Erwartungen: Sie war recht klein und zierlich. Wieso hatte Amy angenommen, dass sie groß wäre? Wegen Henry? Ihre stahlgrauen Haare – ohne jedes Anzeichen von Tönung oder Färbung – waren modisch geschnitten. Ihre Augen waren von einem lebhaften Blau, ihre Lider mit einem Hauch von Lidschatten bedeckt. Sie trug ein schlichtes, aber elegantes, malvenfarbenes Kleid. Man hätte sie sogar hübsch nennen können, wenn sie nicht diese lange gebogene Nase gehabt hätte, die ihr ein aristokratisches Aussehen verlieh. Doch ihr Mund war klein und schön.

»Henry, vielleicht möchte unser Gast ja ein Glas Sherry.« Jane deutete auf einen Beistelltisch, auf dem ein Silbertablett mit zierlichen Gläsern und einer Kristallkaraffe stand. »Oder bevorzugen Sie Wein?«

»Ja, ein Glas Wein wäre nett«, erwiderte Amy, deren Stimme so verändert klang, als ob sie jemand anderem gehörte.

Jane setzte sich auf den Stuhl ihr gegenüber. Amy hatte das Gefühl, an einem Vorstellungsgespräch teilzunehmen. »Henry sagt immer, dass ein oder zwei Gläser Rotwein am Tag gut fürs Herz sind, nicht wahr, mein Lieber?«

Er servierte Amy ihr Getränk und anschließend das seiner Mutter. »Ja, das stimmt, und es freut mich, sagen zu können, dass es einer der wenigen Ratschläge ist, den du befolgst.«

Jane lachte, doch es klang gekünstelt. »Beachten Sie meinen Sohn gar nicht weiter. Er ist ein furchtbarer Scherzbold. Ich befolge immer deinen Rat, Henry. Wieso denn auch nicht? Ich vertraue deinem medizinischen Urteil uneingeschränkt.«

Er wandte den Blick zum Himmel. »Und was ist mit meinen anderen Ratschlägen?«

»Nun, mein Lieber, das ist etwas anderes. Du hast nun mal keinen Sinn für Finanzen, nicht wahr?« Sie beugte sich auf ihrem Stuhl vor und flüsterte Amy gespielt zu: »Er ist ein hoffnungsloser Fall, wenn es um Geld geht. Völlig hoffnungslos.«

Trotz dieser vermeintlichen Kritik hörte Amy die Zuneigung in ihrer Stimme. Sie strahlte jedes Mal voller Stolz, wenn sie ihren Sohn ansah.

»Ich tue doch immer, was du mir sagst, Henry«, versicherte sie. »Ich bin eine vorbildliche Patientin.«

Er beugte sich herunter und küsste sie auf den Kopf. »Und obendrein eine vorbildliche Mutter. Du liegst völlig richtig, wenn du mich wegen meiner finanziellen Unzulänglichkeiten tadelst.«

Jane schob ihn spielerisch von sich weg. »Sehen Sie? Jedes Wort aus seinem Mund ist ein Scherz. Wann mache ich dir jemals wegen irgendetwas Vorwürfe?«

»Nie«, gab er zu. »Deine Großzügigkeit und dein Lob kennen keine Grenzen. Wie jede Mutter hast du das Gefühl, dein Nachwuchs könne gar nichts falsch machen – und obwohl das etwas kurzsichtig sein mag, ist es doch sehr beruhigend. Würden Sie da nicht zustimmen, Amy?«

Wieso war Henry bloß so steif und förmlich? Was sollte das Ganze hier? Amy fühlte sich schon genauso wie damals, als sie in einer jener gestelzten Salonkomödien, die in den frühen Tagen der Theatergruppe aufgeführt wurden, die »Unschuld« spielen musste. Lausige Texte. »Ich stimme Ihnen darin zu, dass elterliche Anerkennung beruhigend sein kann«, meinte sie und sah sich genötigt, mit der momentanen Stimmung wettzueifern, »aber leider sind nicht alle Eltern so unkritisch.«

»In der Tat«, pflichtete Jane Edwards ihr eifrig bei. »Kindererziehung ist eine der unterschätztesten Aufgaben überhaupt. Wir Eltern bekommen keine Ausbildung, oder etwa doch? Wo soll man die Grenze ziehen zwischen Kritik und Lob, Bestrafung und Belohnung – das ist ein echtes Problem. Es ist äußerst schwierig, es immer richtig zu machen.«

»Ja, das ist es«, unterbrach Henry aufgeregt, »und die meisten Menschen machen es leider falsch. Ganz ehrlich, sie haben keine Ahnung, wie man Kinder behandeln sollte – das erlebe ich jeden Tag in meiner Praxis.«

»Aber du hast keine persönliche Erfahrung, mein Lieber«, bemerkte seine Mutter kühl.

»Ein Zankapfel«, erklärte Henry lächelnd. »Ich habe schon vor langer Zeit beschlossen, keine eigenen Kinder in die Welt zu setzen – dazu bin ich viel zu egoistisch – finden Sie das seltsam, Amy?«

»Eigentlich nicht«, erwiderte diese ehrlich.

»Man kann viel zu viel falsch machen«, fuhr Henry fort. »Nicht mal die Psychologen sind sich einig, oder? Und dann gibt es gesellschaftliche und philosophische Trends, die sich dauernd wieder ändern. Das ganze Thema ist einfach uferlos. Was vor Jahren noch gutgeheißen wurde, ist heute schon verteufelt. Als ich jung war hieß es, *Kinder sollte man sehen, aber nicht hören.*«

»Dich hat man immer gehört, Henry«, verkündete seine Mutter lachend.

»Ich war eine Ausnahme, Mutter. Komm schon, du musst doch zugeben, dass die Kinder vor Jahren extrem kurz gehalten wurden. Wir mussten uns anpassen – vor allem in der Schule. Wir durften kaum mal eine eigene Meinung zu irgendwas vertreten, und wenn wir wirklich mal mit einer innovativen Idee daherkamen, hat man uns bestimmt nicht die Gelegenheit gegeben, sie auszuprobieren. Körperliche Züchtigung war weit verbreitet. Das System war ziemlich barbarisch – jedenfalls in den Privatschulen. Amy, welche Erfahrung haben Sie da gemacht?«

»Die Schule war streng, ja.«

»Und wie war es zu Hause?«, wollte seine Mutter wissen.

Amy überlegte kurz. »Mein Vater war sehr gelassen, aber meine Mutter war harsch«, murmelte sie.

»Streng zu sein ist natürlich auch ein Weg, Fürsorge zu zeigen«, meinte Jane diplomatisch, »obwohl ich nie an Bestrafung geglaubt habe. Es gibt andere Wege, einem Kind etwas beizubringen. Ermutigung für etwas. Haben Sie nicht eine Tochter, Amy? Sie ist wohl schon erwachsen, wie ich annehme.«

»Dawn ist neunzehn.«

»Weit über das schwierige Alter hinaus.«

»Dawn hat nie Schwierigkeiten gemacht.«

»Das können Sie sich zugute halten – sich und Ihrem Ehemann. Ich glaube ja, dass Kinder glücklicher und selbstbewusster in einem Haus heranwachsen, in dem beide Eltern sich über die Kindererziehung einig sind und sich die Verantwortung teilen.«

»Mein Mann war und ist ein hervorragender Vater«, erwiderte Amy leicht pikiert.

»Genau wie dein Vater, Henry. Valentine hat sich von deiner Geburt an für dich aufgeopfert. Du warst ein süßes Baby. Jeder war vernarrt in dich, sogar das Personal.«

Amy fuhr hoch.

»Du warst ein außergewöhnliches Kind – sehr gescheit, aber sehr artig.« Jane schlug die Beine übereinander und lehnte sich auf ihrem Stuhl zurück. »Er war ein entzückender kleiner Junge«, prahlte sie vor ihrem Gast.

»Das ist mir aber äußerst peinlich.« Henry öffnete den obersten Knopf seines Hemdes. »Es ist warm hier drin. Mir wird von deinem Unsinn ganz heiß, Mutter.«

»Setz dich da drüben ans offene Fenster und kühl dich ab, mein Lieber.«

Henry schnitt hinter ihrem Rücken eine Grimasse und füllte dann Amys Glas wieder auf.

»Vielen Dank«, sagte sie und war dankbar für diese Wohltat. Der Wein half ihr ein wenig, sich zu entspannen. »Sie haben ein wunderschönes Haus, Mrs Edwards.« Heuchlerin, schalt sie sich selbst für diese schamlose Schmeichelei.

»Würden Sie gerne den Rest der Villa sehen?« Jane wandte sich an ihren Sohn. »Führ Mrs Kennedy doch etwas herum, Henry. Oben vom Treppenabsatz aus hat man einen reizenden Blick über den Hafen und die Türme. Der Blick hat mich letztlich davon überzeugt, dieses Haus zu kaufen. Und anschließend«, meinte sie herrisch, »kommt ihr zurück und unterhaltet euch mit mir. Damit wir einander besser kennen lernen können.«

Henry bemerkte Amys besorgten Gesichtsausdruck. Er ahnte, wie sie sich fühlte – seine Mutter konnte recht tyrannisch sein, wenn sie wollte. Heute war sie höflich, aber steif, ein bisschen frostig, und spielte die große Gutsherrin. Er hatte sie bei Laune gehalten. Amy hatte diese hochmütige Behandlung nicht verdient.

»Nun geht schon, Henry. Lasst euch Zeit – Grace wird den Imbiss erst in einer halben Stunde servieren. Und vergiss nicht, Mrs Kennedy den Garten zu zeigen. Nehmt doch eure Gläser mit hinaus. Es ist ein milder Abend.«

»Sie fühlen sich hier nicht besonders wohl, oder?« fragte Henry, als sie über den Rasen gingen. »Das ist mir nicht entgangen, und ich möchte mich für mein eigenes lächerliches Verhalten entschuldigen. Meine Mutter schätzt Formalitäten sehr – wie Sie ja gesehen haben. Es beruhigt sie irgendwie. Es gefällt ihr nicht, wie sich die Gesellschaft verändert hat. Ihrer Meinung nach sind wir alle viel zu vertraulich, viel zu nachlässig und würden nie die sozialen Feinheiten bemerken, während sie versucht, die Dinge so zu bewahren, wie sie einst gewesen sind. Es ist vermutlich dumm von mir, dem auch noch Vorschub zu leisten, aber normalerweise ist sie harmlos. Sie dürfen sich von meiner Mutter nicht einschüchtern lassen, Amy. Wir können jedenfalls gleich nach dem Essen wieder aufbrechen.« Er lächelte, nahm ihren Arm und führte sie zu einer Bank unter den Kirschblüten.

Amy war seine Besorgnis richtig peinlich. »Nein, nein, es ist nicht Ihre Mutter. Ich bin nur heute etwas niedergeschlagen, weiter nichts. Ich brüte über häuslichen Problemen – es ist schwierig abzuschalten.«

»Sie machen eine schlimme Zeit durch, Amy. Sie müssen schwierige Entscheidungen treffen.«

»Ich glaube, ich habe sie bereits getroffen. Es ist leichter, den richtigen Blick für die Dinge zu bekommen, wenn man von zu Hause weg ist. Jetzt weiß ich, was ich will. Oder zumindest weiß ich, was ich nicht will. Ich muss Maurice verlassen und von vorne anfangen – um unser beider willen. Die Routine hat mich fertiggemacht.«

Er steckte sich eine Zigarette an und atmete hörbar aus.

»Dieselben blöden Dinge haben sich Tag für Tag, Woche für Woche, Monat für Monat, jahrein, jahraus ständig wiederholt. Ich habe mich wie eine dieser kleinen Käfigmäuse gefühlt, die dauernd in ihrem Rad herumrennen.« Amy warf einen schüchternen Blick auf Henry. »Sie setzen sich jetzt Ihren Doktorhut auf und erzählen mir, das alles sei ein normaler Teil dieses Lebensabschnitts, oder?«

»Genau«, pflichtete er ihr bei, »aber das macht Ihre Gefühle nicht weniger real. Es ist offenbar höchste Zeit, dass Sie Ihr Leben verändern.«

»Ich habe ja mehreres zur Auswahl.« Sie lächelte. »Wie wir alle.«

»Die Auswahl ist der schwierige Teil. Aber wenn Sie sich sicher sind, was Sie wollen, müssen Sie es durchziehen – obwohl das sehr schwer sein kann.«

»Gar nichts zu tun ist viel schlimmer. Ich war lange Zeit sehr deprimiert – ich werde manchmal immer noch ganz trübsinnig, wie Sie heute ja sehen können. Ich war auch ziemlich paranoid – das wird mir jetzt klar. Ich war ausschließlich mit mir beschäftigt – nicht sehr spaßig, mit so jemandem zusammenzuleben.«

»Sie sind sehr hart zu sich selbst.« Er streichelte ihre Schulter.

»Ich weiß gar nicht, wie meine Tochter sich mit mir abgefunden hat – oder Maurice. Ich war die meiste Zeit über gar nicht richtig bei mir. Es war, als ob ich eine andere gewesen wäre, die beobachtete, was vor sich ging, sich aber selbst nicht darum kümmerte oder versuchte, daran teilzunehmen. Seltsam. Die beiden haben alles versucht, um mir zu helfen, aber nichts hat geholfen. Ich war vermutlich nicht zu erreichen. Alleine das Aufstehen war schon eine Tortur. Das ist alles erst wenige Monate her – schwer zu glauben.«

»Ja, wenn man Sie so ansieht, ist es wirklich schwer zu glauben.« Henry verscheuchte eine Fliege.

»Man fängt an zu glauben, dass sich alles im eigenen Kopf abspielt. Man schiebt alles auf die Depression, aber manchmal sind die Probleme auch real. Meine waren es jedenfalls. Oder unsere, sollte ich sagen. Maurice hat seinen Teil dazu beigetragen, obwohl er das vielleicht etwas anders sieht. Die Therapie hat mir jedenfalls dabei geholfen zu akzeptieren, was sich für mich real angefühlt hat. Dass die Einsamkeit und Isolation nicht allein meine Schuld waren und ich nicht verrückt wurde.«

»Verrückt?«,wiederholte er. »Aber woher denn. Sie wirken auf mich sehr ausgeglichen, Amy.«

»Eine Last auf jeder Schulter?«, scherzte sie.

Er drückte sie an sich. »Sie werden sich am Ende schon richtig entscheiden. Folgen Sie einfach Ihrem Bauchgefühl.«

»Das hat mir auch meine Therapeutin geraten. Wie lange sollte eine Therapie dauern, Henry? Ich will nicht zu sehr auf Sylvia setzen. Ich will auf eigenen Füßen stehen.«

»Sie werden es merken, wenn Sie bereit sind, sie zu verlassen. Im Augenblick sollten Sie noch weitermachen. Sie sind immer noch angespannt – bis heute Nachmittag war mir gar nicht klar, wie angespannt.«

Wenn er doch bloß den Grund dafür wüsste!

»Sie müssen lernen, sich zu entspannen. Dauernde Anspannung ist geradezu tödlich.«

»Jawohl, Herr Doktor.« Sie lächelte. »Und wie lerne ich, mich zu entspannen? Soll ich mir beruhigende Kassetten anhören? Yoga machen? Ich bin schon einem Fitnessclub beigetreten. Aber ich spüre immer noch, dass ich etwas anderes bräuchte – und zwar bestimmt keine Pillen. Ich werde keine Pillen mehr nehmen. Die Hormonbehandlung reicht mir schon!«

»Hormonbehandlungen können bei manchen Menschen Depressionen verursachen, Amy. Das sollten Sie bedenken. Versuchen Sie es mit alternativer Medizin. Ich glaube fest an Heilkräuter.«

»Ungewöhnlich für einen Arzt. Mein Hausarzt liebt es, Rezepte auszustellen.«

»Ich nicht. Hab ich noch nie getan. Akupunktur ist gut. Ah, und es gibt noch etwas, das bei Ihnen funktionieren könnte: Bioenergie. Haben Sie schon mal davon gehört?«

»Ja, vage. Hilft das denn?«

»Ich glaube schon. Es kann verlorene Energie wieder herstellen. Manchmal lindert es auch Qualen und Schmerzen – es hilft dem Körper, sich selbst zu heilen. Und es kann das Wohlbefinden enorm steigern.«

»Das kann ich gut gebrauchen!«

»Henry, du hattest einen Anruf aus der Klinik, während ihr im Garten wart. Ich habe der Frau gesagt, du wärest beschäftigt. Sie bittet dich zurückzurufen – irgendwas wegen eines Vorstellungsgesprächs, meinte sie.«

Henry schlug sich gegen die Stirn. »Natürlich. Wie blöd von mir. Das wollte ich längst gemacht haben. Mir geht heute so viel im Kopf herum. Stéphanie, unsere Rezeptionistin, hat gekündigt«, erklärte er Amy. »Sie war fünf Jahre bei uns. Eine wunderbare Mitarbeiterin. Sie wird nur schwer zu ersetzen sein. Würden Sie mich entschuldigen, Amy? Mutter wird Sie unterhalten, während ich diesen Anruf erledige.« Er zwinkerte ihr zu und ging in den Flur.

Jane Edwards lächelte steif. »Ich hörte, Sie haben für Ihren Mann in dessen Tierklinik gearbeitet. Die Arbeit war vermutlich ganz ähnlich. Körper sind schließlich Körper, ob von Mensch oder Tier!« Sie bemerkte, dass Amy von ihrer Beobachtung nicht amüsiert war. »Henry hat mir gesagt, dass Sie jetzt nicht mehr arbeiten.«

»Ich werde bald wieder eine Arbeit antreten«, erwiderte Amy. »Man hat mich gebeten, eine Buchhandlung ganz in meiner Nähe zu führen.«

»Und was hätten Sie da zu tun?« Jane blinzelte über ihr Glas hinweg.

»Ich bin mir nicht ganz sicher. Es sieht nach einer Menge Arbeit aus. Der Laden muss völlig neu organisiert werden. Vermutlich muss ich mich um die Bestellungen kümmern, gelegentlich auch um Kontakte zu den Verlagen, die Buchhaltung und natürlich um die Kunden. Die Besitzerin des Ladens hat mich gebeten, das ganze Inventar im Computer zu erfassen, was wohl den Großteil der ersten Wochen in Anspruch nehmen dürfte. Ich werde auch ein paar Vorstellungsgespräche mit möglichen Teilzeitkräften führen.«

»Sie werden mit dieser Aufgabe und Ihren familiären Verpflichtungen sehr beschäftigt sein«, meinte Jane trocken.

»Beschäftigung ist gut, heißt es doch. Ich bin in letzter Zeit etwas unruhig gewesen und war es leid, immer nur zu Hause zu sein, daher freue ich mich darauf, wieder arbeiten zu können. Und diese Tätigkeit ist eine echte Veränderung.«

»Ich mag Veränderungen nicht besonders«, bemerkte Jane. »In meinem Alter nicht mehr. Gewohnheit passt sehr gut zu mir. Ich schätze keine Überraschungen.«

War das eine Art Warnung?, überlegte Amy. »Ich werde große Veränderungen in meinem Leben vornehmen, Mrs Edwards. Das weiß ich genau. Dennoch habe ich, wie Sie ganz recht bemerkten, familiäre Verpflichtungen. Meinem Vater geht es nicht so gut. Deswegen bin ich auch nur eine Woche weg.«

Jane wunderte sich, warum der Vater dieser Frau wohl Vorrang vor ihrem Ehemann hatte.

»Gefällt es Ihnen denn hier? Mögen Sie La Rochelle?«

»Ja, mir gefällt die entspannte Atmosphäre. Es ist auch nicht zu heiß. Ich mag auch den Süden von Frankreich, besonders Nizza, aber dort ist es eben sehr heiß. Ich kann die Hitze nicht mehr so gut verkraften – ein weiteres Anzeichen des Alters, vermutlich.« Sie lachte nervös. »Ich hätte hier gerne ein Ferienhaus«, fügte Amy rasch hinzu. Das dritte Glas Wein hatte ihre Zunge gelöst. Sie wusste, dass sie zu viel redete, doch sie konnte sich nicht mehr bremsen. »Mittlerweile ist es modern geworden, sich im Ausland Häuser zu kaufen – letztens hat die *Irish Times* im Immobilienteil Villen in Spanien, Italien und Frankreich angeboten. Zu sehr attraktiven Preisen.«

»Ach ja?«, antwortete Jane gleichgültig.

Henry kam mit einem Aschenbecher und einem breiten Lächeln zurück. »Dürfen wir hier rauchen, Mutter?«

»Selbstverständlich. Ich werde vielleicht sogar eine mitrauchen.«

»Du rauchst doch gar nicht«, meinte er. »Oder ist das etwa eins deiner kleinen Geheimnisse?«

»Ich habe keine Geheimnisse vor dir, Henry.«

»Alle Frauen haben Geheimnisse – damit halten sie uns doch auf Trab.«

»Du gibst da die absurdesten Dinge von dir.« Jane Edwards erhob sich ganz langsam. »Warum gehen wir nicht auf die Terrasse hinaus und nehmen dort unseren Imbiss ein, Mrs Kennedy? Hinterher können wir dann alle eine rauchen.« Sie nahm ihren Sohn am Arm. »Danach würde ich gerne mit Mrs Kennedy unter vier Augen sprechen, Henry. Du könntest ja Grace beim Abwasch helfen. Außerdem möchte ich dich bitten, in der Küche eine Glühbirne auszuwechseln. Grace kann in ihrem Alter nicht mehr auf die Leiter steigen, und ich kann diesen Mann nicht erreichen, der letztes Jahr einige Arbeiten für mich erledigt hat. Man findet heutzutage einfach kein gutes Personal mehr.«

»Sie haben Wendy Barrett nur einmal getroffen?« Jane hob eine Augenbraue. »Mein Sohn hat mir weisgemacht, Sie wären eine Freundin von ihr?«

Amy war froh, dass Henry sie für kurze Zeit allein gelassen hatte. Seine Anwesenheit machte sie noch befangener. Während des Essens war die Unterhaltung ebenso gezwungen gewesen wie zuvor, und auch jetzt machte Jane Edwards keinerlei Anstalten aufzutauen, obwohl sie ihren Sohn doch extra weggeschickt hatte. Es war ganz klar, dass sie Amy allein sprechen wollte. Das war auch gut so, denn Amy hatte sorgfältig geprobt, was sie sagen wollte. »Eine alte Freundin der Familie hat mich Wendy vorgestellt – Catherine Cole.«

Janes Hand begann nur ganz leicht zu zittern, doch Amy bemerkte es.

»Sie und Wendy kennen sich schon lange. Die beiden haben sich damals im St. Gabriel's kennen gelernt.« Amy tat so, als höre sie nicht, wie ihre Gastgeberin scharf Luft holte. »Die beiden sind in Verbindung geblieben, auch als Catherine nach ihrer Pensionierung mit ihrem Ehemann etwas weiter nach Süden gezogen ist. Die beiden haben dort ein herrliches Haus und genießen das Landleben. Sie fährt natürlich noch ab und zu nach London und besucht Wendy.«

Jane rümpfte die Nase. Amy wartete. Es folgte ein Moment des Schweigens, beide Frauen beäugten einander, bis Jane sich räusperte und fragte: »Die beiden Krankenschwestern haben sich also pensionieren lassen? Meine Güte, wie die Zeit verfliegt. Es ist ein hartes Leben, und Krankenschwestern bekommen nie genügend Anerkennung oder Geld für ihre Arbeit – das hab ich Valentine auch immer gesagt.«

»Ich glaube, Catherine vermisst ihre Arbeit.«

»Ganz sicher.«

Jane nippte an ihrem Kaffee. Ihr Anfangsverdacht gegenüber dieser Frau war wohlbegründet gewesen. Amy Kennedy hatte endlich Catherine Cole erwähnt. Eine Herausforderung? Sie durfte ihrer Besucherin auf keinen Fall zeigen, dass sie die Fassung verloren hatte. »Wann haben Sie Catherine zuletzt gesehen?«

»Erst vor kurzem. Ich habe sie und ihren Ehemann Sam besucht. Ihr Name fiel ein paar Mal im Gespräch. Catherine kannte Ihren Mann sehr gut.«

Definitiv eine Herausforderung. Jane stellte ihr Glas auf dem Terrassentisch ab. »Ich erinnere mich schwach daran, dass mein Mann sie mal erwähnt hat. Ich glauben, sie haben nicht sehr lange zusammengearbeitet. Catherine Cole hat die Pädiatrie verlassen und ist auf die allgemeine Station gewechselt, wenn mich mein Gedächtnis nicht täuscht.«

»Das hat sie damals nicht freiwillig getan – Catherine erzählte mir, es habe ein Missverständnis zwischen den beiden gegeben.« Amys Mut wurde mit jedem Wort größer.

»Vielleicht haben Sie Recht. Valentine hat nie mit mir über Einzelheiten seiner Arbeit gesprochen. Er war der Inbegriff von Integrität.«

Die Scharade wurde fortgesetzt.

»Vermutlich treffen Sie heutzutage nicht mehr so viele Mitarbeiter Ihres Mannes«, fragte Amy.

»Einen oder zwei, das ist alles.« Jane setzte sich ihre Sonnenbrille auf.

Nun wird es schwieriger, ihre Reaktionen einzuschätzen, dachte Amy.

»Valentines Kollegen sind noch eine Weile mit mir in Verbindung geblieben, aber Sie wissen ja, wie das ist, die Jahre vergehen, und die Menschen ziehen weiter.«

»Aber Sie haben doch vor kurzem Catherine Cole getroffen«, beharrte Amy, »bei der Eröffnung des neuen Krankenhausflügels. Sie hat mir erzählt, sie hätte mit Ihnen gesprochen.« Verdammte Sonnenbrille. Was würden Janes Augen wohl offenbaren? Ihr schmales Lächeln war unmöglich zu ergründen.

»Daran erinnere ich mich nicht. Das hat sie Ihnen erzählt?«

»Ja. Sie war sich ganz sicher.«

»Oh, vielleicht haben Sie ja Recht.« Jane zuckte mit den Schultern. »An diesem Tag waren so viele Menschen dort, dass ich kaum bemerkt habe, mit wem ich eigentlich sprach.«

Pariert. Sie hatte den Angriff mit sicherem Auftreten pariert. Was nun?

»Kann ich eine Zigarette haben, Mrs Kennedy?«

Amy tat ihr den Gefallen. »Bitte nennen Sie mich doch Amy.«

»Vielen Dank.« Jane beugte sich vor und Amy gab ihr Feuer, wobei sie erneut das leichte Zittern in der Hand der alten Dame bemerkte.

Zeit durchzuatmen. »Mrs Edwards, dürfte ich rasch Ihr Bad benutzen?«

»Natürlich. Es ist die erste Tür links am oberen Ende der Treppe.«

Jane Edwards war besorgt. Mehr als besorgt – verängstigt. Wer war diese Amy Kennedy? Jane traute ihr nicht. Oh, sie war höflich und redegewandt und äußerst respektabel, dennoch hatte sie etwas geradezu Bedrohliches an sich. Das Gespräch erschien ganz normal; ihr Ton war warm und umgänglich, ihre Gesten wirkten leicht und natürlich – allzu natürlich –, so als ob Amy ihre Sätze geübt hätte; sie verpasste kein Stichwort und behielt die ganze Zeit über die Kontrolle. Jane hatte extra nach ihr geschickt, um so viel wie möglich über sie herauszufinden, doch nun wurde der Spieß umgedreht. Die Unterhaltung spitzte sich zu.

Jane hatte eine entscheidende Tatsache herausgefunden: Amy kannte Catherine Cole. Wie hatte sie Catherine doch genannt? *Eine alte Freundin der Familie.* Eine enge Freundin? Eine Frau, der sie sich anvertrauen konnte? Die beiden hatten über Valentine gesprochen. Wie viel hatte Catherine Cole zu jenem Zeitpunkt gewusst? Wie viel wusste Amy jetzt?

Und wieso war sie hier?

Wie sollte Jane sich bloß verhalten, wenn diese Schwindlerin an den Tisch zurückkehrte? Wie lange konnte sie dieses Theater noch spielen? Wie viel konnte sie gefahrlos sagen? Und wie konnte sie wissen, ob sie nicht bereits zu viel erzählt hatte? Sie würde den Ball fest in Amys Feld retournieren.

Wenn doch bloß Valentine hier wäre. Er würde wissen, was zu tun war.

Henry hatte der Haushälterin beim Abwasch geholfen und die Glühbirne ausgewechselt. Jetzt kam er in den Garten zurück und setzte sich. »Habt ihr beide euch besser kennen gelernt, Mutter?«

»Amy weiß eine ganze Menge über uns, mein Lieber«, informierte ihn Jane.

»Das würde ich nicht sagen«, warf Amy ein, »lediglich Bruchstücke. Ich bin froh, sie beide kennen gelernt zu haben. Es ist angenehm, wenn man den Namen, die man gehört hat, auch Gesichter zuordnen kann.«

»Jetzt sind wir im Nachteil.« Jane war in die Defensive geraten. »Ich weiß ja nicht, was genau Sie gehört haben.«

»Doch wohl hoffentlich nichts Schlechtes«, meinte Henry. »Haben wir etwa Leichen im Keller, von denen du mir nichts erzählt hast, Mutter?«

Janes Gesicht verhärtete sich. »Wieso fragst du das nicht Amy?«

»Ich weiß nur sehr wenig«, erwiderte Amy. »Ich habe gehört, dass von Ihrem Mann in den höchsten Tönen gesprochen wurde.«

»Valentine war sehr beliebt. Lasst uns wieder reingehen. Mir ist etwas kühl.« Jane erhob sich, führte sie ins Wohnzimmer zurück und trat an den Kaminsims. Sie nahm ein silbern gerahmtes Foto herunter und reichte es Amy. »Das ist mein Mann. Gut aussehend, finden Sie nicht auch?«

Sehr gut aussehend. Hoch gewachsen, graue Haare, dieselben braunen Augen wie sein Sohn, doch in seinem Gesichtsausdruck lag eine Arroganz, die Henry fehlte. Amy beschloss, den Stier bei den Hörnern zu packen. »Catherine war eng mit einem Mädchen befreundet, das für Sie gearbeitet hat.«

Janes Augen verengten sich und stachelten Amy an fortzufahren. »Sie kam aus Irland.«

»Eine *Irin* hat für euch gearbeitet? Das hast du mir ja nie erzählt, Mutter.« Verwundert wandte er sich an Amy. »Woher wissen Sie das, Amy? Kannten Sie dieses Mädchen?«

»Sie war eine entfernte Verwandte.« Amy griff nach ihrer Zigarettenschachtel.

Entfernte beschrieb es ganz gut.

»Wie außergewöhnlich«, rief Henry. »Erzählen Sie uns mehr.«

Amy versuchte, Janes zermürbenden starren Blicken auszuweichen und konzentrierte sich beim Anzünden ihrer Zigarette ganz auf ihr Feuerzeug. »Zu jener Zeit war das gar nicht so außergewöhnlich – viele Iren emigrierten, um Arbeit zu finden – meistens nach Amerika, aber Tausende gingen auch nach England. Viele waren gezwungen, niedere Tätigkeiten anzunehmen.« Amy versuchte, nicht verbittert zu klingen.

»Ich würde sagen, dass sie froh war, eine so gute Stelle gefunden zu haben«, meinte Henry taktvoll. »Meine Eltern waren großartige Arbeitgeber. Das habe ich Ihnen doch erzählt, Amy, oder? Wir hatten fünfundzwanzig Jahre lang dieselbe Haushälterin, und wie lange ist Grace jetzt bei dir, Mutter?«

»Über vierzig Jahre.«

Amy konnte die beiden nicht einfach so dasitzen lassen und mit anhören, wie sie sich gegenseitig für ihren wunderbaren Rekord als freundliche Gönner gratulierten. »Das irische Mädchen blieb aber nicht lange, oder? Sie verließ ihre Familie recht plötzlich wieder.«

Jane Edwards leckte sich über die Lippen. »Das war vor langer Zeit, Amy. Ich bin ganz überrascht, dass Sie überhaupt etwas davon gehört haben – es war, bevor Sie geboren waren.«

»Allerdings.« Amy hielt ihrem Blick stand.

»Sie war bei uns sehr unglücklich, soweit ich mich erinnere. Sie vermisste Irland.«

»Wie war denn ihr Name?« Henry war ganz gefesselt.

»Elaine«, murmelte Amy.

»Ja«, sagte Jane langsam. »Elaine Doherty. Aber man hat mir berichtet, dass sie bald, nachdem sie uns verlassen hatte, geheiratet hat. Wir haben den Kontakt verloren.«

»Ihr Ehename war Shiels«, erwiderte Amy ganz ruhig.

»Ist sie eine Verwandte von Ihnen?«, fragte Henry. »Und das hast du vor mir geheim gehalten, Mutter! Als was hat sie hier gearbeitet? Als Dienstmädchen im oberen Stockwerk?«

Wegen der lässigen Art, mit der er das sagte, hätte Amy ihm gern eine Ohrfeige verpasst. Doch es war ja nicht sein Fehler. Er hatte keine Ahnung, welche Wirkung seine Worte auf sie haben würden.

»Sie hat sich um mich gekümmert.« Janes Stimme war kaum hörbar. Sie saß steif da und hielt die Hände auf dem Schoß gefaltet. »Und kurze Zeit auch um dich, Henry.«

»Ein Kindermädchen? Du hast doch nie zugelassen, dass sich irgendjemand um mich kümmerte, das hast du jedenfalls immer gesagt.«

Er sah sie liebevoll an. »Sie hat mich nicht aus den Augen gelassen, als ich ein Kind war, Amy.« Er ging zum Stuhl seiner Mutter und streichelte sanft ihre Wange. »Du hast mich verhätschelt.«

Jane griff nach seiner Hand.

Die Kathedrale in der Place de Verdun war bis auf den letzten Platz gefüllt. Eine Frau, die neben ihnen saß, eine Patientin, wie Amy vermutet, flüsterte mit Henry, während Amy das Programm studierte: Eric Bibb, in den Staaten ein großer Name für Blues und Soul, sowie Cyndee Peters, eine gefeierte Gospelsängerin. Es versprach ein unterhaltsamer Abend zu werden – wenn bloß ihre pochenden Kopfschmerzen aufhören würden. War es der Wein, die Anspannung oder eine Mischung aus beidem?

Amy bewunderte die bunten Fensterscheiben, die das orangefarbene Licht von der Beleuchtung der Behelfsbühne reflektierten, die unter den silbernen Orgelpfeifen am Ende der Kirche aufgebaut war. Die Steinwände schimmerten im Kerzenschein. Romanische Bögen. Überall gedämpfte Stimmen. Das Publikum war altersmäßig bunt gemischt. Die Atmosphäre war friedlich, doch ein großes Gemälde von der Kreuzigung an einer Wand in ihrer Nähe störte Amy.***HK***

Das Konzert begann mit einem höflichen Applaus. Eric Bibb eröffnete es mit »Going Down Slow«, gefolgt von »The Needing Time«, einem etwas schwermütigen Lied. Während sie zuhörte, rasten Amys Gedanken nur so. Wenn man sie danach gefragt hätte, wäre es ihr ausgesprochen schwer gefallen, den Besuch bei Jane Edwards zu beschreiben.

Steif. Anstrengend. Ja, sie war sehr aufgewühlt gewesen. Und Jane war trotz ihrer aufgesetzten Gemütsruhe zutiefst beunruhigt gewesen. Hatte Henry das wohl auch bemerkt? Amy schloss die Augen und lauschte der Hillbilly-Version eines Gospelsongs namens »Lonesome Valley«.

»Gefällt es Ihnen?«, flüsterte er.

»Sehr.«

»Sieht so aus, als würden sie den Abend unter sich aufteilen. Nach der Pause kommt Cyndee Peters dran.«

Hinter ihnen hüstelte ein Mann; sie verstanden die Botschaft.

Die volle, sanfte Stimme von Cyndee Peters ertönte und klagte tief und getragen *»Nobody knows the trouble I've seen«*. Wie passend. Die Musik hätte eine beruhigende Wirkung ausüben sollen, aber Amy war viel zu aufgedreht. Ihre Gedanken beschäftigten sich mit jedem Wort, das Jane gesagt hatte, mit jeder Geste, jeder Nuance. Amy ging sie in Gedanken immer wieder durch. Die Worte, die sie gesprochen und auch jene, die sie nicht ausgesprochen hatte.

Ihr blieben noch drei Tage hier. Sie war mit einer ganz bestimmten Absicht hergekommen und würde nicht eher nach Hause fahren, als bis sie ihr vorgenommenes Ziel erreicht hatte. Sie musste Jane Edwards überrumpeln. Morgen würde sie unangemeldet in der Villa vorbeischauen.

38

Jane Edwards schob ihr Frühstückstablett weg. Sie hatte keinen Hunger. Sie fühlte sich müde und reizbar und war versucht im Bett zu bleiben, doch das würde sie nur noch verzagter machen. Sollte sie mit Henry sprechen? Und was sagen? Nichts konnte rechtfertigen, was sie getan hatte. Henry würde es nie verstehen. Niemand würde das.

Wir haben es für dich getan. Wir haben dich geliebt. Wir haben zu deinem Besten gehandelt.

Wie könnte er das akzeptieren? Wie könnte irgendjemand das? Was er nicht wusste, würde ihn auch nicht verletzen – und das war Janes *raison d'être* – Henry vor Verletzungen zu schützen. War das nicht das Ziel und die Motivation für all ihre Taten in der Vergangenheit gewesen? Für Valentines? Alles war getan worden, um Henry zu beschützen.

Und nun war nach all diesen Jahren diese Frau erschienen. Sie war einer Spur gefolgt, die sie hierher geführt hatte. Was wollte sie bloß?

Grace betrat mit einem großen Handtuch und einem seidenen Bademantel überm Arm das Zimmer. »Ich habe Ihr Bad eingelassen, Madam.«

Sie begann schon sehr gebeugt zu gehen, doch nach vierzig Jahren treuer Dienste wäre es grausam gewesen, ihre Pensionierung vorzuschlagen. Grace brauchte es, gebraucht zu werden.

Die Haushälterin hängte beides über einen Stuhl und nahm das Tablett weg. »Oje, Sie haben ja fast nichts angerührt. Sie brauchen doch ein gutes Frühstück, um den Tag zu beginnen, Madam. Sie müssen sich stärken.«

»Ja, danke, Grace.«

»Werden Sie heute zum Mittagessen zu Hause sein?«

»Das werde ich, aber Sie brauchen nicht hier zu bleiben. Ein leichter Salat wird wohl ausreichen.«

»Sehr schön. Ich hatte nämlich vor, Madame Bertrand, die Frau des Metzgers, zu besuchen. Sie ist krank.«

»Natürlich, gehen Sie nur, Grace, und richten Sie ihr meine Grüße aus.«

»Ich werde ihr ein Glas von meiner Erdbeermarmelade mitbringen.«

»Was für eine reizende Idee. Heben Sie mir aber auch eins oder zwei auf – Sie wissen doch, wie sehr ich Ihr Eingemachtes schätze.«

Grace strahlte. »Und der Doktor ebenfalls.«

Das Läuten der Türglocke scheuchte Grace auf – sie war noch immer unglaublich flink auf den Beinen.

»Mrs Edwards ist indisponiert. Tut mir Leid.« Grace wollte die Tür wieder schließen, aber Amy trat dazwischen.

»Ich werde warten.«

»Das wäre nicht ratsam. Mrs Edwards ist im Augenblick nicht in der Verfassung, Besuch zu unterhalten.«

»Ich muss Sie aber sehen.« Amy war unerbittlich.

Grace verzog herablassend den Mund. »Wen soll ich melden?«

Amy würde sich durch die Demütigung nicht abschrecken lassen: Die Haushälterin machte keinerlei Anzeichen, sie wiederzuerkennen, obwohl sie erst am Abend zuvor miteinander bekannt gemacht worden waren.

»Mein Name ist Amy Kennedy. Ich war gestern hier. Ich bin eine Freundin von Doktor Edwards und muss dringend mit seiner Mutter sprechen.«

Widerwillig ließ die Haushälterin sie in den Flur treten. »Bitte warten Sie hier.«

Grace mochte diese Frau nicht. Sie war viel zu aufdringlich. Grace stieg ausgesprochen langsam und hochmütig die Treppe hinauf. Sie würde sich von einer selbst ernannten *Freundin* des Doktors ganz bestimmt nicht herumkommandieren lassen.

Amy stand neben dem Flurtisch und bemerkte die gerahmten Fotos an der Wand. Sie trat näher heran, um sie genauer anzusehen. Eines von ihnen zeigte eine prächtige, mit Efeu umrankte Villa auf einem großen Grundstück. Das musste ihr Zuhause in Surrey sein. Es war einfach herrlich. Dort war Henry also aufgewachsen, und dort hatte ihre Mutter gearbeitet – als Dienstmädchen. Daneben hing ein Foto von einem kleinen Jungen in Tenniskleidung. Vermutlich Henry. Er blickte lebhaft und fröhlich drein.

Amy war noch nie fester entschlossen gewesen. Ganz egal, wie schwierig sich dieses Treffen auch gestalten würde, wie unangenehm oder schmerzhaft, sie würde sich erst dann zufrieden geben, wenn sie Antworten erhalten hatte.

Sämtliche Antworten.

Die Haushälterin kehrte zurück. Ihr düsterer Gesichtsausdruck passte zu ihrem schwarzen Kleid. »Mrs Edwards wird in zwanzig Minuten unten sein, wenn es genehm ist.« Wie affektiert.

»Durchaus.«

»Sie bittet Sie, auf der Terrasse zu warten. Hier entlang, bitte.«

Amy folgte der Haushälterin in den Garten und setzte sich unter den Sonnenschirm.

»Darf ich Ihnen etwas zu trinken anbieten?« Höflich, aber steif.

»Nein danke. Mir geht es gut so.«

Amy fühlte sich überhaupt nicht gut. Selbstbeherrschung, böse Vorahnungen, Angst und Ekel kämpften in ihr um die Oberhand. Sie zündete sich eine Zigarette an. Immer wieder ging sie die entscheidenden Punkte und Argumente in ihrem Kopf durch. Heute würde sie sich nicht abspeisen lassen. Ihr war völlig klar, was sie zu fragen und zu sagen hatte. Sie war bereit, ihre eigene Identität preiszugeben.

»Guten Morgen.« Jane Edwards setzte sich Amy direkt gegenüber. Genau wie am Abend zuvor täuschte sie Gelassenheit vor.

Amy murmelte ein Hallo.

»Es sieht nach Regen aus, finden Sie nicht auch? Der Himmel ist recht bewölkt. Möchten Sie vielleicht lieber drinnen reden?«

»Wie es Ihnen beliebt.«

»Dann bleiben wir hier. Lassen Sie uns etwas Tee trinken. Ich werde Grace rufen.«

»Mrs Edwards, falls es Ihnen nichts ausmacht, würde ich gerne zur Sache kommen. Ich bin von weit hergekommen, um Sie zu treffen, und meine Zeit hier wird langsam knapp.«

Jane legte ihre Hand an eine Wange, um einen irritierten Eindruck zu erwecken. »Wie bitte?«

»Mir bleibt nicht mehr viel Zeit in La Rochelle. Es gibt Dinge, die ich klären muss, und Sie sind die Einzige, die mir dabei helfen kann.«

Jane Edwards schürzte die Lippen. »Dann geben Sie also zu, mit dem erklärten Ziel hierher gekommen zu sein, mich aufzusuchen.«

»Ganz genau.« Amy brachte sie mit ihrem standhaften Blick aus der Fassung.

»Ich wusste es. Von dem Moment an, als ich Sie gesehen habe, war ich misstrauisch«, verkündete die ältere Dame offen.

»Dito«, erwiderte Amy kühn.

»Sie sind eine Schwindlerin, Mrs Kennedy.«

Amy biss die Zähne zusammen und zählte bis zehn.

»Und der arme Henry ist Ihnen auf den Leim gegangen. Er hat Ihnen nichts als Freundlichkeit entgegen gebracht, und so zahlen Sie es ihm zurück. Ich hoffe, Sie sind mit sich zufrieden. Benehmen Sie sich immer so?«

»Nicht ich bin die Schwindlerin, Mrs Edwards.«

»Natürlich sind Sie das. Sie haben unter einem Vorwand

mein Haus betreten. Sie haben sich betrügerisch die Gunst meines Sohnes erschlichen – Sie haben ihn benutzt, um an mich heranzukommen.« Jane rückte ihren Stuhl näher an den Tisch. »Würden Sie mir wohl verraten, wieso?« Ihre Augen funkelten, ihre Wangen röteten sich, doch ihre Stimme blieb stahlhart.

»Ich glaube, Sie wissen, wieso.«

Jane Edwards trommelte mit den Fingerspitzen auf dem Tisch. »Hat Elaine Sie geschickt?«

Amy schüttelte den Kopf. Sie sagte nichts. Lass das alte Mädchen zappeln.

»Es geht doch um Elaine, oder?«

Amy nickte langsam, nachdenklich. Gesten, entschied sie, waren wirkungsvoller als Worte. Ihr Schweigen hatte den erwünschten verstörenden Effekt auf ihre Gastgeberin.

Jane rieb sich die Stirn. »Was will sie? Geld?«

»Elaine will überhaupt nichts«, erwiderte Amy, wütend wegen dieser Verunglimpfung. »Ich dagegen schon.«

»Mrs Kennedy, würden Sie bitte aufhören, Spielchen zu spielen?«

»Ich bin es doch nicht, die hier Spielchen spielt, Mrs Edwards, das tun Sie – Sie und Ihr verstorbener Ehemann.«

Jane kochte über. »Wie können Sie es wagen, so mit mir zu reden! Für wen halten Sie sich? Besser gesagt: Wer sind Sie eigentlich und aus welchem Grund schnüffeln Sie in meinem Privatleben herum?«

»Ihr Privatleben hatte einen ungeheuren Einfluss auf meines«, entgegnete Amy und erstickte beinah an der Wut, die sie verzweifelt zu unterdrücken versuchte.

»Dummes Zeug! Entweder Sie sagen mir jetzt, was Sie wollen, oder ich bin gezwungen, Sie hinauszubitten.«

Ein bedrohlicher Ton, aber Amy blieb standhaft. »Ich bin eine Verwandte von Elaine. Ich bin hier, um Ihre Version von Elaines Geschichte zu hören. Ich will alles erfahren«, unterstrich Amy. »Ich will die Wahrheit.«

»Hat Elaine Sie hergeschickt?«, fragte Jane erneut.

»Nein. Ich bin aus eigenem Antrieb hergekommen.«

Jane wandte den Blick von ihrem Gast ab. »Warum schnüffeln Sie jetzt hier herum? Wieso gerade jetzt?«

»Ich habe die Geschichte erst vor kurzem gehört.«

»Welche Geschichte denn?«

»Dass Sie und Ihr Mann Elaine Doherty gefeuert und sie nach Irland zurückgeschickt haben.«

»Wir hatten jedes Recht, das zu tun – wir waren ihre Arbeitgeber und sie ist ihrer Aufgabe nicht gerecht geworden. Um es freundlich auszudrücken, sie war weit davon entfernt, zufrieden stellend zu sein. Wir haben getan, was wir tun mussten.« Jane fummelte an ihrem Spitzentaschentuch herum. »Ich denke auch nicht, dass Sie das etwas angeht, Mrs Kennedy. Ich empfinde Ihre Einmischung als extrem impertinent.«

Amy ignorierte die Beleidigung. »Sie zu feuern war eine Sache. Doch Sie sind noch viel weiter gegangen. Sie haben Elaine etwas Abscheuliches vorgeworfen, Mrs Edwards. Sie haben sie mit einer gemeinen Lüge verunglimpft, die sich schädlich auf ihre Gesundheit und ihr Glück ausgewirkt hat.«

»Wie können Sie es wagen? Was für eine Unverschämtheit!« Janes Gesicht lief dunkelrot an. »Sie haben kein Recht dazu –«

»Sie hatten kein Recht dazu, mit dem Leben eines anderen Menschen zu spielen«, fauchte Amy und fasste sich zugleich wieder. Sie musste sich beruhigen. Es war entscheidend, die Kontrolle zu bewahren, wenn sie wollte, dass diese Frau ihre Fragen beantwortete. Sie durfte es jetzt auf keinen Fall vermasseln – es stand zu viel auf dem Spiel. »Ich akzeptiere die Tatsache, dass Elaine nicht geeignet war und Sie das Recht, ja sogar die Pflicht hatten, sie loszuwerden. Aber wie Sie es getan haben, das war einfach unmenschlich. Sie und Ihr Ehemann haben sie beschuldigt, für den Tod Ihres Kindes verantwortlich zu sein.«

Jane saß da und starrte mit ihrem Pokergesicht auf den Rasen. Sie schwitzte und war völlig durcheinander. Der Garten begann vor ihren Augen zu verschwimmen. Schließlich hob sie den Blick. »Es gibt so vieles, das Sie nicht wissen.«

»Deswegen bin ich ja hier.«

»Was hat Elaine Ihnen erzählt?«

»Gar nichts.«

»Gar nichts?«

»Kein einziges Wort.«

»Elaine hat Ihnen nichts erzählt?«

»Nein.«

»Und wer ... ah, Catherine Cole, natürlich.«

»Genau, Catherine Cole. Wenn sie nicht gewesen wäre, hätte ich überhaupt nichts davon erfahren. Dafür bin ich ihr sehr dankbar.«

»Das wäre ich an Ihrer Stelle nicht.«

»Soll das eine Drohung sein?«

»Nein, Mrs Kennedy, bloß eine Tatsache. Elaine Doherty war nicht so unschuldig, wie Sie zu glauben scheinen.«

»Sie war unschuldig in der Sache, die Sie ihr vorgeworfen haben – Henry ist der lebende Beweis dafür.«

»Der lebende Beweis – dank mir und meinem Mann. Elaine Doherty war sein sehr krankes Mädchen. Gestört.« Sie wischte Amys Unterbrechungsversuch beiseite. »Sie war gefährlich – schuldig der Vernachlässigung, grober Vernachlässigung. Sie war angestellt, um sich um unser Kind zu kümmern, was sie eine Zeit lang auch ganz ordentlich getan hat. Doch ein paar Monate nach der Geburt des Babys wurde Elaine gereizt und frech – zuweilen gar hysterisch. Gelegentlich war sie auch lieb und gutmütig, aber alles in allem hielten weder mein Mann noch ich sie für geeignet, sich um ein Baby zu kümmern. Sie wurde eigensinnig und mir gegenüber respektlos, was unentschuldbar genug war, aber viel wichtiger war, dass sie reizbar und grob mit dem Kind wurde. Sie hatte ein unkontrollierbares Temperament.«

»Aber Sie haben ihr vorgeworfen, das Kind *getötet* zu haben«, zischte Amy.

Jane Edwards sackte auf ihrem Stuhl zusammen. Sie musste nun äußerst vorsichtig sein. Es hätte verheerende Folgen, wenn sie jetzt zu viel preisgeben würde. »Unsere Anschuldigungen basierten auf dem, was wir wussten, Mrs Kennedy. Das Baby war malträtiert worden. Wir haben Schnitte gefunden. Blaue Flecken vom Kneifen.«

Amy wurde schlecht.

In Janes Augen brannten Tränen. »Es war eine schockierende Entdeckung für Valentine und mich. Wenn Sie diesen kleinen Körper gesehen hätten – voller Narben und blauer Flecke. Ich gab mir selbst die Schuld dafür, Elaine nicht besser im Auge behalten zu haben. Doch als wir schließlich begriffen, was vor sich ging, mussten wir sie loswerden.«

»Aber die Lüge – wie können Sie diese Grausamkeit rechtfertigen?«

»Mrs Kennedy, ich hätte alles getan, um dieses Baby zu retten.« Jane Edwards stöhnte leise. »Ich habe getan, was ich tun musste. Ich sah keinen anderen Ausweg.«

»Bitte, Sie müssen mir sagen, wieso?«, flüsterte Amy und presste die Hände in ihrem Schoß zusammen. »Es ist wirklich wichtig. Ich muss es einfach wissen.«

Die alte Frau wiegte sich schluchzend auf ihrem Stuhl vor und zurück, ihre Schultern zitterten.

»Mrs Edwards, bitte. Ich flehe Sie an.«

Jane Edwards setzte sich aufrecht hin. »Sie sind ihre Tochter, stimmt's? Deswegen sind Sie hier. Sie sind Elaines Tochter.«

39

Amy gab ihr Zeit, diese Nachricht zu verdauen. Jane starrte ihre Besucherin mit festem Blick an, als ob sie sie zum ersten Male richtig sähe. Elaines Tochter. Ja doch, bei genauerem Hinsehen konnte sie eine ganz entfernte Ähnlichkeit bei den Augen erkennen. Doch das war schon alles. Die Frau vor ihr hatte nichts von dem strengen Gesichtsausdruck ihrer früheren Angestellten. Also hatte Elaine schließlich doch noch ein eigenes Kind bekommen. Vielleicht mehrere? Rechtfertigte das nicht alles? Elaine hatte überlebt, geheiratet und ihre eigenen Kinder bekommen. Sie war *nicht* auf ewig geschädigt. Jane hatte sich nichts weiter vorzuwerfen, keinen Grund für weitere Reue oder Schuld.

Nachdem Jane ihre Gedanken gesammelt hatte, sprach sie in gedämpftem Ton. »Ich habe oft über sie nachgedacht, nachdem sie uns verlassen hat. Erzählen Sie mir von ihr, Amy. Ich bin froh, dass sie geheiratet und ihr Leben wieder in den Griff bekommen hat. Ich bin froh, dass sie Sie hatte.«

Unbewusst war sie zum Vornamen übergegangen, und ihr Gesichtsausdruck war sanfter geworden. Amy sah nun, was sie wirklich war – eine alte verbrauchte Frau.

»Sie hat oft von ihrem Freund gesprochen, einem gewissen Joe«, fuhr Jane fort.

»Mein Vater«, sagte Amy.

»Sie hat mir erzählt, dass sie sich eine Hochzeit damals nicht leisten konnte und deshalb nach England gekommen war. Sie hatte vor, jeden Penny zu sparen, den wir ihr bezahlten. Damals haben die Menschen eine harte Zeit durchgemacht.«

Nicht die Edwards, dachte Amy.

»Ich wusste, dass es noch nicht vorbei war«, seufzte Jane. »Ich habe zwar gehofft und gebetet, dass es so sein möge, aber ich wusste, tief in meinem Inneren wusste ich, dass Elaine zurückkommen und mich verfolgen würde. Valentine konnte sie aus seinen Gedanken verbannen, aber mir ist das nie gelungen.« Sie schlug sich an die Brust. »Vom Tag ihrer Abreise an hat Ihre Mutter an meinem Herzen gezehrt. Ich kann noch immer den Schmerz in ihren Augen sehen, den tiefen Groll in ihrer Stimme hören. Sie hat mich verflucht, und sie hat Valentine verflucht.« Ihre Stimme überschlug sich. »Seit damals habe ich Angst vor ihr. Das habe ich immer noch – Angst vor dem Schaden, den sie anrichten könnte.«

»Sie brauchen sich nicht länger vor ihr zu fürchten.« Amy schluckte schwer. »Sie ist vor einem Jahr an Krebs gestorben. Es war ein qualvolles Ende.«

Jane starrte sie an. »Sie ist tot? Ihre Mutter ist tot? Oh. Das tut mir Leid. Ich weiß nicht, was … es tut mir Leid, dass ich so über sie gesprochen habe. Ich wusste ja nicht, dass sie … Es tut mir Leid.«

Sie sah überhaupt nicht so aus, als ob es ihr Leid täte. Sie wirkte erleichtert.

»Mrs Edwards, ich weiß nicht, wie Sie mir Ihr Beileid anbieten können. Ihr ganzes Leben lang, seit sie Ihr Haus verlassen hat, hat meine Mutter gelitten. Ich habe das auch getan und ebenso meine Schwester Claire. Gott weiß, was mein Vater durchgemacht hat. Was Sie ihr angetan haben, hat ihr Leben und unser Leben ruiniert.« Obwohl Amys Worte scharf waren, klang ihr Ton überraschend sanft.

Jane rang die Hände. »Es gibt noch so viel zu erzählen. Elaine hatte kein einfaches Leben. Wir haben versucht, ihr zu helfen.«

»Da habe ich etwas anderes gehört«, widersprach Amy.

»Sie müssen meine Lage verstehen. Wir mussten irgendwie mit Elaine umgehen – sie hat unser Familienleben auf den Kopf gestellt. Sie hat zu viele Probleme gemacht. Aber das ist vermutlich irrelevant für Sie, oder? Sie war Ihre Mutter und Sie haben sie natürlich geliebt.«

»Ich habe es versucht. Ich habe es mein ganzes Leben lang

versucht. Sie war unglücklich. Nichts, was ich tat, hat sie zufrieden gestellt. Sie hat uns eine Menge Leid zugefügt, und sich selbst auch. Als Kind hab ich es damals nicht verstanden. Ich habe gewünscht und gebetet, ihr helfen zu können. Ich dachte immer, es wäre mein Fehler.«

»Kinder fühlen sich schuldig, wenn Eltern unglücklich sind. Sie tun mir so Leid. Es muss schrecklich gewesen sein. Wirklich schrecklich.«

»Ich bin nicht wegen Ihres Mitleids gekommen, Mrs Edwards.« Amy seufzte laut. »Das Ganze bereitet mir auch nicht mehr Vergnügen als Ihnen, aber Sie müssen mir erzählen, was passiert ist und warum.«

»Ich habe getan, was ich tun musste, und nach dem, was Sie mir erzählt haben, bin ich in dem Glauben bestärkt, dass es das Beste war.«

»Wie können Sie so etwas sagen?«

»Sie haben doch gerade zugegeben, unter Ihrer Mutter gelitten zu haben.« Jane klammerte sich an ihre Strickjacke. »Verstehen Sie denn nicht? Das haben wir doch die ganze Zeit geglaubt – dass Elaine nicht fähig war, sich um ein Kind zu kümmern. Sie war viel zu unglücklich, zu gestresst, um eine gute –«

»Vielleicht lag das ja an Ihnen, Mrs Edwards? Ist es nicht möglich, dass Sie für das Elend meiner Mutter verantwortlich waren – dass Sie es *verursacht* haben?«

»Nein. Elaine hat sich ihr eigenes Leid geschaffen. Sie war verantwortlich für das, was ihr widerfahren ist.«

»Verantwortlich? Sie sagten doch, sie sei gestört gewesen.« Amy konnte die aufkommende Feindseligkeit in ihrer Stimme nicht unterdrücken. »Wie konnte sie verantwortlich sein, wenn sie … Wie konnten Sie sich bloß vor *Ihren* Pflichten drücken?« Ihre Stimme zitterte vor Emotionen. »Sie und Ihr Ehemann haben meine Mutter benutzt, und als es Ihnen in den Kram gepasst hat, haben Sie sie auf den Müll geworfen.«

»Nein, nein, nein. Wir haben *alles* getan, um ihr zu helfen.«

Jane war sich bewusst, geschrien zu haben, und warf einen Blick zum offenen Küchenfenster, weil sie befürchtete, dass die Haushälterin sie gehört haben könnte.

»Ich kann Sie nicht durchschauen, Mrs Edwards. Sie können dasitzen und vor sich selbst alles rechtfertigen. Elaine war jung, unerfahren, weit weg von daheim, ohne Freunde, abgesehen von Catherine Cole. Sie war ein Mitglied Ihres Haushalts.«

Janes Gesichtsausdruck verfinsterte sich. »Sie liegen ja so weit daneben. Elaine war äußerst schwierig – sie hat versucht, meine Stelle einzunehmen. Am Anfang war sie gehorsam und ergeben, dann wurde sie fordernd und ... Sie war labil. Valentine hegte den Verdacht auf leichte Schizophrenie.«

Amys Bestürzung schlug in Wut um. »Aber was hat sie dazu veranlasst? Die Art, wie Sie sie behandelt haben, hat ihre Krankheit womöglich verschlimmert.«

»Ich hoffe nicht.« Jane rieb sich die Schläfen. »Das hoffe ich wirklich nicht. Am Anfang war ich ihr sehr zugetan. Aber sie hat sich dramatisch verändert, nachdem – nachdem das Baby geboren war.«

Amy wusste, dass sie nun die ganze Geschichte hören würde und machte sich auf alles gefasst.

»Als Ihre Mutter zu uns kam, war sie jung und voller Leben. Man konnte sie im ganzen Hause lachen und singen hören. Sie war angenehm und fügsam und zu jedem freundlich. Valentine gab ihr den Job, sich um mich zu kümmern, weil meine Schwangerschaft nicht gut verlief. Sie wurde einerseits eingestellt, um mich zu versorgen, aber auch um mich aufzuheitern, was ihr sogar gelang. Wir wurden gute Freundinnen.«

Das bezweifelte Amy stark, doch sie unterbrach nicht.

»Elaine war sehr intelligent, doch ihr fehlte eine Ausbildung. Ich half ihr beim Lesen. Mit der Zeit wurde sie eine begeisterte Leserin: Dickens, Hardy, Tolstoi. Sie borgte sich Bücher aus unserer Bibliothek. Valentine war sehr beeindruckt. Wenn sie nicht gearbeitet hat, vergrub sie sich in Büchern.«

Ja, daran erinnerte sich Amy. Ihre Mutter schien einzig und allein dann Frieden zu finden, wenn sie schweigend in ihrem Sessel las.

»Als das Baby kam, wirkte Elaine noch ganz normal, aber nach einer Weile fielen uns nach und nach kleinere Dinge auf. Seltsame Dinge. Sie wurde schnippisch, reizbar, irrational.«

Amy versuchte, die Wutanfälle, die Boshaftigkeit und die Grausamkeiten ihrer Mutter, die sie hatte ertragen müssen, aus ihren Gedanken zu verbannen.

»Es wurde immer schlimmer. Wir bezahlten sie gut, doch sie fing an, sich Geld von anderen Bediensteten zu leihen. Unser Küchenmädchen zu jener Zeit beschwerte sich darüber, dass aus ihrem Zimmer Geld gestohlen worden sei. Dann vermutete Valentine, dass sie trank.«

»Trank?«

»Heimlich. Sie war eine heimliche Trinkerin. Es geriet außer Kontrolle.«

»Aber sie hat nie getrunken«, protestierte Amy. »Ich habe nie gesehen, dass sie auch nur einen Tropfen angerührt hätte.«

»Hätten Sie es wissen können?«

Ihre Stimmungsschwankungen, ihre Unbeständigkeit, ihre Paranoia. Sich im Schlafzimmer einzusperren und dann die langen Krankenhausaufenthalte. Es begann wahr zu klingen.

Jane fuhr fort. »Ihre Gesundheit litt. Sie war blass und kränklich, dazu schrecklich müde. Sie wollte nichts essen. Sie wurde immer mürrischer. Ich wurde allmählich stärker und sie immer schwächer und schwächer, körperlich und geistig.«

»Ich verstehe es immer noch nicht. Wenn Sie doch mit ihr nicht zufrieden gewesen sind, warum haben Sie Elaine dann nicht einfach entlassen? Sie hätten sie doch irgendwo anders unterbringen können.«

»Ich hätte sie niemals als Kindermädchen weiterempfehlen können. Ich habe Ihnen ja schon von ihrer schlimmen Art, das Baby zu behandeln, erzählt. Sie war gefährlich.«

»Ihr Mann war ein bekannter Arzt. Was war denn mit seinen Kontakten? Er hätte doch wissen müssen, wie man mit so einer Situation umgeht. Wieso hat er ihr keine psychiatrische Hilfe besorgt? Wieso haben *Sie* ihr nicht geholfen?«

»Ich wollte ja, aber Valentine wollte nichts davon wissen. Es musste einen Skandal vermeiden.«

»Einen Skandal?«, schrie Amy. »Allmächtiger Gott, was war er denn bloß für ein Mann? Und Sie, Mrs Edwards?«, drängte Amy. »Hatten Sie denn gar kein Mitgefühl?«

Mitgefühl? Was wusste diese junge Frau denn schon von Mitgefühl? Was wusste sie denn überhaupt? Die Qualen, nachdem sie ein Kind nach dem anderen verloren hatte, das Unvermögen, einen gesunden Sohn als Stammhalter zu gebären, der Druck, die perfekte Ehefrau zu sein, die perfekte Gastgeberin, die Angst, den geliebten Ehemann zu verlieren, die Schande des Klatsches und Tratsches – was wusste diese *Unschuldige* hier denn schon? »Ich habe mich meinem Mann gefügt. Meine erste Pflicht galt ihm.«

»Ihr Mann hätte doch irgendetwas unternehmen können – er hatte Kollegen, die hätten helfen können. Wieso hat er diese Hilfe nicht gesucht?«

»Er hatte seine Gründe.«

»Wenn Sie schon kein Mitleid mit meiner Mutter hatten, wieso haben Sie dann nichts für das Baby getan?«

»Das haben wir ja.« Doch, ja, das hatte sie. Ganz alleine. Sie hatte das Baby vor der Hölle bewahrt. Und demnach war Valentine nur ein Helfershelfer gewesen. Sie hatte es ganz alleine getan. Sie hatte das Baby gerettet.

»Was denn? Was haben Sie getan? Ihnen war die Situation doch gar nicht bewusst, bis sie völlig außer Kontrolle war.« Verstand Jane Edwards etwa das unter Verantwortung? Amy mühte sich, die Kontrolle über ihre Gefühle zurückzugewinnen, doch ihr war schlecht vor Wut – eine Wut, von der sie nun wusste, dass sie sie in sich getragen hatte, seit sie ein kleines Kind gewesen war. »Wenn meine Mutter wirklich so durcheinander war, wie Sie behaupten, war es Ihre Pflicht, ihr Hilfe zu besorgen. Vielleicht hätten Medikamente sie ja geheilt. Sie war bei Ihnen angestellt, und Sie haben ihren Zustand bewusst ignoriert. Ihre Art, sie zu behandeln war – einfach entsetzlich.«

»Hätten wir sie Ihrer Meinung nach in eine Anstalt einweisen sollen?«, entgegnete Jane scharf. »Hätten Sie das gewollt?«

Amy schwieg und versuchte sich zu beruhigen. Angst zehrte an ihr. Sie fürchtete sich vor dem, was sie als Nächstes hören würde, und war von der Geschichte trotzdem fasziniert, dass sie sie zu Ende hören musste. Sie atmete ein paar Mal tief durch.

»Mrs Edwards, bitte. Ihre ganzen Erklärungen ergeben überhaupt keinen Sinn.«

Die alte Dame wischte sich über die Stirn. »Amy, ich glaube, ich habe schon viel zu viel erzählt. Ihre Mutter ist tot. Warum alte Wunden öffnen?«

»Ich *muss* es wissen.«

»Ich habe Durst. Ich muss meine Blutdrucktabletten nehmen.«

War das eine Bitte um Gnade?

»Sie sehen so aus, als könnten Sie auch eine Erfrischung gebrauchen. Ich werde Grace rufen.«

Amy war hin- und hergerissen – sie wollte zornig und wütend auf diese Frau sein, stattdessen fühlte sie nur eine tiefe Trauer und Bedauern. Sie rauchte eine Zigarette und wartete auf die Fortsetzung des Gesprächs. Das wäre dann die dritte Version der Geschichte ihrer Mutter – würde sie nun endlich die Wahrheit erfahren?

»Ich glaube, ich fange am besten ganz von vorne an«, meinte Jane und wischte sich die Lippen mit ihrer Serviette ab. »Valentine hatte Elaine im Krankenhaus kennen gelernt. Ihm war aufgefallen, wie hart sie als Schwesternhelferin gearbeitet hatte, und er wusste, wie unglücklich sie mit ihrer Tätigkeit war. Und nachdem er sich mit mir beraten hatte, bot er ihr eine Stelle bei uns an.«

»Ja, das hat Catherine mir bereits erzählt«, sagte Amy ungeduldig. »Ich will nicht diese alten Sachen durchsprechen.«

»Es gibt da etwas, das Sie nicht wissen, etwas sehr Wichtiges. Als sie zu uns kam, war sie schwanger. Sie war ein, wie man damals sagte, gefallenes Mädchen.«

Amys Gesicht brannte. Eine plötzliche unkontrollierbare Röte breitete sich über ihre Wangen und den Hals hinunter aus.

»Es war eine äußerst beängstigende Zeit für Elaine«, sagte Jane ganz langsam, fast wie zu sich selbst. »Ledige Mädchen mit Babys waren zu jener Zeit völlig geächtet, aber das werden Sie ja wissen.«

Ihre Mutter war also schwanger gewesen. Ledig und schwanger. Amys Hals zog sich zusammen. Ihr wurde schwindelig.

»Wir nahmen sie als einen Akt der Nächstenliebe bei uns zu Hause auf. Wir fühlten, dass es unsere Pflicht war, ihr zu helfen. Die Alternativen waren undenkbar.«

Nächstenliebe – Amy hasste dieses Wort und alles, was es beinhaltete. Sie wischte sich den Schweiß von der Stirn. Sie verbrannte langsam und hatte Schwierigkeiten zu atmen. Sie nippte an der kalten Limonade, und ein Schmerz schoss durch ihre Stirn. Ihre Mutter war schwanger gewesen. Hatte Amy nicht die ganze Zeit über so etwas vermutet? Irgendwo tief in ihrem Inneren hatte sie es geahnt. Sie hatte nie etwas davon zu Sarah oder Catherine Cole gesagt – ihren Verdacht nie geäußert. Ihn sich nicht mal selbst eingestanden. Doch als Jane Edwards die Worte aussprach, hatte Amy es instinktiv gewusst.

»Valentine hat ihr geholfen, das Gesicht zu wahren, indem er sie von London hierher brachte. *Das* hat Ihre Freundin Catherine wohl nicht gewusst, oder? Nein, mit den Anschuldigungen war sie sehr schnell bei der Hand, aber der Ernst der Lage war ihr nicht bewusst. Was war sie bloß für eine Freundin, wenn Elaine sich ihr nicht anvertrauen konnte?«

Amy war viel zu überwältigt, um zu antworten.

»Wir *waren* gut zu ihr. Als ihr Zustand offensichtlich wurde, ließ ich sie aus dem großen Haus ins Cottage am Ende des Gartens ziehen. Dort hatte sie Privatsphäre – ihr eigenes Quartier. Wir hatten es für sie renovieren lassen: weiß getünchte Wände, neue Möbel. Alles. Sie hatte es ausgesprochen bequem.«

Ihre Mutter hatte ein Baby, bevor sie verheiratet war. Was für eine Ironie. Die Frau, die ihre Jugend hindurch Moral und Anstand, Selbstachtung und Selbstbeherrschung gepredigt hatte. Die Frau, die von *Ehrbarkeit* geradezu besessen war, hatte ihr ganzes Leben lang eine Lüge gelebt.

Sag die Wahrheit und beschäme den Teufel.

Sie musste durch die Hölle gegangen sein.

Und Amys Vater? Hatte er davon gewusst? Hatte sie es ihm erzählt? Hatte sie ihre Schande eingestanden, als sie zu ihm zurückgekehrt war? Ja, doch, er musste es gewusst haben. Das hatte er also gemeint, als er Amy gesagt hatte, sie könne etwas für sie Schmerzhaftes herausfinden.

Oh Gott, es war ein Albtraum. Und es gab noch mehr zu enthüllen. Schließlich fand Amy ihre Stimme wieder. »Sie behielten sie bei sich, nachdem sie das Baby bekommen hatte?«

»Natürlich. Wir wollten sie doch nicht verstoßen, nachdem ihr Sohn geboren worden war. Sie hatte doch niemanden, an den sie sich wenden konnte – nicht einmal ihre großartige Freundin Catherine Cole. Sie schämte sich viel zu sehr. Ich versuchte, ihr über ihre Schuld hinwegzuhelfen. Ich wollte sie dazu bringen, ihr Kind zu lieben.«

»Sie hat ihn nicht geliebt?«, flüsterte Amy.

»Sie hat ihn als Bestrafung für ihre Sünden angesehen. Ihre katholische Erziehung hatte eine unglaubliche Wirkung hinterlassen.«

»Oh Gott.«

»Das Kind war bildhübsch. Ein kleiner Engel. Sie nannte ihn Cormac.«

»Was ist denn mit ihm geschehen?«

Jane überging die Frage bewusst. Sie redete unentwegt weiter, doch sie sprach nicht länger zu Amy. Sie durchlebte einfach ihre Vergangenheit laut.

»Ihre Stimmung und ihre Gesundheit hatten derart gelitten, dass Valentine sich große Sorgen machte. Wir schickten sie auf Urlaub. Sie besuchte Catherine Cole in London, und in jener Woche starb das Baby.«

Alles begann einen Sinn zu ergeben: Es *hatte* einen Todesfall gegeben, eine Beerdigung. Eine *echte* Beerdigung. Ein Baby war gestorben – diesbezüglich hatten die Edwards nicht gelogen. War seine Mutter der Grund für den Tod gewesen? Hatte sie ihren eigenen Sohn umgebracht?

Jane hielt die Augen geschlossen. Ein trauriges Lächeln umspielte ihre Lippen. Sie war zurück in einer anderen Zeit.

»Hat meine Mutter den Tod ihres Babys verschuldet?«, krächzte Amy.

Jane setzte sich plötzlich auf und zog sich die Strickjacke enger um die Schultern. »Der Kleine hatte Koliken. Er war äußerst schwächlich. Niemand weiß es genau. Es war ein plötzlicher Kindstod. Als er eines Nachts besonders gereizt war, wurde ich durch seine Schreie geweckt und bekam große Angst, ich eilte in sein Zimmer und … da fand ich ihn …« Jane Edwards schnappte geradezu nach Luft, und Amy goss ihr noch ein Glas Limonade ein. Sie stürzte einen großen Schluck hinunter und kleckerte auf ihre grüne Bluse. Ihr Atem ging schneller und ihre Lippen zitterten. Sie rang nach Luft. »Ich dachte, er würde schlafen.« Sie nahm noch einen großen Schluck aus dem Glas. »Aber er war tot. Sein kleiner Körper wurde schon ganz kalt, und seine Lippen waren blau. Ich werde das nie vergessen – den Anblick dieses kleinen Kerlchens … Tot. Kalt.«

»Konnte man meiner Mutter die Schuld dafür geben? Wie können Sie sich da so sicher sein?«

Jetzt musste sie so vorsichtig wie möglich antworten. Ein falsches Wort und Amy würde Verdacht schöpfen, und was konnte das schon bringen? Elaine war tot. Es war vorbei. »Sie war zu grob zu ihm gewesen. Manche Babys sind schwer in den Griff zu bekommen – sie weinen dauernd, schreien, wachen in der Nacht ständig auf und fordern viel Aufmerksamkeit. Es kann entmutigend sein, und manche Frauen können damit nicht umgehen.« Jane erschauerte. »Elaine konnte es nicht. Sie kam einfach nicht damit klar. Sie hat ihn nicht geliebt, so wie ich es getan habe ... Sie hat ihn nicht geschätzt.« Zu Amys großem Entsetzen lachte sie. »Er war so hübsch, so rundlich. Dieses lächelnde Gesicht.«

»Rundlich?« Amys Brustkorb hob sich. »Aber Sie sagten doch gerade, dass er kränklich gewesen sei. Er hätte Koliken gehabt.«

»Hab ich das gesagt?« Jane starrte sie wild an.

»Wenn er schwächlich gewesen ist«, sagte Amy und klammerte sich an Strohhalme, »muss er eines natürlichen Todes gestorben sein. Plötzlicher Kindstod. Das kommt doch dauernd vor.« Amy sprach schneller. »Es war ein natürlicher Tod, oder?«

»Vielleicht.«

»Also warum haben Sie sie angelogen? Hat es denn nicht gereicht, dass sie ihren Sohn verloren hatte? Warum mussten Sie auch noch Vergeltung üben?«

Jane verbarg ihr Gesicht in den Händen. »Es war doch keine Vergeltung. Das war es überhaupt nicht.«

»Sagen Sie mir, warum Sie meine Mutter auf so scheußliche Art losgeworden sind. Warum durfte sie nicht an der Beisetzung ihres Sohnes teilnehmen? Catherine hat mir erzählt, dass sie nicht wieder nach Surrey zurück durfte. Sie haben sich Elaine in London vom Leibe gehalten, während Sie ihren Sohn beerdigt haben. Wie konnten Sie nur so grausam sein?

Sie hätten sie ihren Sohn beisetzen lassen sollen. Das wäre das einzig Richtige gewesen. Dann wäre es ihr vielleicht wieder besser gegangen.« Amy packte die alte Frau am Arm. »Sie hätte vielleicht gelernt, es zu akzeptieren.«

»Zu akzeptieren?«, wiederholte Jane hysterisch. Tränen rannen über ihre Wangen. »Verstehen Sie denn nicht? *Mein* Sohn war das kränkliche Kind, Amy, mein Sohn. Elaines Kind war gesund. Robust. Hat immer gelächelt und gekichert.«

»Oh Jesus.«

»Für Elaine war er doch nur ein Quälgeist, eine Last, ein Fehler.«

»Nein.«

»Sie wollte ihn nicht haben oder sich seiner annehmen.«

»Hören Sie auf«, schrie Amy. »Aufhören.«

»Auf diese Weise kam sie aus ihrer misslichen Lage. Sie hatte die Chance, ihr Leben neu zu beginnen. Und welche Chance hatte ich? Ich hätte keine weiteren Kinder mehr haben können. Es war einfach nicht fair.«

Bestürzung erfasste sie, als sie die volle Wahrheit endlich begriff. Sie sprang vom Tisch auf. »Sie haben die Babys vertauscht? Sie … Sie haben Elaines Sohn behalten, nachdem Sie Ihren eigenen beerdigt hatten?«

Jane senkte den Kopf.

»Das haben Sie doch, oder? Mein Gott, Sie haben Babys vertauscht.«

»Wir haben getan, was wir für das Richtige hielten«, verteidigte sich Jane. »Sie konnte ihn nicht so lieben, wie wir es getan haben. Sie hätte ihm nie ein derart gutes Leben bieten können. Sie kennen Henry doch. Sie haben ja gesehen, wie er sich entwickelt hat. Er ist ein hervorragender Arzt. Er führt ein wundervolles Leben. Er ist ausgeglichen und glücklich und zufrieden. Wie wäre er wohl bei *ihr* geendet? Elaine war als Mutter nicht geeignet.«

Die Wahrheit dieser Worte schmerzte.

»Aber dazu hatten Sie kein Recht.« Außer sich vor Schmerz

schlug Amy die Hände überm Kopf zusammen. »Sie hatten überhaupt kein Recht dazu. Elaines Kind gehörte doch zu ihr – ganz egal, was sonst noch war. Wie konnten Sie bloß dasitzen und über sie richten? Es gibt keine moralische oder legale oder menschliche Entschuldigung für das, was Sie getan haben. Sie hatten kein Recht dazu, einer Mutter ihr eigenes Kind wegzunehmen.«

Jane blickte geistesabwesend in die Ferne. »Wir haben so lange versucht, ein eigenes Kind zu bekommen.«

»Das ist doch keine Entschuldigung«, schrie Amy und hob die Fäuste, als ob sie zuschlagen wollte.

»Wir haben ihn angebetet.«

»Es stand Ihnen aber nicht zu, ihn anzubeten.« Amy sackte auf ihrem Stuhl zusammen.

Das Baby ihrer Mutter. Er war ihr Bruder, erkannte sie plötzlich. Henry Edwards war ihr Halbbruder. Ihr Bruder. Sie zitterte am ganzen Körper.

»Wir schworen uns, ihm alles zu geben, was er brauchte – eine glückliche Kindheit, schöne Erinnerungen, eine hervorragende Ausbildung, eine gute Erziehung. Wir haben dieses Versprechen erfüllt, und das können Sie nicht abstreiten.«

»Darum geht es doch gar nicht«, stöhnte Amy. »Sie haben seinen Namen geändert, seine Identität geändert. Sie haben Gott gespielt. Henry – Cormac – gehörte nicht zu Ihnen oder Ihrem Ehemann –«

Amy erstarrte. Wie hatte sie nur so blöd sein können? Wieso hatte sie es nicht sofort begriffen? Oder hatte sie tief in ihrem Inneren auch das gewusst? »Raus mit der Sprache«, sagte sie verbittert, »erzählen Sie mir die ganze schreckliche Wahrheit. Habe ich Recht?«

»Ja«, murmelte Jane, von Müdigkeit überwältigt. Hierzu war sie zu alt. Zu alt und zu müde. Jahrelang hatte sie das Geheimnis bewahrt. Fünfzig Jahre des Lügens, Vortäuschens und der Schande hatten sie ausgezehrt. Sollte diese Frau es doch wissen. Sollte sie es doch wissen und diese furchtbare

Last der Schuld von ihr nehmen. Das Pfeifen in ihren Ohren war wieder da und wurde lauter. »Ja, nun wissen Sie alles. Valentine war der Vater von Elaines Baby.«

40

Der Himmel verdunkelte sich und öffnete seine Schleusen. Warmer, schwerer Regen prasselte hernieder. Zitternd half Amy der verwirrten Frau ins Haus. Es war schwer zu sagen, wer von beiden aufgewühlter war. Als sie Janes Arm umklammert hielt, spürte Amy die Schwäche, die Gebrechlichkeit ihrer Knochen.

Grace eilte hinaus, um zu helfen. »Sie holen sich noch den Tod, Mrs Edwards«, sorgte sie sich. »Kommen Sie rein. Das ist ja Irrsinn.« Die letzten Worte waren an Amy gerichtet.

Irrsinn.

Sie saßen im Wohnzimmer. Grace hatte Amy ein paar Sachen geliehen – einen Rock und ein Oberteil, das nicht passte, aber ausreichte, bis Grace ihr Kleid wieder getrocknet hatte.

Geliehene Kleider.

»Madam, kommen Sie hinauf ins Bett«, bat die Haushälterin, während sie ihrer Arbeitgeberin mit einem Handtuch die Haare trocken rubbelte. »Sie sind ja ganz erschöpft.«

»Ist schon gut, Grace. Nur noch wenige Minuten.«

Mit finsterem, drohenden Blick auf den Eindringling schaltete Grace ein elektrisches Feuer ein. Danach eine letzte Warnung an Amy: »Nur noch wenige Minuten.«

Jane griff die Geschichte wieder auf. Amy saß schweigend da und lauschte den Ausführungen darüber, wie die junge Elaine Doherty für Valentine Edwards geschwärmt hatte. Der Doktor war gut aussehend, gebieterisch, charismatisch, Elaine Hals über Kopf verliebt. Geschmeichelt. Verführt. Er hatte zahlreiche Geliebte gehabt, wie Jane erklärte. Für einen heißblütigen Mann, der Charme, Macht und Sinnlichkeit ausstrahlte, war das akzeptabel. Doch Elaine war verknallt, betört und die Angeschmierte gewesen – hatte sie doch eine langfristige Bindung erwartet. Eine Ehe.

»Sie hat doch tatsächlich geglaubt, Valentine würde sich von mir scheiden lassen«, meinte Jane. »Es war ein Trauerspiel. Sie war völlig vernarrt in ihn und tödlich eifersüchtig auf mich. Sobald sie in dem Cottage einquartiert war, wähnte sie sich auf der sicheren Seite und dachte, es wäre nur eine Frage der Zeit, bis er es sich anders überlegen würde.«

Kalte Schauer rannen Amy über den Rücken. Aufmerksam lauschte sie Janes Geschichte, doch sie klang einfach zu unwirklich – eine haarsträubende Erzählung wie aus den kitschigen Romanen, die Amy als Teenager gelesen hatte. Armes Mädchen trifft reichen Jungen. Das Mädchen in dieser Geschichte war die reine Erfindung und hatte keinerlei Ähnlichkeit mit der harten Frau, die Amy gekannt hatte – oder dachte, gekannt zu haben.

»Sie besaß die unglaubliche Fähigkeit, sich etwas vorzumachen«, fuhr Jane fort. »Elaine glaubte, bloß weil sie einen Sohn von ihm hatte, sei ihre Beziehung gefestigt. Zweifelsohne hatte Valentine ihr Sonne, Mond und Sterne versprochen. So behandelte er seine Frauen nun mal.«

»Was war denn mit *Ihnen*?«, fragte Amy ungläubig. »Wie konnten Sie das aushalten? Wie konnten Sie sein Verhalten gutheißen? Seine jüngere Geliebte in seiner Nähe zu haben – und ihr Kind? Wie konnten Sie das bloß ertragen?«

»Ich musste es einfach«, erwiderte sie schlicht. »Das mussten wir alle. Geliebte waren – und sind in der Tat noch immer – gang und gäbe in unseren Kreisen. Es ist eine Tatsache, die wir sehr früh in unserem Leben akzeptieren lernen.«

Amy wusste wirklich nicht, ob sie diese Frau verachten oder bedauern sollte. Sie konnte sich gut vorstellen, wie entrüstet Jane Edwards wäre, wenn sie vermutete, dass jemand die Dreistigkeit besäße, sie tatsächlich zu *bedauern*.

»Elaine war zwar nicht die erste, aber die letzte. Nachdem wir unser Baby verloren hatten, veränderte sich Valentine. Er widmete sein Leben Elaines Kind und von da an auch mir. Er hatte, was er wollte, verstehen Sie? Er hatte seinen Sohn.«

Und Amys Mutter war nicht Teil dieses Paktes gewesen. Das konnte sie nicht sein. Der Kloß in Amys Hals wurde dicker. »Er muss ja unglaublich abgebrüht gewesen sein.«

»Er war mir ein guter Ehemann. Er hatte seine Bedürfnisse, die ich nicht befriedigen konnte, da ich die meiste Zeit über krank war, aber ich habe Valentine mein ganzes Leben lang geliebt.«

Amy konnte es nicht mehr ertragen. »Ich muss jetzt gehen.« Sie erhob sich.

Jane starrte sie erschrocken an. »Werden Sie es Henry erzählen?«

»Das ist nicht *meine* Aufgabe.«

»Glauben Sie, ich sollte es tun?«

»Er hat ein Recht darauf, es zu erfahren.«

»Er weiß, dass er geliebt wird. Ist das nicht genug? Amy, ich beschwöre Sie. Tun Sie nichts, was meine Beziehung zu meinem Sohn ruinieren würde.«

»*Ihren* Sohn.« Amy blickte verächtlich auf sie hinab.

Sie verließ die Villa bei strömendem Regen. Ihr Kleid war schon wieder durchnässt, doch sie bemerkte es gar nicht. Sie ging durch die engen Straßen zu ihrem Hotel zurück, und ihre Tränen vermischten sich mit den Regentropfen. Als sie den Parc Charruyer erreicht hatte, ließ sie sich auf ihre Lieblingsbank fallen und dachte nach. Und dachte und dachte.

Ihr Verstand war ein einziger Strudel.

Jane Edwards ging mit einem heißen Portwein zu Bett. Sie war ermattet. Erschöpft. Ihre Augen brannten vom vielen Weinen. Doch wundersamerweise fühlte sie sich besser. Ein ungeheures Leid war gelindert, eine riesige Last von ihren

Schultern genommen worden. Die Lüge, die sie verfolgt und ihr den Seelenfrieden genommen hatte, war weggewischt worden. Ein weiterer Mensch auf Erden kannte nun die Wahrheit – oder zumindest die geschnittene Version davon.

Sie fühlte sich befreit.

Und Henry? Würde er es je erfahren? Amy Kennedy – was für eine Frau war sie? Rachsüchtig wie ihre Mutter? Sie war jetzt wütend, äußerst wütend und das aus gutem Grund. Vermutlich würde sie um sich schlagen und Rache nehmen wollen. Aber wieso Henry verletzen? Warum sein Leben zerstören?

Ihr Bruder. Henry Edwards war ihr Halbbruder. Seine Wurzeln waren zur Hälfte irisch. Dieser starke, warmherzige Mann war mit ihr verwandt. Er musste es erfahren. Er war durch Lug und Trug und Korruption aufs Schändlichste missbraucht worden. Seine Geburt, sein Leben, seine ganze Existenz war eine Fälschung gewesen.

Amy hatte über eine Stunde auf der Parkbank gesessen und war bis auf die Haut durchnässt. Ihr war nicht aufgefallen, dass es nicht mehr regnete. Sie hatte dagesessen und geweint. Zuerst war sie rasend vor Wut gewesen, aber jetzt fühlte sie nur noch Trauer. Und Frustration: Henry Edwards war nicht der, für den er sich hielt. Jede Faser in Amys Körper schrie nach Gerechtigkeit, Fairness, Wahrheit. Wie konnte sie nur ignorieren, was sie jetzt wusste? Sie war seine Schwester. Wie konnte sie sich dumm stellen und es ihm verheimlichen?

Warum sollte *sie* den Mythos weiterverbreiten?

41

»Deux messages pour vous.« Diskret übersah die Dame an der Rezeption Amys durchweichte Kleider und ihre zerzausten nassen Haare und reichte ihr zwei Zettel.

»Merci. Je peux commander un café?«

»Bien sûr. Un grand crème?«

»Oui, je serai là, assise par la fenêtre.«

»D'accord.« Per Telefon gab die junge Frau die Bestellung an die Küche durch. *»Toute de suite.«*

Amy war sich ihrer verwahrlosten Erscheinung wohl bewusst und ignorierte eine Frau, die an einem Tisch in ihrer Nähe im Foyer saß und sie anglotzte. Sie setzte sich ans Fenster und warf einen Blick auf die beiden Nachrichten. Die erste war von Sarah. Sie bat um Rückruf.

Was würde sie Sarah erzählen? Wie viel konnte sie ihr offen und ehrlich berichten? Besaß sie das Recht, das dunkelste Geheimnis ihrer Mutter offen auf den Tisch zu legen? Zu welchem Zweck? Um sich selbst von einer Last zu befreien? Nein, das wäre falsch. Amy war zu weit gegangen; sie war in die Vergangenheit ihrer Mutter eingedrungen und war, wie man sie gewarnt hatte, auf ein Hornissennest gestoßen. Nun musste sie die Konsequenzen tragen – die Einsamkeit des Wissens.

Der Kellner servierte den Kaffee. Die zweite Nachricht war von Maurice. Er hatte schließlich doch angerufen. Hatte er ihr mitteilen wollen, dass er das Haus verkaufen wollte? Vermutlich, aber das spielte keine Rolle mehr. Die Wut auf ihren Mann war verflogen, da sie wusste, wie sinnlos sie war – sie raubte ihr lediglich Energie, weiter nichts. Ihr Zorn hatte überhaupt keine Wirkung auf ihn. Er war sich der Sache gänzlich unbewusst, und selbst *wenn* er es gewusst hätte, so hätte er doch nicht verstehen können, wie sein Verhalten das ihre beeinflusst hatte.

Amy steckte die Nachrichten in ihre Handtasche. Nachdem sie den Kaffee getrunken hatte, wollte sie auf ihr Zimmer gehen, die nassen Kleider ausziehen und entscheiden, was sie Sarah erzählen würde. Dann würde sie Maurice in der Tierklinik anrufen. Aber was, wenn es schlechte Neuigkeiten gab? Von ihrem Vater? Vielleicht hatte er ja einen weiteren Schlaganfall erlitten? Amy ließ den Kaffee stehen und eilte zum Lift.

»Nein, nein, dein Vater ist längst über den Berg. Er steht schon wieder auf und geht mit einem dieser Gehwagen herum.«

Er würde es hassen – ein Angriff auf seine Würde.

»Ich habe ihn gestern besucht. Er ist guter Dinge, Amy.«

Ihr Vater hatte immer gute Miene zum bösen Spiel gemacht.

»Hat Dawn dich angerufen?«, fragte Maurice unsicher. »Du bist bestimmt verärgert. Ich wollte, dass es eine Überraschung ist, aber ich wollte auf gar keinen Fall, dass du es so erfährst. Amy, bist du noch böse auf mich?«

Seine Besorgnis beschwichtigte sie. Über Feindseligkeiten war sie hinaus.

»Was denkst du über den Verkauf?«

»Du weißt doch, was ich denke, Maurice. Das ist genau, was ich will.«

»Wir haben so viel zu bereden, Amy, und diesmal bin ich bereit, dir richtig zuzuhören. Ich habe ein paar grobe Fehler gemacht, aber nicht mit Absicht. Ich werde es wieder gutmachen, und wenn es das Letzte ist, was ich tue.« Er hüstelte nervös. »Wie läuft es bei dir?«

»Ganz gut.«

»Wann kommst du nach Hause?«

Sie konnte seinen Tonfall nicht deuten. Argwöhnisch? »Am Montag. Ich werde gegen sechs Uhr abends da sein.«

Eine Pause. Es wirkte so, als ob er etwas sagen wollte und es sich dann anders überlegte. Sie hörte ihn seufzen, dann fuhr er fort: »Ich bin im Einkaufszentrum Nancy Mulhearn über den Weg gelaufen. Sie freut sich schon sehr darauf, dass du als Managerin einsteigst. Ich habe ihr erzählt, wie toll du für mich in der Tierklinik gearbeitet hast und dass sie sich glücklich schätzen kann, dich zu bekommen.«

Dieses Lob kam ausgerechnet von Maurice.

»Amy?«

»Mhm.«

»Hast du gehört, was ich gesagt habe? Wegen Nancy?«

»Ja, entschuldige, Maurice. Ich bin nicht ganz bei der Sache.«

»Du klingst müde.«

»Das bin ich auch.«

»Hast du herausgefunden, was du wissen wolltest?«

»Nein.« Sie hatte keineswegs die Informationen erhalten, die sie haben *wollte.* Sie hatte eine Horror-Geschichte erfahren.

»Bist du enttäuscht?«, fragte er sanft und missverstand ihre Worte so, wie sie es beabsichtigt hatte.

»Ein wenig schon.« Lügen, sie erzählte Lügen, denn es war einfacher so.

»Wahrscheinlich ist es so am besten, Amy.«

»Wahrscheinlich.«

»Soll ich dich Montag vom Flughafen abholen?«

Sie dachte kurz darüber nach.

»Wenn du möchtest, Maurice. Das wäre nett.« Sie starrte durch das Fenster auf den Garten. Jetzt, wo es zu regnen aufgehört hatte, kehrte allmählich die Sonne zurück. »Ist bei dir alles in Ordnung? Wie läuft die Arbeit?«

»Gut, von ein paar Opfern mal abgesehen. Eine streunende Katze ist an Katzen-AIDS gestorben und erinnerst du dich noch an Bruno, die Bulldogge? Wir mussten ihn einschläfern. Es war eine traurige Angelegenheit, aber wir mussten ihn von seinen Leiden erlösen. Der Krebs hatte sich ausgebreitet. Das ist der Teil meiner Arbeit, den ich bedaure.« Er war erleichtert, dass er nun über seine Arbeit reden konnte – ein unverfänglicheres Thema. »Oh, und ich stelle einen neuen Tierarzt ein. In der gegenwärtigen Situation habe ich gar keine andere Wahl – die Arbeitsbelastung steigt weiter. Ich habe noch mehr Pläne, die wir besprechen müssen.«

Seine überschwängliche Begeisterung erinnerte Amy daran, wie er gewesen war, als sie sich kennen lernten. Doch es war zu spät.

»Ich mache lieber Schluss, ich habe so viel zu tun. Dann sehen wir uns Montag. Ich freue mich darauf«, fügte er vorsichtig hinzu.

Ihr ging es nicht so.

»Wiederhören, Amy. Pass auf dich auf.«

»Du auch.«

Die erste Hürde war genommen. Als nächstes war Sarah dran. Und Catherine Cole? Sie würde bereits auf Kohlen sitzen und auf die große Enthüllung warten. Es war wohl besser, das zuerst hinter sich zu bringen. Amy nahm ihr Notizbuch aus dem Koffer und wählte die Nummer in England.

»Amy? Ich habe gerade an dich gedacht. Wie *geht* es dir? Von wo rufst du an?«

»Aus dem Novotel. Ich komme gerade von einem Besuch von Jane Edwards zurück.«

»Und?« Catherines Stimme ging nach oben.

»Es war schwierig«, erwiderte Amy.

»Wie war sie denn?«

»Sehr abwehrend.«

»Kann ich mir denken. Amy, erzähl schon.«

»Sie war nicht so, wie ich es erwartet habe, Catherine. Sie ist körperlich recht schwach, aber eine Furcht erregende Frau. Nicht unterzukriegen.«

»Hast du sie damit konfrontiert?«

»Am Ende ja.«

»Das ist ja so, als würde man durch einen Tropf ernährt! Was hat sie denn gesagt? Hat sie sich an Elaine erinnert?«

»Oh ja, sie konnte sich noch gut an sie erinnern. Aber sie hatte eine andere Version der Ereignisse parat.«

»Das ist ja wohl klar. Hat sie etwas zurückgehalten?«

»Nein, sie hat reinen Tisch gemacht.« Amy wählte ihre Worte sorgfältig. »Es war nicht so, wie wir angenommen haben, Catherine. Wir haben uns geirrt.«

»Geirrt?«

Nun war es raus. Was auch immer sie jetzt sagte, würde die Geschichte für immer ersticken. Ihre Mutter, die vor Angst wie gelähmt gewesen war, hatte die Wahrheit vor Catherine geheim gehalten. Es war ihre Entscheidung gewesen, und Amy fühlte sich verpflichtet, ihr treu zu bleiben.

»Das Baby ist tatsächlich gestorben.«

»Was?«

»Ja, der Kleine war sehr krank.«

»Er ist also wirklich gestorben. Sie haben die Wahrheit gesagt. Aber deine Mutter – es war doch nicht ihre Schuld? Das kann einfach nicht sein – sie war bei mir in London, als es passiert ist.«

Amy umklammerte den Hörer fester. »Es gibt wohl verschiedene Grade von Schuld. Sie war nicht direkt für den Tod des Babys verantwortlich, aber offenbar ist sie sehr grob mit dem Kind umgegangen, und wer kann jetzt noch beweisen, dass sie seinen Tod nicht herbeigeführt hat? Jane Edwards ist davon überzeugt, dass meine Mutter Schuld war.«

Catherine stöhnte.

»Nach all dem, was Jane Edwards gesagt hat, glaube ich, dass meine Mutter zu jener Zeit sehr krank war.«

»Das habe ich dir doch auch erzählt, Amy. Als sie nach London kam, war sie in einem furchtbaren Zustand.«

»Jane war ernsthaft um ihre Gesundheit besorgt, sagte sie, und deswegen hätte man sie zu Ihnen geschickt, um sich auszuruhen.«

»Unsinn! Das war doch ihr erster Schritt, um sie loszuwerden. Ich habe immer gespürt, dass viel mehr dahinter steckte, als man mit bloßem Augen erkennen konnte.«

Catherine würde nie erfahren, wie Recht sie damit hatte.

»Dann ist dieser Henry also das zweite Kind.«

»Ja, das ist er.«

»Dem lieben Doktor ist es am Ende also doch noch gelungen, einen gesunden Sohn und Erben zu produzieren.« Catherines Stimme klang säuerlich.

Ein gesunder Sohn. Gute Abstammung. Fortbestand der Familie. Und ihre Mutter hatte als Zuchtstute gedient – doch die Ehre der Familie war befleckt. Irisches Blut floss durch Henrys Adern. Und falls er nicht noch einen Sohn zeugte – was nach Henrys Worten eher unwahrscheinlich war –, würde Valentines lang ersehnter Erbe das *Ende* dieses Zweiges der Familie sein.

»Wie ist denn Henry Edwards?«

Das war der einfache Teil. »Er ist ein reizender Mann, freundlich, unkompliziert.«

»Wir haben doch gehört, dass Jane eine gute Mutter gewesen sein soll. Weißt du noch, was Wendy gesagt hat?«, erinnerte sie Catherine. »Ähnelt er ihr?«

»Er hat seine eigene Persönlichkeit, Catherine, aber Wendy hatte Recht. Die beiden sind einander sehr zugetan. Sie haben eine enge Bindung. Seine Mutter verehrt ihn.« Mit jedem Wort, das Amy aussprach, stach sie sich ins eigene Herz.

»Wie fühlst du dich denn jetzt, meine Liebe?«

»Leer, Catherine. Ich fühle mich leer.«

»Aber deine Reise war nicht umsonst. Vielleicht verstehst du deine Mutter ja jetzt besser.«

»Viel besser.«

»Das ist gut. Ich bin immer noch ein wenig verblüfft von dem Ganzen, Amy, aber wenigstens ist es für dich vorbei. Du hast die Wahrheit erfahren und nun endlich deinen Frieden gefunden.«

Amy musste sich noch ein paar Minuten lang zusammenreißen. Dann wollte sie brüllen, schreien und sich richtig ausheulen.

»Sam und ich haben kürzlich über dich gesprochen. Wir fänden es schön, wenn du noch mal zu uns kämst. Sam hat deinen Besuch sehr genossen. Vielleicht möchtest du damit auch lieber bis zum Herbst warten, vielleicht zu Halloween? Maurice ist natürlich auch eingeladen. Und Dawn, wenn sie mitkommen möchte.«

»Danke, Catherine. Momentan hängen die Dinge zu Hause ein wenig in der Luft. Aber ich rufe Sie bald wieder an.«

»Tu das, Amy. Lass uns in Verbindung bleiben.«

Amy erzählte Sarah die gleiche Geschichte. Sie sagte sie quasi auswendig auf. Je länger sie sie aufsagte, desto mehr glaubte sie selbst daran.

Sarah war völlig platt. »Mensch, wer hätte das gedacht, was? Der zweite Sohn – und sie haben ihn nach dem ersten benannt – irgendwie seltsam.«

»Hat es aber auch schon gegeben.«

»Ja, doch, vermutlich fanden sie etwas Trost darin – dieser Henry ersetzt den ersten. In gewisser Weise ist es auch ganz nett. Die ganze Idee des Fortbestands, weißt du? Ein Kind stirbt, aber vielleicht lebt es ja in dem anderen weiter.«

Henry Edwards: der ersehnte Nachwuchs; das Baby, das den Familiennamen und die -tradition weitertragen würde – doch er war krank, schwach und zum Sterben verurteilt. Cormac Doherty: sein Ersatz; ein strammer Junge – die Antwort auf sämtliche Träume und Hoffnungen der Edwards.

Und Elaine? Eine irische Katholikin, weit entfernt von Familie und Freunden, isoliert, verlassen und allein. Zu verlegen, um ihr Trauma ihrer besten Freundin anzuvertrauen, durch ihren Zustand erniedrigt – ihr Sohn eine ständige Mahnung an ihre Sünde. Elaine, ihre Mutter, die so heikel, respektabel und moralisch gewesen war.

Sag die Wahrheit, Amy, und beschäme den Teufel.

Wahrheit. Schande.

»Sarah, ich habe Dinge herausgefunden, die ich dir nicht erzählen kann. Die ich niemandem erzählen kann. Sie sind einfach zu privat.«

»Das verstehe ich doch. Versuch bitte gar nicht erst, es mir zu erklären. Ich höre doch, wie durcheinander du bist. Was immer du herausgefunden hast, ist deine Angelegenheit, Amy. Du brauchst nichts weiter zu sagen.«

Die Tränen, die Amy zurückgehalten hatte, rannen langsam über ihre Wangen. »Ich fühle mich wie eine Idiotin«, wimmerte sie.

»Du bist klasse.«

»Ich vergesse dir nie, was du für mich getan hast, Sarah. Du warst –«

»Amy, lass das. Du bist mir mein ganzes Leben lang eine gute Freundin gewesen. Es besteht kein Grund, dich zu bedanken.«

Aber Amy war dankbar.

»Dir bleiben nur noch zwei Tage dort. Die Zeit ist ja geradezu verflogen.«

»Das kann man wohl sagen.«

»Jack hat mich heute Morgen angerufen. Er bettelt darum, nach Hause kommen zu dürfen.«

»Und lässt du ihn?«

»Ja, er hat seine Zeit abgesessen. Es wird wohl etwas dauern, bis er mich wieder als völlig selbstverständlich ansieht. Ich bin zwar nicht so blöd anzunehmen, dass er eine Hundertachtzig-Grad-Kehrtwende hingelegt hat, aber vielleicht wird er das nächste Mal innehalten und es sich anders überlegen, Amy.

Denn wenn er mir noch mal untreu wird, verlasse ich ihn *endgültig* – das habe ich absolut klar gestellt. Du hältst mich für bescheuert, oder, weil ich ihn wieder aufnehme?«

»Nein, bestimmt nicht. Du hast das Recht, für das zu kämpfen, was du willst. Maurice wird mich übrigens vom Flughafen abholen.«

»Du machst Witze!«

»Nein, er wollte es und ich hab's nicht übers Herz gebracht, es abzulehnen.«

»Bist du dir über den Stand der Dinge klar geworden, Amy?«

»In meinem Kopf schon.«

»Das Ende der Fahnenstange?«

»Es muss sein, Sarah. Um seinet- wie um meinetwillen. Hoffentlich hab ich den Mumm, das Ganze durchzuziehen.«

»Hast du. Das überlebst du, Amy. Und er auch, aber es wird für euch beide nicht einfach werden.«

»Wir müssen aufhören, einander zu drangsalieren. Zusammenzubleiben wäre noch schlimmer. Allerdings ist da auch noch Dawn. Es wird ihr wehtun. Ich kann nur versuchen, es ihr so leicht wie möglich zu machen. Glaubst du, sie wird es verstehen?«

»Sie ist doch nicht blöd. Aber es könnte ihr schwer fallen – die Trennung der Eltern zu akzeptieren ist in jedem Alter schwierig. Du wirst wissen, was zu tun ist, wenn es soweit ist.«

»Das hoffe ich.«

»Was machst du morgen, Mädchen? Es ist dein letzter voller Tag dort.«

»Ich muss Henry noch mal treffen. Ich möchte ihm für seine Freundlichkeit danken. Ich gehe mit ihm Mittagessen.«

»Ist schon komisch, oder? Wie gut ihr euch versteht, wenn man bedenkt, dass ihr vor einer Woche noch völlig Fremde gewesen seid.«

Fremde. Geschwister.

Morgen würde sie Henry treffen. Ihren Halbbruder. Ihren verlorenen Bruder. Das wäre dann ihr Schlussakt in La Rochelle und zugleich der allerschwierigste.

Auf Wiedersehen zu sagen.

Und wenn sie nach Hause kam, musste sie ihrem Vater gegenüber treten. Wie viele Lügen müsste sie ihm auftischen? Er wusste von Elaines Baby – davon war sie überzeugt. Doch er glaubte ja, das Kind sei gestorben.

Sag die Wahrheit und beschäme den Teufel.

Und was war mit der Güte des Schweigens?

42

Henry ging mit ihr Mittagessen. Von den jüngsten Entdeckungen immer noch sehr aufgewühlt befürchtete Amy, die Nerven zu verlieren und alles zu offenbaren, was sie herausgefunden hatte. Sie fürchtete sich sehr vor diesem letzten Treffen – einmal mehr war sie gezwungen, die Schwindlerin zu spielen.

Die *brasserie* war voll. Inmitten des Geplappers, Gelächters, des Gerennes der Kellner und Kellnerinnen entspannte sich Amy jedoch. Sie berichtete ihm von den letzten Entwicklungen zu Hause und ihren Plänen für den Buchladen. Er sprach über seine Praxis, die bevorstehende Ankunft seiner Frau und seine Segelpläne fürs Wochenende. Dann erwähnte er seine Mutter:

»Sie war heute Morgen ein wenig nervös. Sie liegt im Bett – ihr Blutdruck ist wahnsinnig hoch. Ich muss ihn sorgfältig kontrollieren. Ihr Herz ist nicht sehr stark. Sie hat mir erzählt, Sie hätten sie gestern besucht. Das war sehr nett von Ihnen.«

Amy zuckte zusammen.

»Ich muss akzeptieren, dass sie auch nicht jünger wird. Aber sie hat noch ein paar gute Jahre vor sich, wenn sie auf sich aufpasste. Amy, ich kann Ihnen gar nicht sagen, wie sehr ich sie vermissen werde, wenn ihre Zeit erst mal gekommen ist. Sie war stets meine Beschützerin – meine Fürsprecherin. Ich hatte großes Glück. Man sagt, dass das die einzig perfekte Liebe sei – die zwischen Mutter und Kind.«

»Das kann sie wohl sein.« Sie tat so, als studiere sie die Speisekarte.

»In meinem Fall stimmt es«, fuhr er vergnügt fort. »Meine Mutter hat mir das perfekteste Geschenk von allen gemacht – das Geschenk, gewollt zu sein. Nicht jedes Kind spürt das, was eine furchtbare Tragödie ist.«

»Meine Mutter war da anders.« Amy goss sich stilles Wasser aus einer großen Glaskaraffe ein. »Keine Spur zärtlich. Sie hatte Schwierigkeiten, ihre Gefühle zu zeigen.«

»Das war bestimmt schwer für Sie«, sagte er mitfühlend.

»Dad war sehr herzlich, sehr liebevoll, aber ich habe nie gefühlt, dass sie mich wirklich gewollt hat. Ich glaube, ich war ihr eine Last.« Sie stieß ein schwaches Lachen aus.

Er fand das überhaupt nicht komisch. »Und was ist mit dem Namen, den sie für Sie gewählt hat? *Aimée.* Die, die geliebt wird.«

Der arme Henry. Wenn er wirklich glaubte, dass ihre Mutter – ihre gemeinsame Mutter – *daran* gedacht hatte, als sie den Namen für ihre Tochter gewählt hatte, irrte er sich gewaltig. Ihr Vater hatte sie nach einer Tante benannt.

»Ihr Name verrät Ihnen, wie Ihre Mutter sich gefühlt hat, als Sie geboren wurden.«

Sie widersprach nicht, sondern akzeptierte ein Glas des Weißweins, den Henry bestellt hatte. Sie nippte daran und fand, dass er leicht und fruchtig schmeckte.

»Mein Name sagt lediglich aus, dass ich aus einer altehrwürdigen Familie komme; Henry war der Name meines Groß- und meines Urgroßonkels. Tradition und dieser ganze Kram. Es ist nicht gerade der Name, den ich mir selber ausgesucht hätte.« Er grinste.

»Er passt aber zu Ihnen.« Der Name Cormac wäre überhaupt nichts für ihn. Er *war* ein Henry.

Henry, der großen Appetit hatte, wählte die Käseplatte statt eines Desserts. Amy war nicht hungrig gewesen, hatte sich jedoch dazu gezwungen, den Lachssalat zu essen. Schließlich lud er sie ein, und da wollte sie nicht bloß herumsitzen, in ihrem Essen herumstochern und ihm Anlass zur Sorge geben.

»Ich bin so froh, dass wir uns kennen gelernt haben, Amy. Ich habe die Zeit mit Ihnen wirklich sehr genossen. Ich werde Sie vermissen.«

»Geht mir genauso.«

»Sie sind hier jederzeit für einen Urlaub willkommen, das wissen Sie.« Er warf einen Blick auf seine Armbanduhr. »Ich muss in dreißig Minuten wieder im OP sein. Noch einen Kaffee?«

»Nicht für mich.«

»Ich stürze nur ungern so davon – ich hätte mir frei nehmen und den Tag mit Ihnen verbringen sollen.«

»Das hätte ich gar nicht erwartet, Henry. Sie haben mir schon so viel von Ihrer Zeit gewidmet.«

»Wir sagen nicht Adieu – wir werden uns wiedersehen.«

»Henry, danke für alles. Durch Sie war meine Zeit hier etwas ganz Besonderes.«

»Es war mir ein Vergnügen – ehrlich. Sie kommen wieder zurück nach La Rochelle, ja?«

Sie würde nie wieder herkommen.

Er rief den Kellner. *»Je veux régler, s'il vous plaît.«* Er zog etwas aus seiner Jackentasche. »Meine Mutter bat mich, Ihnen das hier zu geben.«

Amy öffnete den Briefumschlag. Es war das Foto eines jungen Mädchens, mit roten Haaren und einem frischen Gesicht, das auf einem Gartenstuhl saß und eine Gänseblümchenkette um den Hals trug.

Elaine.

»Mutter sagte mir, sie hätte es ganz hinten in ihrem Kleiderschrank versteckt gefunden. Offenbar ist es diese Verwandte von Ihnen, die für sie gearbeitet hat. Es ist ein altes Bild – ein bisschen grobkörnig.«

»Es ist entzückend«, flüsterte Amy.

Henry reichte dem Kellner seine Kreditkarte. »Meine Mutter bat mich, Ihnen zu danken. Offenbar gab es wohl ein Missverständnis, etwas Unangenehmes, aber Mutter meinte, Ihr Besuch hätte die Atmosphäre wieder gereinigt, was immer sie damit gemeint haben mag. Wer *war* denn das Mädchen, Amy? Kannten Sie sie gut?«

»Nicht so gut, wie ich gerne gewollt hätte.« Amy schob das Foto zurück in den Umschlag.

Jane Edwards war das Risiko eingegangen – ein kalkuliertes Risiko. Es war ihre Art zu sagen, dass sie wusste, dass Amy das Richtige für sich und Henry tun würde. »Sagen Sie Ihrer Mutter von mir Auf Wiedersehen, ja?«

»Mach ich.«

Sie schritten Arm in Arm aus dem Restaurant, und als sie auf die Straße traten, umarmte Henry sie. Amy schloss die Augen und schmiegte sich an ihn.

»*Au revoir*, Amy Kennedy. *Bonne Chance.* Seien Sie glücklich.«

Als sie die Augen wieder aufschlug, war er verschwunden.

43

Die Heimfahrt vom Dubliner Flughafen war chaotisch: die Autos krochen Stoßstange an Stoßstange dahin, durch Drumcondra hindurch, und es wurde auch kaum besser, als sie durch das Stadtzentrum zur Südseite hinaus fuhren.

Maurice trug ihre Taschen in den Flur. Zu Amys Überraschung war das ganze Haus frisch gestrichen.

»Ich habe die Maler bestellt – ich war der Meinung, es könne helfen, den Preis in die Höhe zu treiben«, erklärte er. »Ich hatte ein Riesenglück, sie so kurzfristig zu bekommen. Einer meiner Kunden – Reggie Short, der Kerl mit dem Schäferhund – , hat diesen Schwager, dem die Malerfirma gehört, und so haben sie mich zwischen zwei Aufträgen eingeschoben. Wie findest du's? Der Flur ist viel heller, oder?«

Darum hatte sie gebettelt und gebettelt. Jetzt, wo er bereit war zu verkaufen, hatte er endlich eingewilligt. Maurice würde sich wohl nie ändern.

Auf dem Flurtisch stand ein riesiger Blumenstrauß mit einer Karte von Claire:

Willkommen daheim, Amy.

Im schwindenden Licht saßen die beiden in der Küche. Sie hatten stundenlang geredet, und Amy war erschöpft.

»Ich hab mir schon gedacht, wie du dich fühlst«, gestand er zögernd. »Deswegen bin ich auch in die Wohnung gezogen. Du brauchst hier etwas Zeit alleine. Der Makler war schon da, um sich das Haus anzusehen, aber es besteht kein Grund zur Eile. Ich hab ihm gesagt, du würdest dich zum gegebenen Zeitpunkt entscheiden.«

»Jetzt ist der richtige Zeitpunkt, Maurice. Du kannst loslegen.«

Sein Gesicht hellte sich etwas auf. »Das wäre praktisch, weil es ein Bauunternehmer ist, der sich sehr für ein Haus in dieser Gegend interessiert. Er hat sogar schon ein eigenes Angebot gemacht.«

Bloß keine Eile!

»Ein gutes Angebot?« Sie versuchte seine Begeisterung zu teilen.

»Ein Unglaubliches! Fünfhunderttausend! Amy, ich war völlig von den Socken. Weißt du, wir haben einfach Glück, dass wir so einen großen Garten haben, meinte der Makler – dieser Typ interessiert sich eher für das Grundstück als das Haus – daher dieses hohe Angebot.«

500 000 Pfund!

»Wenn wir uns entscheiden … wenn wir uns nicht einigen können … natürlich müssen wir jetzt noch keine festen Vereinbarungen treffen …«

Ihre Augen lächelten ihn traurig an. Er machte sich noch immer etwas vor. Eigentlich komisch. Maurice war immer derjenige mit den Antworten und Lösungen gewesen. Seine frühere Arroganz und Selbstsicherheit hatten sie stets auf die Palme gebracht – jetzt begann sie zu verstehen, dass es die ganze Zeit über nur Tarnung gewesen sein könnte.

»Dir steht natürlich die Hälfte des Geldes zu«, murmelte er

rasch. »Ich habe mit meinem Anwalt gesprochen. Wir müssen alles gesetzlich einwandfrei regeln.«

Sie war sprachlos. So weit hatte sie noch gar nicht gedacht, geschweige denn die finanziellen Auswirkungen berücksichtigt. Sie hatte sich so intensiv mit der Geschichte ihrer Mutter beschäftigt und war von den jüngsten Enthüllungen so gefangen gewesen, dass ihre eigene Situation völlig in den Hintergrund getreten war. Wenn sie an ihre Ehe dachte, ging es ihr dabei um die rein menschliche Seite. Natürlich hatte Maurice dabei die Finanzen im Auge. Vermutlich war das eine seiner ersten Überlegungen gewesen.

»Jetzt guck nicht so entgeistert, Amy. Wenn es schon zum Äußersten kommt, dann möchte ich, dass wenigstens alles ordentlich und gerecht geregelt ist. Ich möchte fair sein.«

Unterschrieben. Besiegelt. Ausgeliefert. Alles geordnet – typisch für ihn. Amy saß wie betäubt da. Jede Feindseligkeit ihrem Mann gegenüber war verflogen. In mancherlei Hinsicht war er wie ein kleines Kind, das sich alle Mühe gab, sich zu bessern. Sie hätte ihn am liebsten in den Arm genommen.

»Du möchtest, dass wir getrennte Wege gehen, oder?« Sein Blick bat sie, ihm zu widersprechen, obwohl seine Stimme etwas fester klang.

»Ich glaube, es wäre das Beste, Maurice.«

»Ich dachte mir schon, dass du das sagen würdest, aber im Stillen hab ich wohl gehofft, wir könnten … ich weiß nicht.«

»Unsere Ehe retten?«

»Ja.«

»Maurice, das haben wir doch versucht. Wir können nicht immer so weitermachen und alles in die Länge ziehen und das Unvermeidliche hinausschieben.«

»Wo ist denn alles schief gelaufen, Amy? War es, als Dawn ausgezogen ist?«

Das war sicherlich der Wendepunkt gewesen. Als Dawn noch bei ihnen gewohnt hatte, waren sie eine Familie gewesen. Zwar zankend und quengelnd, aber immerhin eine Familie. Als Amy und Maurice sich selbst überlassen waren, hatte die Realität sie wie ein Schlag getroffen. Amys Depression, so schlimm sie für alle Beteiligten auch gewesen sein mochte, war der Katalysator gewesen.

»Niemand von uns hat Schuld, Maurice.«

»Haben wir es ernsthaft genug versucht? Vielleicht habe ich es nicht getan?«

Dies war das erste Mal, dass er Selbstzweifel eingestand. Bedauern und Gegenbeschuldigungen. Doch über Schuld war sie hinaus.

»Ich liebe dich wirklich, Amy. Ich bewundere und respektiere dich sehr. Das habe ich dir leider viel zu selten gesagt, und das war mein Fehler.«

»Maurice –«

»Als wir geheiratet haben, waren wir glücklich. Wir hatten alles.« Er suchte nach den richtigen Worten. »Ich habe nicht aufgepasst. Ich habe die Signale übersehen. Meine Mutter hat mich ja gewarnt – sie hat mir geraten, dich an die erste Stelle in meinem Leben zu setzen.«

Er ließ die Schultern hängen – das kleine Kind im Manne. Schließlich tröstete Amy ihn. »Maurice, bitte nicht.« Sie stellte sich hinter ihn und legte ihm die Arme um den Hals. »Wir hatten über zwanzig gemeinsame Jahre, gute und schlechte Zeiten, Hochs und Tiefs. Das ist eine ganze Menge. Diese Jahre werden niemals ausgelöscht.«

»Unsere Ehe war keine Zeitverschwendung, oder?«

»Wie kannst du so was nur denken? Sieh doch, was wir haben, Maurice – eine wunderbare Tochter. Dawn wurde aus Liebe heraus geboren – wie kann denn das eine Zeitverschwendung sein? Und wir haben lange gut zueinander gepasst.«

Er hielt sie an sich gedrückt. »Das stimmt, Amy. Wir waren ein Team. Wieso musste sich das ändern?«

Wir können den Nachmittag des Lebens nicht nach demselben Programm leben wie den Morgen – vor kurzem hatte

Amy die Weisheit dieser Worte erfahren. Jetzt wollte sie aber den Moment nicht dadurch abwerten, dass sie C. G. Jung zitierte. Dennoch glaubte sie, dass diese Worte auf sie zutrafen. Sie hatte begonnen, ihr Leben in Abschnitten zu sehen, und dieser hier war definitiv vorbei. Sie konnte die Maske nicht länger tragen.

»Das muss doch nicht das Ende von allem sein, Maurice. Wir haben viel zu viel geteilt, um jetzt alles wegzuwerfen. Wir werden nicht mehr zusammen leben, aber das heißt doch nicht, dass wir jeglichen Kontakt abbrechen müssen.«

»Vielleicht wird eine Trennung ... Oh, Amy, was rede ich bloß? Wem mache ich hier eigentlich was vor? Ich will nicht, dass wir uns trennen. Ich will es nicht. Es wird die Hölle sein, allein zu leben. Einsam.«

Sie drückte ihn an sich. »Für mich auch.«

Doch Amy wusste, dass das größere Unglück die Einsamkeit war, die sich einstellte, wenn man mit jemandem zusammenlebte, mit dem man sein Leben nicht länger teilte, wirklich teilte.

»Wir haben immer noch einander, Maurice, und Dawn.«

Er stand auf, drehte sich um und küsste sie auf die Wange. Es war so untypisch für ihn, dass sie beinahe anfing zu weinen. Ein riesiger Schmerz breitete sich in ihrem Bauch aus.

»Dann lass ich dich jetzt mal auspacken.« Er probierte ein Grinsen. »Zurück in mein Junggesellen-Apartment.«

Sein trauriger Hundeblick zehrte an ihr. »Ich komme morgen mal vorbei und sehe nach dir.«

»Würdest du das tun, Amy?«

»Natürlich. Ruf den Makler an, Maurice. Setz die Räder in Bewegung.«

Er nahm sich seine Jacke und ging zur Küchentür. »Soll ich Dawn anrufen?«

»Ja, das werde ich auch tun.«

»Ich weiß gar nicht, was ich ihr sagen soll.«

»Wenn du ihre Stimme hörst, werden die richtigen Worte

schon kommen. Maurice, es wird vielleicht gar kein Schock für sie sein.«

»Glaubst du das wirklich?«

»Ja, Dawn ist sehr intuitiv und scharfsinnig und obendrein sehr praktisch veranlagt – genau wie ihr Vater.«

»Aber das ist eine ernste Sache, Amy. Wie können wir unserer Tochter gestehen, dass wir aufgeben – dass wir versagt haben?«

»Wir haben nicht versagt. Wir haben unsere Situation akzeptiert, und das ist sehr ehrlich. Eine harte Entscheidung, aber eine ehrliche.« Sie biss sich auf die Unterlippe. »Wir beenden etwas, aber wir bewegen uns auf etwas zu, das so viel besser für uns beide ist. Lass es uns so positiv wie möglich sehen, Dawn zuliebe.«

»Ich bin mir da nicht so sicher wie du. Ich bin immer noch der Meinung, wenn wir es noch mal versuchen würden –«

»Maurice, bitte, bitte quäle dich nicht. Wir müssen einfach akzeptieren, wer wir sind und wo wir jetzt stehen. Dieses ganze *könnten wir nicht doch* macht einen bloß verrückt.«

Er sah sie gelassener dasitzen, als er sie seit langem gesehen hatte. Natürlich war sie aufgewühlt, doch in ihrem Blick konnte er Erleichterung lesen. Egal was sie jetzt sagte, welche tröstenden Worte sie auch anbot, die Erleichterung in ihren Augen konnte sie nicht verbergen. »Ich seh' dich dann morgen.« Er musste hier raus.

Claire wartete zwei Tag lang, bevor sie ihre Schwester besuchte. »Was soll ich sagen, Amy? Obwohl ich es erwartet habe, ist es doch ein ziemlicher Schlag. Du trennst dich von Maurice – wie wird er damit klarkommen?«

Interessant, sie machte sich Sorgen um Maurice.

»Du schaffst das schon, da bin ich mir sicher. Du bist die Stärkere. Frauen sind das für gewöhnlich.«

»Ich wusste gar nicht, dass du so denkst, Claire.« Amy goss ihr noch einen Whiskey ein.

Claire ließ ihren Blick durchs Wohnzimmer schweifen. »Hier ist ja alles wie verwandelt. Viel heller. Hellgelbe Wände – ist das Schlüsselblume?« Sie zog die Augenbrauen zusammen. »Nein, es ist heller als Schlüsselblume.«

»Da musst du Maurice fragen. Er hat die Farben ausgesucht. Ja, das Zimmer gefällt mir jetzt – ganz schön komisch, was? Vermutlich werde ich das Haus vermissen.«

»Amy, siehst du auch wirklich ganz klar? Vielleicht hilft ja eine Eheberatung –«

»Nein, Claire.«

»Ich fühle mich furchtbar wegen vieler Dinge. Es stimmt, was du über mich gesagt hast – alles. Ich war ein Miststück, ein egoistisches Miststück. Ich werde versuchen, mich zu bessern.«

»Mehr kann keiner von uns tun.«

»Er ist gar nicht so leicht, dieser Selbstfindungsprozess.« Sie zog eine Schnute. »Gestern Abend hab ich Jack im Supermarkt gesehen. Er war mit Sarah und den Mädchen dort. Anna und – ich weiß nicht mal den Namen der jüngeren Tochter. Ist das nicht furchtbar? Er muss ihn mal erwähnt haben, aber ich kann mich nicht mehr daran erinnern.«

»Helen«, half Amy aus.

»Er hatte den beiden mit Helium gefüllte Ballons gekauft. Sie haben gelacht und an der Kasse rumgeblödelt. Sarah hat seine Hand gehalten. Sie wirkten glücklich. Ich habe gehört, wie er über eine Äußerung von Sarah gelacht hat. Ich stand in der anderen Schlange – er hat mich gar nicht bemerkt.«

»Du wirst ihn vergessen, Claire.«

»Das muss ich wohl.«

Ihr Vater sah schon wieder besser aus, seine Gesichtsfarbe war gesund und seine Augen leuchteten. Die beiden saßen im Tagesraum, wo er der Geschichte seiner Tochter zuhörte – beziehungsweise den Teilen, die sie ihm erzählte.

Joe naschte an der französischen Schokolade, die sie ihm

mitgebracht hatte. »Als du von dem Kind erfahren hast, Amy, wie hast du dich da gefühlt?«

»Ich war wie gelähmt – sich vorzustellen, welches Leid Mam durchgemacht hat.«

»Bei Gott, sie hat gelitten.« Er schüttelte traurig den Kopf. »Ich habe versucht, ihr darüber hinwegzuhelfen.«

»Das weiß ich.«

»Sie war untröstlich, Amy. Manchmal dachte ich, sie würde den Verstand verlieren. Ich glaubte, wenn wir erst mal verheiratet wären und als du dann kamst, dass …«

»Ist schon gut, Dad.«

»Nein, ist es nicht. Der Verlust deiner Mutter war auch unser Scheitern, doch die Wege des Herrn sind unergründlich. So schrecklich der Gedanke auch sein mag, aber vielleicht war es ja besser, dass das Baby gestorben ist. Deine Mutter hätte es sonst nie geschafft.«

Sie ließ ihn ohne zu unterbrechen weiterreden. Die Schleusen seiner Erinnerung hatten sich geöffnet und durften jetzt nicht blockiert werden.

»Elaine war von Schuld geplagt. Ihr Elan war gebrochen, Amy, und ich konnte nichts dagegen tun. Das ist keine Entschuldigung, aber deswegen hab ich mich nie darin eingemischt, wie deine Mutter dich und Claire behandelt hat. Jedes kritische Wort von mir, jegliches Eingreifen zu euren Gunsten hätte sie durchdrehen lassen. Ich weiß, dass sie zu grob mit dir und Claire war, sie war eine Getriebene – aber sie hat euch beide geliebt. Sie hätte euch niemals absichtlich wehgetan.«

Da war sich Amy nicht so sicher. »Weißt du, dass die Edwards sie beschuldigten, das Kind getötet zu haben?«

»Da haben Sie sich gründlich geirrt, Amy. Dazu war deine Mutter überhaupt nicht in der Lage.« Er umklammerte die Sofalehne. »Wir wissen, dass diese Frau es auf Elaine abgesehen hatte. Sie hat sie zutiefst verachtet. Nein, nein, Elaine hätte niemals absichtlich ihrem Kind geschadet.«

Vielleicht nicht absichtlich, wollte Amy sagen, doch sie hielt den Mund. Es rührte sie sehr, dass ihr Vater seine Frau so standhaft verteidigte.

»Arme Elaine! Nachdem sie diese Erfahrung durchgemacht hatte, konnte sie keine Kritik mehr von mir ertragen. Einmal hat sie dich geschlagen, und ich habe protestiert ... Da brach sie völlig zusammen, hat sich tagelang in ihrem Zimmer eingesperrt. Ich musste mir von der Arbeit frei nehmen, um mich um dich und Claire zu kümmern. Der Doktor ließ sie ins Krankenhaus einweisen. Danach hab ich versucht, mich nicht mehr einzumischen. Ich wollte die Situation nicht noch verschlimmern. Ich konnte bloß darauf achten, dass sie ihre Medikamente nahm.«

Amy hatte das Trinken nicht erwähnt.

»Es ist furchtbar, an den Tod des Kleinen zu denken, aber was für ein Leben hätte er gehabt? Was für eine Zukunft? Bei der Vorstellung läuft es mir kalt den Rücken hinunter.«

»Hättest du ihn denn akzeptieren können, Dad?«

»Ich? Natürlich hätte ich das, Amy. Er war Elaines Sohn – ich hätte ihn wie meinen eigenen geliebt. Aber das wäre er nie gewesen, oder? Egal wie sehr ich es auch gewollt hätte. Deine Mutter war benutzt und ausgebeutet worden, aber sie hat es nie zugegeben, schon gar nicht vor sich selbst. Sie hat Valentine Edwards verehrt. Ich schwöre, dass sie ihn bis ans Ende ihrer Tage geliebt hat. Ich war nur ein armseliger Ersatz.«

»Nein, Dad, da irrst du dich gewaltig. Für ihn hat sie nie das Gleiche gefühlt wie für dich. Ihre Gefühle für ihn waren auf reiner Fantasie begründet – weiter nichts. Dich kannte sie ihr ganzes Leben lang. Dich hat sie geheiratet.«

»Als du geboren wurdest, Amy, herrschte eine riesige Aufregung. Meine Eltern, Elaines Eltern, die ganze Familie und sämtliche Nachbarn und Freunde versammelten sich in der Entbindungsklinik um dich. Deine Geburt war ein Anlass zum Feiern. Wie muss sie sich wohl gefühlt haben? Alle haben uns geküsst und umarmt und gratuliert. Was für ein Albtraum für sie zu wissen, dass ihr Erstgeborener – ein Kind, das von denselben Gratulanten verschmäht und verstoßen worden wäre – in der kalten Erde eines englischen Friedhofs begraben lag. Was muss ihr das angetan haben?«

Amy. Die, die geliebt wird. Das erste Kind eines Ehepaares. Rechtmäßig. Ehrbar. Willkommen.

»Und trotzdem wusste sie, dass ihr kleiner Junge im Irland der fünfziger Jahre niemals akzeptiert worden wäre. Elaine hätte nie nach Hause kommen können. Ihr Leben und das Leben des Kindes wären zerstört gewesen. Ich hätte sie verloren.« Seine Augen füllten sich mit Tränen. »Vielleicht hat Gott das Baby ja aus Güte zu sich genommen? Vielleicht hat sich so ja alles zum Besten gewendet?«

»Ja.« Amy rückte auf der Couch näher an ihren Vater heran.

»Du wirst Claire nichts davon erzählen, oder?«, fragte er nervös.

»Auf keinen Fall, Claire wird es nie erfahren – das wäre nicht gut für sie. Und Mam würde es auch nicht gefallen.«

»Du bist eine großartige Frau, Amy. Ich bin wirklich stolz auf dich.«

»Und ich auf dich, Dad.«

44

Sechs Wochen vergingen. Hektische Wochen. Amy liebte den Buchladen: mit Nancy Mulhearn zu arbeiten, die Bücherregale neu zu ordnen, Computerlisten zu erstellen, mit Kunden zu reden, mit den Großhändlern zu verhandeln, die neue Verkaufsassistentin und die beiden Teilzeitkräfte einzuarbeiten. Das alles beflügelte sie. Es war gut, wieder angestellt zu sein, sich draußen zu bewegen, Leute zu treffen. Nützlich zu sein.

Der Verkauf des Hauses war ohne größere Schwierigkeiten

vonstatten gegangen, und Amy blieb noch eine Woche Zeit, das Haus zu räumen und in ihre neue Bleibe umzuziehen – ein modernes Reihenhaus in Avondale Lawns. Sie hatte sich auf den ersten Blick darin verliebt, gleich als Claire sie hingefahren hatte, um es sich anzusehen. Es war nicht weit von Blackrock Village und einer Straßenbahnhaltestelle entfernt. Im Grunde zog sie lediglich ein paar Straßen weiter. Ihr neues Haus lag nur einen Steinwurf von der Klinik ihres Mannes entfernt, worüber die beiden sehr glücklich waren.

Maurice hatte die Entrümpelung überwacht. Er behielt den Mahagonischreibtisch seines Vaters sowie den Porzellanschrank, doch er hatte eingewilligt, die alte Sitzgarnitur – den ganzen Stolz seiner Mutter – zu entsorgen. Der einzige Gegenstand, den Amy aus dem Haus behalten sollte, war ein Silbertablett. Sie erinnerte sich noch an ihre Schwiegermutter, die es in ihrem Krankenbett sitzend mit Hingabe polierte und dabei vor sich hin gesungen hatte. Das war Amys bleibende Erinnerung an Pearl Kennedy – ihr Gesang.

Amy hatte das Haus verlassen und während des Ausräumens Sarah besucht. Es war das Ende ihres alten Lebens, und obwohl sie die Veränderungen begrüßte, war es ihr schwer gefallen dabei zuzusehen, wie die Einzelteile, die Symbole ihres Zusammenlebens mit Maurice, weggeworfen wurden. Ihm musste es genauso gegangen sein.

Das Telefon klingelte schrill im leeren Flur und unterbrach ihre stille Träumerei.

»Mum? Hi!« Dawns muntere Stimme.

»Hallo, Liebling.«

»Ich rufe an, um dir zu sagen, dass wir auf dem Weg nach Boston sind. Angelas Tante wird uns vom Bahnhof abholen. Sie hat sich frei genommen, um uns rumzuführen.«

»Das ist aber sehr nett von ihr.«

»Apropos Arbeit, wie läuft's denn bei dir?«

»Dawn, ich bin ganz begeistert von mir. Ich hab mir den

Einstieg viel schwieriger vorgestellt, aber ich hab mich so schnell an die Arbeit gewöhnt wie eine Ente ans Wasser.«

»Schön für dich, Mum. Wann ziehst du in das neue Haus um?«

»In ein paar Tagen.«

»Du wirst es nicht bereuen.«

»Irgendwie schon. Ich hätte nicht erwartet, mich deswegen so unsicher zu fühlen wie im Augenblick. Man kann nicht zwanzig Jahre lang an einem Ort leben, ohne Wurzeln zu schlagen. Aber das neue Haus ist hell und luftig. Die Küche hat Morgensonne.«

»Hast du denn Platz für eine Untermieterin?«, fragte Dawn. »Ich muss ja eine Zeit lang irgendwo wohnen, wenn ich zurückkomme.«

Das war ein wenig geschwindelt. Paul hatte bereits den Mietvertrag für ein kleines Haus in Irishtown unterzeichnet und Angela würde bei ihnen einziehen. Diesmal gäbe es keine heiklen Mitbewohner mehr. Aber Dawn wollte ein paar Wochen bei ihrer Mutter bleiben, um ihr zu helfen, sich einzuleben.

»Geht klar, Dawn. Es gibt drei Schlafzimmer. Du kannst dir eins aussuchen.«

»Danke, Mum. Ist schon komisch, oder? Es ist das letzte Mal, dass ich diese Nummer wähle.«

Amy schwieg einen Moment. »Dawn, wie fühlst du dich bei all dem?«

»Es wird noch ein bisschen dauern, mich an die Vorstellung zu gewöhnen. Du und Dad, ihr seid die Besten der Welt, und ich habe euch beide sehr lieb. Aber es war nicht zu übersehen, Mum. Ich wusste schon lange, dass es dazu kommen könnte. Ich bin jetzt ein großes Mädchen. Mach dir wegen mir mal keine Sorgen. Und falls es dich tröstet: Ich glaube, dass du das Richtige tust. Ich will nur, dass ihr glücklich seid. Du und Dad.«

»Das wird schon wieder. Dein Vater lädt mich heute Abend

zum Essen ein und hilft mir nächstes Wochenende beim endgültigen Umzug. Claire war auch sehr nett. Und natürlich Sarah. Ich bin von Helfern geradezu umzingelt.«

»Gut so. Eines muss ich zugeben, Mum. In einer idealen Welt wärst du mit Dad zusammengeblieben, aber ich weiß, dass das nicht möglich ist. Zumindest versteht ihr euch noch gut. Und«, fügte sie hinzu, »jetzt hab ich zwei Zuhause, die ich besuchen kann.« Was sie verschwieg war, dass die Trennung ihrer Eltern für sie vieles einfacher machen würde. Im vergangenen Jahr war sie eine Art Vermittlerin gewesen, die versucht hatte, beiden gerecht zu werden.

»Dawn, ich sehe deinen Vater jetzt häufiger als während der letzten Zeit unseres Zusammenlebens.«

»Das hat er auch gesagt, als ich gestern mit ihm gesprochen habe. Das Apartment scheint ihm sehr gut zu gefallen.«

»Es ist dort wie in einer Musterwohnung – alles steht hübsch und ordentlich an seinem Platz, und es ist keiner da, der ihn stört.«

»Frieden, der perfekte Frieden.« Dawn kicherte. »Ich rufe dich aus Boston noch mal an und gebe dir die Daten für meinen Rückflug durch.«

»Dawn, warte! Was ist mit meiner neuen Telefonnummer?«

»Die hast du mir doch schon gegeben. Ich kann sie auch schon auswendig. Die ersten vier Ziffern bleiben ja gleich – ich musste bloß die 582 lernen.«

»Der Apfel fällt nicht weit vom Stamm!«

»Wie bitte?«

»Nichts, Liebes.« Dawn war genau wie ihr Vater – organisiert, sachlich. »Bye, Dawn. Viel Spaß noch.«

»Danke, Mum.«

»Ich hab dich lieb.«

»Ich dich auch.«

Amy legte den Hörer auf, ging in die Küche und goss sich einen anständigen Brandy ein.

45

Der Wind heulte, es goss in Strömen, und Amy schlug den Kragen ihres Mantels hoch. Sie stellte den Blumentopf auf das Grab ihrer Mutter. Elaine hatte rote Geranien immer geliebt.

Er lebt, Mam. Dein Sohn hat überlebt.

Ein Windstoß antwortete ihr.

Ein neuer Name. Eine neue Identität.

Die kalte Luft zwickte sie in die Wangen und trieb ihr Tränen in die Augen.

Er ist groß und stark und schön. Erfolgreich. Und er ist glücklich.

Sie nahm ein paar Taschentücher aus ihrer Handtasche, beugte sich vor und wischte den nassen Schmutz von dem Marmorstein.

… ELAINE SHIELS, UNSERER
GELIEBTEN EHEFRAU UND MUTTER …

Du hättest ihn gemocht, Mam. Du hättest es gutgeheißen.

Ein älterer Mann, ein Gärtner, arbeitete an der Mauer in der Nähe des Grabes ihrer Mutter. Er nickte ihr zu und setzte seine Arbeit fort. Amy trat auf ihn zu.

»Guten Abend Missus.« Er lupfte seine Stirnmütze. »Besuchen Sie 'nen geliebten Menschen?«

»Ja, meine Mutter.«

»Gott hab sie selig.« Er bekreuzigte sich. »Ist sie schon lange tot?«

»Noch nicht so lange, nein.«

»Man kommt nie darüber hinweg – seine Mutter zu verlieren. Der schlimmste Verlust überhaupt. Aber die arme Seele hat jetzt sicher ihre Ruhe.«

Amy wollte, dass es so wäre.

»Sie blickt auf Sie herunter und wacht über Sie. Mütter geben ihre Kinder nie auf – das hat meine Mama immer gesagt, Gott sei ihr gnädig.« Er hob seine Schaufel wieder auf. »Da haben Sie sich aber einen wilden Nachmittag für Ihren Besuch ausgesucht, was?«

»Ganz schön stürmisch, ja. Werden die dem Wind denn auch standhalten?« Sie deutete auf die Setzlinge, die er einpflanzte. »Die sehen sehr zart aus.«

»Zart?«, höhnte er. »Keine Spur davon. Da braucht's schon einiges mehr als so'n paar olle, nasse Sturmböen, um den Jungs hier was anzutun. Wissen Sie, es sind die Wurzeln. Darauf kommt's am Ende doch an. Gute Wurzeln. Diese Jungs hier werden alles überstehen – Regen, Kälte, Frost, Wind. Macht denen gar nichts aus. Die sind schon gut gewachsen, und mit etwas Pflege und Zuwendung werden sie auch gedeihen, machen Sie sich da mal keine Sorgen, Missus.«

Im Weggehen hörte sie ihn noch vor sich hin murmeln. »Wurzeln, es kommt nur auf gute Wurzeln an.«

Die Sonne blinzelte ein wenig durch die dunklen Wolken. Während Amy den Pfad entlangging, warf sie einen Blick auf die Namen und Daten der Grabsteine und dachte über diese Menschen nach. Wie waren sie gestorben? Wie hatten sie gelebt? Was hatten sie erreicht? Wen und was hatten sie hinterlassen? Wurden sie noch vermisst? Wie erinnerte man sich an sie?

Ein Besuch auf dem Friedhof setzte alles ins richtige Verhältnis: Sie befand sich am Scheideweg ihres Lebens und hatte vieles, auf das sie sich freuen konnte – eine neue Arbeit, die sie liebte, ein neues Zuhause, eine neue Existenz. Morgen würde sie sich nach einem neuen Wagen umsehen – dem letzten Baustein ihrer Unabhängigkeit. Sie war aufgeregt und optimistisch.

Doch sie war auch ein bisschen ängstlich – es lag nun mal in der Natur der Sache, dass Veränderungen Zweifel, Ängste und auch einiges Bedauern weckten. Aber das war in Ordnung, wie Sylvia ihr versichert hatte. Amy hatte Fehler gemacht und würde zweifelsohne noch weitere begehen. Das war alles Teil der Aufführung. Was die Zukunft auch für sie bereithielt, sie wusste, dass sie damit umgehen konnte.

Amy kam ans Friedhofstor und drehte sich noch mal um. Sie konnte den Grabstein ihrer Mutter stolz und aufrecht im strömenden Regen stehen sehen. Sie glaubte eine Stimme zu hören, die sie rief. Wie versteinert stand sie da und lauschte.

Es war nur das Rauschen des Windes in den Bäumen. Stille erfüllte ihr Herz. Sie lächelte und ging weiter. Es würde keine Stimmen mehr geben.

Zwischen Amy und ihrer Mutter gab es keine offenen Fragen mehr.

SURREY 1951

Der Schrei des Babys zerriss die Stille der Nacht. Tränen der Verzweiflung rannen über seine heißen Wangen.

»Lass das, lass das!«, zischte die Frau.

Der kleine Körper krümmte sich in einem Wutanfall und der Schrei steigerte sich zu einem durchdringenden Kreischen. Die runzeligen Augen wurden zu Schlitzen, als er den Mund zu einem langen, grauenhaften Heulen aufriss.

»Hör auf damit!« Sie schaukelte die Wiege heftig und blickte drohend auf das tränenüberströmte Gesicht hinab. »Schlaf jetzt endlich!«

Der entsetzte Blick aus seinen Augen bohrte sich durch ihre Seele. Es herrschte wieder Ruhe in der Dunkelheit, in der lediglich das kleine Nachtlicht flackerte und ätherische Schatten auf die mit Mahagoni vertäfelten Wände warf. Die Frau ging steif ans Fenster, zog die schweren Brokatvorhänge zurück und ließ ihren Blick über die mondbeschienenen Felder schweifen. Ein paar Sterne funkelten und besänftigten sie einen Moment lang.

Das Baby gurgelte, spuckte und weinte dann halb erstickt wieder. Es begann als schwaches Wehklagen, steigerte sich aber zum gleichen lauten Geheul wie vorher.

Ein brodelnder Kessel voll Wut kochte über. Sie musste das Balg zur Ruhe bringen – dies war bereits die dritte Nacht, in der sie schlaflos auf und ab ging; wenn sie nicht bald etwas Schlaf bekäme, würde sie noch verrückt.

Jane Edwards stürzte durchs Zimmer und riss den hysterischen Säugling aus seinen warmen Decken. Heiße Tränen quollen aus seinen geschwollenen Augen. Sie schüttelte und schüttelte das winzige Bündel, bis ihre Arme schmerzten. Die Augen des Babys rollten nach hinten, sein Körper wurde schlaff.

Und das Weinen hatte aufgehört.

DANKSAGUNG

Ich würde gerne meiner Familie, meinen Freunden sowie meinen Kollegen ganz herzlich für ihre immer währende Unterstützung danken.

Ein dickes Dankeschön auch an meine Lektorin, Gaye Shortland, für ihr Verständnis, ihre Ermutigung und die vielen wertvollen Hinweise.

Zu Dank verpflichtet bin ich auch den folgenden Personen, die mir mit ihrem Rat zur Seite standen: Pauline Gildea, die den Roman in mehreren Stadien gelesen hat – mit peinlicher Genauigkeit!, Sioned Parry vom Ritz, London, für ihre Hilfe bei den Recherchen, sowie Susan Daly, eine ehemalige Schülerin von mir, für ihre Fachkenntnis und brillanten Anmerkungen in Sachen Tiermedizin.

Spezielle Erwähnung verdient auch mein »Millenium Sixth Years«, besonders die Vertrauensschüler, die mir meinen Job in der Schule erheblich erleichtert haben.

Dank auch an meinen Bruder Des für seine Freundlichkeit und Hilfe.

An meinen Sohn Dara – danke, dass du so bist, wie du bist!

Tief empfundenen Dank auch an Loretto und Colma.

Danke, Maeve, für alles!